本书为十三五国家重点出版物出版规划项目

本书 1—10 卷获中国人民大学 2016 年度"建设世界一流大学（学科）和特色发展引导专项资金"资助出版。

本书 11—13 卷获中国人民大学科学研究基金（中央高校基金科研业务费专项资金）项目（12XNL007）资助出版。

李　今　主编
屠毅力　编注

汉译文学序跋集

第九卷

1933—1934

上海人民出版社

致谢和说明

　　大约 1999 年，因为参与了杨义先生主编的《二十世纪中国翻译文学史》的写作，我进入了一个方兴未艾的研究新领域。在搜集爬梳相关文献史料的过程中，我深深感到汉译文学作品的序跋对于认识翻译行为的发生、翻译方法及技巧的使用，对于不同时期中国面向世界的"拿来"选择，对于中国知识界如何在比较融合中西文化异同中重建现代文化新宗的艰难探索，都具有切实而重要的历史价值和意义。同时也体会到前辈方家编撰的工具书与史料集，如北京图书馆编的《民国时期总书目》，贾植芳、俞元桂主编的《中国现代文学总书目》嘉惠后学的无量功德。于是，编辑一套《汉译文学序跋集 1894—1949》，助益翻译文学研究的想法油然而生。但我也清楚，这样大型的文献史料集的整理汇印，没有一批踏实肯干的学人共同努力，没有充足的经费支持是难以实施的。

　　2006 年，我从中国现代文学馆调到中国人民大学文学院，曾和院领导谈起我的这一学术设想。让我感动的是，孙郁院长当场鼓励说，你若能完成就是具有标志性的成果，不用担心经费问题。后来出任人大副校长的杨慧林老师一直对此项研究给予默默的支持。我的学术设想能够获得学校项目的资助，是与他们的关心和支持分不开的。我先后招收的博士生、博士后让我有幸和他们结成工作团队。师生传承历来都是促进学术发展的有效传统，我对学生的要求即我的硕士导师朱金顺先生、博士导师严家炎先生给予我的教诲：见书（实物）为准，做实学。只因适逢当今电子图书数据库的普及与方便，我打了折扣，允准使用图书电子复制件，但要求时时警惕复制环节发生错误的可能性，只要有疑问一定查证实物。即使如此，《序跋集》收入的近 3000 篇文章都是各卷编者罗文军、张燕文、屠毅力、樊宇婷、刘彬、崔金丽、尚筱青、张佳伟一本本地查阅、复印或下载，又一篇篇地录入、反复校对、整理出来的。为了找到一本书的初版本，或确认难以辨识的字句，他们有时要跑上好几个图书馆。为做注释，编者们更是查阅了大量的资料文献。尤其是崔金丽在编撰期间身患重病，身体康复后仍热情不减，重新投入工作。从他们身上，我看到作为"学人"，最基本的"求知""求真""求实"的精神品质，也因此，我常说我和学生没有代沟。

　　本套丛书虽说是序跋集，但所收录的文章并未完全局限于严格意义上的序跋，也就是说，我们编辑的着眼点并不仅仅在于文体价值，还注重其时代信息的意义，希望能够从一个侧面最大限度地汇集起完整的历史文献史料。考虑到对作家作品的评价往往保存着鲜明的时代烙印，译者为推出译作有时会采用理论、评论、文学史等相关论说，以阐明其翻译意图与译作价值，因而译本附录的作家评传及其他文章也一并收入。

　　鉴于晚清民国时期外国作家、作品译名的不统一，译者笔名的多变，编者对作家、译者、译作做简要注释，正文若有原注则照录。其中对译作版本的注释主要依据版权页，并参考封面、扉页、正文的信息撰写。由于晚清民国初期出版体制正在形成过程中，版权页著录项目并不完备，特别是出版部门尚未分工细化，发行者、印刷者、个人都可能承担出版的责任，因而，对出版者的认定，容易产生歧义，出现由于选项不同，同一版本录成两个版本的错误。为避免于此，遇有难以判断，或信息重要的情况，会以引号标志，照录版权页内容。《序跋集》按照译作初版的时间顺序排列，如未见初版本，则根据《民国时期总书目·外国文学》《中国现代文学总书目·翻译文学》，并参考其他相关工具书及著述确定其初版时间排序。但录文所据版本会于文末明确标注。经过编者的多方搜求，整套丛书已从450万字又扩充了近200万字，计划分18卷出版。为方便查阅，各卷都附有"书名索引"和"作者索引",终卷编辑全书"《序跋集》书名索引"和"《序跋集》作者索引"。其他收录细则及文字处理方式详见凡例。

经过六七年的努力,《汉译文学序跋集 1894—1949》第三辑即将面世,我和各卷的编者既感慨万千,又忐忑不安。尽管我们致力为学界提供一套可靠而完整的汉译文学序跋文献汇编,但时间以及我们能力的限制,讹漏之处在所难免,谨在此恳切求教于方家的指正与补遗,以便经过一定时间的积累出版补编本。此外,若有任何方面的问题都希望能与我取得联系(中国人民大学文学院)。

本套大型文献史料集能够出版,万万离不开研究与出版经费的持续投入,谨在此感谢中国人民大学及文学院学术委员会对这套丛书的看重和支持;感谢中国人民大学 2016 年度"建设世界一流大学(学科)和特色发展引导专项资金"支持了1—10卷的出版经费;感谢中国人民大学科学研究基金(中央高校基金科研业务费专项资金)项目(12XNL007)资助编撰研究费用和11—18卷的出版经费;感谢科研处的沃晓静和侯新立老师的积极支持和帮助。另外,还要特别感谢每当遇到疑难问题,我不时要叨扰、求教的严家炎、朱金顺老师,还有夏晓虹、解志熙老师,我们学院的梁坤老师帮助校对了文中的俄语部分;感谢各卷编注者兢兢业业,不辞辛苦地投入编撰工作;感谢在编辑过程中,雷超、樊宇婷、刘彬事无巨细地承担起各种编务事宜。感谢屠毅力对《序跋集》体例、版式、文字规范方面所进行的认真而细心的编辑。

总之,从该项目的设立、实施,到最后的出版环节,我作为主编一直充满着感恩的心情,处于天时、地利、人和的幸运感中。从事这一工作的整个过程,所经历的点点滴滴都已化为我美好的记忆,最后我想说的还是"感谢!"

李今

凡　例

一、本书所录汉译文学序跋，起 1933 年，终 1934 年。

二、收录范围：凡在这一时段出版的汉译文学单行本前后所附序跋、引言、评语等均予以收录。作品集内译者所作篇前小序和篇后附记均予以收录。原著序跋不收录，著者专为汉译本所作序跋收录。

三、文献来源：收录时尽量以原书初版本或其电子影印件为准。如据初版本外的其他版本或文集、资料集收录的，均注明录自版次、出处。

四、编录格式：以公元纪年为单位，各篇系于初版本出版时间排序，同一译作修订本或再版本新增序跋也一并归于初版本下系年。序跋标题为原书所有，则直录；若原书序跋无标题，加"[ ]"区别，按书前为 [序]，书后为 [跋]，篇前为 [小序]，篇后为 [附记] 格式标记。正文书名加页下注，说明译本所据原著信息，著者信息，译者信息及出版信息等。若原著名、著者原名不可考，则付阙如。

五、序跋作者：序跋作者名加页下注，考录其生卒年、字号、笔名、求学经历、文学经历、翻译成果等信息。凡不可确考而参引其他文献者，则注明引用出处。凡不可考者，则注明资料不详。在本书中多处出现的同一作者，一般只在首次出现时加以详注。若原序跋未署作者名，能确考者，则加"( )"区别，不能确考者则付阙如。

六、脱误处理：原文脱字处、不可辨认处，以"□"表示。原文误植处若能确考则直接改正，若不能完全确考则照录，并以"[ ]"标出改正字。部分常见异体字保留，部分不常见字则改为规范汉字，繁体字统一为通行简体字。原文无标点或旧式标点处，则皆改用新式标点。

　　七、注释中所涉外国人名、书名,其今译名一般以中国大百科全书出版社中文版《不列颠百科全书》《简明不列颠百科全书》等为依据。

目　录

1933 年

《托尔斯泰短篇小说集》[①]

《托尔斯泰短篇小说集》译者序

温梓川 [②]

这里的八篇东西，是从英国牛津大学出版部（Oxford University Press）印行的托尔斯泰的《二十三篇故事》（*Twenty-three Tales*）中译出。起初本来是和成慧兄约定：由他译一半，由我译一半，将它全部译出的。但后来成慧兄因为创作他的《春梦》，为时间所限，未能实行这个约定，而我自己又因为教课的繁忙，琐事的羁绊，以致只能译了这几篇便搁下了，这实在是件可憾的事。

当我将每篇译完后，都曾交到报纸上去发表，曾经得到许多读者的赞扬和鼓励，增加了我不少的勇气。今春因事由槟城返国，道经上海时，我便将它收集起来，交给女子书店先印单行本，作为《托尔斯泰短篇小说集》第一集，其余未译完的，只好俟有机会时再译，作为

① 《托尔斯泰短篇小说集》，俄国列夫·托尔斯泰（Leo Tolstoy，1828—1910）著，温梓川译，上海女子书店 1933 年 6 月初版，姚名达主编"弥罗丛书"之一。

② 温梓川（1911—1986），祖籍广东惠阳，生于马来西亚槟城。早年在马来西亚求学，后入广州中山大学文学院预科、上海暨南大学西洋文学系就读，毕业后返回槟城，任《新报》副刊编辑、《光华日报》副刊主编等职。另译有《南洋恋歌》等。

第二集了。

翻译本是一件很艰难的事，要做到"信""达"二字已不容易，何况还要"雅"？所以翻译工作要完全达到这三个条件，事实上恐怕是做不到的。我译这几篇东西也不能例外，不过自问译得很忠实，原本上有什么我便译什么，丝毫不妄加增减，并且译得也很细心。但是我的英文造诣不深，错误之处，恐仍所不免，深望读者能够给我严格的批评，和切实的指正。

最后，我感谢姚名达先生，因为他答应替我印行这本书。鸿禧兄帮我不少忙，石承、成慧两兄细心替我校对，也统在此致谢。

一九三三·四·十日

——录自上海女子书店 1933 年初版

《恋爱三昧》①

《恋爱三昧》译序

施蛰存 ②

既译好了这本小小的名著，当它将要出版的时候，忽然想起这似乎要在卷首给写一些序文之类的东西。

---

① 《恋爱三昧》(*Pan*，又译《牧羊神》)，小说，挪威哈姆生（Kunt Hamsun，又译汉姆生，1859—1952）著，施蛰存译，上海光华书局 1933 年 7 月初版，"欧罗巴文艺丛书"之一。

② 施蛰存（1905—2003），浙江杭州人。先后就读于杭州之江大学、上海大学、大同大学、震旦大学。早年编辑《璎珞》《无轨列车》《新文艺》等杂志，1932—1935 年主编《现代》月刊。1937 年起相继在云南大学、厦门大学、上海暨南大学等校任教。另译有德国格莱赛《一九〇二级》、奥地利显尼志勒《妇心三部曲》等。

对于文艺，我一向是以为各人的欣赏力不同，所以其批判也当然有所不同。在这里，我绝不想对于读者有什么暗示的关于本书艺术上的评论。因为这还是让读者展读一遍之后，自己去体会的好。

在西洋文学常识很贫弱的我国读者中间，我恐怕不很知道此书作者北欧现存大作家克纳脱·哈姆生的人还不少。所以，为了想替这些亲爱的读者谋一点方便的缘故，这里可以把哈姆生底生平和这本小书大略地介绍一下。

克纳脱·哈姆生（Knut Hamsun）是一个铁匠底孙子，裁缝司务底儿子，在一八五九年八月四日，他降生于挪威古特孛朗斯达仑县底洛姆地方。他底家庭虽则很贫困，但它底自然界的环境却很好，所以哈姆生便在那著名的台萨瀑布旁边，从小就领会了许多宇宙间的神秘。

他底做裁缝司务的父亲，名字叫做配台尔·斯珂尔脱·哈姆生，因为除了克纳脱·哈姆生之外，还有四五个小孩子，所以渐渐地养育不起，而家庭经济堕入到不可收拾的地步了。到克纳脱·哈姆生四岁的时候，挪威发生了空前的经济困难，他们底家庭遂迁移到以渔业著名的脑特兰底洛福顿群岛（Lofoden [Lofoten] Islands Nordland）上了。在这荒凉的景色和简单的渔人中间，哈姆生一直长成到少年时代。有过一时，他寄居在他底一个做牧师的伯父处，这位伯父是一个很严刻的人，后来哈姆生曾在一篇题名《一个妖怪》的小说中，曾回忆起那时候底工作及逃到坟墓里和树林里去的时候的情景。

在他立志从事于文学之前，他曾在薄陀地方一爿皮鞋店里做学徒。但是到后来，他不愿意度这种生活了。便决定主意，上了放浪的旅途。他曾经有一时做过搬煤夫，筑路工人，小学教师，和收账员底助手。再后来，正如当时许多别的斯干狄那维亚后生一样，他也想到美国去找找运气看。

哈姆生到美国，是在二十四岁的时候。此行的目的他是想去做由台利安派的牧师的。但哪知时运不济（也许这正是使他成功的天助的运气），他做了各种辛苦的职业，如街车的御者，农场工人，糖果店的小伙计，他都做过。在这个时期中，他很想在美国找一点文学的机会，可是始终没有如愿，这是使他感觉到贫困以上的绝望的。但他始终没有放弃了文学的修养，据说他在芝加哥充当街车御夫的时候，老是衣袋里矗出着一本袖珍本的诗集，而且当他耽于幻想的时候，他会得到了站忘记打铃，或甚至跌倒在乘客的身上。

某一傍晚，那时他正充当一家菓米店伙计，因为大声呼号的缘故，竟呕出许多血来，医生诊察之后说是患了急性肺病，只有三个月的寿命了。但他那时却没有回国去寿终正寝的旅费，便不管怎样，趁了车作三日的旅行。到了纽约，奇怪的是，在这旅途中间，因为被对面吹来的风把空气猛烈地压入肺中，他底病竟好了一半。后来回到挪威，再休养了几个月，身体竟完全复元了。这是一八八五年的事。

回国之后的哈姆生，才专心从事于历年来有志未遂的事业了。这期间，他发表了两三篇小说，作了一本《美国文学观》及其他小品。并且又曾作过几次文学的游行演讲，为了他底富于幽默和机智的辞令，很使听众高兴。

一八八六年秋，哈姆生再到美国，作《时事杂志》（Verdens Gang）底驻美通信员。但为了生活费不足关系，他又不得不另外找工作做。于是他曾有一时做过在米尼亚波里思的挪威神父强孙（Kristoffer Janson）底秘书，又有一时曾在北大柯达（North Dakota）农场中做过工。在米尼亚波里思的时候，哈姆生曾想找机会作一度文学的演讲，但这希望是终于被拒绝了。于是他遂满怀着对于美国的失望而回去了。

在归途中，道出哥平哈根，他结识了一位日报的编辑爱德华·勃兰狄斯。因了此人的介绍，哈姆生底大杰作《饿》的手稿，才得在哥平哈根的著名杂志《新土地》上，署了假名发表出来。

两年之后，《饿》的单行本在挪威出版了。文坛上哈姆生底地位已经不可动摇了。他陆续地写了许多小说，诗歌，和戏剧。一八九八年，他在纽尔霍尔姆地方，找了一处僻静的房子，一面过着他的农民般的生活，一面耽于幻想与创作。一九二〇年，领了诺贝尔文学资金，于是他底世界的作家的名誉便正式地被估定了。但是，使我们不禁要慨叹的，是美国的报纸上却登载道："马车夫领受诺贝尔文学资金！"

本书底原名是"*Pan*"，这是出于希腊神话的一个典故。"*Pan*"是牧羊之神底名字。本书中所描写的格兰少佐，是一个安于野外生活，而厌弃虚伪的社交的人，同时他对于恋爱的态度，也是很野蛮（这其实应当说是热烈）的，大概是为了这两个性格，据我猜想起来，作者所以把本书取名为"*Pan*"吧。本书与另一本题名为"*Victoria*"的小说，是被称为哈姆生所著的有牧歌风的两种精品。哈姆生所著其他小说，如《饿》《土之生长》等都是篇幅很多的大作品，其内容都是描写人生失望，焦虑和贫困，完全是非但写作时要费力，而且使读者阅读时也得用心的写实主义的杰作。独有 *Victoria* 和这本 *Pan* 却完全是充满着北欧所特有的情调的浪漫主义的小品。因为自己过于喜欢了，所以把它重译了出来，虽然我译得这样地拙劣，但想来读者多少总还可以从这本小书中欣赏到原作者底朴讷的风格，独特的修辞，和北国的感伤。

一九三一、三月、译者。

——录自光华书局 1933 年初版

《革命文豪高尔基》[①]

《革命文豪高尔基》编译后记

邹韬奋 [②]

第七卷《生活周刊》的末了几期里面，曾有几篇介绍高尔基生平的文章，读者觉得很有趣味，有许多写信来建议出一本较详细的高尔基传记，刚巧这个时候我正看完康恩教授（Alexander Kaun）所著的，《高尔基和他的俄国》一书（*Maxim Gorky And His Russia*），觉得其中有许多引人入胜令人奋发的事实，值得我们作更详细的介绍，同时因为受着热心读者来信的督促，便鼓着勇气，根据康恩教授所著的这本书，于百忙中编译成了这本《革命文豪高尔基》。

我从去年十一月一日起动笔编译，利用的时间是在早晨赴《生活周刊》社办公以前的一些时间，和晚间看书余下的一些时间，至今年四月底脱稿，其间因自己生了几天病，既须勉强到社办公，晨晚不得不停止工作两星期，此外还因为其他临时的事务，零碎合起来又搁了两三星期，大概编译的经过时间将近五个月。本来只打算写十五万字，后来因有许多有趣味的事实舍不得割弃，越写越长，写到了廿万字左右。译笔方面虽力求畅达，但为学力所限，自视仍觉觍然，没有时间仔细推敲，倘有错误，希望读者不吝指教，俾得于有重版机会时

---

① 《革命文豪高尔基》(*Maxim Gorky And His Russia*)，传记，美国亚历山大·康恩（Alexander Kaun，1889—1944）著，邹韬奋编译，上海生活书店 1933 年 7 月初版，1933 年 9 月再版本另有再版附言。编译者自刊 1942 年 1 月渝初版和上海韬奋出版社 1946 年 3 月胜利后第一版均附《第六版修订后记》。

② 邹韬奋（1895—1944），江西余江人，出生于福建永安。先后就读于上海南洋公学、圣约翰大学，1926 年起任《生活周刊》主编，1932 年创立生活书店，任总经理。另译有《苏联的民主》《读书偶译》等。

修正。

《高尔基和他的俄国》一书出版于一九三一年。著者康恩教授系美国加利福尼亚大学俄国文学教授，除由俄文的书报及高尔基的原著中搜集许多确切的材料外，他并为着要著此书，特往高尔基在意大利所住的加波的索梭托去过了一个夏季，差不多天天和高尔基及其左右的人晤谈，直接获得不少可贵的材料。他自己说这本书偏重在描述高尔基在俄国自沙皇到布尔希维克专政的一段过渡时期中的奋斗生涯。书末所附的"高尔基著作一览"颇详，也许可供有志研究文艺者的参考。（拙编的这本书，除撷取康恩教授此书的材料外，并搜集了一些在此书出版后关于高尔基最近的事实加入。）

本书承寒松、徒然两先生襄助校阅，关于高尔基参加革命运动的几章，还承胡愈之先生看过一遍，多所指正。关于排印格式等事，则承徐伯昕、严长衍两先生劳神处理，都敬此志谢。

韬奋记于上海寓所。一九三三，五，九。

这篇"编译后记"付排后，接到鲁迅先生寄到下面的一封信：

韬奋先生：

今天在《生活》周刊广告上，知道先生已译成《高尔基》，这实在是给中国青年的很好的赠品。

我以为如果能有插图，就更加有趣味。我有一本《高尔基画像集》，从他壮年至老年的像都有，也有漫画。倘要用，我可以奉借制版。制定后，用的是哪几张，我可以将作者的姓名译出来。此上即请著安。

鲁迅上。七月九日。

关于这本书的插图，我原已搜集了三张相片，一张是高尔基和斯达林合影，一张是高尔基在他的文学生活四十周年纪念时所摄的肖影，还有一张是他最近和他的两个孙女儿合摄的一影。我接到鲁迅先生的这封信后，就写信去表示欢迎。现在这本书里的插图，除上述的三张外，其余的相片和漫画，都是承鲁迅先生借用的，并承他费了工夫把作者的姓名译出来，为本书增光不少，敬在此对鲁迅先生志感。

一九三三，五，十九韬奋再记。

——录自韬奋出版社 1946 年胜利后第一版

《革命文豪高尔基》再版附言
邹韬奋

这本书于今年七月初版发行，但不到三个月便售罄了。我刚到巴黎便接到书店方面转来的通知信说是要再版了。我自己觉得很惭愧，因为这本书是在百忙中译成的。自知错误的地方很多。出版后承读者纷纷赐函谬加赞许，也许是书中主人翁的故事得着大众热烈的同情与欢迎吧！但这却愈增加我的愧恶。再版时，承赵一萍、毕新生两先生详细校正，使拙译得以减少许多错误，这是应该十分感谢的。

韬奋写于巴黎旅次。一九三三，九，二。

——录自韬奋出版社 1946 年胜利后第一版

《革命文豪高尔基》第六版修订后记
邹韬奋

高尔基逝世后一日，莫斯科的《真理报》社论中第一句话是"理智的明灯熄灭了！"这固然是寓着无限悼惜之意，但在实际上这盏"理智的明灯"是永远不会"熄灭"的。即如本书五版售罄之后，要求再版者仍纷至沓来，可见高尔基一生的艰苦奋斗，学习锻炼，是永远要吸住无数有志青年的注意，是永远在导引着我们容易地向着光明的大道前进！

本书第六版略有修订之处，大概说来有：

（一）增加精美铜图十余张，插入书的当中，每编之前，附插铜图两面，图画都与每编内容有关，并略加说明。此外在书的前面，原来的若干铜图，因重新制版关系，有的不甚清楚，减少了一些，余仍照旧。

（二）全书的译名已根据最近惯用的（如人名、地名、书名等）加以更改。

（三）附录的《高尔基著作一览》，原来只提到英译本，现在特加上中译本，关于译者及出版处，凡为我们知道的，都已尽可能地加进去了。

（四）尤其重要的是对于第五及第六两编的删改，特别是第五编中的第二十三章及第二十四章，这些删改的部分，都是由于发现原著者有疏忽或不甚正确的地方，参考其他材料加以修正的。

关于本书第六版的细心校对，新增铜图的俄文说明的叙述，我要感谢刘执之先生；关于铜图的排版的设计，我要感谢何步云先生；关于新加插图的搜集，删改部分的材料的搜集和指教，我要感谢艾寒松先生。

一九四一年二月二十一日晚

——录自韬奋出版社 1946 年胜利后第一版

《平林泰子集》 [1]

《平林泰子集》平林泰子介绍

沈端先（夏衍） [2]

平林泰子（Taiko Hirabayashi）最初是属于日本劳农艺术家联盟（一称文战派），社会民主主义文学团体的女性作家。一九〇五年十月，生于长野县诹访郡，她的父母在信州诹访经营纺织工厂，所以她从小就知道了地狱般的女工生活。高等女学校（高中程度）卒业后，单身投奔东京堺利彦氏，此后即投身于劳动者解放运动。著作有短篇集《在施疗室》（一九二八），《殴打》（一九二九），《敷设列车》（一九三〇），《耕地》（一九三〇）等。一九三〇年六月，"愤文战派的腐败"，与长谷川进，今井恒夫等共同退出，但至今亦未加入日本普罗作家同盟。

——录自现代书局 1933 年初版

---

① 《平林泰子集》，短篇小说集，日本平林泰子（Taiko Hirabayashi，1905—1972）著，沈端先译，上海现代书局 1933 年 8 月初版。

② 夏衍（1900—1995），浙江杭州人，曾留学日本，就读九州明治专门学校。1929 年与郑伯奇、钱杏邨发起上海艺术剧社，1930 年参与创建"左联"，任执行委员，后发起组织中国左联戏剧家联盟。曾任《救亡日报》主编、《新华日报》代总编辑等职。另译有《欧洲近代艺术思潮论》、高尔基《母亲》等。

《心灵电报》①

《心灵电报》前言
汪倜然 ②

这是一本世界短篇小说的选择集，共代表九国十三个作家。我在一九二九年以后所译的小说都在这里了。对于短篇小说，我一向很喜欢，所以读得很多，差不多没有一个礼拜不读几篇英文的或英译的短篇小说。除了英美杂志上的小说不算，我所读过的西洋短篇小说，现在算起来大概总在一千篇以上。同时，读是我的嗜好，译也是我的嗜好：我读到有好的作品就每每起了翻译的热忱。但好的太多了，而时间又往往不容许我，我所译出的是连十分之一都不到，这在我自己是觉得很不称心的一件事。自然，我知道，在如今译长篇小说是时髦；但我以为，译长篇目的只在于轰动读者，译短篇却是有益于新文艺的事情。中国的短篇创作，实在太不成东西了，有许多出名的小说家简直不知道短篇小说该是怎样一种东西。不要说研究到技巧，连基本的观念都没有。天才只须提起笔来就写，那自然不错。但写出来的东西只能算是随笔杂记或故事，到底未免对不住"短篇小说"这四个字吧？平心而论，这到底是一种病态，不可不加以补救。补救的方法当然是研究西洋文学的作品。所以，在这意义上，翻译的短篇小说是很

① 《心灵电报》，短篇小说集，汪倜然译，内收显克微支、都德、王尔德等九国十三个作家作品，上海现代书局 1933 年 8 月初版，"世界短篇杰作选"之一。

② 汪倜然（1906—1988），祖籍安徽黟县，出生于上海。1926 年上海大同大学英文专修科毕业，先后在上海泉漳中学、中国大学、中华艺术大学等校任教，曾任世界书局编辑、启明书店编辑、《大晚报》主笔等职。另译有英国萧伯纳《黑女寻神记》等。

有用处的。

不过，这不过随便说说就是，我决不是说我译小说是抱着那末大的志向的。我因为爱读某几篇，就译了某几篇小说出来，如此而已。而且，我也并不把这十多篇小说看作世界的"杰作"，其中有一部分是因为他们能代表作者底风格而译的。如王尔德、伯乃特哈特、曼殊菲尔、安特列夫、莫泊三等底作品。还有一部分是因为作者能代表某个弱小民族底文学而译的。如卡贝克、伊凡诺夫、伯鲁斯、格列昔去等小国度作家底作品。不过，因为我对于小说是很注重技巧的，我在这里所译的几篇就都是有完美技巧的作品，这是各篇相同的一点。至于译文，现在看来实在不免于生硬粗涩，原文底美好当然丧失不少，这是甚觉歉仄的。

二〇年，八月，一日。
——录自现代书局 1933 年初版

《巴比塞短篇作》①

《巴比塞短篇作》后叙
祝秀侠 ②

关于亨利·巴比塞的生平和著作，近来介绍的人很不少，我想这里不必细述。他的作品，以长篇为多，如《火线下》《光明》都是我们

---

① 《巴比塞短篇作》，短篇小说集，法国巴比塞（Henri Barbusse，1873—1935）著，祝秀侠译，上海大江书铺 1933 年 8 月初版。
② 祝秀侠（1907—1986），广东番禺人。毕业于上海复旦大学中文系，"左联"成员，曾在中山大学、广西大学、复旦大学等校任教，后赴台。另译有《黑丽德》《辛弟的礼物》等。

所熟知的。而他的短篇却很少。近年来，他似乎忙于别样工作，作品更不甚多睹了。这里的短篇，其实是有点像高尔基《回忆锁记》那一样的东西，但他的有力的词句，和矫健的作风，是很使人爱悦的。

译文根据英译本 *Thus and Thus* 一书，间亦参考法文原本和别一两篇英译。原书共分三部分，约有短篇二十余篇。本来去年春间已与友人全部译完，后沪战时译稿全失。近巴氏有来华消息，又重译若干篇投载各刊，借表景仰之忱，兹收集成一单行本出版。但巴氏的文句颇不易译，错误大概是有的，敢求高明的指正。

秀侠，一九三三，八，十。

——录自大江书铺 1933 年初版

《大地》[①]

《大地》序
胡仲持[②]

《大地》的作者赛珍珠女士，字文襄，美国佛琴尼亚州人；生才四个月，就被她的父母带到中国来。她的父亲赛兆祥博士是基督教长老宗的牧师，曾传教于清江，镇江等处，著有不少的宗教书，并且译过一部分的《新约》，晚年任南京金陵大学神学教授，一九三一年夏，染了痢疾死在庐山，享年八十。她的母亲也是传道师，对于文学，艺

① 《大地》(*The Good Earth*)，长篇小说，美国赛珍珠 (Pearl S. Buck，1892—1973) 著，胡仲持译，上海开明书店 1933 年 9 月初版。
② 胡仲持 (1900—1968)，浙江上虞人。曾就读于宁波中学，1921 年入《新闻报》馆担任记者，后任《商报》编辑，1928 年入《申报》馆，任夜班编辑、国际版主编。另译有俄国托尔斯泰《一个人需要多少土地》、美国裴特 (R. E. Byrd)《南极探险记》等。

术和音乐很有素养，早就死了。

作者幼时同她的父母住在清江县城附近小山上一所幽静的小屋里，她的游伴除了自己的一个妹子以外，全是当地的中国孩子。她从她的母亲受了初步的教育。据作者对纽约《泰晤士报》记者说，"她的母亲不但把小学校里一般的课程教了她，还使她获得了艺术和音乐的趣味，而尤其重要的是使她意识到文字本身的趣味。"

因为她那做传道师的母亲有着许多中国朋友的缘故，作者常常出入于中国人的家庭，她不但熟悉了中国人的风俗习惯，还体会了中国的劳苦大众和家庭妇女的内心的苦痛。她又有一个年老的保姆，常在坐着缝补袜子或是做什么的时候，把自己幼年时代以及饥荒和盗匪的故事讲给她听，给了她深刻的印象。她从小就这样地在中国人中间度着生活，所以后来到上海什么学校来读书的时候，她就几乎不觉得自己和中国人有什么两样了。

十七岁时，作者取道欧洲回国，便在佛琴尼亚州的拉多尔夫墨肯大学读书。毕业时，文学的成绩特别好，获得了最优等的奖品，——一张美丽沙发。这张沙发现在还陈设在她的客室里。

她第二次到中国来，先后担任金陵大学、东南大学教授，暇时常写关于中国社会状况的文章，投稿于美国《大西洋月刊》《国民》《亚细亚》等各大杂志。久之，美国人就公认她是一个"中国通"了。

她在南京和金陵大学农科农业管理系主任教授卜凯（John Lossing Buck）结婚以后，生了一个女儿，相貌很好，可是生来患着一种废疾。作者只得把她送到美国一个专门教养院去，让她在那里过寂寞的一生。然而作者却常挂念着这可怜的女儿的前途。"我得给这女儿筹好一辈子的费用，才安心呢！可是卜凯先生教书的收入很有限，我呢，又两袖清风，哪儿来这许多钱呢？我想还是努力来著作，用著作上的进益来解决这个问题罢。"这番坦率的话是作者对她的一个中国朋友，那帮助她搜集中国小说史材料的龙墨芗君说的。

　　一九二七年春，宁案暴发，作者避难到上海，住在善钟路旁一所小洋房里，便在那里专心著作。她那最初问世的长篇小说《东风西风》，就是在那一年脱稿的。

　　次年春，时局安定，作者回到南京，继续从事于长篇创作。她每天清晨起身，略略梳洗一番，便到三层楼上一个小房间里，伏案写作，早饭后再上楼去写，直到中午停笔，午后方才做其余的事。在这样的情形之下，就产生了后来轰动欧美文坛的《大地》。

　　《东风西风》以一个中国旧式女子桂兰自叙的体裁描写中国家庭中新旧思想的冲突。凭了东方的情调和优美的文笔，这部小说出版后，获得了英美各报的好评。可是那使她在美国文学界有了确定的声誉，并且发了大财的作品却是《大地》。《大地》于一九三一年三月在纽约出版，便被美国出版界所组织的每月新书推选会选为杰作。不久她又获得了一九三一年的普利泽文学奖金。这奖金数目虽然不过五千美金，可是在美国一向很有信誉，那光荣确实非常的。《大地》的结构以农人的生涯为经，而以水旱兵匪的灾祸为纬。作者所抓住的简直是贫困的中国目前最严重的几个问题。主人公王龙可以算得占着中国人口的最大多数农民的典型，其前半的生涯代表着颠沛流离的饥饿的贫农，后半则代表着生活优裕的富农。作者摆脱了"勤俭致富"这一种因袭的道德观念，偏以都市贫民的暴动作为王龙　生的转变点。这正是作者的伟大的所在。也许因为力求迎合美国的大众趣味的缘故罢，作者对于中国旧礼教却未免刻画得太过分了，而且她对于崇拜着林黛玉式女性美的中国人的性心理的描写似乎也有几分不自然。因此我国的读者往往不大满意了《大地》的后半部分。

　　然而从批评的见地，《大地》的成功显然并不在于那些性爱的场面，却在对于悲惨的饥民的动人的描写。这样的描写穷苦的小说终于使作者在全世界不景气的时代一跃而成为富人了。这委实是出于作者意料之外的。作者现在无须忧虑到她那可怜的女儿一辈子的费用了，而且也同王龙将离南方大城市时的情形一样，骤然得到了多量的金洋，够她作欧美长途的旅行，过日后丰裕的生活呢。

《大地》这小说多少转变了欧美人对于我国的观感，那实际的影响是值得注意的。一九三一年秋，正是《大地》在美国风行的时候，我国发生了严重的大水灾。在政府所收到的从国外汇来的赈款中，美国人所捐募的占着大部分。那原因，据美国红十字会会长写给作者的信中所说，就由于王龙一家人遭遇旱荒的故事，深切地感动了美国人这缘故。

继着《大地》而出版的是《三子》（Sons）。这描写着王龙死后他那三个儿子的生活。他们三人就代表着中国的绅士，商人和军阀。然而作者对于中国这类的人物显然没有像她对于农民那样的同情和认识，因而也就没有《大地》那样的成功了。

作者于一九三〇年七月偕卜凯先生回美，亲见了自己的作品在那里风行的盛况，今年六月下旬才离开美国。现在她大约就在欧洲旅行的途中罢。在最近的将来，我们就可以见到这位以中国为"第二母国"的幸福的女作家了。此番她再到中国来，对于这个又老大又贫困的中国一定可以认识得更深切些，那么她日后的作品也许会把《大地》的优点保持着，而把那缺点消除了的。我们在欢迎这位仁慈的作者的热诚中，不禁还抱着这么一点的希望。

译者　一九三三年七月十五日

——录自开明书店 1935 年三版

《不如归》^①

《不如归》新序

章衣萍

我的朋友林雪清将德富芦花的杰作《不如归》译成白话文，该书译笔忠实而流利，实在是很完美的译本，比从前林琴南的删节而且呆笨的译本，要高万倍了！他们要我写篇序，我想，我不是一个专攻日本文学的人，如何有资格来替《不如归》作序。但因为他们的好意，而且，汪原放兄也再三催促，没奈何，只好把我所知道的德富芦花及他的《不如归》的一点意见写了出来，供给爱读这本书的人的参考。

一、德富芦花的小史

在谢六逸编的《日本文学史》第六章《现代文学》中有这么的一条（四二——四三页）：

> 基督教传入日本，是在战国时代（约一五四九年），但是把基督教当作"思想"而容纳，则在明治初年。这时有一个叫做新岛襄的，他在京都设立同志社（一八七五），作为基督教的大本营，他说，如果不用基督教来感化国民，则无从传播新文明的精神。他特意在佛教势力最富的京都设立同志社（现为同志社大

---

① 《不如归》，日本德富芦花（1868—1927）著，林雪清译，上海亚东图书馆
　1933 年 9 月初版。
　林雪清，林琦，曾用名林涛。留学日本，曾任职于南京训练总监部军学编译处。
　另译有日本森鸥外《舞姬》、法国莫奈德《苦儿努力记》(与章衣萍合译) 等。

学），他的门下有德富苏峰，德富芦花，浮田和民诸人。

德富苏峰是德富芦花的哥哥。他们的思想后来因转变而分离了。浮田和民成功了一个政论家。我们现在单讲《不如归》的著者德富芦花的一生小史。

德富芦花的原来名字是德富健次郎，他是明治元年（即一八六六年）十月二十五日生于日本熊本县苇比郡水俣村。十一岁时随兄德富猪一郎（又名德富苏峰）入京都同志社读书，仅两年即退学。他的思想是受了新岛襄的影响，明治十八年就当基督教徒，在故乡熊本县受了洗礼。同时跟着牧师往各处传道。二十岁的夏天，初次发表他的处女作《墓畔之夕》，是一篇短篇小说，刊登《同志社文学》中。后来时常有创作刊登报纸和杂志上。

他的杰作《不如归》是三十一岁时，在《国民新闻》上发表的。当时极博社会人士的欢迎。后来该书由民友社出版，销至百余版之多，竟风行一时，并且被编成剧本在舞台上表演。

在《不如归》出版不久，便有《自然与人生》一书出版，亦极为读者所欣赏。

他的《不如归》及《自然与人生》二书，都已有英文译本。《不如归》从前有林琴南的古文译本，是删节的。除此两种代表作之外，尚有长篇《回想录》《黑潮》《竹崎顺子》《富士》《黑色眼与茶色眼》等作。散文集有《蚯蚓的呓语》亦颇可观。他的一生著作，我们把他的年谱译在后面，可以参看，他是昭和二年九月十八日死的。

以上是德富芦花的小史。

二、德富芦花的思想变迁

我们知道，德富芦花是很受基督教的精神影响的。他是一个人道主义的社会主义者。他爱好嚣俄（Hugo），托尔斯泰（Tolstoy），佐拉（Zola）。他的著作和他的一生，处处表现出他的人道主义的精神。

明治三十六年他脱离了哥哥所经营的民友社，并与国民新闻社断绝了关系以后，独自捐资创立了黑潮社。《黑潮》那篇长篇小说便是黑潮社出版的。他写在那本小说前面的一封信，就是表现他的思想的一篇宣言，我们现在译在下面：

苏峰兄：

当初，这篇小说拟由民友社出版，我本来是想将它献给你的。然而我现在却离开民友社了，可是这小说所献的人，还是非兄莫属。

我生而与你为同胞。年龄之差，不过五岁罢了，才能之别，遂不啻千里。我幼时，得你携手而往返于村塾与家庭之间。到了十五六岁的时候，又以你为师而初学英语，初作文章，并由你教以自由的大义。及至你在京都树起旗帜来时，我也得忝列在民友社社员的末列，在你指挥之下，自明治二十二年以至明治三十五年，有十四年的工夫。我的经验，思想，趣味，著作，生活，以至于今日的若干虚名，皆是你给我的，你所帮助我的，自然很多。狂愚怯懦的我，得你的庇护，才得以在你的羽翼下长成。

我受你这样多的情义和帮助，本应该随你于天涯地角。然而现在我竟和你告别了，与栖迟了十四年的民友社离开了，又与《国民新闻》亦断绝关系，这究竟是为了什么原故呢？

这并不是别的，我早就感到我与你之间，逐渐的分歧了。这种原因，是由于天赋的不同，我也明白了。我为这事烦闷已久了，然而我所姑息而自欺，决不是完成上帝的赋命，也不是要报答你的恩义。人的命运，是早已在胎中决定了。松子长成松树，橛子也长成橛树。主义，同情，都是由于自身的发展与现象造成罢了。所以刚强的你，倾心伟力；柔弱的我，同情弱者。性格复杂的你，处世便不辞婉曲；而性格单纯的我，就爱好干脆。你以经世家的性质，万事以成败断论，以折衷让步为成功的金科玉律，你的眼光常不离利害与理智。文学一事，只不过是你的处世的一种手段。侧身思想界的人，以不挠不屈为骨干。而爱好于文学的我，便自然的不能不高唱文学独立，因"美"的喜悦而彷徨于真善境中。即以经世家的手段说，你以国力之膨胀为重，倾心于帝国主义；而我却爱好嚣俄，托尔斯泰，佐拉诸大文豪，专心于人道之大义，安身于自己所喜的社会主义中。我决不以你之思想及行为为非，以自己的为是。真理的山峰层叠，即使你我所站之峰各异，却不是远在山外分驰。所以你的勇往的大道，与我直前的平路，其相差处，也不能说是黑白之分。虽然不致于距离太远，然而我们的趣味的倾向，着眼处的目的点，以至于同情的对象的不同，动机的各异，是断不能掩没的事实。

事实已是如此，我以恩义为重，在你的旗帜下徘徊了许久，亦觉得很难成为理由。就是你的好意，能姑息地容纳我，使我勉力加入于《国民新闻》，这有什么用呢。假使我的说话有累于你，假使我随你所欲的乱话，那是自欺自骗，还不如就此和你分别的好。形式上兄弟整日相对，梦里却是各自东西，这有什么用呢？乌鹊在今夕是同枝，明朝便成了天南地北的分飞了。骨肉之情无限，倾向各禀天赋。今后只有各从天赋，自求个性的发展。湘南的双亲虽老，谅亦不以我的行为为怪罢。

你的部下俊秀如林，虽难免有误解你的，然而天下也正不乏你的知己。想不致为一个小弟弟之去为可叹息罢。我再不要求任何人的援助，久已惯于独立，寂寞就是我的食粮。神明在上，言出由衷。委身于天命，鞠躬尽瘁，死而后已。愿兄勿以为念。

我向你告别了，很感谢你的如山的恩义，我对你表示十分的敬意，祝你与社中诸位都健康。并以这篇拙劣的小说呈上。

弱弟芦花生谨识
明治三十六年一月二十一日

要懂得德富芦花的思想变迁的人，不可不熟读这封信！这封信是很真挚动人的。可以表现他的"不妥协"的态度。

三、《不如归》的内容

《不如归》何以能那么动人呢？何以能销行几百版呢？德富芦花写这本小说时，已经是三十一岁的年龄了。此书的女主人公浪子"浪样"（Namisan）的名字，在日本已经为一般人所熟悉，成了一种典型人物。这本十万字的大著，为了便利读书［者］起见，我们现在且叙述一些概略。

书中的女主人是一位明治时代的，旧式的懦弱的女子。她依了父母之命，媒妁之言，嫁给了一位年青的海军士官。男女两家都是贵族，家财富有，男才女貌，所以婚事的成立，在当时的人们的眼中看来，真是所谓"天造地设"，这一对年青的夫妇的快乐，更不是笔墨所能形容的了。这篇小说的开头处，便从新郎新妇的甜蜜的新婚旅行写起。作者用了那得意的描写大自然的笔致，描出这一对新婚夫妇在游山玩水中的乐趣。

然而这一生的最快乐的开始处，同时却引起了悲剧的阴云。武男（书中的男主人公）的姑表兄弟千千岩的出现，早已伏定了后来浪子（书中的女主人公）的致死原因。

天下的婆婆总是凶的多。武男的母亲，浪子的婆婆的乖张的性情，与虐待儿媳的举动，虽是旧家庭中常有的一种悲剧。但浪子因为新婚后的夫婿的宠爱，以及旧礼教的束缚，对于婆婆的无理虐待，只能忍气吞声。浪子想，生为女子是该受虐待的。在不幸的命运支配之下，只愿获得男人的恩爱，曲尽为媳妇之道罢了。

武男身为海军士官，整年随着军舰在大海里漂泊，即偶得闲暇回来享受家庭的乐趣，也不过是一时的暂息而已。

然而相爱相恋的一对青年夫妇，却与世间的一般男女是一样的。武男虽然身在军舰中，远在大海之上，心中却没有一刻忘了那在闺房里等着自己回来的梦里人。

在这里著者即以数封热烈的情书，作为第一卷的结束。那些情书都是很动人的。

第二篇所说的，是相思已久的丈夫，终于又回到自己的怀中来了。薄命的浪子此时又尝到第二次的蜜月的幸福。但是爱的大海中，风浪正多着呢。武男与他的表兄的结怨日甚一日，这中国式的（因为在外国，贪财好货的军人似乎不可多得！）军人千千岩的仇怨，也只能在浪子的身上来发泄了。千千岩听到浪子得了不治的肺病时，心中反而高兴，便使他生出报复的机会。他在浪子的婆婆面前，曲尽其离间的谗言，竟使早已有意的武男的母亲，下了绝大的决心，在儿子远出的期间，将媳妇送回了娘家，这样一来，浪子的不幸的短命的原因，早已伏定了。等武男回来，早已木已成舟，无可奈何了。

在这篇小说里，作者活灵活现的描写出旧家庭为了对于世间的体面关系，置一切人情与理义于不顾，即素以孝行闻名的武勇，虽然身怀不共戴天的愤怒，与刻骨相思的恋情，也只能饮泣吞声，一筹莫展。

在这一卷中，著者在紧张的描写中，又插入了一段商人山木父女间的滑稽写照，使读者增加了不少兴趣。

第三篇的起首以中日战争为背景，写出武男因为家庭的纠缠，决然勇往的参加了战役。著者以流利的笔锋，与满腔的热情，描出黄海上两军的激战，日本军人之如何的奋不顾身，在尸山血渠之中，掷却自己的生命，一心只为国家的荣誉。在这样东北沦亡的抗日声中，也可以给我们不抵抗的军人一点刺激。

武男终于在这光荣的战役中负伤，卧病于病院中了。浪子呢，因为受了被迫回娘家去的凌辱，肺病也更加重了。幸而她的父亲很爱她，才得挣脱了死神的魔手，到了从前和武男同游的地方，养着肺病，然而景物依然，武男却不在身旁，使浪子惨然落泪。

当浪子孤身只影的走到昔日曾与武男同立过的崖头时，甚愿将这悲惨之身，付之流水，了此残生。

然而求生不易，求死也难。当浪子纵身一跳的时候，被一位妇人看见了，将她救了回来。在这里的一段，似乎是作者有意插进去的，那是一段基督教的宣传文章。我们读了觉得有些奇怪似的。

浪子因为得了一点宗教上的安慰，病体也渐渐有了起色了。慈爱的父亲，想借此旅行使浪子宽怀，然而命运玩弄着她，又有出人意外的事发生了。当浪子和她的父亲乘上火车时，在车站上，竟迎头碰见了那伤势平愈的武男，他重赴战地去打仗。一刹那间，无情的火车，不管情人心碎，汽笛一鸣，风驰电掣，各自东西了。这不意间的相逢，竟成了他们的永诀！

浪子自从这次的刺激，咯血更加不止，最后，她说了几声"苦呀！苦呀！来生再不愿生为女子了！啊！"的呻吟，便与世长辞了。

我们读了《不如归》的全书，觉得作者的描写，显然受了托尔斯泰、器俄一流人的影响。虽然他也爱左拉，但他决不是纯粹的自然主义者。他的笔尖处处显出人道主义的同情。《不如归》中的浪子与武男的家庭问题，在我们受了旧礼教压迫已久的中国人读了，更该有深刻的同情之感罢。而且，武男为了国家，奋不顾身，这也可使我们那些不爱江山爱美人的不抵抗的将军们惭愧的。

这无疑地还是一本动人的，深刻而悲哀的好小说，虽然那人道主义的思想不免稍旧。

四、《不如归》的一点考证

没有一部小说是没有底子的。《不如归》虽不是一部纯粹的自然主义的写实小说，但在全书中，我们可以看出明治时代的日本家庭，社会，人情，风俗，国家的影响。浪子与武男都成了一时代的典型人物。如果做一点考证，那么，作者在他的一百版自序上说的最妥当了。我们现在把他译出来：

《不如归》已经出到一百版了，一边在校正这旧作，顺便读读这久不阅读的书，这是一篇小孩子皮［脾］气的小说。假使当初只把它写成一篇单纯的说话体的故事，或者还要好些；但为了要使场面上热闹一些的原故，竟勉强地加进了千千岩与山木的无聊的把戏，添上了小川某女士的蛇足，要找出作中不满的地方，恐怕是很多的。对着这一百版的极受欢迎的呼声，自己也有心想再把它整削一下的意思。但是再来重写一次又怕麻烦。所以只是马虎的校正一下罢了。

在十年后再来读看时，无端地想起了一件事来了。那是促成我写这小说的一夜，算起来已经是十二年前的事了。在我寄居在相州逗子的一家旅馆柳屋的时候，碰着一位带了一个男孩子的妇人，来这里养病的，那时，正是盛夏的季节，所有的旅馆都住满了人，再没有她可容身的地方了。我因为看不过她无路可走的为难，便和妻子商量好，将我们租的二间八叠大的房子，让了一间来给她。因为那正是炎热的夏天，所以两间房子中间的屏风，只是聊以塞责的一张小帘子而已，风儿可以直吹进来，谈话的声音，也可以互相听见，这样子的住了差不多一个月，大家都互相的亲热起来。她是一个三十四五岁，经过风霜的妇人（并不是《不如归》中的小川某女士），她很富有同情心，也善于口舌。在夏天快要完了，阴霾微寒的一天的傍晚，她的孩子到外边去游玩了，她就和我的妻子杂谈着，在无意中她便说出下述的悲惨的公案来，就是关于浪子的故事，在那时候，知道的人，想是老早就知道了，但是在我却还是第一次的听见。关于浪样（Namisan）因为害了肺结核而被离婚了的事，武男如何的伤心；片冈中将生了气将自己的姑娘接回去，为了害病的女儿特造了一间静养的房子，为了她的生命的安全，带着浪样到京都大阪各地去游历，只有这几件事，是从故事中听来的。妇人一面流着辛酸的眼泪，悲哀的说着。我靠在门柱上呆呆地听着，妻呢，低下头来了。太阳不知在甚么时候躲藏起来，古旧的乡下房子里现出黑暗，只有那说故事的人，穿着的浴衣显出了一点白色。说到那可怜的人的临终时，她说是那样子的说了"啊——再不生做女儿家了……"的这句话。她说到这里，悲哀的落泪，将故事收束了。我的脊髓上有一件东西像电一般地走了过去。

这妇人不久便回复了康健，将那一夜的话留给我们，便回京去了。逗子的秋天寂寞起来，这故事的印象却永远留在我的心中。朝夕的涛声送来哀音，独自站在秋光萧瑟的海滨上，那没有影迹的人的形容，仿佛在眼前来去，我不觉由怜悯之情而变成了苦痛，不能不有点尽力了。所以就在这故事的骨梗上，添上了一些肌肉，作成一篇不成熟的小说，登在《国民新闻》上，以后又由民友社出版，那就是这本小说《不如归》。

《不如归》的拙劣处，是由我自己没有才能所致，是无可讳言了。假使这幼稚的作品，还能引起读者的感慨时，那只是在逗子的夏天的一夜中，借了那位妇人的口舌，来苦诉的浪子的

一生，现身来对读者述说的结果。总之，我只是电话中的电线
罢了。

明治四十二年二月二日

在武藏野——即今之东京府下北多摩郡千岁村粡谷的僻村中

德富健次郎识

我们读完了这篇序，可以给我［们］一点关于《不如归》的小小
考证。因为作者自己的话，当然比较更可靠的。

五、"自然与人生"

德富芦花的著作，除了《不如归》外，还有一本散文《自然与人
生》最著名。那书也有英文译本。因为他受了基督同托尔斯泰的影
响，所以爱好自然，也爱好人生。

《自然与人生》是他的三十三岁时候的作品。过了几年，他到俄
国去看了托尔斯泰回来，退往乡村，学他躬耕去了。

我们读了《自然与人生》一书，觉得他的描写流利，态度真挚。
德富芦花并不是一个怎样伟大的文学家，他的可取的地方是他的诚恳
而真挚的态度。我们觉得那些美丽诚恳的散文，很多有价值的，现在
抄译若干篇于下：

杂树林

从东京的西郊，到多摩川之间，有数处的小丘，与数处的峡
谷。数条的小径从这谷中下去，从这丘上上来，蜿蜒的前进。峡
谷便成了耕田，有小川细流，流水当中时而架有水车。小丘也有
很多被挖平了，做了菜园，然而在四处还留着植成各种方块的杂
木林。

我最爱好这些杂木林。

杂树之中，多是些楢，栎，榛，栗，栌等树。林中很少有大树，大部分都是由斩断了的树干旁簇生起来的杂枝，而且干的下端又多是剥削的干干净净的。偶而有一两株的赤松黑松，挺然秀出，造成了翠盖，在碧空中阴翳。

待到微霜既降，萝蔔长成的时节，满林的黄叶，造成了一片的锦绫，正不让枫林之独美。

当黄叶落尽，只剩寒林的千万枯枝，簇簇直刺着寒空的时候，景色殊觉可观；到了夕阳西坠，炊烟铺地，林梢的大［天］空变成了淡紫色，而此时一轮的明月，盆一样的涌出时，眺望尤为佳美。

待到春天已经到来，淡褐，淡绿，淡红，淡紫，嫩黄等柔和的色彩的新芽萌发时，人们又何必专为樱花而狂跃呢。

在绿叶成荫的季节，试踏着步走入这林中一看罢，树叶带住了太阳光，在头上缀成了绿玉，碧玉的华盖，连人们的面色也会变成青绿；假如在林中作一场梦，那梦儿也许会成为绿色的幻境罢。

在新茸初萌芽的当儿，除了那沿着林旁丛生的荻花与薄穗之外，女郎花和萱花又撒遍了林中，大自然在这里正造成了一座美丽的花园。

有月儿也好，没有月儿也好；在风露之夜，试从这林木的旁边走过去罢，那么你便会听到了那松虫，铃虫，蟋虫，蟋蟀，一切的虫声像雨水的流滴一般的合奏着。这天然的虫笼的妙趣，也实在是不错啊。

春的悲哀

踏着原野，仰望霞翳的天空，嗅着春草的香气，听着缓和的流水，向着抚摩一般的春风前进时，突然心中起了一种不堪的怀恋的心情。想将它留住时，却又已杳无痕迹。

我们的灵魂能够不对那远隔的天边的故乡发生恋慕吗？

春天的自然的确的是吾人的慈母。人们与自然融在一起，躺在自然怀里，哀悼着有限的人生，羡慕着无限的永远。这就是躲在慈母的怀抱中，感到了一种甜蜜的哀感的心情。

风

雨能慰人，雨能医心，雨能使人平静。然而，最使人哀思的不是雨而是风。

飘然不知何来，飘然不知何往。既无起处，又不知何所终止。萧萧一过，竟使愁人为之肠断。风，这就是超绝的人生的声音，不知何来亦未知何往的"人"，为听了这声音而悲哀。

古人已经说过："无春无秋，不问凉夜与狂飙。催人哀思者，只是那风罢。"

朝　霜

我最爱霜，为了它那凛然的洁白，为了它那晴讯的报知。

最清美的就是那霜白时的朝阳。

有一次，在十二月的将暮，我在一天的绝早时路过大船户塚的近处。正值是绝妙的霜朝，田圃与人家都真的像下了薄雪一般的，连那村间的竹林与常青树之类的枝叶，也都成了清一色的洁白。

过不了一会，东方映出了黄金色，杲杲的旭日，在没有半点的云翳的苍空里显现，亿万条的金线，射遍了田野与人家，霜却皎皎晶晶的面上放出白色的光芒，背后垂下紫色的阴影。人家，丛林，田亩当中累积的稻冢，乃至那平铺地上的藁屑，一切向着太阳的便映成白色，背着太阳的就是紫荫。眼界之所及，无不是白光与紫影；在紫影之中，尤有白色的霜，隐然可睹。地上一切都变成紫水晶的块结了。

一位农夫在霜野的正当中处烧着枯草。青烟蓬蓬地吹散，吹散了时便遮住了日光，遮住的地方便成了白金色，渐渐的浓厚时，终至那青烟也带上了薄紫的色泽。

从此之后，我爱霜的程度也更加深厚了。

良　夜

所谓良夜者，便是今宵罢。因为今宵正是阴历的七月十五夜。月亮清明，风儿凉爽。

搁下了夜工的笔杆，推开了柴门，在院子里走了十五六步，走到那荫黑的隆茂的大栗树下。树荫里躲着一口井，冷气水一般的在暗中浮动。虫声唧唧，白银的水点滴滴地下坠，大概是谁人取水来了罢。

再走上去，在园中伫立着。月亮刚离开了那边的竹林，清光溶溶的浸映着天上地下，几疑是置身水晶宫中了。星星的亮光，是何等的显得弱小啊！

冰川的丛林暗淡如烟。静静地立了一会时，身旁的桑叶与那玉蜀黍的叶儿，溶在月光里闪着青光，棕榈沙沙的在对着月亮喁语。踏着虫声频鸣的青草前进时，月影在脚尖头散荡，夜露瀼瀼地。丛树中的频繁的鸟声，大概他们也正是为了月明如昼，难以入眠罢。

空旷的地方，月光如水地流着；树下呢，则月光青青地，雨一般的泄漏。

回转头来，从树荫处走过时，灯影在树间隐约，有人正在乘凉闲话。

关上了柴门，蹲在回廊上时，十时已过，行人绝迹，月亮升到头上来了。满庭的月影，比梦尤美。

月亮照着满庭的树木，树又印成了满庭的阴影，影与光黑白斑斑的撒遍满庭。回廊上映着了大枫树一般的影子，这正是金刚拳的落影啊。月光落在它那滑亮的叶上，叶儿碧玉的扇似的反映着；上面更有黑色的斑点，闪闪烁烁的跳动，那便是李树的影子的反映呢。

当那从月亮里流漾出来的微风，在树梢处吹过时，一庭的月光与树影相抱着跳舞；在这黑白摇曳之中的偶步之身，几疑成为无热国的海藻间的游鱼了。

哀　书

诸君也会在寂静的暗夜中听到那沿门求乞的三弦声吗？我生来虽不是一个易于伤感的人，但是从未有听到这哀音而不为之落泪者。

我虽未能自知其所以然，可是在每次听到这哀音时，总觉得柔肠九回，不能自已。古人曾说，一切的绝妙的音乐，能使听者为之悲伤。这话实在是不错。提琴的呜咽，笛声的哀怨，琴音的凄凉；上自钢琴琵琶之类，下至卑陋的乐器，只要是静心倾听，哪一样不能使我们激起哀思之念呢。落泪可以减去心中的闷苦，哀愁的乐器可以用来安慰那落泪之人。呀！我生而为四方的漂泊者，也曾在马关外的夜泊中，为了那和着潮声而呜咽的歌声而断肠；也曾在北越的客旅中，听到了《追分》(曲名) 之曲而落泪；也曾在月白风清之夜，在中国的海上，听了欸乃之声；又曾在飞雪之朝，在南萨的道上，听了马夫的歌声；这些都曾激动我的心肠。然而尚不如那街头的一片声音之那样使我柔肠寸断。

在严霜寂寥的夜，在月色皓皓的夜，在那与白昼的骚扰完全相反的闲静的都会的夜的静寂之中，偶然一发的那三弦的一声！突然的一拨，忽高忽低，终而音波逐渐的远去，遂在那不知不觉中消灭了。推窗一望，满地只有月色。诸君！请诸君静心的来听听这一霎时间的声音罢。弹者或竟自无心弹奏，然而在侧耳倾听的我呢，那三条的弦线，恰比那以亿万人的心的纤维所结成的一索，那音声的一昂一低，就是人类的欷歔，亚当以来的人类的苦痛，烦闷，悲哀，都似乎在这一时间同诉之于天地；这人生的行路难的一曲，真的使我即使欲不为之动心也有所不可能。呀！我为它而落泪了！我不知此泪之为何而流！是自悲吗？是悲人之悲吗？我不知道，我不明白，在这时候，我只感到了人类的烦闷与苦痛而已。

天并不曾将人类的悲曲完全托之于才华灿烂的诗人。闾巷中无名的鄙妇也会将人类的苦衷来对天哀诉。出诸言文的悲哀，非真可悲哀的事，我是为了在这哀音中听到了那可感而不可言的无数的苦，无数的血，与无数的泪而悲伤。

愿诸君能够谅我的愚妄罢。我在每次听见了那沿门叫化的一曲时，就感到了像身怀重罪的儿子伏在母亲的膝上哭泣一样，像迷住了的爱人在追寻着他的爱而彷徨一样的心境。每次念到了那"Still sad music of humanity"的一句时，便忆起这哀音。

飞雪之日

爬起来一看时，满天满地的雪。

午前是粉雪纷纷霏霏，午后是绵花雪片片飘飘。终日吹飞，下个不息。

纸门一拉开，玉屑霏霏地斜飞，后山也给白雾淹没了。待到风越吹得紧时，积雪也飞腾了起来。午后更是愈下愈大，马车也难以前进了。为了积雪的重量，不知道是哪株树木，轧轧的响了两三声折断了。

在那满天满地成了一色的银世界中，独有那前川呈现着灰鼠色的黑影，野鸥十数匹，飞了过来，在川上游泳。时常有两三匹，从水面飞起，十分的展开了双翼，希图向风雪中雄飞，然而总是给风雪吹袭着，徒然地又落下水面来。

终日是霏霏濛濛，天地都为了白雪而掩埋，人们呢，则给风雪关在房子里；这样的下个不停，直下到夜。

在夜间的十时，提灯向外探头窥望，飞雪还依旧的纷纷无已。

富士带雪

（富士山不仅为日本的名山，即世界亦早已闻名。）

富士带雪，带着了薄薄的白雪。

秋空是多么的高。带着风威的相模滩的怒号又是多么的雄壮。在这天空与这大海间，你不看见那玲珑玉立的富士山的秀色吗？

从绝顶到半山处，比银还白的白雪，蔽住了桔梗色的山肤，上达无限的天空，下像裹绿一样的包住了山峰。雪色清净，不染微尘，日光辉映，衬着比水还清的晚秋的晴空；足踏豆相的连峰，俯瞰那万波奔腾的相模滩，秀丽皎洁，神威更觉增加了十倍。

岳顶上一点的白雪，实在不只是使富士的秀色增了十倍，更使那四周的风景为之画龙点睛。东海的风景得富士而生色，富士更得了白雾而生光。

因为这些散文实在太好了，我们不觉抄译得太多了。但我想想这些美妙的散文，是不嫌多译，是很值得一读的。

六、两种林译本的比较

《不如归》的古文译本，在距今二十年前，就由林琴南、魏易两先生译述出版了。那删节而且呆笨的古文译本，在当时也很风行。我们看了林雪清的译本，再去拿林琴南的译本来比较，觉得在量上林琴南的译本自然删去太多。但那也不能怪林琴南，只能怪魏易先生，因为林琴南是不懂日本文的。胡适之先生说得好：

> 平心而论，林纾用古文做翻译小说的试验，总算是很有成绩的了。古文不曾做过长篇小说，林纾居然用古文译了一百多种长篇小说，还使许多学他的人也用古文译了许多长篇小说，古文里很少滑稽的风味，林纾居然用古文译了欧文与迭更司的作品。古文不长于写情，林纾居然用古文译了《茶花女》与《迦茵小传》等书。古文的应用，自司马迁以来，从没有这种大成绩！
>
> 《五十年来中国之文学》

是的，林琴南的古文译小说，是一件不容易的事情。所以林琴南的译小说失败，不是他个人的过处，正如胡适之先生所说，是"古文本身的毛病"。我们把两种林译本《不如归》　比较，古文白话的优劣，也就可以显出了：

> ……忽闻有老妪作笑声。仍呼美人为女郎。既而白责曰。误矣。遂易称曰。夫人。吾归矣。此楼心胡洞黑而不灯。且浪子夫人又安在者。浪子答曰。吾在楼阑。妪曰。外部风迅。易中寒疾。趣入此。主人久尚未归耶。夫人披帘而入。答曰。吾乃弗审抵暮仍未归来。汝今以佣保趣之。老妪曰。可。

　　林琴南，魏易译《不如归》卷上，第一章，"度蜜月"。

我们再看林雪清的译本：

　　"小姐——嗳唷，怎么样好呢，我又说滑了嘴了，哈哈哈
哈。嗱，少奶奶，我回来了。嗳唷，黑魆魆的，少奶奶，你在哪
里呢？"
　　"哈哈哈，我在这里。"
　　"嗳唷，怎么少奶奶还在那里吗？快点请进去吧，会着凉呢。
少爷还没有回来吗？"
　　"不知道怎么样游的。"那女人一边推开了窗门走进去，一旁
说着，"要吗就到账房里去说一声，叫他们派个人去接。"
　　"是的，"这样的答了一声，擦着洋火将油灯点着的是一位
五十多岁的老婆子。

　　　　　　　　　　　　　　　　　　本书上编，（一）之二。

亲爱的读者们！你们看哪一种译本能够传神呢？古文是不适宜于
译小说的，因为他不能描写出对话的口吻。
我们再举一段写景的文字：

　　东南之窗大启。面东见灵南之山。树木阴翳。而爱宕之塔
尖。直出树杪。上于蔚蓝。尖上飞鹰盘旋作井阑形。南窗以外。
则芳园一片。栗花照眼也。栗树罅中。隐隐见冰川神社。天色晴
明作蓝锦色。栗花粉白如穗。衬此蔚蓝之天。乃逾见其嫩白。时
有栗树之枝横亘于窗外。阳光穿树入室。碎影如筛。微风一来。
即送花香。达于室内。中将左执一卷。则西比利亚铁道现状也。
方徐徐展观。窗外微闻有金井辘轳之声。此声既停则万声都寂。

林琴南，魏易译《不如归》卷上第五章，"片冈子爵燕居"。

我们再看林雪清的译本：

把草绿色的窗帷拉开，朝东南二面的六个窗子，都明朗地开放着。从东方的窗子望出去，望过了眼下人家累累的低地的街道，从灵南台之上，露出了一尺左右的爱宕塔之尖，飞鸢正在那上面盘旋。南方的窗子，向着满开着栗花的庭园。从叶隙处可以看见那冰川社的白菓树的树梢恰像树着青锋一样。

从窗外望出去的初夏的天空，碧绿绿地像浅黄缎子一样地放亮。悦目的清爽的绿叶处处繁茂，卵白色的栗花朵朵的开了满树，画一般地映在碧蓝的天空里。靠近窗前的一枝，和那傲骨般的树枝不相称，因日光的映射而变成绿玉，碧玉，琥珀等颜色的叶间，长出了肩縺一般的花来，摇摇曳曳，差一点不曾将枝也挠折了。在无风的空气的每一颤动中，香气便阵阵地吹进了书斋。薄紫的影子也从窗阈处射进来，在主人的左手上拿着的《西比利亚铁道的现状》的书页上跃动。

主人暂时闭拢眼睛，深呼吸了几下，又将那慢慢地张开的眼睛，落到书本儿的上面去。

滑车的声音枯辘辘如转珠一般地响了一会，又停止了。

午后的寂静充满了全家。

本书上编，（五）之一。

我们看这两段文字的比较，白描的实景，实在比那些呆笨的古文高得多！

我们再举一段写情的文字：

京城中樱花。忍寒未绽。而此间近海。则花色烂然照眼也。又一日。为礼拜六。晓雨濛濛。自晨过午未止。山海均为云气所漫。入眼莫辨。昼渐阴沉而渐长。雨势复挟风而至。海涛澎湃作甲马声。一带渔家均掩关昼寝。阒无人踪。片冈别业中。为状则少别于外景。武男新归自兵间。冒雨而至。既晚餐易衣。浪子对坐而治袜。时时停针。视武男微笑。髻上新簪樱花。几上置灯。以红纱为罩。其旁有胆瓶。亦满插樱花。窗外风雨沓至。武男方披来书读讫。言曰。岳氏为若病。心至沉郁。明日至东京。当绕道赤坂。慰此老人。浪子曰。风雨兼天。汝行耶。老姑候君。吾恨不能与君偕往。武男曰。浪子。汝何言。此为养病之区。犹之配所。汝不能自由也。浪子曰。此果名为配所者。吾愿终身居之。亲爱者勿顾我。汝恣吸烟可也。武男曰。吾未至此间。已倍吸吾烟。明日去此。亦加倍酬之。浪子笑曰。如是见爱。当有米糒饷君。媪为我将出之。武男曰。糒佳。得毋为千鹤子君所遗。浪子曰否。此为吾手制。以病中无事少制佳饵。用献吾姑。武男曰。汝又劳力矣。浪子曰。此何碍者。昼长人静。用是自遣亦佳。且汝今日能否允我久坐。须知吾身未有病也。武男笑曰。在势当愈。川岛医生在是。胡能不愈。以大势度之。果有起色。吾亦锐减其忧。

林琴南，魏易译《不如归》卷上第十一章，"逗子养疴"

我们再看林雪清的译本：

首都的樱花还不曾到了开的时候，可是逗子方面在绿叶的山上，山樱却已初放了：这时正是山又山上挂着不时的白云的四月初的星期六。今天从早上起就下着潇潇的春雨，将山海都朦成了一色；这样子的天气，本来就是使人在无聊赖中叹日长的季节，更谁知在晚上又下起大雨来了，而且吹着强风，使门户纸门都响得可怕，那怒吼的相模滩的涛声，就像万马的奔驰一样，海村的家家户户都把门儿紧闭着，没有一家会漏出一点灯光来。

在片冈家的别墅中，武男本来早就应该到来了，可是为了服务上无可奈何的公事，不能不迟了时候，一直到了入夜，才冒着风雨跑来；现在正是换了衣服，吃了夜饭，靠在桌上读着信件。和他相对着，浪子一面在缝着荷包，时时停针望着丈夫的面孔微微一笑，又侧耳倾听着风雨的声音，静静地默想。梳了辫子的黑发上，插了一朵带叶的山樱花。两人之间，放着一张桌子，罩了桃花色的灯罩的洋灯吱吱的燃着，射出一种淡红色的灯光，灯边的白磁瓶中插了一枝山樱花，雪一般的默默不语。它或许正在做着今早刚离开了的故山的春梦吧。风雨的声音，绕着房子乱响着。

武男把信折了起来，"岳父也担心得很呢。横竖我明天就要回京去走一走，顺便到赤坂那边去看看吧。"

"明天就去吗？这样子的天气！可是，妈妈也在等着吧。我也想去哩！"

"浪妹也要去！别胡闹了吧！那才是不敢当呢。就当是受了流刑的罪罚，再住一下子吧，哈哈哈哈！"

"哈哈哈，这样的流刑，一辈子也好啊——你吸一根香烟吧。"

"你觉得我又瘾发了吗？算了吧。倒不如在到这里来的前一天，和归去的时候，一天吸两天的香烟吧，哈哈哈哈！"

"哈哈哈哈，那么，就算赏你一点东西吃，有好吃的糕子现在就要拿来了。"

"那谢谢你了。大概是千鹤子的送礼吧。——那是甚么？好不漂亮的东西啊。"

"近来的日子太长了没有事做，所以就想做了来送给妈妈——不，不要紧的，带做活带逛的呢。呀！今天的精神真爽快！让我再坐一会吧。像这个样子，我一点也不像是病人吧。"

"川岛医生在跟着你呢，哈哈哈哈。可是，最近浪妹的颜色真的是好看得多了。这就完全靠得住了。"

本书中编，（四）之三。

亲爱的读者，究竟是哪一种译本能够传神呢？林琴南译本的旁圈，是原书所有的。林雪清译本即一圈不加，我们也可以看出那惟妙惟肖的言情好句！

七、德富芦花年谱

在《德富芦花集》中有一篇他的年谱，我们译在下面：

> 明治元年　十月二十五日生于日本熊本县苇北郡水俣村。父
> 　　名一敬，母名久子，姓矢岛。
> 明治七年　进小学校肄业。
> 明治十一年　随其兄猪一郎同学于京都同志社。
> 明治十三年　从同志社半途退学。
> 明治十八年　在熊本受基督教的洗礼。并为学习传道，随横
> 　　井时雄赴爱媛县今治。
> 明治十九年　从此时起，始用"芦花逸生"的雅号。再回京
> 　　都同志社。
> 明治二十年　五月，将短篇小说《墓畔之夕》登于《同志社
> 　　文学》的创刊号中。这是发表小说之始。
> 　　十二月，从京都逃出来，回到熊本。
> 　　从这年起，在熊本英学校（男女同校）当教员，历一

年半。

明治二十二年　春间到东京去，进了他哥哥经营的民友社。

九月，第一次在民友社出版了《约翰布莱特》。

明治二十三年　三月在民友社出版了《理查特哥布丁》。

夏，在《国民新闻》发表了《石美人》。

八月，在《国民之友》中发表《俄国文学的泰斗托尔斯泰》。

明治二十五年　夏，在《国民新闻》中发表短篇小说《夏夜闲谈》。

十二月，在民友社出版《格拉特斯顿传》。

明治二十六年　七月纂编《近世欧米历史之片影》。

明治二十七年　五月五日，与原田爱子结婚。

明治二十八年　七月在《国民新闻》上译登高高里的《老勇士》。

八月，在《家庭杂志》中发表了《夏》。

九月，在《家庭杂志》中发表了《可怕的一夜》。

明治二十九年　在《国民新闻》上连登翻案的作品《舍弃了的生命》。

明治三十年　一月转居于相州逗子；又在《家庭杂志》中发表《渔夫的姑娘》。

四月，作品《托尔斯泰》被撰入民友社的《十二文豪》中的第十卷，由该社出版。

十一月，在《国民新闻》社发表《河岛大尉》。

明治三十一年　三月，在民友社出版了文艺的处女作《青山白云》。

四月，在民友社出版《世界古今名妇鉴》。

八月，将翻案的作品《マガツミ》（ Magatsumi ）连登在

《国民新闻》上。

　　十月，在民友社出版《外交奇谭》。

　　十一月，开始在《国民新闻》上连登小说《不如归》。

明治三十三年　一月，小说《不如归》由民友社出版。又在
　　《国民新闻》上发表了小说《灰烬》。

　　八月，《自然与人生》由民友社出版。

　　九月，小说《回忆录》开始在《国民新闻》上连登。

　　十月，移居于东京郊外原宿。

　　十一月，用假名在民友社出版了《侦探奇闻》；又在
　　《国民新闻》上发表《最初的燕尾服》。

　　十二月，《不如归》第一次在大阪被编成戏剧上演。

明治三十四年　一月，在《国民新闻》上发表《除夜故事》。

　　三月，完成了从昨秋以来在《国民新闻》上连登的《回
　　忆录》。

　　五月，小说《回忆录》由民友社出版；又在《国民新
　　闻》上发表一篇论文，题为《我不以小说家为可耻》。

　　十月，在《新声》中发表了《零落》。

　　十二月，《高尔顿将军传》由警醒社出版。

明治三十五年　一月，小说《黑潮》第一开始在《国民新
　　闻》上连登。至六月完结。

　　三月，在《文艺界》中发表《慈悲心鸟》。

　　八月，在民友社出版《青芦集》。

　　十二月，退出民友社。

明治三十六年　二月，小说《黑潮》第一由黑潮社用自费出版。

明治三十七年　十二月，《不如归》由盐谷荣氏译成英文
　　出版。

明治三十九年　四月，单身由横滨出发，到耶鲁沙林去游旅

圣地。归途中，在也斯那也卜里也那访问了托尔斯泰；八月回到了敦贺。

十二月，《巡礼纪行》由警醒社出版。又计划了月刊杂志《黑潮》的刊行，在本月的二十五日发行创刊号。

明治四十年　二月，在离东京的西郊三里，北多摩郡千岁村粕谷中，购置了一反［方］五亩的田地，和十五坪的茅屋，遂移居此地。

从这时候起，更不再用"芦花"的别号。

明治四十一年　四月，将《寄给国木田哲夫兄并报告我的近状书》寄登在《二十八人集》中。

明治四十二年　十二月，小说《寄生木》由警醒社出版。

大正二年　三月，《蚯蚓的呓语》由新桥堂出版。

六月，小说《十年》开始在《国民新闻》上连登，但是仅及十一回，便绝了稿。又《自然与人生》一书由亚沙雷特译成英文本出版。

大正三年　五月廿六日，父亲淇水一敬以九十三年岁的高龄长逝了。

十二月，小说《黑色眼与茶色眼》由新桥堂出版。

大正六年　三月，《死的背后》由大江书房出版。

大正七年　四月，《新春》由福永书店出版。

大正八年　一月，夫妻偕赴周游世界的道上。

二月，母亲久子长眠。

大正九年　三月，从周游世界回来。

大正十年　三月，《从日本到日本》由金尾文渊堂出版。

大正十二年　四月，《竹崎顺子》由福永书店出版。

大正十三年　九月，编纂《以太平洋为中心》，由文化生活研究会出版。

大正十四年　　五月，小说《富士》第一卷由福永书店出版。

大正十五年（昭和元年）　二月，小说《富士》第二卷由福
　　永书店出版。

　　十二月二十五日，大正天皇崩御发表的早晨，赴上总
　　胜浦避寒去了。《富士》第四卷的计划，就在这前一日
　　完成。

昭和二年　　一月，小说《富士》第三卷由福永书店出版。在
　　此月的二十一日回到粕谷的家里。

　　二月十四日，突然发生冲心症。

　　七月六日，在小雨纷纷的一个早晨，由汽车将重病的身
　　躯载到了怀忆的旧地伊香保去，在千明仁泉亭中静养。

　　九月四日，为了履行改造社的信约，自谓这是绝笔了，
　　用那震慄的手来草成了现代日本文学全集中的《德富芦
　　花集》的序文。

　　九月十八日，午后十时五十分，病势急变，与世长辞
　　了。到了二十三日，在东京的青山会馆中举行了诀别
　　式，那天的夜里，遗体便在秋风惨淡的粕谷的家内杂林
　　下安葬了。

德富芦花的一生奋斗，在这篇《年谱》上也可以清楚地看出来
了。他的著作虽多，但最负盛名的还是这部《不如归》。周作人先生
说得好："芦花的《不如归》最为有名，重版到一百多次！虽也是一
种伤感的通俗文学，但态度很是真挚，所以特有可取。"（《日本近三十
年小说的发达》）我们希望中译的《不如归》译本，也重版到一百
次罢。

　　　　　章衣萍　于上海，环龙路，花园别墅二十五号。

　　　　　　　　　　　　　——录自亚东图书馆 1933 年初版

《短篇小说》（第二集）[1]

《短篇小说》（第二集）译者自序
胡适[2]

这几篇小说本来不预备收在一块的。契诃夫的两篇是十年前我想选一部契诃夫小说集时翻译的；三篇美国小说是我预备选译一部美国短篇小说集用的。后来这两个计划都不曾做到，这几篇就被收在一块，印作我译的《短篇小说第二集》。

《短篇小说第一集》销行之广，转载之多，都是我当日不曾梦见的。那十一篇小说，至今还可算是近年翻译的文学书之中流传最广的。这样长久的欢迎使我格外相信翻译外国文学的第一个条件是要使它化成明白流畅的本国文字。其实一切翻译都应该做到这个基本条件。但文学书是供人欣赏娱乐的，教训与宣传都是第二义，决没有叫人读不懂看不下去的文学书而能收教训与宣传的功效的。所以文学作品的翻译更应该努力做到明白流畅的基本条件。

这六篇小说的翻译，已稍稍受了时代的影响，比第一集的小说谨严多了，有些地方竟是严格的直译。但我自信，虽然我努力保存原文的真面目，这几篇小说还可算是明白晓畅的中国文字。在这一点上，第二集与第一集可说是一致的。

---

① 《短篇小说》（第二集），胡适译，内收哈特、欧·亨利等四位作家的六篇小说，上海亚东图书馆 1933 年 9 月初版。

② 胡适（1891—1962），安徽绩溪人。曾考取庚子赔款官费生，留学美国，先后就读于康奈尔大学、哥伦比亚大学，后获哲学博士学位。参与创办《现代评论》《新月》《独立评论》等刊物。曾任中国公学、北京大学校长，抗战时出任中华民国驻美大使。另译有《短篇小说》（第一集）、易卜生《娜拉》（与罗家伦合译）等。

　　我深感觉近年翻译外国文学的人，多是间接从译本里重译，很少是直接翻译原文的。所以我前几年在上海寄居的时候，曾发愿直接翻译英国和美国的短篇小说。我又因为最喜欢 Harte 与 O.Henry 的小说，所以想多译他们的作品。这几篇试译，我盼望能引起国内爱好文学的人对于这两位美国短篇小说大家发生一点兴趣和注意。我也盼望我的第三集是他们两人的专集。

胡适

一九三三，六，二十七，太平洋船上。

——录自亚东图书馆 1933 年初版

《复活的死人》①

《复活的死人》关于黎阿尼达·安特利夫的介绍

国祥　乙丁②

　　黎阿尼达·安特利夫（Leonid Andreyev）生于一八七一年，死于一九一九年。他在中学读书的时候，就死了父亲，后入莫斯科大学学习法律，因缺乏费用，常常受饥饿的压迫。

　　大学毕业后，他想找一个著名的画师，学习绘画，但是没有成功，后来又改做律师，出于他意料之外，做了一年律师，只有办过一件案子，而且还是败诉的。

---

①　《复活的死人》，中短篇小说集，内收俄国黎阿尼达·安特利夫（Leonid Andreyev，今译安德烈耶夫，1871—1919）、伊凡·蒲宁（Ivan Bunin，1870—1953）小说各一篇，分别由国祥、乙丁据英译本转译，杜柳汀校正，书前附《英译者序言》，上海鸡鸣书局 1933 年 9 月初版，"世界名著小说丛书第一种"。

②　国祥、乙丁，生平不详。

直到一八九七年，他才从事于文学生涯，自从他第一篇的处女作——《勃勒轧摩和轧勒司卡》(*Bragamot and Garaska*) 被当时执有文坛威权的高尔基（Maxim Gorky）赏识之后，他的声誉就从此鹊起。当他的第二篇小说在《生命杂志》上发表的时候，引起了当时著名的批评家美列兹加夫斯基（Merezhkovsky：1866—?）极端的赞赏，他文学的价值也就从此估定了。

自从一九〇五年起，他就代替高尔基执俄国文坛的牛耳。他的作品得力于《圣经》之处为多，同时又受托尔斯泰（Leo Tolstoy）、尼采（Friedrich Nietzsche）和阿伦坡（Allan Poe）的影响。

> 生者假借也，假之而生。生者尘埃也，死生为昼夜。
>
> （《庄子·至乐篇》）
>
> 昔者庄周梦为蝴蝶，栩栩然蝴蝶也，自喻适志与，不知周也。俄然觉，则蘧蘧然周也。不知周之梦为蝴蝶与？胡蝶之梦为周与？周与蝴蝶，则必有分矣。此之谓物化。
>
> （《庄子·齐物篇》）

安特利夫对于"生"和"死"的见解，和我国大哲学家庄子的学说，颇有近似之处。他以为人生是一支蜡烛：生的时候，很像蜡烛发着熊熊的火光，死的时候，也像蜡烛因膏油燃尽而熄灭了。人生是从无物到无物必要经过一座光亮的舞台罢了，那舞台上的一切富贵荣华，一切事业，一切恋爱……都像在梦里一样的不是实际的存在。他的《到星中》和《人的一生》两篇剧本，都是叩问人生的意义的，而叩问的结果都是失望和悲哀，他禁不住要凄然的低泣了。他没有高尔基歌颂生命的热情，也没有柴霍甫含泪微笑的度态；他对于"生"既认为空幻的和无意义的，但对于"死"又认为极恐怖极悲哀的事，他也没有庄子"不知悦生，不知恶死"的达观。

　　车辚辚，马萧萧，行人弓箭各在腰。爷娘妻子走相送，尘埃
不见咸阳桥！牵衣顿足拦道哭，哭声直上干云霄。……且如今年
冬，未休关西卒。县官急索租，租税从何出！信知生男恶，反是
生女好；生女犹是嫁比邻，生男埋没随百草。君不见，青海头，
古来白骨无人收。新鬼烦冤旧鬼哭，天阴雨湿声啾啾。

（杜甫《兵车行》）

　　安特利夫对于战争的罪恶，也和我国大诗人杜甫一样，排击不
遗余力。他的《红笑》（小说），《大时代中小人物的忏悔》（小说）和
《比利时的悲哀》（戏剧），都是描写无数年轻的男子，离开美满的家
庭，被征发去战争，去杀戮和他们同样的人类。他们因为肉体受了饥
饿鳞伤和死亡的宰割，都发出痛苦的叫喊，他们因为精神受了极大的
刺激，都有自杀发疯的倾向，他们的爷娘妻子和亲戚朋友因为想念着
在战场上待死的征人，心中都感着刀割一样的痛苦；安特利夫用极凄
惨的笔调，把战争的恐怖和战争的罪恶，赤裸裸的描写出来，所以当
时的人，说他是一个非战主义的宣传者。

　　鼍鼓三声近，西山日又斜；
　　黄泉无客舍，今夜宿谁家！？

　　这首诗是明太祖时候，一个官员临刑时的口占，他的姓名我一时
倒记不起来。

Condemned to death!

These five weeks have I dwelt with this idea: always alone with
it, always frozen by its presence; always bent under its weight.

（Victor Hugo: *The Last Days of a Condemned.*）

一个死囚，在临刑之前，在判决死刑之前，他想到可怕的末日，就要到临了，他想到自己就要和这个世界永辞了，他深深感到恐怖的战栗。

安特利夫的《七个被绞死的人》，也是一篇叙述各个生命在"死"的面前的态度的小说，他把他们对于死的心理和对于人生的感想，惟妙惟肖的刻绘得入木三分。这篇小说和他的巨著《红笑》一样都是他扛鼎的作品。

> ……既生则废而任之，究其所欲以俟于死。将死则废而任之，究其所之以放于尽。无不废，无不任，何遽迟速于其间乎？
>
> 杨朱

> 理无久生。……且久生奚为？五情所好恶，古犹今也；四体安危，古犹今也；世事苦乐，古犹今也；变易治乱，古犹今也。既见之矣，既闻之矣，百年犹厌其多，况久生之苦也乎？
>
> 杨朱

> 太古之人。知生之暂来，知死之暂往。故从心而动，不违自然所好；当身之娱，非所去也，故不为名所劝。从性而游，不逆万物所好；死后之名，非所取也，故不为刑所及。名誉先后，年命多少，非所量也。
>
> 杨朱

> 人自生至终，大化有四：婴孩也，少壮也，老耄也，死亡也。其在婴孩，气专志一，和之至也，物不伤焉，德莫加焉；其在少壮，血气飘溢，欲虑充起，物所攻焉，德故衰焉；其在老耄，则欲虑柔焉，体将休焉，物莫先焉，虽未及婴孩之全方于少

壮间矣；其在死亡，则之于息焉，反其极焉。

《列子·天瑞篇》

生者理之必终者也，终者不得不终，亦如生者之不得不生；而欲恒其生，尽其终，惑于数也。精神者，天之分，骨骸者，地之分，属天清而散，属地浊而聚，精神离形，各归其真宅。黄帝曰："精神入其门，骨骸反其根，我尚何存。"

《列子·天瑞篇》

夫大块载我以形，劳我以生，佚我以老，息我以死；故善吾生者，乃所以善吾死也。……

《庄子·大宗师》

古之真人，不知悦生，不知恶死，其出不诉，其入不距，倏然而往，倏然而来而已矣！……

《庄子·大宗师》

庄子妻死，惠子吊之，庄子则方箕踞鼓盆而歌。惠子曰："与人居，长子老身，死不哭亦足矣，又鼓盆而歌，不亦甚乎？"庄子曰："不然，是其始死也，我独何能无慨然！察其始而本无生；非徒无生也而本无形；非徒无形也而本无气。杂乎芒笏之门，变而有气；气变而有形，形变而有生；今又变而之死，是相与为春秋冬夏四时行也。人且偃然寝于巨室，而我噭噭然随而哭之，自以为不通乎命，故止也。"

《庄子·至乐篇》

庄子之楚，见空髑髅，髐然而形；撠以马捶，因而问之曰："夫子贪生失理，而为此乎？将子有亡国之事，斧钺之诛，而为此乎？将子有不善之行，愧遗父母妻子之丑，而为此乎？将子有冻馁之患，而为此乎？将子之春秋故及此乎？"于是语卒，援髑髅而卧。夜半，髑髅见梦曰："子之谈者似辩士。诸子所言，皆生人之累也，死则无此矣。子欲闻死之说乎？"庄子曰："然。"

髑髅曰："死无君于上，无臣于下，亦无四时之事。从然以天地为春秋；虽南面王乐，不能过也。"庄子不信曰："吾使司命复生子形，为子骨肉肌肤，反子父母妻子闾里知识；子欲之乎？"髑髅深矉蹙頞曰："吾安能弃南面王乐而复为人间之劳乎！"

《庄子·至乐篇》

予恶乎知说生之非惑邪？予恶乎知恶死之非弱丧而不知归者邪？丽之姬，艾封人之子也。晋国之始得之也，涕泣沾襟；及其至于王所，与王同筐床，食刍豢，而后悔其泣也。予恶乎知夫死者不悔其始之蕲生乎？……

《庄子·齐物篇》

人生天地之间，若白驹之过隙，忽然而已。注然勃然，莫不出焉。油然漻然，莫不入焉。已化而生，又化而死；生物哀之，人类悲之；解其天弢，堕其天袠。纷乎宛乎，魂魄将往，乃身从之，乃大归乎？

《庄子·知北游》

生者死之徒，死者生之始，孰知其纪？人之生，气之聚也，聚则为生，散则为死，若死生为徒，吾又何患，故万物为一也。

《庄子·知北游》

死生存亡，穷达贫富，贤与不肖，毁誉，饥渴，寒暑：是事之变，命之行也；日夜相代乎前，而知不能规乎其始者也；故不足以滑和，不可入于灵府。……

《庄子·德充符》

生死好像四时昼夜的循环更迭，悦生者之不能久生，也像恶死者之不能无死。不过"死"到底是可恶的么？"生"到底是可爱的么？关于这二个重大的问题，我国的大哲学家列子和庄子已有彻底的解决，可是这解决是否靠得住？我实不敢作否定或肯定的回答。庄子的意思以为人们因为"生的世界"是可了解的，是可认识的，于是就发生恋恋不舍的心情；"死的世界"是神秘的，是难于了解的，一般死去的人，好像一块石落到无底的深渊，没有一个人能复活转来，向人们诉说"死的世界"的情形，于是他们对于那不可知的世界，就发生怀疑，深深感到失望和恐怖。如果他们到了那不可知的世界之后，或许会懊悔他们以前的失望和恐怖，完全是庸人自扰的事；其实"死"不但像游子回乡一般的快乐，也像新嫁娘的出阁一般的可贺可喜，也未可知。

薤上露，何易晞！露晞明朝更复落，人死一去何时归！

《薤露歌》

蒿里谁家地，聚敛魂魄无贤愚。鬼伯一何相催促，人命不得少踟蹰。

《蒿里曲》

生时游国都，死没弃中野。朝发高堂上，暮宿黄泉下。白日入虞渊，悬车息驷马。造化虽神明，安能复存我？形容稍歇灭，齿发行当堕。自古皆有然，谁能离此者。

缪袭《挽歌》

荒草何茫茫，白杨亦萧萧。严霜九月中，送我出远郊。四面无人居，高坟正嶕峣。马为仰天鸣，风为自萧条。幽室一已闭，千年不复朝。千年不复朝，贤达将奈何？向来相送人，各自还其家。亲戚或余悲，他人亦已歌。死去何所道，托体同山阿。

陶潜《拟挽歌词》

驱车上东门，遥望郭北墓。白杨何萧萧，松柏夹广路。下有陈死人，杳杳即长暮。潜寐黄泉下，千载永不寤。浩浩阴阳移，年命如朝露。人生忽如寄，寿无金石固。万岁更相送，贤圣莫能度。服药求神仙，多为药所误。不如饮美酒，被服纨与素。

选录《古诗十九首》

去者日以疏，来者日以亲。出郭门直视，但见丘与坟。古墓犁为田，松柏摧为薪。白杨多悲风，萧萧愁杀人。思还故里闾，欲归道无因。

选录《古诗十九首》

Think，in this batter'd caravanserai
Whose portals are alternate Night and Day，
How Sultán after Sultán with his pomp
Abode his destined Hour，and went his way.

They say the Lion and the Lizard keep
The courts where Jamshyd gloried and drank deep.
And Bahrám，that great Hunter-the wild Ass
Stamps o'er his head，but cannot break his sleep.

But Helpless Pieces of the Game He plays
Upon this Chequer-board of Nights and Days；
Hither and thither moves，and checks，and slays
And one by one back in the Closet lays.

And we，that now make merry in the room
They left，and Summer dresses in new bloom，
Ourselves must beneath the couch of Earth
Descend-ourselves to make a couch-for whom？

(Selected from Omar's Rubaiyat)

　　"死"是可恶而又可怕的么？为什么称为感觉敏锐的诗人，对于"死"的描写，终是那么悲惨——终是那么凄哀。专凭理想的哲学家的言语，或许是靠不住的，他们"乐死恶生"和"不知悦生，不知恶死"违反人情的学说，也许是骗人的谎话。最后我就断定了"死"一定是可惊可骇的东西；可是当我读了近代英国桂冠诗人梅士菲尔特（John Masefield）的作品，使我对于"死"的观念，又发生摇动了。

　　大诗人梅士斐尔特以为世界上一切生物都走着一条路，"生"是这条路的"起点"，"死"是这条路的"终点"，生本不是什么可喜的事，死也不是什么可悲的事。他以为不但有生命的东西有生死的规定，即使没有生命的东西，也不能永久生存着，到了最后还是一样的难免湮灭消失的命运。

　　　　No rose but fades；no glory but pass；

　　　　No hue but dims；no precious silk but frets.

　　他以为死是我们人生的旅程中一个休息的地方，到了那里我们可以暂时停留一下。好像我们旅行的时候，走了许多的长路，不免有些疲乏，我们就找了一家饭馆或酒店，吃了些饭，喝了些酒，然后再沿着我们人生的旅程，继续向前进行：

　　　　And may we find，when ended in ［is the］page，

　　　　Death but a tavern on our pilgrimage.

　　　　　　　　　　　　　　　　　　　　（The world）

　　休息了一会，我们的灵魂再回到新的躯壳里，再回到"生的世界"，自从母亲产生我们之后，我们就重新来再走一回旧时所走过的人生的旅程：

I hold that when a person dies

His soul returns to earth,

Arrayed in some new flesh-disguise

Another mother gives him birth,

With sturdier limbs and brighter brain,

The old soul takes the roads again.

（A Greed）

他以为死不但不是可怕可悲的东西，或许是可喜可贺的东西，因为它能赐给我们一个回复青春的良机。

Death brings another April to the soul.

梅氏"肉体可以死去，灵魂永久不灭"的主张，和列子"精神属于天，骨骸属于地；灵魂不灭，轮回不息"的学说，可说是若合符节。梅氏对于死的观念也和庄子"……劳我以生，佚我以老，息我以死"的达观广义，有吻合之处。梅氏以为"死"是"生"的征兆，决不是可怕的东西。

我以为"死"一定不是什么可怕的东西，当我读了蓝达尔（Walter savage Landor：1775—1864）关于死的名诗之后：

Death stands above me, whispering low

I know not what into my ear,

Of his strange language all I know

Is, there is not, a word of fear.

（Death）

可是当我译完了安特利夫的名著《复活的死人》之后，使我又深深感到死的恐怖，这恐怖的印象深深的透入我脑海的深底，我觉得世界上再没有比死可怕的东西了。人们离开了有花有月有美酒有光明……的"生的世界"，走入了阴森黑暗一无所有的"死的世界"，那个世界是没有生人到过的，走进了那个世界的人，都没有走出来的可能；现在居然有一个人在那个世界居住了三日三夜，忽又复活转来，向人们诉说那个世界的秘密，那是多么可怕的事啊！

《复活的死人》——这一篇小说，是使我们对于死的问题，有深切的了解；至于文笔的沉郁和描写的生动，可算是安特利夫改变作风后第一篇成熟的中篇小说。这篇小说也是安特利夫的作品中，我最欢喜的一篇，所以我把它译了出来，从这里面，读者或许可以看出安特利夫的思想和作风的轮廓。

安特利夫还有《海洋》（小说）、《爱那西姆》（剧本）和《魔鬼日记》（小说）等作品，都是讨论人类的本性究竟是善是恶的问题。

I am owner of Sphere，

of the seven stars and the Solar year，

of Caesar's hand，and Plato's brain，

of Lord Christ's heart，and Shakespeare's Strain.

安特利夫可说是俄国文坛"前不见古人，后不见来者"的大文豪。他的耳能听人家听不见的妙音，他的眼能看人家看不见的异色，他的笔能揭开宇宙的神秘，他的脑能了解不可知的事物。他不但是俄国有数的作家，也是全世界不可多得的文豪。

他的作品带着极浓重的灰色，同时又蕴藏着博大的人道精神。在当时的俄国，他所看见的，都是杀戮、饥饿、痛苦和烦恼，使他

渐渐钻到人生的悲剧的深处，他不愿意再看这些悲惨的现象，曾于一八九四年一月想用手枪自戕，但结果没有实现。

他的小说有：《红笑》《七个被绞死的人》《大时代中小人物的忏悔》《魔鬼日记》《墙》《思想》《小天使》《朋友》《叩头虫》《在地下室》《深渊》《雾中》《海洋》《饿王》和《复活的死人》等。他的戏剧有：《比利时的悲哀》《到星中》《人之一生》《爱那西姆》《黑面具》《邻人的爱》和《狗的跳舞》之类。

一九一九年，这位悲天悯人的小说家，因患心脏麻痹症的结果，就和人世永别了。

一九三三年，六月一日，译者志。

—— 录自鸡鸣书局 1933 年初版

《复活的死人》关于伊凡蒲宁的介绍
国祥　乙丁

伊凡蒲宁（Ivan Bunin）是和黎阿尼达安特利夫（Leonid Andreyev）同时代的大文豪，生于一八七〇年，长于安特利夫一岁。他虽是贵族的遗裔，但是到了他那时家道已中落了。

他美丽中寓着凄凉的短篇小说，和同时代以短篇小说擅长的柴霍甫（A. P. Tchekhov）齐名。我们读了柴霍甫的小说，觉得篇篇都充满了活泼的和滑稽的笔调，使人发笑，同时也使人感到他文字里还蕴藏着悲哀和抑郁的成分；如果我们再读蒲宁的小说，觉得别有一种风神，里面都是描写往昔的繁华和现在的寂寞悲苦，字字都从他的心坎中流露出来，大有"往事已成空，还如一梦中！"之戚，这是因他环境的关系。

他的诗大半多刻绘自然景物，有但尼生（Tennyson）、华兹华斯

（Wordsworth）之风。他曾到埃及、土耳其和小亚细亚等地方游历。他的诗集有《太阳之宫》，里面都是忆昔怀古的咏吟。他也曾写过以农民为题材的小说，可是他不是农民出身，对于他们的痛苦，未免隔膜，所以他的作品里，很少为农民呼吁的热情，不过把他游历时所见农民生活的印象，写下来而已。

他的短篇小说，为数不多，被译成中文者，只有《张的梦》《轻微的歇斯》和《儿子》三篇而已，这三篇都是他在革命前写的，已由韦丛芜先生译成中文，由北新书局出版。但他还有一篇扛鼎的作品《暴死的绅士》，似乎还没有人介绍过，现在我把它译了出来，使一般爱好蒲宁的读者，得窥全豹。

蒲宁是近代少有的短篇小说大家，这是谁都承认的，他在一八九八年出版的《在世界的生涯上》一书，也是他成熟的作品，如有机会的话，我当把它再译了出来。他也是一个欢喜研究英国文学的人，曾译了不少摆伦（Byron），但尼生（Tennyson）和郎佛罗（Longfellow）的诗。

自从一九一七年的十月革命后，把他贵族的地位，乡间的田产和他创作的生涯，都革掉了。他亡命以后，流落国外，我们到现在还不知道他是死是活，和他究竟侨居在哪一国。他一唱三叹的短篇作品，我们从此没有再读的机会了。

　　　　　　　　　　　　　　　　一九三三年，六月一日，译者志。

　　　　　　　　　　　　　　　——录自鸡鸣书局 1933 年初版

《夏洛外传》[①]

《夏洛外传》译者序

傅雷[②]

"夏洛是谁?"恐怕国内所有爱看电影的人中没有几个能回答。

大家都知有卓别麟而不知有夏洛,可是没有夏洛(Chalot),也就没有卓别麟了。

大家都知卓别麟令我们笑,不知卓别麟更使我们哭。大家都知卓别麟是世界上最著名的电影明星之一,而不知他是现代最大艺术家之一。这是中国凡事认不清糟粕与精华(尤其是关于外国的)的通病。

"夏洛是谁?"是卓别麟全部电影作品中的主人翁,是卓别麟幻想出来的人物,是卓别麟自身的影子,是你,是我,是他,是一切弱者的影子。

夏洛是一个无家可归的浪人。在他漂泊的生涯中,除受尽了千古不变的人世的痛苦,如讥嘲,嫉妒,侮辱等等以外,更备尝了这资本主义时代所尤其显著的阶级的苦恼。他一生只是在当兵,当水手,当扫垃圾的,当旅馆侍者,那些"下贱"的职业中轮回。

夏洛是一个现世所仅有的天真未凿,童心犹在的真人。他对于世

---

① 《夏洛外传》,小说,法国 Philippe Soupault(今译菲列伯·苏卜,1897—1990)著,傅雷译,扉页题"卓别麟创造的英雄:夏洛外传",自己出版社 1933 年 9 月初版,"自己丛书"之一。

② 傅雷(1908—1966),江苏南汇(今上海)人。1928 年留学法国,在巴黎大学和卢佛美术史学院听课,攻读美术理论和艺术批评,1931 年回国后任教于上海美术专科学校,与刘海粟等合编《文艺旬刊》,1934 年创办《时事汇报》并任总编辑。另译有法国罗曼·罗兰《托尔斯泰传》《弥盖朗琪罗传》《贝多芬传》《约翰·克利斯朵夫》、巴尔扎克《高老头》等。

间的冷嘲，热骂，侮辱，非但是不理，简直是不懂。他彻头彻尾地不了解人类倾轧凌轹的作用，所以他吃了亏也只拖着笨重的破靴逃；他不识虚荣，故不知所谓胜利的骄傲：其不知抵抗者亦以此。

这微贱的流浪者，见了人——不分阶级地脱帽行礼。他懂得惟有这样才能免受白眼与恶打。

人们虽然待他不好，但夏洛并不憎恨他们，因为他不懂憎恨。他只知爱。

是的，他只知爱：他爱自然，爱动物，爱儿童，爱漂流，爱人类，只要不打他的人他都爱，打过了他的人他还是一样地爱。

因此，夏洛在美洲，在欧洲，在世界上到处博得普遍的同情，一切弱者都认他为唯一的知己与安慰者。

他是憨，傻，蠢，真，——其实这都是真的代名词——因此他一生做了不少又憨又傻又蠢而又真的事！

他饿了，饥饿是他的同伴，他要吃，为了吃不知他挨了几顿恶打。

他饿极的时候，也想发财，如一般的人一样。

也如一般的人一样，他爱女人，因此做下了不少在绅士们认为不雅观的笑话。

他漂泊的生涯中，并非没有遇到有饭吃，有钱使，有女人爱的日子，但他终于舍弃一切，回头去找寻贫穷，饥饿，漂泊。他割弃不了它们。

他是一个孤独者。

夏洛脱一脱帽，做一个告别的姿势，反背着手踏着八字式的步子又望不可知的世界里去了。

他永远在探险。他在举动上，精神上，都没有一刻儿的停滞。

夏洛又是一个大理想家，一直在做梦。

"夏洛是谁?"

夏洛是现代的邓几枭脱 Don Quichotte。

夏洛是世间微贱的生物,最高贵的英雄。

夏洛是卓别麟造出来的,故夏洛的微贱就是卓别麟的微贱,夏洛的伟大也就是卓别麟的伟大。

夏洛一生的事迹已经由法国文人兼新闻记者菲列伯苏卜(Philippe Soupault),以小说的体裁,童话的情趣,写了一部外传,列入巴黎北龙书店(Librairie Plon,Paris)的"幻想人物列传"之三。

去年二月二十二日巴黎 *Intransigeant* 夜报载着卓别麟关于夏洛的一段谈话:

啊,夏洛!我发狂般爱他。他是我毕生的知己,是我悲哀苦闷的时间中的朋友。一九一九年我上船到美国去的时候,确信在电影事业中是没有发财的机会的;然而夏洛不断的勉励我,而且为我挣了不少财产。我把这可怜的小流浪人,这怯弱,不安,挨饿的生物诞生到世上来的时候,原想由他造成一部悲怆的哲学(Philosophie Pathétique),造成一个讽刺的,幽默的人物。手杖代表尊严,胡须表示骄傲,而一对破靴是象征世间沉重的烦恼!

这个人物在我的心中生存着,有时他离我狠近,和我在一起,有时却似乎走远了些。

夏洛在《城市之光》里演了那幕无声的恋爱剧后,又不知在追求些甚么新的 Aventure 了。但有一点我敢断言的,就是夏洛的 Aventure 是有限的,而他的生命却是无穷的。他不独为现代人类之友,且亦为未来的,永久的人类之友,既然人间的痛苦是无穷无尽的。

——录自自己出版社 1933 年初版

《夏洛外传》卷头语

傅雷

在这个哭笑不得的时代，"幽默"成了文坛底风气；利用这空气，赶快把"夏洛"出版。这自然是投机。适应时代叫做思想前进，投机却是偷鸡，却是取巧了。然而只要取巧而与人无损与己有益，即是投机又有何妨？

夏洛既曾予我以真切的感动，一定亦会予人以同样的感动；夏洛曾使卓别麟致富，一定也会替我挣几个钱：这便是我所谓与人无损与己有益。

然而夏洛的命运，似乎迄未改善。这本书已经碰了几家书店经理底钉子，因为不是因为夏洛缺少绅士气，便是因为他太孤独了，出版之后不能引人注意（如丛书之类）。于是我决计独自把它来诞生下来。"自己丛书"说是我自己的丛书固可，说是夏洛自己的丛书亦可，说是读者自己的丛书更无不可。这译本便是丛书的第一部。

二十二年七月付印时，译者。

——录自自己出版社 1933 年初版

《插图本克鲁泡特金全集第一卷·自传（前部）》[①]

全集总序

黑浪（巴金[②]）

在一九二一年二月八日我们这个世界里失掉了克鲁泡特金，许多人哀悼过他底死，以为这是一个大的损失。

克鲁泡特金被称为安那其主义的最伟大的理论家，人类的最忠实的朋友，最有热情的叛逆儿，然而同时他又是一个前进的科学家。在他一身，人，战士，学者这三者构成了一个完全的整体。他底八十年的生涯就像一块纯洁的白玉，没有一点儿污点。所以甚至他底敌人也不得不对他表示尊敬。

克鲁泡特金生在俄国最高的皇族中，见惯了种种不平等和野蛮的事情，后来就自动地舍弃了他底财产和爵位，这些东西在别的许多人是努力追求而得不到的。他放弃了特权，而投身在民众中间，这并不是出于单纯人道主义的动机，也完全与托尔斯太底神秘的共产主义和基督教的牺牲精神不同。他受了法国大革命所撒布的新思想底影响，在西欧旅行中又目睹甚至接触了巴枯宁指导下的第一国际的运动，便毅然地参加了当时俄国的革命运动，开始对沙皇的专制政治下严厉的攻击。

[①] 《插图本克鲁泡特金全集第一卷·自传（前部）》，传记，俄国克鲁泡特金（P. A. Kropotkin，1842—1921）著，巴金译，分上下两册，初版年月不详，所见本版权页标："上海新民书店 1933 年 9 月再版"。前尚附有著者《小引》《丹麦布南德斯序》，后附有著者《跋》。

[②] 巴金（1904—2005），生于四川成都。1920 年考入成都外语专门学校，1927—1928 年旅居法国。回国后从事译著。曾任《文学季刊》编委，创办上海文化生活出版社，主编《文化生活丛刊》《文学丛刊》。另译有克鲁泡特金《面包略取》《我的传记》等，赫尔岑《一个家庭的戏剧》，屠格涅夫《处女地》《父与子》等。

于是牢狱生活开始了，两年以后他逃出了俄国监狱，在一八七二年夏再赴西欧，不久就加入了当时在西欧逐渐生长的安那其主义运动。一八七九年在犹拉联盟大会中他宣读了一篇题作《从实践的实现之观点所见的安那其主义思想》的论文，这是安那其共产主义之第一次的理论底告白，自此以后他就成了一个天才的，博识的，深到的理论底创设者了，终身不曾间断过。

这年二月，他和少数友人发刊了《反抗者周报》，阐明他底安那其主义的思想。但一八八二年尾，他因了里昂炸弹底牵连，在法国被捕了。虽无丝毫罪名，他终于被判了五年的徒刑，在克雷服监狱中度他底光阴，然而在外面他底最忠实的友人爱理则·邵可侣却把他的论文集编印出版了。这就是那本著名的书《一个叛逆者的话》，是一本燃烧着革命的热情的书。

一八八六年他因各方面的援救被赦出狱了，却不得不到英国去度他底亡命生活。在那里他无时无刻不和全欧洲的安那其运动以及社会思想潮流接触，这样继续不断地写成了许多渊博的书籍和精美的小册，发表了无数深透的演说。他归纳地表示出来，人类社会向着安那其演进的倾向，并且肯定了一个新的革命的道德之需要，这道德是与资产阶级社会的虚伪道德对立的。

在《面包与自由》《互助论》《法国大革命史》中他很显明地给我们确立了斗争的目标。他底《自传》又是一部忠实的生活之记录，使读者以一个跳动的心与作者共同经历了十九世纪后半期的俄国革命运动与欧洲社会运动的各阶段，从这运动中显现出作者的最纯洁最伟大的人格来，作为我们每个青年人底模范。《法国大革命史》在历史的领域中是有最大的成就的。她公平地展示出来下层民众在法国大革命中所尽的重大职务，这职务是往往被一般历史家所忽略了的。

《互助论》在生物学著述中已经成了一部权威的著作。它可被视为达尔文底《人类由来》底续篇，专门指示着在所谓"生存竞存"这生物学的进程中合作的功用之大并不减于个体的斗争。据说赫胥黎看见了本书所提供的证据后就改变了他底见解。克鲁泡特金底论据曾经引起了各国学者的讨论，它们不仅适应于动物界，也适用于人类社会。

《面包与自由》与《田园工厂手工场》是他底经济学方面的两部重要著作。而后者竟做了现今在美国流行的技术统治学派底先驱，它们给我们供给了安那其共产主义的一个明确的解释，和未来社会底一个熟思的方案。他把工业和农业联合起来。他主张工业分散而反对集中，他主张以全工来代替分工。而头脑劳动和手腕劳动的联合这理论又给现在的新教育开辟了路，做了先锋。

最后他又给了我们一部《伦理学》，这不仅是他底关于道德的研究的一个结论，这还是他的全部科学的，哲学的，社会学的见解之要略，这又可说是他一生的知识的综合，可惜"死"走得太快，使他没有时间把下卷完成。

他底论据是雄辩的；他的眼光是深透的；他底学识是渊博的；他底文体是朴实简明的；他底笔调是诚恳热烈的。所以他底著作能够极普遍散布于全世界，取得多量的读者。

克鲁泡特金是一个多方面的人，但又是一个性格极其和谐的人。一个忠实的归纳的科学家，一个前进的哲学家，一个社会主义的思想家，他把这三种性质很和谐地具有着。无论在什么时候他都是一个最勇敢最热诚的社会革命的战士。所以我们决不能够把科学家的克鲁泡特金和安那其主义的革命家的克鲁泡特金分离开。我们应该认识整个的克鲁泡特金。

克鲁泡特金这个名字在中国是十分熟习的。许多人赞美他，许多人攻击他，许多人惧怕他。然而却很少有人真正认识他。大部分的青年都知道他底名字，都会说几句批评他的话，却没有一个人完全读过他底著作。在中国也有翻译过了他底著作，也有人刊印过不完全的《克氏全集》，但那些译本大半是不可信赖的。译者常常把原著底精义遗漏了，有的甚至把作者底的思想错误解释了。在中国，克鲁泡特金是不曾被人真正地认识。

因了这个缘故，我们才着手来编印克鲁泡特金底全集。我们底目的就是想把整个的克鲁泡特金介绍到中国来，一方面使青年认识他底学说底真面目，一方面给中国学术界供给一点可信赖的宝贵的材料。

我们不妨明显地说，我们底目的不在宣传而在研究。我们底译笔力求忠于原著，不敢稍微违背原文底意义。克鲁泡特金底著作是用四五种文字写成的，有许多文章散见于各国的报纸杂志，因此我们也在可能范围以内把它们搜集起来，有单行本的，就用各种文字的版本参照校阅；无单行本的，就整理编译。我们希望这一部全集能够成为忠实的，完全的东西。至于以后，能否做到这一层，尚待读者公平地批判。

一九三三年五月，黑浪
——录自新民书店 1933 年再版

《插图本克鲁泡特金全集》第一卷序

黑浪（巴金）

《自传》并不是克鲁泡特金底最初的著作，然而现在我们却把它编为全集底第一卷，这也是有意义的。

一个研究克鲁泡特金的日本学者故大杉荣曾经说过："我们要真知道克鲁泡特金，与其读他底《面包与自由》或《互助论》，不如先读他底《自传》。"我们同意他底话。

《自传》只是克鲁泡特金底前半生的生活记录，从一八四二年描写到一八八六年，这里面并没有包含着他底生活底最重要的时期（那是他底后半生的生活，关于这个我们在全集最后一本《克鲁泡特金评传》里将有详细的叙述，在这里多余的话是不需要的）。但是我们可以说他底后半生底基础，远在一八八六年以前许久就确定了，《自传》不仅是一本忠实的生活的记录，它是一部十九世纪后半期的欧洲史，它描写同时代的人物和社会状况更多于描写自己。因为作者底生活是多变的，他在各种社会阶级中活动过，所以他底描写也是多方面的。他底法国友人爱理则·邵可侣给《自传》底法文译本起了个题名做：*Autour d'une vie*，意思也就是这本书所着重的不是作者本人，而是他这人的周围的一切人物和社会状况。而作者本人就在这种复杂、多变的环境中逐渐地发展成为一个革命的安那其主义者。革命的安那其主义者的克鲁泡特金底成长在《自传》里就充分地给我们显露出来。所以克鲁泡特金给他底《自传》题名做《一个革命者底回忆录》。

读了《面包与自由》，我们会为他底雄辩的论据和热烈的笔调所压倒，但是我们会问：一个最高的皇族怎样会变为一个安那其主义者，我们读别的书也会有这个感想，但是我们读了他底《自传》以后我们就没有一点疑惑了。我们跟着他去经历了那多变的生活我们就知道，在他那是很自然的事情，并不是一个奇迹。《自传》是他底生活记录，而他底生活就是他底全部著作底基础。所以先读过《自传》然后才能明白他底思想发展的径路，然后才能更深切地了解他底其他的科学的，哲学的，社会学的著作。

克鲁泡特金研究底权威奥国学者奈特罗曾经说过一番值得注意的话：

……一个人能够接收或抛弃一种学说，但他底道德性却是生了根的，不能够随时抛弃的。因此我们在克鲁泡特金底任何著作中所看见的他底道德性必定是属于同样性质的。

然而克鲁泡特金生活在各种不同的环境中，遇着各种不同性质之公众的，一般的生活，这必然地影响了他底悠长生活的各时代中的见解。

当他还是一个哥萨克军官旅行西伯利亚时，他把他底全副精力与热诚完全用在考察上面，为的是谋俄国与西伯利亚之利益——恰与后来他把他底全副精力用在《反抗者周报》上，用在《互助》和《法国革命研究》上面；或者用在观察合作、集约农业上面……他每做一件事便专心一意地、极其忠实地做去。然而这种环境之变迁便免不掉使他在悠久生涯之各时代中生出了各种不同的意见评价进化等等。……环境人格事实对于他生出种种的影响，而这些影响又反映在他底著作之中。

我以这样的方法来观察便发现在一八七九到一八八二年之间的各种影响使克鲁泡特金在那些年代中看见了革命的事实，使他相信一个民众的革命快要到来了，而且就近在目前了——这个见解便产生了克鲁泡特金写出《一个反抗者底话》的当时的精神。

过后监狱的生活便开始了，这是一八八三年到八五年，在那时期中他写了一些东西，这些东西现在还存在着，但至今尚未刊行。在我未考察过它们之前我不能够断言：这些年代是一八七九——八二年之收场，或是一八八六年起至九十年代或较后一点之英国时代之开幕。接着"俄国革命"及"法国革命"研究时期就开始了。于是一九〇五年以前，一九〇五年，一九〇六年及较后一些年代中，一直到一九一二年左右反对社会民党的时期（因为他看见他们把一九〇五年的俄国革命弄失败了，而且还妨害了欧洲的一切真正社会主义的努力），以及欧战时期（战前及战争当时）及其后的时代，又相继而来。

我确实觉得他在一八七九年到一八八三年之间所抱的在法国及拉丁诸国一个新的革命一个新的公社马上就会到来之希望已经消失了。后来他在英国看见了英国之巨大工业组织之奇观，以及在英国常常讨论的和战争海上霸权关联着的粮食问题；他又看见英国工人底真正广大的有组织的努力而且在那里分配合作社之普及，并且他又看见英国社会党与急进党底人物和环境，当时在其中讨论，辩驳，宽容都是极其平常的；决没有暴力，激情，狂信等等——上述的这一切不免就使他大大地注意到创造的努力及进步之一切形式（只是在自愿的，而非在强迫的路线上），那么对于单纯的破坏与一个对于自发的改造之多少带点狂信的信仰便不十分注意了。

因此这时代的克鲁泡特金底著作便有了一个不同的性质。他底英国读者和听众希望被事实和论据所说服，并不愿为热情的话语激动了感情。而且在著作或讲演俄国政治犯底惨苦的生活，俄国政府对于革命党人的迫害时，可以多用热情的语句来鼓动人。然而在讨论安那其主义、搜集材料证明互助小工业等等时，他便不得不用教育的而非用感情的方法了。（见奈特罗一九二八年给我的信。）

这样奈特罗就把克鲁泡特金底各时期的著作底性质分析清楚了。我们明了了这个，我们认识了克鲁泡特金底生活，再进而读他底全部著作，我们决不会感到一点困难的。

一九三三年五月，黑浪
——录自新民书局 1933 年再版

《插图本克鲁泡特金全集第一卷·自传（前部）》给十四弟（代序）①

巴金

我底小弟弟：

自从几个月前得到你底信叫我译著点书给你读以来，我就无日不

---

① 目录页题为"译者代序"。

在思索想找出一本适当的书献给你。经过了长期的选择之后我终于选定了现在的一本书。你要读它，你要熟读它，你要把它当作你底终身的伴侣。

我为什么选择这一本书呢？这问题，只要你把这本书读过以后就可以明白了。在你这样小的年纪，理论的书是很不适宜的，而且我以为你底思想你底主张应该由你自己去发展，我决不想向你宣传什么主义。不过在你还没有走入社会底圈子去过实生活以前，指示一个道德地发展的人格之典型给你看，教给你一个怎样为人怎样处世的态度，这倒是很必要的事。——这是你在学校里修身课本上找不出来的，也是妈妈哥哥所不能告诉你的。

固然名人底自传很多，但是其中不是"忏悔录"，就是"成功史"；不是感伤的，就是夸大的。归根结底总不外乎描写自己是一个怎样了不得的人。

然而这本自传却不与它们同其典型。在这本书里著者把他底四十几年的生活简单地，毫无夸张地告诉了我们。在这里面我们找不出一句感伤的话，也找不出一句夸大的话。我们也不觉得他是一个高不可攀的伟人，他只是一个值得我们同情的朋友。

巴尔扎克在童年时代常常对他底妹妹说："你底哥哥将来要成一个伟大人物。"这样的野心并非那个法国大小说家所独有，大部分的人也都免不掉有的。然而克鲁泡特金从来就没有这样的野心，他一生只想做一个平常的人，去帮助别人，去牺牲自己。

从穿着波斯王子底服装站在沙皇尼古拉一世底身旁之童年时代起，他做过近侍，做过军官，做过科学家，做过虚无主义者，做过囚人，做过新闻记者，做过著作家，做过安那其主义者。他度过贵族底生活，也度过工人底生活；他做过皇帝底近侍，也做过贫苦的记者。他舍弃了他底巨大的家产，他抛弃了亲王底爵号，甘愿去进监狱，去过亡命生活，去喝白开水吃干面包，去做俄国侦探底暗杀计划之目的物。在西欧亡命了数十年之后，终于回到了俄罗斯之黑土，尽力于改造事业，到了最后依然被政府限制了行动，只得以将近八十岁的老龄在乡间一所小屋里一字一字地写他底最后杰作《人生哲学》。这样地经历过了八十年的多变的生活之后，没有一点良心的痛悔，没有一点遗憾，将他底永远是青年的生命交还与"创造者"，使得朋友与敌人无不感动，无不哀悼。这样的人确实如一个青年所批评，"在人类中是最优美的精神，在革命家中有最伟大的良心。"所以有岛武郎比之于"慈爱的父亲"，所以王尔德称之为有最完全的生活的人。这个唯美派的诗人曾说："我一生所见到的两个有最完全的生活的人是凡仑和克鲁泡特金……后者似乎是俄罗斯出来的有着纯白的基督底精神的人。"

弟弟，我现在是把这样的一个人介绍给你了，把他底生涯毫无铺张地展现在你底眼前了。你也许会像许多人那样反对他底主张，你也许会像另外许多的人那样信奉他底主张；然而你一定会像全世界的人一样要赞美他底人格，将承认他是一个最纯洁最伟大的人，你将爱他敬他。那么你就拿他做一个例子，做一个模范，去生活，去工作，去爱人，去帮助人。你能够照他那样地为人，那样地处世，你一生就决不会有一刻的良心的痛悔，决不会有对人对己不忠之事。你将寻到快乐，你将热烈地爱人，也将为人所爱。那时候你就知道这本书是所有的青年们底福音了。你会如何地宝爱它，你会把他介绍给你底朋友们，你会读它，你会熟读它，你会把它当作终身的伴侣。

自然这里面有些地方是小小的你所不能够懂的（但你将来长大成人的时候，你就会知道这些地方底价值），然而除了这些地方之外，你读着这一本充满了牧歌与悲剧，斗争与活动的书，你一定会感动，一定会像我译它时那样，流下感激之眼泪，觉得做人要像他这样才好。那时候你会了解你底哥哥，你也会了解你底哥哥底思想，你会爱他，你也会爱他底思想。你更会爱他所爱的人。那么我底许多不眠的夜里的劳苦的工作也就得着酬劳了。

巴金　一九三〇年一月

——录自新民书局 1933 年再版

《插图本克鲁泡特金全集第一卷·自传（前部）》后记
巴金

　　我不曾翻译过什么大书，而且也不敢与一般翻译家为伍，我始终以为翻译不是一种机械的工作，所谓翻译并不是单把一个一个的西文字改写为华文而已，翻译里面也必须含着创作底成分，所以一种著作底几种译本决不会相同。每种译本里面所含的除了原著者外，还应该有一个译者自己。

　　我曾经翻译过几篇剧本。我翻译它们的时候常常感到创作的情味，所以屡屡在不损害原著底本意这个范围之内增改了原著，加入自己以为可以加入的字句。但翻译本书时却并没有增加什么，不过有一些地方除了直录原文之外便别无办法，如西文暗号信，字母拼法错误之类，那么我就只得意译了。好在这类的地方并不多。

　　我底翻译是根据英文，法文，日文三种本子。日文本错误甚多，不足为信。英文本是著者底原著，法文本是译文，但是经著者加以修改和补充。这两种本子中有时也有文句不同（甚至相反）的地方，究竟哪一种是更可信的呢？其实谁也不能断定。法文本虽经著者修改，但是译错的地方著者有时未必看出来（这样的经验我是有过的）；同样写英文原著的时候著者也许有些地方记忆不清楚，后来要加以删改，这也是可能的。在这样的情形之下，既然不能说哪一种本子比较可信，那么遇着这种地方我就应该行使我底选取之权了。举一个例：

布南德斯底序言中有一句话原文是："What others have thought of him he mentions only once，with a single word."法文本中就译成了"Il ne dit pas un mot de ce que les autres ont pensé de lui"，如果有一位翻译名家根据法文本校读我底译文，岂不是会说我连简单的法文句子也不懂得吗？

本书系随译随印，校对时又常常因了想使印刷美观的缘故，不得不增减几个字。原书只有六章，现在我把第四章（原题为《圣彼得堡——西欧初旅》）分为三章，各加上一个标题，这理由是很简单的，用不着再来解说了。插图，英文本中只有三幅，法文本完全没有。本书中的十五幅插图是我在外国搜集起来的。

最后一章不是出于我底手笔，译者是友人吴养浩君。他曾在劳动大学教授过法文，他底法文程度高出于我底不知若干倍。他在巴黎时曾有心将此书全部译出，但只译了第八章，他就变成了合作主义者，对于丹麦、爱尔兰等处的合作运动（他谓之为"和平革命"）感到特别的兴趣。他读了英法文书籍数百种，近在乡间著述几本关于合作主义及合作运动的有系统的书籍。我虽不是合作主义底信徒，但我也希望他底著作早日完成，来救济这饥荒的中国学术界。他不但许可我把他底译稿附印在这里，而且还允许我把它大大地修改了一番，这是值得我特别感谢的。至于注解，除了原著者底外，全是我加上去的。后面的《跋》是二十几年的英文本新版底序言，但此版出后不久即绝版，现在通行的版本中是没有这篇序言的，我以为在未读本书之时不宜先读这篇序言，所以把它移在卷末，改题作《跋》。

——录自新民书局 1933 年再版

《苦女奋斗记》[①]

《苦女奋斗记》序
赵余勋 [②]

一八三〇年，巴黎西北六十里地方塞纳河畔，一个叫做拉部雅的小镇上，诞生了一个有文学天才的孩子，那就是本书的作者赫克忒马罗。

当时的习惯，孩子们的选择职业，完全由父亲做主。并且"农之子恒为农"的习俗很普遍，父亲是什么职业，通常儿子也只得习那种职业。所以赫克忒在十三岁上，就给送往巴黎受长期的训练，准备将来做一个律师。

但是"天才会自己找寻出路"，像别的小说家一样，这位法国青年，对于他父亲希望他做的工作，并不感到兴味。他终于走出了学校，走出了事务所，走到一家报馆的编辑室里去。因为他想，这是准备做一个著作家的最好的办法。一连八年，他就在新闻事业里挣面包吃。起先是一个小访员，后来居然写社论以及关于文学、音乐的文章。不到三十岁，他便决定方向，专写长篇小说，终于使他在法国文坛上占着很高的地位。

蓓苓的使人永远不能忘掉的故事，便是他的长篇故事之一。据他

---

① 《苦女奋斗记》（*En Famille*），长篇小说，法国马罗（Hector Henri Malot，今译马洛，1830—1907）著，赵余勋译，上海少年书局1933年9月初版，"少年文艺名著"之一。
② 赵余勋，生卒年不详，中华儿童教育社成员，北新书局《小学生》杂志特约撰稿人，少年书局创办人之一。另译有美国奥尔德立赤（Thomas B. Aldrich）《顽童自传》、儿童科学故事集《太阳的孩子》、英国佛朗士·勃朗《祖母的奇椅》等，并编著多种数学教科参考用书和珠算教材。

自己说，这篇故事的来源是这样的：

近于六十年前的一个二月的下午，天气非常的寒冷，他从邦苏海边回到巴黎去。火车在索美河流域，经过一片旷野。他从车窗里望出去，但见一片荒凉，只留下些发掘过泥炭的遗迹——大大小小的湖沼。他忽然想起——"我要放一个孤零的女孩子在这里，叫她秉着坚强的意志，努力奋斗，终于达到成功的境域。"结果是写成这一本可爱的故事。在当时，他就受到法兰西学会的褒奖，在现在，在将来，他的印象将深深地印在法国孩子的心头，永远不会磨灭。

我但愿我国的孩子们也能爱好这个故事，得到些有用的教训。

——录自少年书局 1933 年初版

《他人的酒杯》①

《他人的酒杯》序言
石民②

译诗最难，尤其是以我们的这种方块字来译所谓"蟹行文"的诗。在好些场合中，这简直是不可能的。英国诗人罗赛谛说得好：一首诗的翻译应当仍旧是一首好诗。然而，在我们，并不能说要译出来成为一首"中国的"好诗也。以那么古奥艰涩的四言诗体去译那热情奔放的拜伦，如苏曼殊的那种办法，固然不对，而如当今的一

---

① 《他人的酒杯》，诗歌集，石民选译，内收英、美、德、比、意、俄等六国十二位诗人的诗歌，上海北新书局 1933 年 10 月初版，"黄皮丛书"之六。

② 石民（1901—1941），湖南邵阳人。毕业于北京大学英语系，曾任职于北新书局，编辑《北新月刊》《青年界》等杂志。另译有波德莱尔《巴黎之烦恼》、与张友松合译《曼侬》（法国卜莱佛〔Antoine-Francois Prevost，今译普弗〕著）等。

些译者，以轻飘飘的弹词体去译那浑朴遒劲的莎士比亚或温柔敦厚的丁尼生，更是糊涂透顶！在诗的翻译上，字面上的切合——即所谓literality——还是第二个问题。盖译者对于原作不仅是应当求字面上的了解，尤应潜心涵泳于它的情调和节奏，直至受其灵感，然后，仿佛按着曲谱似的，用自己的言语把它歌唱出来。这才是理想的翻译。这种翻译殆不亚于创作，因为同样是要能够捉住那难以捉摸的或物而再现之于白纸黑字。而文字本不过是一种手段而已。

　　如上所云，也许不免陈义过高罢。然而自己平日却总抱着这种理想。我们不能打开一本诗集说要译它若干首便有若干首译了出来，正如我们不能坐下来提起笔说要作几首诗便有几首诗现在纸上。曾经有一位"文豪"说当他译雪莱的时候他自己便成了雪莱。其实，成了雪莱——在读的时候也可以，或应当，有这种情形。而在译的时候，则尚有待乎文字这种手段的运用之妙。这运用，如果说得神秘一点，颇类似于扶乩，虽则在表面上一则是意识的而一则是非意识的。据自己的经验，一首诗在某时候，即使给了你怎样亲切的感印，还是觉得不能译的，而在另一时候却往往很惬意的译了出来。

　　所以，虽则平日对于所喜爱的诗颇有多译的野心，而所得的却是这么少许。这少许就都是理想的翻译么？这当然是不敢说的。不过，所可自信的是：各人的诗译了出来，多少还保存着各人所特有的面目，足以予读者以相当的认识。

　　昔者法国诗人缪塞有言："我的诗并不伟大，但我是用我自己的酒杯饮酒。"年来潆迹海上，自己的酒杯几乎是废弃了。然终不能忘情于"酒"。译诗，盖是聊借"他人的酒杯"云尔。因以此五字题此小小的译诗集。

一九三一年，上海
——录自北新书局 1933 年初版

《林房雄集》[①]

《林房雄集》前记

适夷（楼适夷[②]）

> 在我的墓石之上，
> 我不愿有诗人的桂冠，
> 我希望的，只是战士的剑和盔。

在林房雄的第二本小说集《牢狱的五月祭》的小序上，他自己写了海涅的这几句诗。的确，随着日本新兴文学运动的勃起，像彗星一般出现的这位作家，一开头便展开了他的战士的面目。

林房雄是他的笔名，原名是后藤寿夫。他在一九〇三年，生于日本九州的大分市。当他十二岁的时候，他的父亲，一个带着乡民的敬愿和商人的放浪的小商店主人，终于把自己的铺子倒坏了；在农村中借了一间摇摇欲倒的土屋，织着草鞋度日；他的母亲，进了缫丝厂做女工；他便背了父亲手织的草鞋，到街上去叫卖。在他自己的述怀中说："这样仅能糊口的生活，继续了十年有余，我便丧失了我的一切幻梦。"但因他在学校里的成绩很好，所以在这样艰苦的生活之中，也得到了受高级教育的机会，经过第五高等学校后，进了东京帝国大

---

① 《林房雄集》，短篇小说集，日本林房雄（1903—1975）著，适夷（楼适夷）选译，上海开明书店 1933 年 10 月初版。

② 楼适夷（1905—2001），浙江余姚人。曾任余姚县中共第一任支部书记，后到上海任太阳社党支部委员。1929 年赴日本留学，主修俄罗斯文学。曾参与编辑左联刊物《前哨》《文学导报》及《文艺新闻》等，后出任《新华日报》副刊编辑和中华全国文艺界抗敌协会理事。另译有高尔基《人间》，赫尔詹《谁之罪》等。

学的法科。

童年时代的穷苦的生活，很早的就在他的身中，培养了叛逆的血。在大学生活的三年之中，他是学生社会科学运动的最好的组织者，同时他开始对社会主义的文学运动，引起了关心和兴味，在学校内发起了学生社会文艺研究会。一九二六年以东京帝大学生为中心而组织的马克思主义艺术研究会，以及由这研究会的发展而创立日本普洛文艺联盟，他都尽了很大的力量。当联盟成立的时候，他当选为第一届执行委员。

一九二六年二月，在杂志《文艺战线》上，发表了他的处女作《苹果》，就被认为优秀的新进作家，与当时现身文坛的叶山嘉树，并称一时。同时他不仅是一个作家，对于文艺的理论方面，也很为活跃，如当时开始提出之政治价值与艺术价值的问题，文艺大众化的问题，都有他参加的论文，一时与青野季吉，并称为文艺战线上的指导理论家。

随着日本阶级斗争的锐化，普洛文艺战线上，发生了很大的波澜，当时主持艺术运动的劳农艺术家联盟，因为政治的大弹压，发生了右倾的动摇，这斗争的主持者，便是林房雄和藏原惟人、中野重治、山田清三郎等。后来"前卫"又发展为"纳普"（日本无产者艺术家协会）。"纳普"又由革命的解体，扩大为"科普"（日本普罗文化联盟），日本革命的文化运动，作着震惊世界的进展，他始终在队伍中，扮演了脚色。

他的作品，带着叙情诗的浓郁，和近代性的明快，在许多日本新进的作家中，有着他独自的风格。他非常大胆的，打破了从来文学上的型典，屡屡的作着新的尝试，而且这种尝试往往得到相当的成功。他又是把"意德沃罗基"，开始打进日本"大众文学"读者层中的一人，他的中篇长篇作品，在通俗杂志妇女杂志的读者之中，和菊池宽、加藤武雄等同样受着广大的爱好。在日本普洛文学作品被讥为型典化公式化的时候，林房雄的作品是例外的，有着丰富的趣味性。

他的小说人物，大半是罗曼的克的小资产阶级革命者，也和他自己一样，是带着一种"新的道德的追求，新的正义的憧憬"而投身于革命运动的。同时他写《自由射手之歌》中那样的有闲夫人，和摩登青年，是非常的能手，虽然他是意识地怀着憎恨，给他们以辛辣的讽刺和尽情的暴露，但他却无意识地美化了他们的生活气氛，结果变成了不是对灭落的指摘，而是对灭落的观赏了。而且在他的作品之中，对于阶级的敌人，往往人性的仇视，超过于阶级的仇视，这将会无意识的引出改良主义的结论。所以在日本文学运动的健步的发跃之中，在创作活动方面，他已经不是一个代表的人物了。

这一点他自己似乎也非常明白，他常常称自己是"缺点很多的人"，决定他的这些缺点的，大概是他的过早的成名，一登文坛便被资本主义的集纳士姆（Juernalism [Journalism]）养成一个"红作家"的地位，浸沉在现代都会消费生活的气氛中："酒，恋爱，歌和跳舞，近代青年所欲望的一切，都和人一样，甚至比人更强烈的有着"——这是他自己在小说集《都会双曲线》的代跋里，所说的话。他甚至说："我无视许多的批评，任意直书……我只不过忠实于'信任自己！'这一句傲慢而光明的原则。"

所以虽然他是隶属在无产作家的前卫营阵，但至少在最近这一过程中，他不过一个革命的小资产阶级作家。最近他从二年徒刑的狱中出来，他说："好，工作吧，诸君都知道，我是一个缺点很多的人，是一个时常动摇的人。但是缺点，动摇，每一个人都有的，这是不足羞耻的，最羞耻的事，便是怠工；同志们，我要工作，同我一道走吧。"自然，我们对于他也还值得期待。

他的著作，有相当多量，据译者见到的，有《无画的画帖》（一九二六），《牢狱五月祭》（一九二七），《锁》（一九二八），《密探》（一九三〇），《都会双曲线》（一九三〇），《铁窗之花》（一九三〇），此外还有论文集《都会的理论》（一九三〇），其他还有未单行的长篇。主要的作品，已有不少介绍到国际间，中国也有一些翻译，如描写牢狱斗争的《牢狱五月祭》，写明治革命的《密探》，及写矿工斗争的《都会双曲线》，都是值得一读的作品。

集在这里的几个短篇，是从他风格的各方面加以选择，在他的新颖明快的形式上，有不少值得我们的一读。译文尽可能的顺译。

最后，听说林房雄自今夏出狱后，已发表了一个中篇《青年》，长篇《蓝色的寝室》，这是多么惊人的努力，大概这两年来的日本文学运动的激进，一定会使这位作家，跟随着大众前进吧。

一九三二，九，译者记

——录自开明书店 1933 年初版

《吕柏大梦》①

《吕柏大梦》原著者小传

徐应昶②

华盛顿·欧文（Washington Irving）是美国著名的文学家。西历一七八三年四月三号生于美国的纽约城（New York City）。他十九

---

① 《吕柏大梦》(*Rip Van Winkle*，今译《瑞普·凡·温克尔》)，童话，美国欧文（Washington Irving，1783—1859）著，徐应昶译述，上海商务印书馆 1933 年 10 月初，王云五、徐应昶主编"小学生文库第一集"（童话类）之一。该童话曾被收入商务"世界儿童文学丛书"，于 1930 年 12 月初版。

② 徐应昶，生卒年不详，长期在商务印书馆工作，曾任编审、儿童世界社负责人、香港分厂厂长等职。主编过《儿童文学》《健与力》等。另译有《阿丽斯的奇梦》(L. Carroll，今译卡罗尔著)、《珊瑚岛》(巴兰太因，R. M. Ballantyne 著)，编辑了大量儿童教育科普书籍。

岁，开始著述，在他哥哥主编的一份报纸上发表。他所著的第一本书，叫做《纽约的历史》（*History of New York*），用一个假名叫做笛利舒·尼克波克（Diedrich Knickerbocker）的来刊行。可是，所谓"纽约的历史"，不是纽约的真史，却是一本滑稽的作品，内容是攻击初搬到纽约来住的古荷兰人的后人。这些荷兰人都以为这本书是在讥笑他们的祖先，可是他们的子孙现在倒骄傲地自称"尼克波克人"（Knickerbockers）了（Knickerbockers 本作半膝裤解，此处作穿半膝裤的人解）。《拊掌录》（*Sketch Book*）是用赭弗理·克累恩（Geoffrey Crayon）的名义在英国刊行。这书大受人欢迎，就是我国的学生也几乎无人不读。《吕柏大梦》就是《拊掌录》里面的一篇。后来他继续著成《白累司·布立治传》（*Bracebridge Hall*），《旅行述异》（*Tales of a Traveller*），《科仑布传记》（*History of Columbus*），《格拉那达的征服》（*The Conquest of Granada*），《阿尔汉布拉的故事》（*Tales of the Alhambra*，又名《大食故宫遗纪》）及其他诸书，都很出名，使他名利兼收。以上各书，都是他住在欧洲时著的，他在欧洲住了十七年。一八三二年，他回到美国，游历美国的西部，在这个时期内，又著了别的书。后来，他到西班牙去充当公使，在那里驻了四年。他再回到美国之后，著《华盛顿本纪》（*Life of Washington*）一书，这是他最后而又最长的工作。他是美国最先成功的文学家而又能最得人爱敬。一八五九年十一月二十八日，卒于他的住家（名叫迎晖庐"Sunnyside"，在纽约他利镇），享年七十六岁。

译者志

——录自商务印书馆 1933 年初版

《藤森成吉集》①

《藤森成吉集》译者的话

森堡（任钧②）

只要他是个稍为关心日本文坛的人，我想，无论谁个也不会不晓得藤森成吉——这位日本新兴文坛的老大家——的存在吧。

而且，藤森氏的作品——论文，戏剧，小说……——在好几年以前就已经陆续由张资平，沈端先诸君译成我国文字。因此，我以为：他在我国的读者群的心目中，也该不至于怎样生疏吧。

他是一个知识阶级出身的作家。最初，可以说是一个人生派，带着相当深厚的安那其主义的色彩，然后才渐次地倾向于社会主义，转变成为一个前进的作家。

关于他的生平，在本集的卷末还附录着他的自传式的年谱，可以参阅。此处，恕不赘述了。

本集因为想把作者的全貌尽可能地呈献，介绍于读者之前，所以，在纵的方面：一面选译他的后期作品（《土堤大会》《应援》《来自病榻》《不拍手的人》《快车》《金目王子》），一面也选译他的前期作品（《云雀》《阳伞》《一个体操教员之死》《上街》）；在横的方面：则包含着小说（如《土堤大会》等），戏剧（如《快车》），童话（如《金目王子》），散文（如《不拍手的人》）。

---

① 《藤森成吉集》，日本藤森成吉（1892—1977）著，森堡译，内收小说七篇，童话、独幕剧、散文各一篇，上海现代书局 1933 年 10 月初版。

② 森堡，任钧（1909—2003），广东梅县人。曾就读于复旦大学，后赴日本早稻田大学文学部留学，与蒋光慈创立太阳社东京分社。"左联"成员，参与创立中国诗歌会，先后任教于上海大夏大学、四川省立戏剧学校等。另译有高尔基《爱的奴隶》《隐秘的爱》等。

在开始翻译的时候，为了选择和参照的缘故，曾经几乎把藤森氏的作品集全部搜来，凡七八种；但其中类多大同小异的。因此，在翻译的进程中，所根据的主要底本，约有三种：《藤森成吉集》（改造社版），《同志》（南蛮书房版），《急行列车》（日本评论社版）。

本书仓促译成，没有许多推敲，详审的功夫，不妥或过误之处，或许难免。我在虚心而诚恳地期待着一切善意的指正。

——"九一八"二周年纪念日于上海

——录自现代书局 1933 年初版

《高尔基创作选集》[①]

《高尔基创作选集》后记

萧参（瞿秋白[②]）

高尔基的创作在中国也有好些译出来了。他早年的著名小说和戏剧，像《二十六个和一个》，《底层里》（《夜店》），《三人》，《福玛·高尔狄耶夫》等等，似乎早已翻译过了。固然，大半都是重译的，有些，很值得重新从原文译过一遍。然而远在国外，手旁连中国各书店的《图书汇报》也没有，想查考一下高尔基作品的中国文译本，也无

[①] 《高尔基创作选集》，苏联高尔基（Maksim Gorky，1868—1936）著，萧参（瞿秋白）译，内收散文、小说共七篇作品，上海生活书店 1933 年 10 月初版。卷首有《高尔基自传》、史铁莎（茨）基《马克西谟·高尔基》、卢纳察纳斯基原序《作家与政治家》等三篇文章。

[②] 萧参，瞿秋白（1899—1935），江苏常州人，中共早期领导人之一。1917 年考入北京大学俄文专修馆，1920 年加入北京大学马克思学说研究会，并任《晨报》记者，赴苏联采访。曾任教于莫斯科东方劳动大学、上海大学。1931—1933 年在上海领导左翼文化运动。后至瑞金，1935 年被捕就义。另译有《国际歌》等。

从查考起。这里编译的《高尔基创作选集》，只是根据莫斯科国家出版局一九三〇年出版的《高氏作品选》，加以选择而译出来的。高尔基的作品，在苏联是用各种各样的版本出版着，全集，选集，单行本，插画本，廉价本等，销售的总数总在二三百万以上。而这本最近选出的集子，第一版就印行了十万本，上面有一篇序是卢纳察尔斯基做的《作家和政治家》。这本选集相当的可以代表高尔基的创作精神，没有可能读他的全集，或者更深刻的了解他的长篇巨著的读者，可以在这本选集里得到一个引导的线索。

高尔基创作的精神——有史铁茨基关于他的文学生活的四十周年纪念的演说（就这本选集前面的第二篇），我们可以不必详细叙说了。对于中国读者，尤其可以注意的却是高尔基的反市侩主义和集体主义。我们只就这选集里收集的作品来说一说。

《海燕》——一篇散文诗，是作者早期的作品，作者在这里仿佛宣布了他的"文艺纲领"。他是"海燕"，是"暴风雨的歌颂者"（俄文的"海燕"一个字——burewestnik [burevestnik] ——正是"暴风雨者"的意思），他讽刺那些醉生梦死的市侩，那些神经脆弱的低能儿，他们根本就没有了解"斗争的快感"的可能，他们是十足的太平主义者。太平无事是唯一的"高贵的"梦想。而高尔基说"让暴风雨来得厉害些罢"！新的阶级的新的艺术家不但"先天地"要求着改革，要求着旧秩序的推翻，而且最重要的是他有对于自己力量的信仰，是他有对于"将来"的胜利的信仰。那篇《同志！》是更具体化的解释了。在这篇《同志！》里面，高尔基用散文的形式说明了"将来的胜利者"是谁。这不是"坚强的个性"和"憎恨群众的英雄"，那是一个集体，用自己的汗血造成这世界的财富的人们。高尔基说："他们接近自由，他们也会自己推开自由的来到。"这些被蹂躏被压迫的人们，其实不但受着剥削，而且还受着千百年来积累起来的谎骗。当他们不能够看穿这种谎骗的时候，他们是在推开着自由，是在拖延着自己解放的日期。而高尔基正是揭穿旧社会的一切谎骗的作家，他挖出了自己的心，把它的火焰来照耀走到新社会去的道路。

高尔基对于市侩，对于私有主义的小资产阶级，小老板，小田主，一切自以为是贫苦而又只听得见洋钱响的音乐的人们，是深刻的憎恶着，然而他所揭露的并不是简单的"恶根性"，而是资本主义整个制度的结果。人类征服着自然，自己也在改变着自己的猢狲子孙的畜生似的"天性"。但是资本主义在这进化的半路上，紧紧的抓住了人的"兽性"，还发展了禽兽所没有的私有主义，贪婪，愚妄。资本主义成为人类进化的桎梏，虽然它在一定的时期之内发挥了征服自然的伟大的力量。资本主义必须要大多数人变成私产的奴隶，变成发财的工具，而这是为着使上层阶级自己去堕落腐化。高尔基揭穿这种痛苦的真实，号召着为着新生活的斗争。他在极普通的贫民，小孩子，地狱里的，"底层里"的流浪人之中，也能够发现新生活的萌芽。他不但看得见小资产阶级的私有主义和保守主义，这是统治阶级和整个旧秩序的"圈套"；他并且看得见一些小资产阶级的人物的倾向光明的要求，他们在地主贵族和资本家的重压底下，真正没有"出头"的时候，只要有一线光明，只要有新的阶级的领导……是能够走上新的道路的。《大灾星》里，他所描写的那个残废的小孩子，尚且知道田地里的清朗和美丽的可爱。《坟场》里所写的一些市侩，庸俗的，死气沉沉的，"生活已经推开了，而死亡还没有接受"的人之中，他也要去寻找对于生活的教训，要知道他们之中，每一个人都能够做一些对于人类有益处的工作，每一个人的智识，劳力，都可以成为大家的"幸福"——征服自然，征服这世界里的困难，创造一些什么……然而资本主义，尤其是革命前的俄皇制度和那农奴制度的残余，把许多活人的力量都没头没脑的葬送在没有面目的坟墩里。

我们看《莫尔多姑娘》。这是描写的一九〇五年革命失败之后的工人。他的老婆，他的岳父，几年前都还是活泼泼的人，尤其在"革命的发狂"的时代。而反动派的摧残，暴杀，收买，谎骗等等蹂躏着，糟蹋着他们，使他们自杀的自杀，发狂的发狂，消沉的消沉，使青春的活泼泼的力量，在厨房和毛厕之间的臭恶气味里面燻烂了……把一颗充满了热血的心填塞了许多尿屎。最理想的俄皇的顺民，自然是只管自己的口袋，而始终只在空空的口袋旁边活活饿死的奴隶。然而反动派的"胜利"是可笑的。他们用尽了一切力量，他们做尽了一切无耻的，野蛮的，没有形容词可以形容的丑恶的把戏，为的是要保持贵族绅士和"工商业家"的利润，为的是要保持地主的土地，为的是要保持太太小姐公主郡主的骄奢淫逸的可能。现在呢？始终没有什么可以保持的了。这就是——不管旧秩序之中有几千几万条绳索，例如老婆孩子的负担，例如一些受着谎骗和迷惑的观念，怎样牵制着，怎样捆缚着，——革命的战士还是在生长着，还是在锻炼着。高尔基所表现的痛苦的真实，只是这种锻炼的一种武器。他用极高度的艺术力量，使人认识现实社会之中的关系，更深刻地感觉到亲切的日常生活之中的"困难的症结"，他给我们强烈的反抗，这些困难的火焰，燃烧着这颗赤血的心。……

　　高尔基所写的资本家也是极端真实的。俄国，尤其是俄国外省的一些资本家商人，一直是背着许多俄国式的所谓希腊正教的，宗法封建的"遗产"的。这些"文化遗产"在一种"民族的"，"地方的"形式里面帮助着他们对于工人店员的剥削；同时，灭亡的预先感觉已经使他们跟着西欧"世纪末"的资产阶级颓废起来。高尔基的许多大著作里（参看史铁茨基的演说），对于这种俄国式的"商人"（资本家），描写得非常之深刻，非常之具体。就在这里的"笑话"里面，我们也可以觉得这种典型的蠢牛似的俄国商人，其实比狐狸还狡猾。这些活泼泼的俄国商人的典型，在高尔基的作品里，决不是死板的公式里印出来的，决不是一些笼统的概念。就在这些野兽里面，也看得出一种"人性"，社会的进展甚至于使他们也感觉到天崩地陷的不可避免，而想要用些特别的手段，保证"改革"之后安放良心的地方。但是，阶级的本能可以使病得要死的老头子尽他最后一口气来保证"神圣的私有财产"。

最后，天崩地陷始终来到了，《不平常的故事》——译文是史铁尔的遗稿，听说国内已经出版过的——写着从日俄战争以前直到十月之后的事变。这些事变在这短短的一篇故事里，逐渐开展出来。这里，有"革命的"智识分子，有流浪人，有战斗的工人，有游击战争之中的农民，有自己吃到了"革命的果实"而又"后悔"的富农，以及糊里糊涂受着谎骗的人们，也有把战争，杀人……当做唯一的生命意义的分子。然而最主要的，使读者不由自主的觉到的，是历史事变里的群众的力量，领导阶级的力量，群众在负着历史使命的阶级领导之下，在这种阶级的行动和创造的领导之下，自己是在改变着自己的"天性"。这里面的人物，没有一个不是真实的，活泼泼站在你的面前。你如果愿意，可以在这里得到些战斗和策略的教训。敌人和自己的形象都很真实的摆在这里。智识阶层的自由主义者和"革命者"，在这里跟着事变，跟着阶级关系的转变而显露着自己的真相。所谓敌人，所谓友军，要在最后结算起来，才是真确的。敌人之中本来并没有"非人"的怪物，像中国小说写的秦桧之类的典型，那并不是一个活人，而只是一些"奸臣"，"混蛋"，"恶棍"等等的抽象概念凑合起来的东西。如果真是这样，那就革命差不多和做戏一样容易了。

世界上的许多书的"作用是要把我的思想拖到别一方面去……其实有趣的，并不在于书里写的东西，而是这些书为了什么目的而写的。我说这是为了安慰我而写的"（《不平常的故事》）。高尔基的书却不是安慰我们的书，这是警醒我们的书，这样的书要"教会我明天怎样去生活"。

萧参　一九三二年一二月

——录自生活书店 1933 年初版

《四义士》 ①

《四义士》告读者

秦瘦鸥 ②

我近来很欢喜做译述的工作，根本原因，当然是偷懒，因为创作必须要自己去找题材，译述就不必费这重心了。但是，除此之外，我觉得译述外国小说，还有两层兴趣：

（一）把中外小说作家的思想互相比较；

（二）看各国现代新作家的手腕和思想，有没有较狄更斯、莫泊桑等，更高一等的进步，或是低一级的后退。

然而，要把外国作家的名著介绍给中国的读者，却也有两层困难，足以减少它原有的兴味。

（一）书中描写各国特殊风尚，或土人生活的地方很多，因为情形隔膜，每使中国读者感到乏味而厌恶。

（二）书中人物的名字的转译，以前都由译者依着他们的拼音而逐个字译出来的；譬如像拙译《世界之末日》（载《旅行杂志》）中间的主角 Brian Woodville，如照译音的方法，就得译做"勃林恩伍德维烈"。你看，一个名字占了七个字，多么难记啊，经不起照样译上了十个名字，这一部书就不容易读了！

---

① 《四义士》（ *The Four Justmen* ），英国依茄华雷斯（Edgar Wallace，今译埃特加·华雷斯，1875—1932）著，秦瘦鸥译，上海雪茵书局 1933 年 10 月初版。

② 秦瘦鸥（1908—1993），上海嘉定人。上海商科大学毕业，先后任《大美晚报》《大英夜报》《译报》编辑、《新民报》主笔等，并曾兼任上海持志学院中文系、大夏大学文学院讲师。另译有德龄《御香缥缈录》《瀛台泣血记》、小仲马《茶花女》等。

这第一层困难因为和全书有连带呼应的关系，委实想不出什么改善的办法，至于第二层却就容易了。本来，人物的名字和全书的情节是绝对不关痛痒的，只要译得生动，张三尽可以改李四，李四无妨改称张三；所以，我在这一篇东西里头，特地把每一个书中人的名字，改译得很短，至多只让他占三个字，而且故意译得和中国人的名字相仿；如此一转变，读者便可以减少一半以上的阅读译作的困难了。

——录自雪茵书局 1933 年初版

《高尔基代表作》[①]

《高尔基代表作》高尔基

茅盾[②]

高尔基的青年时代就是一部最动人的小说！

不但是俄国最杰出的作家，并且是世界最杰出作家的他，在一般人想来，一定以为是受过完备的学校教育曾毕业于大学的罢，然而不然。高尔基从未好好儿进学校读书，直到二十五岁为止，他是货真价实的"劳工"；九岁以前，算是进小学校读过五个月书，以后就做了鞋匠的学徒，又做过塑神像匠人的帮手，做过轮船上厨子的助手，做过园丁，做过码头工人，做过烘面包的下手。直到他第一篇

[①] 《高尔基代表作》，小说、散文集，苏联高尔基（Maxim Gorky，1868—1936）著，黄源编译，上海前锋书店 1933 年 10 月初版，"青年文学自修丛书"之二。

[②] 茅盾（1896—1981），浙江桐乡人。北京大学预科毕业，后入上海商务印书馆编译所工作。1921 年接编《小说月报》，与郑振铎、叶圣陶等发起文学研究会。1930 年加入"左联"。另译有苏联吉洪诺夫《战争》、卡泰耶夫《团的儿子》等。

小说 *Makar Chudra* 受赏于科洛连科以前，高尔基简直没有受过学校教育——我们所谓"进学校读书"。我们知道易卜生未尝好好读过书，他是小药店里的伙计；我们又知道哈姆生在写小说以前也曾做过工；可是像高尔基那样自幼即未"读书"的大作家不能不说是空前。

社会就是高尔基的学校。各项苦工就是高尔基的学科。他的敏锐的观察，生辣活泼的文章，都是他自学与经验的果实。在生活困难，无钱进学校的现代中国青年，高尔基的青年生活是值得注意的。

做轮船上厨子的助手那几年，高尔基学会了初步的写和读。那个厨子名为史慕利（Smaire），略知文字，喜看小说。他有许多小说。高尔基跟这师父，不但学会了削番薯和煮菜，却也学了许多字。他看完了那厨子的那些小说，其中就有戈郭理（Gogol）和大仲马（Dumas pere）。

十五岁那年，高尔基受一个穷朋友的怂恿，忽然想到喀山（Kazan）去进学校——大学。这穷朋友是在学校读书的，比高尔基大了四岁，十九岁上毕业了文法学校，打算进喀山大学。知识欲非常发达的高尔基因此就赶到喀山，打算进大学。但进学校，第一要紧的还是钱，所以高尔基在他的穷朋友家里做了几天"食客"以后，就流落在喀山了。这时候他所交结的穷朋友，从穷学生以至工人和流氓，他所经验的人生以及工作，都是对于他的性格的长成极有影响。这一时期是高尔基青年时代中最重要的一页；高尔基自己说："这，我就是进了大学校了！"

高尔基的自叙传小说中有一篇《我的大学生活》就描写他在喀山的落魄生活。他最初是寄寓在他的穷学生朋友家里的；那是一层的破房子，在一条狭而醍醐街道的尽头。房子的一边是火烧场的废墟，长满着乱草。在这废墟下，还剩有烬余的小亭子间，野狗们做窠，而且也死在这里边。"这亭子间，在我是永远不能忘记的；实在这是我的大学校之一。"高尔基自己这么说。

他这朋友叫做尼古拉·爱佛利诺夫（Nikolai Evreinov），不但供给他食宿，还教他自修。但因为这朋友实在太穷，一母一弟，自己也吃不饱，所以高尔基觉得他家的每一片面包他吃了都像石子一般心里难过，他白天常常在外边跑，避过吃饭时间。在下雨天，他就躲在那野狗做窠的火烧场上烬余的亭子间；他坐在那些死狗死猫的尸体中间静听雨声，很明白自己的进大学只是一个梦了，便常常想到怎样离开了喀山到别处去——他以为如果早就到波斯去，那或者还要好些。他是充满了幻想的。

在晴天，高尔基常到码头上去挣钱，十五个铜子或是二十个铜子一天，解决了他的肚子饿。他和码头上的工人小贩相处得很熟，他爱他们那种粗犷的性子以及强顽的反抗气质。他说："我觉得我像是投进了洪炉的一片生铁。"在那些"流氓"中间，高尔基很和两个人相好。一个是红头发不蓄胡子像一个戏子似的巴西金（Bashkin），本是师范学生，因为喜欢偷东西给人家重重打了一顿，成了肺病。他对待高尔基的态度又像是先生，又像是保护人，他从心底里希望高尔基能够成个明目；他常常呵斥高尔基道："怎么你畏畏缩缩像一个女孩子呀？你敢是恐怕名气不好么？女孩子的全部财产就是名气好，可是对于你，好名气反是你颈子上的一块磨石。要是一条公牛不偷草，那无非因为它的草料已经很够吃！"巴西金可是能写能读，他有许多好书，他最心爱的一本就是：*Count Monte-Cristo*。他有说故事的大才。高尔基那时非常艳羡巴西金这说故事的天才。虽则不是一条好嗓子，巴西金说故事时候的字句是迷人的；他说一个恋爱故事，是这么开头的：

> 那是朦胧的晚上，我住在西尾药司基的荒镇，像一只猫头鹰蹲在树洞里似的，我蹲在屋子里。那时候是秋天，十月，雨懒洋洋地下着，风呼呼地叫，像一个发怒的鞑靼人拉长了嗓子唱："呜——呼，呼，呼！"

　　可就过来了，脚尖儿轻轻地，脸上红的就像落霞，眼睛里清清白白。她抖着声音说："我的爱，我并没背过你去做坏事呀。"我知道她是说谎，可是我打算相信她！我肚子里都明白，而且我心里一点也不相信她可靠！

　　另一个叫做托鲁沙夫（Trusov），一个黑皮肤，五官端正的人，手指头像音乐师的那样秀气。他穿的也还整齐，开一个小铺子。虽然他自称为"铁匠"，实在他是专门收买贼赃的。他常常对高尔基这么说：

　　"不要做惯了偷东西那样的把戏呀！我看得明白，你的前途另是一种。"

　　这位托鲁沙夫也有使得高尔基佩服的本事，就是他会讲西比利亚，基伐，和蒲哈拉，讲得叫人听了心里发迷。

　　在爱福利诺夫的家里，高尔基又认识了一个穷学生，叫做古利·泼莱忒纳夫（Guri Pletnev），一个黑皮肤的青年，黑头发，像日本人，脸上有许多黑斑点，像是被火药擦过。他的衣服很坏，几乎全是补洞。他像一个久病新愈的人，又像一个刚刚从监狱释放出来的人，人生的各方面他都觉得有趣，他常常跳来跳去，像一个爆仗。他和高尔基做了好朋友。他看出了高尔基的窘迫，就请高尔基去和他同住，他要把高尔基教练成一个乡村小学教师。

　　这位泼莱忒纳夫住的地方，据高尔基自己说，为他的大学之一。那是一个三教九流各色人等杂处的"公寓"，唤作"Marusovka"。那时候喀山的学生全知道这个所在，而且很熟。房子是很大，然而破旧不堪了，寓客是穷得没有饭吃的学生，暗娼，以及一些不明来历的穷老头子。泼莱忒纳夫住的是屋顶的小扶梯下的甬道，他的卧床就在那扶梯下面。他的家具仅有一张桌子和椅子摆在那甬道一端的窗洞口。对甬道开着门的三件小房屋，两个是暗娼住的，又一个则住着高大粗暴的患肺病的"数学家"，红头发，衣服破得不成样子，连肉都露出来了。这个人常常咬指甲，直到指头上出血为止。他躲在房里日夜演习数学题目，时时发狠地咳嗽。虽然那两个暗娼怕他，以为他是疯子，可是为了可怜他，每日总放些面包，茶，糖，在他的门外，于是他就拿到房里，像饿马那样的吃了；要是那两个暗娼忘记了放面包，茶，糖，或是她们自己也没有得吃的时候，这位"数学家"就开了门粗声喊道：

"面包呢！"

一种自命不凡的神情时常在这怪人的眼光里流露。有一个驼背的没有须的古怪客人时常来拜访这位"数学家"。那时候，关得紧紧的房门内的这两个人一点声音都没有。只有一次，高尔基在深夜被那位数学家的怒喊所惊醒：

"可是我早已对你说过，这是牢狱呢！几何学是一个笼，是的，一个老鼠笼，一个犯人！"

于是那驼背说了几个高尔基所不懂的字，说了又说。忽而那数学家大吼道：

"你这混蛋！滚出去！"

驼背客人退出那房间时，那位数学家怒气冲冲站在门边，粗暴地喊道：

"由克列是一个傻子，傻子！我要证明出来，上帝是比希腊人聪明！"

砰的一声，他把门碰上；是碰的那么用力，以至于他房里似乎掉落了什么东西。

这位古怪的"数学家"是要从数学上证明上帝的存在的，可是他并没有成功就死去了。这是"Marusovka"公寓中古怪人之一。

又一位怪人便是绰号唤作"栗色马"的商人。他是红头发，大肚子，瘦腿，阔嘴巴，马牙一样的牙齿。他和一个亲戚打官司已有两年之久，他常常对人说："我不把他们撕得粉碎，我宁愿死。他们应得去讨三年饭，然后我把打官司胜诉来的金钱再还给他们，并且要问他们：妈的，这都是为什么呢？"他白天出去和律师商量讼事，或是上法庭，回来时坐一辆马车，带了许多吃的东西，罐儿，包儿，瓶儿，全有；那时他就在他那破旧得很的房间里开宴会，所有公寓里的人他都邀请了去。大家都有酒喝，可是这"栗色马"自己却只喝蜜水。他的衣服上染满了渍痕。他喝过了后，就大声喊道："你们是我的小鸟儿！我爱你们；你们是一群宝贝！我是一个坏蛋。我打算毁了我的亲戚们。上帝面前不说谎话！我不把他们撕得粉碎，我宁愿死！"于是他的眼光就转为忧愁，他的大面颊骨上就沾满了眼泪，他用手背拭去了那眼泪，在衣上一揩。他于是又要高声喊道："你们怎样过活的呀？你们肚子饿，受冻，这就是法律么？你们的生活这样，你们怎么能够安心读书呢？呵，要是皇帝知道你们的生活状况那还好呢！……"于是他就从口袋里抓出一把各种颜色的钞票来，问道："谁要钱呢？请来拿！"暗娼们和闲汉们就到他那多毛的手里抢夺那钞票。他狂笑。他说："不是给你们的，是给学生的。"但是学生们从没拿过他的钞票。有一次，他把钞票团成一个球，丢给泼莱忒纳夫道："这就是！你要么？我是没有用处。"他那个钞票球是在水里浸过的，黏得牢牢地。要是问他："为什么不住旅馆呢？"他叹一口气说："因为和你们在一处，我的心就温暖些。"他常常要求泼莱忒纳夫唱一些什么给他听。泼莱忒纳夫弹着弦子唱道："起来，起来，红的太阳。"他的声音很柔软，直撕碎人们的灵魂。那"栗色马"就叹气，流着眼泪。

　　泼莱忒纳夫晚上在一个印刷所里校对报纸，到天亮才回来。高尔基就和他合用那张床。高尔基是晚上用，泼莱忒纳夫是白天用。然而高尔基始终不知道他的朋友参加着"秘密组织"，直到有一次那"公寓"门口的站岗警察捕去了几个人（即是企图组织一个秘密印刷厂的），泼莱忒纳夫委托高尔基到附近的兵营左右去探视，高尔基这才明白了。这算是高尔基第一次参加了什么"阴谋"。以后，高尔基就请求泼莱忒纳夫介绍加入。可是这朋友说："那是太性急了，我的朋友，太性急了！你必须先得学习。"虽是这么说，爱佛利诺夫却介绍高尔基去见一个神秘的人。那介绍手续异常古怪，高尔基就知道这是一件严重的事。他的朋友引他到市外的阿尔斯基（Arski）乡野，再三叮嘱了必须守秘密，然后指一个在前面远远地踱着方步的小小的灰色人儿给他看，并且低声说道："就是这一位。跟在他后面走，要是他站住了，你就走上前去对他说你是新来的。"高尔基遵从了爱佛利诺夫的指点。直到一个公墓门前，他看清楚了在他前面踱着的人原来也还是一个青年，小小的瘦脸，尖利的眼睛，圆鼓鼓地和鸟的眼睛一样；穿的是文法学校学生的灰色外套，可是铜纽子早就坏了，换上了黑骨纽。他们坐在浓灌木遮蔽的墓石之间，那古怪人的说话干燥而无味；他详细询问高尔基看过什么书，于是他就要高尔基加入了一个组织好的读书会，高尔基答应，他们就分手了。那古怪人先走，一路走，一路用眼光搜索那荒野上有没有别的人在那里窥探。

这所谓读书会，大约有三四个人，高尔基年纪最小。他们读 Chernishevski 注释的 Adam Smith 的著作。他们会聚的地方是师范学校教员 Milovski 的家里；这个人后来用了 Elenonski 这笔名写小说，写了五本以后，他自杀了。高尔基青年时代所遇见的人后来有许多是自杀的！

这个人住在一所龌龊房子的亭子里面，静默寡言，一个拘谨的人，常常学木匠的工作，据说是借此调和灵魂与肉体。高尔基觉得这位先生无味，而且觉得亚丹斯密的《原富》也颇干燥。他觉得伏尔加河里的船夫和脚夫的音乐似的邪许声更加可爱。

那一年的冬天，高尔基为的要节省他的朋友的面包，就到一个烘焙面包的作场里去做工了；他后来做的短篇小说《二十六男人与一女人》就是那时候生活的一页。他的朋友泼莱忒纳夫本来想把高尔基教成一个乡村小学教员，可是高尔基把艰难的俄国文法弄通了以后，他这才知道去做小学教员，他的年龄还没及格。

离开了那面包作场后，高尔基又到一个小面包店里作工，店主人特伦可夫（Derenkov）本来也好说是高尔基的朋友，所以高尔基在这店里一方面是另一个面包师的助手，又一方面却是店主特伦可夫的耳目，防备那面包师偷窃面粉，鸡蛋，和牛油。可是第一天，这面包师就偷了。高尔基问他："这是怎样说的？"回答是，"给我一个相好的女孩子。"高尔基本想告诉他：偷是罪恶。但到底不曾说，为的他一来实在不很确信偷是犯罪，二来他又脸嫩口讷。后来那面包师告诉说，他不喜欢和妇人相好，他喜欢相好小姑娘；现在这一个已是第十三个。每天早上，高尔基用一个篮子装了八十磅的面包和饼到大学去赶学生们的早餐。学生们拿了食物，都是"挂账"的。那面包篮的底下有小册子，学生就连面包一齐拿了去，学生们也把什么小册子和字条偷偷地放在篮里。这些学生很多读托尔斯泰，而大学里的教授们则非常反对托尔斯泰。

店主人特伦可夫自己不招呼店里的事，一切都委托给高尔基；而当高尔基烘面包的手段进步了后，那面包师自己也不动手了。因此高尔基的看书时间只有在工作时了。在握着面粉的时候，在倚着烘炉的时候，他偷忙看书。他那时开始试着做诗。有时夜间高尔基正在工作，又在看书，却因为那面包师相好的小姑娘来了，高尔基便被赶出了那烘面包的房间。高尔基那时候便不禁自问，为什么那面包师的恋爱和书上说的恋爱完全不相同呀！

店主人特伦可夫又有一个秘密的图书馆，这也是高尔基的大学之一。在受雇于特伦可夫以前，即在特伦可夫还没开这面包店，而还是开着小杂货店的时候，高尔基就因了朋友的介绍，到过这秘密的图书馆，而且常常来，所以他和特伦可夫算是老朋友。这秘密的图书馆收藏着许多禁书，有几种是手抄本。喀山的大学生以及各种革命党人都常到这秘密的图书馆，热心的看书，热心的辩论。大学生们常常成群的拥进这秘密的图书馆，武装着大册的书，翻开着书页，指着其中的几行，重拍着书，嚷嚷闹闹地互相辩论。他们称高尔基为"未制品"，像先生对待学生似的对待他；他们叫他读《社会科学 ABC》。在那些人中间，惹起高尔基注意的，有一位"文字学家"；他是一个十足的书呆子，除了看书以外，他没有快乐；他惟一的野心是在企图调和马克司主义与尼采主义。可是直到他后来死于电车中，他这企图并未成功。又有一位更引起高尔基的注意，则是常常坐在屋角的不多说话的人，身材很长大，沉静的灰色眼睛，长而且多的胡子；大家呼他为可可尔（Khokol），据说是在耶库支克受了十年徒刑，方始回来。他的真姓名光景只有特伦可夫一个人知道。

但在高尔基由"读书客人"一变而为特伦可夫的面包店的做手的时候，警察已经很注意这个面包店了。从前高尔基所住的"公寓"门前的岗警忽然和高尔基做朋友，用种种话探询他。高尔基告诉了他的"老板"。于是受了叮嘱：要小心说话，并且为避免那警察起疑，应该和那警察做朋友。那些大学生呢，也受了叮嘱，不要和往常一样专在那面包店里进出。后来不多几时，泼莱忒纳夫被捕，而且不知下落。那些大学生的行动更加秘密。小册子不能再油印，只有一二份互相传观。有时在野外的废屋中秘密集会，朗读那最重要的小册子。高尔基也曾到过这种秘密会，朗诵的小册子是蒲列哈诺夫（Georgi Plekhanov）的《我们的异点》。蒲列哈诺夫此时已经脱离了民意党。

以后又过了半年光景，一个严冬的十二月中，高尔基忽然用手枪自杀。可是打偏了一些，枪弹中了肺，高尔基没有死。为什么想自杀？高尔基自己也不很明白；然而所以有此动机，则因他的悲观；事后他很自愧有这样的举动。

三个月后，高尔基伤痕好全，和以前一样强壮。特伦可夫的铺子已经开不下去，恰好那位可可尔来了，邀高尔基到一个乡村——离开喀山二十五英里，帮他开杂货店。可可尔说："生意不很忙，你有时间读书。我有许多好书，我指导你读。你愿意去么？"高尔基愿意了。一到那边，高尔基就知道可可儿的杂货店和特伦夫的面包店一样，是有"目的"的。所不同者，这里没有学生而只有农民；可可尔的计划是要团结那些自耕农成一个组织，反抗那些富农。在这地方，可可尔是外乡人，所以事情进行得很慢。村里本来另有两个杂货店，又很妒忌可可尔。生意果真不忙，高尔基很有时间读书，他从可可尔读自然科学；其他的好书是 Buckle，Lyell，Hartpole Lecky，Lubbock，Taylor，Mill，Spencer，Darwin，Pisarev，Dobrolinbov，Chernishevski，Pushkin，Nekrasov。可可尔警告高尔基："可是你千万不要让书本子关住了你，不和真实的人生接触。"如果这杂货店及其所在的乡村也是高尔基的大学之一，那么，可可尔就是高尔基所遇到的最好的先生。不幸这大学亦住不长。富农们的阴谋第一次是挖空了一根圆松柴，装满了火药，杂在可可尔家用的柴内，使得可可尔灶里爆炸了一下。第二次则简直偷偷地在可可尔的铺子边一个贮藏沥青和煤油的小屋子内放了一把火。可可尔的铺子烧光了，连他的好书。富农又唆使被火烧所累的贫农们围住了可可尔与高尔基，想害他们的性命。幸而有同情于可可尔的贫农加入了可可尔他们一边，算是没有遭毒手。

可是因此可可尔不能在这乡村里站足，他先走了。高尔基和一个做短工的农民朋友又混了一些时候，也便离开那地方。以后他到南俄做过各种各样的劳工；他的"大学生活"在那时就告终了。那时候，高尔基十九岁。

这就是高尔基的青年生活。古往今来，尽多自修成名的作家，然而像高尔基那样经历了最复杂的人生，"像一块生铁投进了洪炉"，却是没有第二个。尤其是那些性格倔强，天不怕地不怕的"流浪汉"，对于高尔基的印象很深，后来就成为他初期作品内最生动出色的人物。

——录自前锋书店 1933 年初版

《高尔基代表作》高尔基评传

黄源 [1]

一

列宁曾经称高尔基为新兴艺术之最伟大的代表者，他说："高尔基对新兴艺术已干过许多工作，日后他将有更大的成就。"列宁又说高尔基是新兴艺术之权威。这虽是极确当的见解，但尚须细心的加以检讨。约略观之，高尔基受此批评似不甚相当。他不是出身于无产阶级的家庭，而是生于一小市民的家庭。他的作品中说到劳动阶级的，也比说到别的阶级的，着实少得多。

并且，高尔基又不是如今日我们所想的，是从无产阶级的见地来观察实生活之诸现象的。然而，高尔基的《暴风雨中海燕之歌》(*Song of Stormy Petrel*) 出现时，人家已把他视为革命诗人了。劳动阶级把他当作自家的作家，他立即在全世界的劳动者之间博得了极大的声誉。

高尔基是个复杂多端的作家，他是经过了人生之怀疑与动摇的很长的路程而来的。我们要理解他之被称为无产作家何以是公平的，那必须研究他的生涯和他的一切作品。他的处女作是在一八九二年出现的。而他在这九十年代，早已名震全国，竟至每一新作发表，都能销行至数万部。

第一应得注意到的，是高尔基的开始写作，系在俄国社会生活之最可悲的时代，是政治的、社会的反动之全盛期，是俄国最后的君王和他的奉仕者的治世之始。当时的地主及布尔乔亚的一定层认定了尼

---

[1] 黄源（1905—2003），浙江海盐人。1928 年留学日本，1929 年回国后曾先后参与编辑《文学》《译文》《抗敌》等期刊。另编译有《高尔基代表作》《屠格涅夫代表作》等。

古拉·罗马诺夫是他们自己的阶级利益的最忠实的拥护者。所以，在他们的援助之下，他们将扑灭社会上的一切自由主义的反抗分子之可能性，交给了他们的最后的皇帝。

当时的俄国文学，完全是非社会的。一班远离了实生活之建设的文学家，尽管都埋头在自己的感情和气氛中，以当时的话来说，即所谓沉潜于自己的"灵魂"。所以大家都感到孤独与寂寞，而趋向于内面生活了。在文学上，宗教的神秘的情调与"为艺术而艺术"的主张，占了优势。那些不满于四围的实社会的人们，因为不能在那实社会中找到可以安身立命的场所，便把视线转向远远的天国，转向另外的世界。有些人一边耽于毫无内容的、美的音乐的诗作，一边徒然地趋于空想与幻想。又有些人在颓废的享乐中求自己的创造力之出路，努力作颓废的宣传。甚至有些人竟因找不到什么出路，极为悲观绝望，而赞美自杀的。

高尔基发表最初作品的时代，与其后的十年间，正是梅赖裘考夫斯基（Mereshkovsky）、巴利蒙特（Balmont）、梭罗古勃（Sologub）、蒲留索夫（Biyusov）、安特列夫（Andreev）等的作品，最为流行的时代。梅赖裘考夫斯基在等待"第三帝国"的到来。据他的观察，以为人类是渐次地在向"第三帝国"进行的。社会主义的运动与其先驱者，在他看来，不过是像现代的布尔乔亚的小市民性之表现而已。一八九〇年代的有名诗人巴利蒙特也离开了地上生活与社会运动，以为世界上的一切事，都是"黑暗而死去的样子"。诗人蒲留索夫后来虽离去了反社会的诗坛，加入了共产党，但那时候他却摒弃了社会活动，憧憬于"独自的梦幻"。梭罗古勃则以"与人们一同生活"为苦。至于在那世纪末最特色的作家安特列夫，他在文学活动的初期中，有负于高尔基之处颇多；但自从他觉得他的创造力不适用于周围的实生活之后，他便陷于如噩梦似的精神状态中。他的名著《人之一生》《思想》《阿娜惟玛》等，都竭力想表示宗教、人类的思想、科学、革命的英雄主义与社会的努力之无效果。

十九世纪的八十年代与九十年代，尝被称为柴霍甫时代，那从某几点上说来是极确当的。柴霍甫是这时代的伟大诗人。他在许多作品中，为了无数的知识阶级中人与忧郁的空想家之无精打采。那些人物都是感伤的，常沉于哀愁，无斗争的意志，对社会也是冷淡的。总之，涸极的智力与反应精神之平稳的哀愁，这种安静的妥协，为柴霍甫的艺术的本质。

当时，不论是非常流行的柴霍甫式的妥协主义，梅赖裘考夫斯基的"第三帝国"，巴利蒙特的幻想，梭罗古勃的恶魔主义，安特列夫的战栗，举凡颓废派的艺术，都不能把社会从那为帝政所酿成的最后末路中救出来。

二

这些和布尔乔亚有密切的关连的文学家，是不能理解那个时代的。一八九〇年代，在俄国的社会下层，实际已经掀起一种强有力的波动，而这波动不久便把引起颓废派的艺术之隆盛的生活形式一荡而尽了。在知识阶级唱尽了充满着悲哀的过去之歌的九〇年代，俄国的产业已颇发达。一八八七年，在俄国已有三百余的企业者与一百三十万的工人，一八九七年企业者已增至四万，工人亦增至二百万。当诗人们求神求鬼的时候，当托尔斯泰主义广为传播的时代，当那被一般人称为柴霍甫剧场的体验剧场"莫斯科艺术剧场"创立时，当俄国的美术家们为要和艺术上的政治的及社会的基调争斗而创立了"艺术世界"时，以贾基莱夫为中心的一派艺术家们对"反艺术的社会主义之拥护者"宣战时，将与车尔奴依雪夫斯基等斥之为猥亵艺术之神圣的野蛮人时——这时代，正是俄国劳动阶级的觉醒的时代。

高尔基的初期作品凑巧也在这时代出现。他的那些作品，不久就在幻想的忧郁的知识分子的文学间，引起了暴风雨的印象。而这些作品中并没有写到劳动阶级。但同时刚开始的无产阶级的斗争却又与高尔基的艺术创作之间有一脉的联络。那是心理的结合。高尔基从社会的下层得到了觉醒的文学、威力的说教、与创造的确信。他得到了替代知识阶级之无力量的，代表新兴劳动阶级之精神与意志的文学。

高尔基是从下层社会起来的人。他不是在图书馆里学习"人生"，也不是在当时文坛上的那班病的纤弱的代表者之谈话与论争中学习"人生"。他是在借自己的劳力才能弄到一块面包的无寄宿者中，又在经过屈辱与苦痛的残忍的学校而来的人们中学习"人生"的。

高尔基以一八六八年三月十六日（新历二十九日）生于中部俄罗斯的尼斯尼·诺伏格拉城（Nishni Novgorod）。他的父亲名玛克辛·皮西科夫（Maxim Peshkov），是个屋内装饰的工匠，他的母亲是染坊老板的女儿，名佛发拉·嘉西林（Varvara Kashirn）。玛可辛·高尔基（Maxsim Gorky）是他的笔名，其义为最大的苦痛，他的本名叫亚历赛·马克西莫维克·皮西科夫（Alexsey Maxsimovich Peshkov）。父亲玛可辛曾在航行伏尔加河的轮船局里当分局的总经理，不幸于一八七三年，即高尔基五岁时，从高尔基那里传染了虎列拉而逝世。于是孤苦伶仃的高尔基就和母亲一同回到开染坊的外祖父家里；他在七岁时虽曾进过小学校，但不到五个月，因患天花而辍了学，自后他便永远和学校教育绝缘了。过后不久，母亲佛发拉因肺病也去世了。高尔基的生活开始，竟是这样凄凉暗淡的。

他的外祖父本是从下层阶级出身，经过了毕生的苦斗，到晚年渐行得发，在城市中购置了几座房屋和三个染坊，在这完全受着家长时代遗风的家庭内，他简直像一个暴君，同时又是个利欲观念极强的吝啬家，所以他的家中，充满了阴郁，冷酷，沉闷的空气。少年高尔基每天所见所闻的，尽是骂詈，殴打，酒醉，喧哗。他的唯一的慰藉，是温和的外祖母之亲切的爱护。她每夜讲种种的传说与民间的故事给高尔基听，无意间在他的心中养成了深切的国族性，与爱好艺术的心情。

母亲死后不久，外祖父因事业失败，又陷于不能立足的破产境地。自此以后，高尔基就开始过他的自少年时代至青年时代的、久长的放浪生活了。那时候他每逢假日，便背负麻袋，出去捡破布、兽骨、旧钉之类的东西，以换得几文钱，资助家计。他在早期杰作《三人》中，有一章描写少年伊利亚随着拾破布的老人去拾垃圾，情景悲切动人，大概就是高尔基自身幼年生活的写照。至十岁时，他便不得不离开了家庭，投入到社会人群中去了。他先在鞋子店里当了二个月的学徒，又在图案画家家里当了一年弟子，在这期间他是饱尝了"吃人家饭"的苦痛。他终因不堪痛苦，逃了出去，在航行伏尔加河的轮船上做了厨师的徒弟。他的上司厨师史慕利（M. A. Smury），倒是个深思博学的人，他引起了高尔基的读书趣味。高尔基在史慕利的指导之下，将他那杂乱而又不多的藏书，一本本的读破。因此在高尔基的心中展开了一个与灰色丑恶的周围现实极不相似的，充满了美丽的幻象的新世界。高尔基在尝到读书的快感之后，常把仅有的零用，都化作买书之用。在史慕利的藏书中，有许多小说，其中也有戈果里（Gogol）、乌斯宝斯基（Uspensky）和大仲马（A. Dumas）的小说。因此，这位厨师史慕利对高尔基一生的前途，竟成了个极重要的角色，若是没有史慕利，也许高尔基不会成为今日这样世界的文学家的呢！

其后，高尔基又做过圣像画师的弟子，但他那已被燃着了的知识欲之火焰，竟愈益炽烈起来了。他从一个朋友那里知道有所谓大学校，并受了朋友的怂恿，就赶到喀山去，打算进那里的喀山大学。他不知道进大学是要交学费，还要有其他的条件的。大学的门在他面前森严地闭着。但是他以后在走遍俄国中所得的许多人生经验，却完成了他那比任何大学中所受的更多而且更可贵的教育，因此高尔基曾把放浪生活中的许多事件与遭遇，自称为"我的大学"。那时候他既不能进大学，便进了面包作坊，这是他生涯中工作最苦的时期。此后，他或为小歌舞团之歌者，或为荷木者，或为码头工人，或为仆佣，流浪无定。这期间，他却渐和知识阶级中人接近了。因这影响，他既接触到当时流行思想之尼采超人哲学，又受到与尼采哲学绝端相反的托尔斯泰主义之深深的感动，以及"到民间去"的社会主义思想之洗礼。这种知识方面的影响，在青年高尔基的头颈上，绕着了难以解决的思想之锁链。高尔基既受着这种思想上的烦恼与生活上的苦痛，终至实行自杀（一八八八年）。但幸而枪弹打的不准，只擦伤了一些皮肤，所以休养了一月，旋即痊愈。

关于高尔基青年时代的生活详情，茅盾先生的《高尔基》一文中已有详述；如能读他的自传小说《我的童年》《我的大学》等，那是更好，于此恕不赘述。总之，那时候他的生活很不安定，有时在农村干革命运动，有时在里海做渔夫，做铁路工人，后因征兵归故里，又在啤酒工厂工作，并曾充律师之书记。那时他认识了当时的名作家科洛连科，这给了这位"志在文学"的年青高尔基以极好的影响。一八九一年的春天，他觉得在知识分子中鬼混，不是一个办法，因又开始了流浪的生活。从伏尔加河下流、顿河流域、乌克兰，直至倍萨拉比亚（Bessarabia），再由倍萨拉比亚到克里姆的南岸及黑海的科彭（Kuban）。那年秋天，他到了第夫里斯（Tiflis），找到一个工厂的职务；翌年他的处女作《马加尔周达》（*Makar Chudra*）便在第夫里斯发行的报纸上发表，博得识者难得的赏识，成为将高尔基导至中央文坛的直接的动机。不久，他回到北俄，由科洛连科的介绍，将比较长的短篇《拆尔卡士》发表于大杂志《俄罗斯之富》。自此，他便乘着幸运之波，直达到世界的文坛。

三

在高尔基的艺术中，有一种特色，即他的艺术活动，出自他的永续不绝的丰富的自然生活之经验。在他的创作中，无艺术与政论的区别。普通互相对立的创作之两种类别，在高尔基却把它互相有机地调和起来。为什么呢，因为真的艺术便是生活的建设，真的生活建设便是艺术之故。在高尔基的创作中，这两种要素，即斗士的热情与言语的技术同时活动着。高尔基的作品在人类精神上所唤起的那强有力的效果，便是从那里来的。

高尔基的从出现于文坛直至今日的传记，实在是他的一部文学的、社会的活动之历史。他的意识之成长，是渐次从个人主义的理想接近到无产阶级的战斗方法，他向着这方面进展，直到展开了社会主义的世界观。结局，使高尔基成为人类解放唯一的力量之苏维埃联邦的证人。他那放浪时代的经验与实生活的观察，不仅约制了高尔基后年的革命路线，而且开导了他知识阶级的战斗方法之最后的幻灭。一九〇四年在彼得堡的一个剧场，表演他的剧本《别庄的人们》时的事件是有名的。这剧本中所表明的对于知识阶级的消极的态度，引起知识分子的观客的愤怒，大声喝起倒彩。

高尔基对于不注意革命前期正在抬头的劳动运动的知识分子，是极端的嫌恶的。高尔基在初期中，即使是无意识的，但他的世界观，终与创造世界的阶级联合在一起的。他之为诗人，已听到从社会底层出现的新人之声。但在这里有一点应得注意，即列宁和当时那些社会主义的领袖们，虽都是知识分子，但高尔基对于这班知识分子，并没有什么敌意。他每与他们打在一起，常感到自己与他们的精神有融洽之处。尤其是列宁与高尔基之间，有着很密切的关系，由他们来往的信件中，我们可以知道他们的交情是如何地密切的。

高尔基在放浪生活间所获得的经验，决定了日后他应走的道路。宪兵的开始注意到高尔基，是在一八八九年在尼斯尼·诺夫格拉被检查时。在第夫里斯，他又与劳动者的团体接近起来，一八九二年末又回尼斯尼，在那里他为报章杂志写了几篇短篇小说。后因得科洛连科的帮助，他的作品常能登载于大杂志上。至一八八九年他的作品已集成二卷出版了。同年五月，又为第夫里斯的宪兵队所检查，被送至第夫里斯。该地宪兵所举他的罪状，是说他最初在第夫里斯时，有革命的活动。然因证据不充分，宣告无罪释放。次年他的第一个长篇小说《福玛·哥蒂耶夫》出版了。一九○○年，他的早期长篇杰作《三人》公世。这时候高尔基的名声轰动全国。他成了文坛注意之的。可是宪兵队对他的监视也愈益严密，他又被检查，放逐至阿萨玛斯（Arzamas）。

四

一九○一年，高尔基身体很坏，他依了医生的劝告，和家族一同自尼斯尼·诺夫格拉城转至南方耶尔泰调养。那时候，凑巧托尔斯泰和柴霍甫都在那里养病，于是高尔基常常去访问这两位前辈，尤其是与柴霍甫，过从更密。在克里米亚沿岸的乡间，竟有三位文豪同时在那里养病。高尔基暂时住在那里。一九○二年回故乡，他乘便到莫斯科和彼得堡，因此，他的身体便更坏了。可是他的工作却一刻不停。结果，产生了戏剧《小市民》（*Smug Citizens*）与《下层》（*At the Bottom*）。这时，高尔基便以著作的版税，收买知识社，开始经营出版事业，为新作家群开一新径，予以发展的机会。

高尔基是从人生的下层挣扎起的，他的生活就是一篇小说，在世界的文学史中，还未曾有如高尔基这样迅速成功的作家。他的短篇集于一八九八年才印成单行本，但立刻就普遍于全国；爱好文学的人都赞誉高尔基的作品。在他的先辈中，没有一个有像他的作品这样为一般人所爱读，并惹起一般人如此注意的。他具有联合一般人并在一般人中唤起反响的一种不可思议的魅力。

于是，高尔基的名声遂轰动中外。一九○一年在巴黎举行嚣俄八周纪念时，高尔基便以俄国文坛代表参加。因此俄罗斯帝国学士院也不能沉默了，于一九〇二年选他为名誉会员。可是这推荐却无端引起舆论的纷扰；学士院虽已发出通告，亦不得不取消此举。然而高尔基的名声并不因此降低，社会反愈益狂热地耽读他的作品。各类演说会和文艺会都欢迎高尔基，农民的聚集，工人的团体，咸以高尔基为话题。例如他自尼斯尼·诺夫格拉城转至南方时，在饯别会中，挤满了各阶级的代表，群众排成行列欢送他。各车站亦有无数青年手执花束包围着。他的名声遂惹起许多事件，甚至有假高尔基的出现。一九〇二年莫斯科艺术剧场排演他的《小市民》时，博得意外的成功；这剧本竟一次销行至五万部！还有《下层》，在同一舞台上表演时，更博得空前的成功。但这剧本在帝室剧场及地方剧场禁止排演。一九〇三年发行的六卷剧作集，在数月间重版五次。单独出版的戏剧《下层》，一九〇三年的一年间就重版了十四次。

　　一九〇五年第一次革命时，高尔基展开了独殊的活动。当时圣彼得堡的工人集合于冬宫，去谒见沙皇，并呈递改造政治的《政治计划书》，不料被警察大队射放枪弹，死伤不少；事后高尔基即草一宣言，向全俄国及西方各国舆论界宣布皇帝及其走狗们的残暴的罪状。高尔基因此即被检举，监禁于彼得保罗炮台。这时高尔基有被宣告死刑的谣言，而这谣言传至国外时，各国跟着作拥护高尔基的大示威运动。因此高尔基虽然写了颠覆俄国现存制度的文章，但总算在这种保护之下，被赦免了。此外在武装叛乱之际，高尔基又积极参加援助革命的团体。在示威的集会中，每为策划，然而当局的检举，又迫近他身上来了。于是他从俄国逃至美国；在美国他为革命运动捐款，在集会上大发议论，但因此外间起了一种反宣传，使他不得不离开美国。原来俄国大使馆，看见高尔基在美国极受欢迎，并允筹款赞助俄国的革命，于是他们慌起来，下一毒计，说和高尔基同来的高尔基夫人，实是一个女伶，高尔基和他的妻子在前数年分居后，就和她同居的，而他们并没有行过结婚礼，这使基督教的国家把热烈欢迎高尔基的心冷了下来。

后来他写《美国印象记》，对冷待他的美国人亦还以一箭。归途中他在意大利逗留一时，凑巧那时拿帕儿附近的卡帕儿岛上有个没落的贵族出卖邸宅，他便买了下来。以后就在这南欧的极乐岛上，疗养肺结核；一边和现任苏维埃教育部人民委员长卢南却斯基等共同组织革命社，为革命运动尽力。一九〇七年参加有名的社会民主党的伦敦会议，屡次作反对俄国政府的运动；对于"募集外债"，反抗尤力；又向借钱给俄国皇族以镇压革命运动的法国提出抗议。在贪婪的法国银行家，不顾一切而借款给俄国时，高尔基便写了他杰出的小册子《美丽的法兰西》(*Fair France*) 以讽刺法国。

五

从一九〇八年春天起，高尔基与列宁之间常有书简来往。在卡帕儿岛上，以高尔基的热心赞助办成了一个社会民主党的学校。自此，他对布尔塞维克党便有了切肤的关系。他的名声以及他作品的销行，使他得有不少的金钱捐给党部。不但如此，他还主持布尔塞维克机关报的文艺栏，亲自执笔，并管理出版事业。然而，有时，高尔基也有离开党的场合，例如：一九〇八—九年，他与波格达诺夫等联合在一起，列宁对于一切反叛正统派马克思主义的人，都是毫不客气地施行攻击，但他对高尔基特别表示宽大，那是因为他尊重高尔基，并深知高尔基的感情所致。列宁把高尔基的参加党，视为是极重要的事业，在布尔乔亚报纸谣传高尔基被开除党籍时，列宁立刻在无产阶级报纸上发表辩驳的论文。

一九一三年二月，因罗曼诺夫皇室三百年纪念，实行大赦，高尔基才得回到别后八年的故国。第一次革命时，高尔基几次经历着精神上的动摇：他发行《新生活》报纸，其中有指摘布尔塞维克的行动，以至与列宁离异。他们的意见有一点不同，即关于知识阶级的问题。正如谁都知道的，知识阶级因为敌视"十月革命"，当时处于极苦的境地，而高尔基是站在拥护知识阶级的地位的。然而共产党与高尔基之间的隔膜，终于渐次地消除了。高尔基积极地参加苏维埃的文化事业，其中对于编辑世界文学丛书，及学者之生活改善委员会，尤为着力。他担任委员长，热烈地活动；因此这委员会在革命时代，对于俄国学者保护事业，干了伟大的功绩。一九二一年，高尔基依从列宁的劝告，转赴国外休养。再移至意大利的苏连德，至今尚居于该地。最近数年来，他为了拥护苏维埃政权，常对白党亡命者，以及全世界布尔乔亚报纸之对苏维埃联邦的毁谤，加以辩护。革命十周纪念时，高尔基虽未列席，但其祝文中，充满了赞美苏维埃联邦的话语。

高尔基随着革命的、社会的活动之发展，他的伟大的天禀亦同时发展。他每一新作出版，都轰动了文坛。一九〇七年《母亲》出版时，批评家虽说高尔基的天才似乎在衰弱下去了，但此书却成为全世界无产阶级的读物，译成各国的文字。单就德国已销行数十万部。一九〇九年有《忏悔》(The Confession)、一九一〇年有《乌古罗夫镇》(Okurov Town)、一九一一年有《库资梅亚金的一生》(The Life of Matvey Kozhemyakin) 等书出版，其后更有《我的童年》(Childhood)、《在世界上》(In the World)、《我的大学》(My Universities)、《阿尔达马诺家的事件》(The Artamanov Business) 等名著相继问世。这些作品，都构成横亘于俄国半世纪的伟大的抒情诗。

六

一九二八年三月九日，为高尔基的六十诞辰，并文学生活卅五年纪念，在苏俄举行了一星期的盛大庆祝会。先由各方面的代表组织庆祝筹备委员会；人民委员会委员长里柯夫特以人民的名义发出训令列举高尔基为劳动阶级、无产阶级革命及苏维埃联邦所尽的功绩，将此庆祝会的意义宣告全国民众。当庆祝会的那一天，凡是联邦内所发行的报章杂志，都献之于高尔基；或发行特别纪念号，满载关于高尔基的纪事。又，自莫斯科至全国的公共学堂、劳动者俱乐部、图书馆，都有名人作关于高尔基的演讲。夜间，各剧场都排演高尔基的剧本。一个文学家，在生前享受到国家如此隆盛的庆贺，实为创见。可惜的是，高尔基在意大利的苏连德休养中，未能躬逢盛典；然而这庆祝会却产生了许多关于他艺术的新文献。在这些批评文学中，引起特殊的注意的是关于高尔基之为无产作家的问题。共产学院中，曾为此开过讨论会，有许多著名的马克思主义批评家出席，从各种的见地，来研究这问题。

七

关于高尔基之为普罗作家的这个复杂而重要的问题，目下还不过在初步的研究之中；然而马克思主义的批评家态度，虽有种种的不同，但他们对于在小市民社会中生长起来的高尔基，如何脱出那个社会，而接近到无产阶级，这一点却是共通一致的。高尔基的艺术，不论是他所把握的普罗的世界观之直接的艺术的结果，或是他对小市民性的憎恶，但一遇到无产阶级革命的爆发，便如革命进军的喇叭似的响起来了。无论如何，高尔基的艺术，是俄国社会内部的极复杂的波动之天才的反映，这一点是毋庸怀疑的。没有这种艺术，俄国伟大的革命便无从理解。

高尔基的文学活动可分为四期：第一期，他对现存社会制度之不公平、不坚实、不合理，一边激烈的加以反抗，一边提倡绝对的个人主义。第二期，他一边巧妙地解剖各种社会集团（浮浪者、知识阶级、小市民阶级等），一边竭力想在他们之间为人间个性找出一条可走的合理的、自由的、幸福生活之道路这社会要素。第三期，他描写具有这种合理的、自由的、幸福生活之建设者的命运的阶级，即无产阶级。因此，这一期的作品中，贯通着对于集团之不可抗的伟力之深刻热烈的确信。第四期，高尔基的艺术，是带着艺术之洗练的回忆录的性质的。

高尔基文学活动的初期，是罗曼蒂克的个人主义的时代。在这时代，他以故事和传说的形式，描写强健大胆的美丽的人间，即站在社会道德与善恶之外的非凡的性格，并赞美异常的事件与卓越的伟力。他所有的作品的基调，都是这两个世界的对立。使一方面的罗曼蒂克的冲动、伟力及自由的性格与他方面的小市民性对立，这对立在有名的《鹰之歌》（*The Song of the Falcon*）中，看到最明显的表现。又如本集中所选的《马加尔周达》及《拆尔卡士》，都是他的早期杰作。

高尔基初期作品的特质，在于作者对于事象的罗曼蒂克的态度与非凡的主人公，以及作者所选的特殊的情况。在那些作品里，世界似乎被什么蒙蔽着有些模糊不清，我们在那儿看不到实生活。第一期的创作中，作者之抒情的倾向与说教，是其特色。如《马加尔周达》这一篇小说，与其说是叙事的故事，还不如说是抒情诗。作者假主人公的嘴，说自己的话，主人公的精神充满了波动的感情，与对于人生命运之不绝的思索。作者即使在从故事或传说移到活的人间时，他也是从那些被逐出社会生活的圈外而反抗社会的人们中选取其主人公的。在这种场合，高尔基的态度是很近于印象派的，与托尔斯泰及屠格涅夫那时候的旧写实主义相距甚远。可是到后来出版《福玛哥蒂耶夫》（*Foma Gordeyev*）时，这种传统的写实主义在高尔基成了典型的东西，即在最近的巨著《克林查姆金之一生》中，用的也还是这种写实主义，而这种写实主义，就是使屠格涅夫将拉夫尔斯基（《贵族之家》中的主人公）的一生从诞生日起于各方面详细描写的写实主义。但高尔基在《拆尔卡士》中所描写的人物，只描写他所看到的一点，他并不讲到他们的过去。作者并没有把那两个主人公的生活历史拉长来研究的兴味。他并没有在时间、空间之中捕捉现象的兴味。他不仅对自己的主人公之过去毫不提出，也不像后年所见似的，在极广的范围中把握围绕他们的实生活。

八

高尔基在一八九〇年代已开始在脱去罗曼蒂克的印象派的作风。强者的理想，从现存社会的种种压迫中解放出来的自由人之理想，他虽还保存着，然而他已不在传说的英雄中去求这种理想了。当然，浮浪汉的世界，依然是高尔基找寻反抗社会的人之优越的境地，然而高尔基的视野已逐渐在扩大了。他的作品中，开始有别的社会阶级的人物出现了。他依然保留这样的主题，自由的个性与现存社会生活的形式之冲突。但除此以外，他更提供了本能、英雄主义、空想、创造的发作等问题。这些题目的处置方法，当然更复杂。在使用这些题目时，高尔基须更深入生活的极底，以便评价各个现象。

寻求高尚的生活、高尚的美、与正义的创造的个性，必须受着种种的形态。《珂诺华洛夫》(Konovalov，1896) 的主人公珂诺华洛夫，却依然在生活的圈外。在这里，对于社会的原则，有珂诺华洛夫这样的人物，以与某种光明的原始时代之诗相对立。我们能在那里找到空想与罗曼主义之发生的说明。在小说《吴乐甫夫妇》(The Orlov Couple，1897) 中，便由鞋匠吴乐甫来具现对于社会的反抗。又如中篇小说《曾经为人的动物》(Creatures that Once were man，1897) 中，主人公是个退职骑兵太尉库瓦尔达。他是那小客栈的老板，是浮浪汉中间的重角，且其自身也是一个浮浪汉；库瓦尔达正和高尔基的所写的许多的浮浪汉一样，极爱好哲学。在哲学中，在与当地的教师谈话中，当谈到世界与人类运命这种高尚的问题，以求最高尚的愉快。他憎恶一切生物的杀害者。他对于生活的态度，与其说是从社会的见地而来，还不如说是从美的道德的见地而来。他憎恶商人。因为他爱生活，而商人是剥取生活的。这小说还包含着库瓦尔达与房东伯都尼科夫的冲突。这冲突不单是个人的问题，并有象征的痕迹留在这作品中。他们两个人的冲突，无异是两个相反的世界，二种不同的道德要素，二种反对的心理组织之斗争。高尔基同情于哪一方面呢，那是很明显的。

后来高尔基又升上一个社会阶级，在小说《维伦加·奥来沙夫》(*Varenka Olesoff*, 1898) 中，描写到知识阶级。这小说，讲一个很清醒而又有理智的人，年轻的助教，如何迷恋一个有独特之美的野性的女子。那维伦加与波尔加诺夫的关系，简直是一种本能与知识的斗争史。

为尼采主义的罗曼蒂克时代之结论的，可举有名的《在风暴雨中的海燕之歌》。这是一只最流行的劳动阶级的歌。高尔基在许多作品中所用的对律，即暴动的个人主义与姑息的小市民性之对律，在这作品的美丽的象征姿态中，见到光辉的具现。那便是傲然翱翔于黑云与大海之间的海燕之姿。它如黑色的恶魔样飞于大海之上，一边嘲笑黑云，一边扬起欢喜之声。与此对照的，便是代表小市民性的鸥与小鸟在暴风前之呻吟颤抖。这歌以"自由的预言者"的宣言而终。这歌确是行将来临的革命之预告。单就这一点说，即使高尔基在这时代与无产阶级的武装反抗的准备毫无直接的关系，但他之为一个诗人，为一个要求爆发不止的革命的力之伟大表现者，这却是最好的证据。

<h2 style="text-align:center">九</h2>

高尔基的文学活动之第一期与第二期的分界，是极暧昧的。因为在第一期作品中有商人社会与小市民阶级的典型，同时在第二期作品中也有浮浪汉的典型。但是在种种的意义说来，尤其是在高尔基的艺

术之发达上划一转机上说来，将一八九九年出版的第一长篇小说《福玛·哥蒂耶夫》，视为第二期的出发点，大概是不会错的。高尔基虽则依然是威力的歌者，但在这作品中，他开始明显地把在人生竞争场中活动着的社会劳力作社会的解剖。同时高尔基的个人主义才走入生活的内部。他开始在实生活中占着地位，努力于实生活的范围中的斗争。当然，就在这作品中，社会劳力的评价，差不多和以前一样的，还是从他的美的要求，从他的强烈的自由的创造人格之崇拜出发的。然而在这作品中，开始在我们面前明白的写出他感到有互相对立的两个主要的阶级存在着。《福玛·哥蒂耶夫》还有个特点，便是高尔基开始在实生活与习俗的光辉的情景中描写那主人公。他展开了俄国生活的广大的画布，描写各阶级的人们，以把握着实生活。我们可以看到福玛·哥蒂耶夫的一生历史。这人物是如何成长，他的世界观与人生观是从何处发出，这些都追求到社会的根源而展开在我们眼前。高尔基总算给予了明白地感到各个人的内面世界与周围实生活之关系的可能性。这实生活已不是背景，也不单是美妙的空想家的主人公与可恶的小市民的生活之单纯的对立。高尔基因此进而要充分地考察这生活。要把这一群人的各个人物与各个团体研究一下。高尔基在深深地注意到这些问题，而把以前的，就全体上说来是暧昧地捉住的东西加以解剖时，他确信了应无差别地扫荡一切，并确信即在可恶的社会的胎内，也有着健全的要素与生活之力丰富的分子。于是他便觉悟到，不该单是诅咒，而应从这些要素出发，作有计划的斗争。

《福玛·哥蒂耶夫》是高尔基的长篇试作，至一九〇一年《三人》(*Three of then*) 公世，他在长篇小说方面才收到了充分的效果。《三人》和杜思退益夫斯基的《罪与罚》，在深刻的描写人生这一点说来，被称为永传于俄国文坛之作，在高尔基的小说中，也是占最高位子的作品。(此书我已译出，不久即可在生活书店出版)。

《三人》和高尔基所写的其他作品中的中心人物同样，是写三个生活于社会生活底层的少年之生活史。

　　最先出现的一个少年名伊利亚。他的父亲犯了纵火罪被流放至西伯利亚。他因为不能在住惯的故乡生活下去，便由叔父带着在夜半逃至另一小镇，寄身于一爿小饭店中。那里有个叫雅各的少年。同住的地方又有个铁匠店的孩子叫班许加。《三人》中所写的，便是这三个少年的生活史。

　　头大颈细的雅各，不论在家里，学校里或任何地方，到处受人欺辱。而他却独自在沉默的静境中，探求人生的意义。他在庭园里的古树干中挖了一个洞，放了一位神像，到夜深人静时，他便独自在那里膜拜。他引诱伊利亚读书，从童话渐次涉略到高尚的读物。他们所读的书，大多是带着神秘的宗教色彩的，他就在那方面去求人生的意义。他后来受不住继母及父亲的虐待，要跑出来，未果，郁郁以肺病死。

　　那铁匠的儿子班许加，因为父亲杀死了母亲，被禁狱中，于是附近的一个鞋匠便收了他去做学徒。但不久就逃出鞋店漂流去了。这个孩子在漂泊期中，备尝了千辛万苦，后来终被警察捉了去。监禁了数月后，由警察把他送回家去。他在狱中学习了文字，那时已能作即兴诗，这使他的小朋友惊讶不已。

　　不久他又出奔了，后来路上偶然与那已在做小贩的伊利亚遇见时，班许加已饱尝了人间的苦味了。那时他已有个情妇叫薇拉。薇拉是在医生家里当使女时交识班许加的，后因他们关系，传入了主人的耳中，两人就同时被解雇。薇拉为减轻班许加的负担，住在别处。后来为了班许加竟不惜行窃。可是在这案件开审时，班许加的爱情却已移至另一个姑娘了。这对新恋人竟冷然去看薇拉的审判。热情易动的伊利亚却同情于她，愤愤地望着这对新情侣。

　　这书的主人公伊利亚，自从逃到了饭店里之后，便跟着一个拾垃堆的老头儿在市中转辗的拾垃堆。伊利亚这时已显出活动的气焰，自后他在一爿鱼店里当学徒，因生性傲慢不屈，常想着正义，终不能在因袭的妥协的社会中生活下去。过后伊利亚就做小贩。他能做个小小而独立的商人，亦窃自心喜。他和童年友人班许加的交好即在此时。由班许加的介绍，他去访薇拉的住家。在那里他和一位年纪较大的女人相识了。那个女人叫渥利姆匹亚特。伊利亚为了这个女人，被情欲所驱使，绞死了钱庄的老板，偷了钱逃走。于是瞒着人眼，依然经营商业，这一方面可以不致引人注意，另一方面也是他多年的理想。他为了过这小小的美丽生活，离开了污秽的饭店房间，借了一间精致的房间，过安适生活。

安闲美丽的生活，本是伊利亚的唯一的理想。伊利亚也是一种"畸零人"的型典，他不是从商人社会而是从小市民阶级出身的，他尽在向布尔乔亚的安逸的理想迈进着。然而随着日月的推移，他渐渐感到这种生活也不能使他满足。但他既无新的理想，自不免酿成最后的悲剧，他终于撞壁死了。

高尔基既在《福玛》这样的商人社会中，伊利亚这样的小市民阶级中找不到建设者，于是自一九〇〇年起便着眼于广泛的描写知识阶级，并且他大部分都选了戏曲的形式。除了以零落的浮浪汉为题材的《下层》之外，别的戏曲，例如在《小市民》（一九〇一年）、《别庄的人们》（英译 *Summer Folk*，1904）、《太阳之儿》（*Children of the Sun*，1905）、《野蛮人》（*Barbarians*，1906）等剧中，高尔基都在描写知识阶级与小市民之无聊，陋卑，下类的生活，将那无力量的无意气的，落志弱行的，不堪任何热情的，甚至不理解周围人们的性格，毫无容赦的加以鞭挞。总之，他在知识阶级中也还未曾找到生之建设者。

十

高尔基在第二期作品中，尤其是在戏曲中，专门对抗知识阶级，不久因政治的乃至社会的生活之圆熟，和他自身思想之发展，使他注意到为社会之唯一建设者，为下层阶级之唯一救济者的劳动者的出现。这事渐渐明显了，他便以艺术家应有的诚实，立即成了劳动阶级与社会民主劳动党的友人。

劳动阶级的代表者，在高尔基初期作品中已有。例如《福玛·哥蒂耶夫》、戏曲《下层》中便是，然而这些人物不能代表劳动者特有的心理与倾向。他们与其说是纯粹的劳动者，不如说近乎浮浪汉。他的描写劳动者有比较明确的性格的，恐怕要算《小市民》中的尼尔了。在这戏曲中已不见虚无主义者的渴望破坏。然而在高尔基的作品中，真正自觉的劳动者的出现，还以一九〇七年之戏曲《敌人》（Enemies）为始。在这作品中，高尔基开始描写产业的劳动者以及他们与资本家的斗争。因此这戏曲可算是高尔基文学活动的第三期的开始。而广泛的把握着劳动运动的发展，以描写劳资间的战斗之种种转化的作品，当推《母亲》（Mother，一九〇七年）为最著。

实在高尔基是以自己的新经验在《母亲》描写劳动运动的广泛的情景。可是这小说几乎唤起批评界一致的非难。批评家们在这小说中找到了高尔基天才衰落的证据。小说中描写劳动者伯惠尔、罗平等他们从事革命的秘密宣传，结局被捕。批评家们的责难，有几点是正当的。作者的注意集中于伯惠尔的母亲伯拉盖耶·尼洛娜。把无产阶级战斗的本质之艺术的表现，倒轻意放过了。小说中有许多浪漫主义、抒情诗、高踏的感激与修辞的地方。例如作者描写的母亲出现在伯惠尔读禁书的地方，才对于儿子的将来，感到不安这一场面（即第一部第四节，沈氏译本二一页起）。伯惠尔要使母亲明白他的意思，那时候"他的声音很低，但是非常的有力，在眼睛里面，放着拗执的光辉。在母亲心里，已经知道了儿子的身体，已经和一种秘密而可怕的东西，永远地发生了关系。在她看来，人生里面遭遇的一切，都是不可避免的事情。她已经惯于不假思虑盲从，所以现在在她充满了悲哀和忧郁的心里，一句说话也寻觅不出地，只是静静地哭了出来。"（以上引用沈端先氏译文，见《母亲》二三页）她的儿子开始用感动的调子讲着读了禁书而理解了的真实事情。母亲如贪食似的听着。自此以后，母亲便觉得有了这么一个儿子，非常光荣。儿子在搜查住宅时，在审判庭中，都是意态自然，保持着本身的高洁。为母亲的，于是也成了儿子的一伙，帮助年青的革命家，分发印着儿子演说的传单。即在最后的一次携带传单被捉住时，她还显得伟大的女英雄的姿态，终至成为复仇与牺牲的女神。高尔基描写她被宪兵包围着，对群众嚷着革命的演说时的光景，生动异常。被宪兵殴打得血流满面的母亲，还在对群众勇敢地继续喊着，"复活了的魂是杀不了的。"使人想起宗教的狂热时代之英雄的姿态。她不论在儿子被投入牢狱时或自己被宪兵押住时，内心老是充满了光辉的喜悦。她与其说是一个劳动者的母亲，还不如说是更像初代基督教的殉教者。伯惠尔也老是同样的用感动的调子说话。他在审判所中的一番辩舌，处处使人想起与其说是劳动者，毋宁说是一位传道者。这一点说来，高尔基把无产阶级革命的思想，和道德与美学的理论打在一处了。有时甚至使人觉得伯惠尔是专从美学的动机来侮蔑资产阶级而赞美无产阶级的。

　　继《母亲》之后，于一九一〇年又有力作《忏悔》（The Confessions）出版，这是与《母亲》不同的，完全从另一方面来触到社会问题。在《忏悔》中，作者所注意的，不是为改良劳动者之物质的及法律的地位之斗争，而集中于宗教的意识之危机。在一九〇八年至一九〇九年间，政治的及社会的反动达到顶点的氛围中，宗教问题在知识阶级间开始唤起了特殊的兴趣。与这相关联的，是关于开拓新宗教思想之必要，议论纷纷，以为必须有种新宗教思想，以代替已不能使社会意识满足的旧宗教思想。这时有个所谓"求神主义"，也颇有些兴味，于是他就写了《忏悔》这本小说。然而这小说，其价值虽伟大，但有种难以理解其根本思想的二重性。小说中的主人公玛托依是个出自农家的弃儿，后与一个教会执事的女儿结婚，才提高了一点地位。然而他的生活与周围的社会使得他的精神状态，非常难堪。他的妻死后，他为求正义，出去作巡礼的旅行。在这旅行间，他常常沮气丧胆，因此也常体验了幻灭。但后来他却遇到一个叫依奥那的游方僧。这位依奥那告诉玛托依创造神的是民众。"民众比教会里受尊敬的一切家伙是更尊贵的殉教者；民众和上帝同样地创造着奇迹；民众是不死不灭的，我信仰民众的心，表彰民众的力。民众是人生唯一的，无可怀疑的本源；民众是过去、现在、未来，一切诸神之父亲……"于是玛托依就变成了"造神教"的崇拜者，在小资产阶级间找到了同调者了。但是他又触到别的社会，劳动者的社会。这社会便是自觉了的无产阶级，它借彼托尔之口，以非难"造神教"。彼托尔的见解无疑的反映了无产阶级的意识，但高尔基所发表意见到若何程度，却难断言。由小说的内容看来很容易使人推察这时候高尔基是反而同情于"造神教"的。这样说来，可说高尔基这时候是离开了劳动阶级之思想的阵地的。但有一点我们要注意，就是无论你把《忏悔》之社会的意义如何解释，不应忘记高尔基作品中对于集团主义的思想是忠实的。

在《忏悔》出版后两年，高尔基又有描写第一次革命后的农村生活的小说《夏》(Summer) 公世。这作品明白地证明作者又回到从来马克思主义的立场。这小说是高尔基离开了俄国与俄国的现实，在外国亡命中写的，因此人物与事件颇多理想化。有的批评家就从这见解来非难这作品，然而从社会的见地说来，这九论如何是一部颇有兴味的作品。即使有人以为这小说在艺术上有什么缺点，或高尔基对于俄国农民之自觉的见解过于乐观，但《夏》的响亮勇敢的调子，却是足以使郁闷的人们兴起的。

十一

高尔基的文学活动最后的第四期，是从世界大战之前直到今日。

高尔基在这时期所作的创作，大概都带着回想录的性质。属于这时期的作品，以《乌古罗夫镇》《库资梅亚金的一生》《我的童年》《在世界上》等名著为始，还有最近的作品。这些作品的特点，是罗曼蒂克的要素稀薄了，而作者在幼年时代所见闻所经验的事情之回想的要素丰富起来。总之，作者在这时期的所写的，是回到俄国，尤其是本乡中实生活之现实的印象。如果说《乌古罗夫镇》与《库资梅亚金的一生》是以作者自己幼年少年时代所观察的事件，与从他自身过去的印象为材料而写成的，则《我的童年》与《在世界上》可说完全是自叙传的小说了。而其中尤以《乌古罗夫镇》为最特色，高尔基的客观性与严密的写实主义的研究态度，使《乌古罗夫镇》成为伟大的历史记录，明鲜地反映出俄国史中一个最显著的时代之意义。而且给予了最重大的推论之贵重的材料，同时还说明了第一次革命破灭的原因与第二次革命胜利的意义。

　　高尔基一到晚年，越益倾向于回想录。最近的力作如《我的大学》（*My Univesities*）、《阿台莫诺夫家之事件》（英译本又名 *Decadence*，因此中译文即改为《没落》）。三部曲《四十年》的第一部《克林·查姆金之一生》（*The Life of Klim Samgin*）等，便是其后的写实主义的样式之发展。这些作品还是将乌古罗夫镇的俄国传之永久的最广泛的描写，其材料都是从取之不尽的丰富的泉源，即从非得亲自体验不行的伟大的更生过程的，巨大而复杂的组织体之生活采取来的。在这些作品中，高尔基的视线到处是透彻的。《我的大学》越益照出革命前期的知识阶级之精神生活，又给可怕的农村之暗黑面与农民以彻底的描写。这样深刻的描写农民，在过去的俄国文学中，尤其是在格利哥洛维支以后对于农民的人道的态度中，尚未见过。

　　和《我的大学》同属于回想录一类的随笔作品，其后还有《巫女》《水灾》《牧者》《监视人》《立法者》和本书所选的《布格罗夫》等作品，其中大部分都和《我的大学》一样，是站在很高的艺术水准上的。高尔基的回想，和卢梭的《忏悔录》并哥德的《诗与真实》两种有名的回想，是不同的。卢梭和哥德的回想，都是以自己为中心，想把自己内面发展的路径，全都写出来；高尔基的回想却不这样，他把自己的个性放在第二位，倒把他所碰见的各种的人的特独的相貌，放在第一位。所以哥德的自叙传，可以改换一个题目，叫做"天才怎样在适当的环境当中发展起来"，高尔基的回想录却不然，决不能改题为"天才怎样在不利的环境当中发展起来"，我们只能改题为"看看罢，我周围有多少有趣的人啊！"他的回想录好像在这样说："我接近了几十几百个人。他们有独特的，各不相似的色彩啊！他们当中有的好酒贪杯，有的放荡成性，有的偷盗，有的贪赃，有的虐待女人小孩，有的杀人放火。但是何其富于天才的能力呀！他们何其富于取汲不尽的潜势力啊！"

柴霍甫的作品中的人物，都是忧郁的人物。高尔基作品中的人物，都是有独性的人物。高尔基作品当中，涨满了乐天的空气，和自己开拓自己命运的精神。高尔基的回想的作品不但在艺术上有很大的价值，就拿他当作近代俄罗斯的文化史料看，也有很重大的意义的。（此两节引用陈勺水氏的译文，出自升曙梦的《最近的高尔基》一文。）

三部曲《四十年》在取材之广这点看来，胜于高尔基过去的所有作品。高尔基立意在这作品描写直到十月革命为止的亘四十年间的近代俄罗斯生活的光景。这伟大的作品现已全部完成。这作品描写俄罗斯社会的历来重要的阶级。各种时代相继消逝了。借用巴尔蒙（Balmont）与梭罗古勃那班艺术至上主义者与颓废派等对他们的前代说的话，便是说"单是埋头于解决物质性质的问题，而完全蔑视精神生活之谜的父辈"的时代已过去了。接着他们自身，即自身称为"想别种方法以暴露我们内面生活之无限秘密的人们"的颓废派的时代也过去了。最后掀起第一次革命，准备十月革命的人们之时代也过去了。高尔基在这里自认为写实小说的作者，他适当的运用客观的然而深加考虑的研究态度。这时候他不单在说一个故事，而且导入重要的思想。革命前社会生活的事件，顺次的在读者之前通过。取材于勃利沙夫的诗，尼科拉一世的戴冠式当日的大事件，尼斯尼·诺伏格拉城定期市，以及其他的许多难忘的事件与人物的光辉的情景，相继的展开下去。而以克林·查姆金之一生为这故事的中心。那是一个中流人物的精细的故事，又是他性格的发展史。高尔基这作品是和平常同样的，借活的人格之三棱镜，以解说大事件的意义。

十二

高尔基的生活与文学活动的简单历史，已如上述。这历史便是对于他是否是普罗作家这问题的最适切的回答。如果普罗作家的使命，是在杰出的艺术的典型中传达民众更生的历史，并在深广地展开它更生的意义，或显示生活以怎样的必然性向十月革命所指示的道路而进，则高尔基便是真正的普罗作家。劳动阶级不是始终停在一个地方的。劳动阶级常依着事件的发展，向指示给它的目的不住地进展，而在这进展中，要经过种种的阶级。因此，他的使命，他的心理亦随之而变。今日劳动阶级和农村有密切的连系，农民心理在他们之中极漂亮，而明日却又远离了农民。如果把普罗运动解释作不仅为确立生产之新的最高形式而战，是为人类解放而战，又为自由之花的生活而战，则高尔基确实较描写那革命劳动者的前卫的作家们，能更深广地理解劳动阶级的问题。

最后我们对高尔基的作风与特质，略加说明。高尔基在初期的作品中，已显示了独特的文体。且常显示巧妙地描写了生动的自然背景，及浮雕似的极鲜明的原始人物，同富有情调，色彩强烈，有力的作风。而且自然、人物、叙述的话老是和事件的调子，异常调和。个人主义者的，主观派的高尔基，将这些要素都熔合在自己的根本情调中了。他在罗曼蒂克的气氛极浓的初期作品中，他的自然描写与写实派的描写相距甚远，是无足怪的。高尔基的描法是太印象的了。他往往把刹那间直接经验过的活的印象，不问那是否与客观的事实一致，立即照样的表现出来。所以他的自然描写，有种把人直接拉到海洋、大气、太阳等的自由广阔的天地中的魅力。至第一期终，他的风格稍有点变更。尤其是到了第二期，从小说方面转移到演剧方面，他并不创造独特的风格，而利用了柴霍甫戏剧的形式。所以他的剧本，和柴霍甫的剧本是同一性质的。以白代科，不用个别的主人公，而由个性无差别的群众出场，尤以影响于观客之心的效果为主。自写过剧本《敌人》后，高尔基又回到小说，于是在以前的文体上，更加上与他内心的转化相称的新色调。总之，他的作风和描写，都是带着适应于"真"之探求者的格调的。于是以前那样的华丽的自然之舞蹈，吭声高歌，与无差别的动物的幸福之渴望，乐天气氛，都没有了，表现的调子一变而为带着含蓄的，消沉的，始终追求着什么似的心情。从纯艺术的见地看来，或者初期描写浮浪汉的短篇反为杰出。长篇大半似嫌插话太多，而且艺术方面常为政论所牺牲。剧本方面在艺术上也不见十分成功。除艺术上极完美而强有力的优秀的剧本《下层》外，其他剧本几乎都并不给予作者预期那样的印象。这大祸是闯在作者在这些剧本中拟摹了柴霍甫的作风。柴霍甫式的作风只适于描写那种停滞的生活。能积极活动的人物与团体的生活，是不适于柴霍甫所描的那被动的、不动的形式的。形式的问题，姑作别论，我们在此应得注意的是，高尔基自从跨上文坛第一步起，便是个照彻下层社会之前途的"真"的探求者。在俄国革命尚未爆发以前，在劳动者的阶级在政治上尚未攫取一定政权时，高尔基已使下层社会与特权社会对抗。等到劳动社会将来应占的地位与职业明显起来，高尔基已不把浮浪汉理想化，而投入劳动运动，成为革命运动之艺术指导者之一。

十三

　　高尔基在一八九二年开始将处女作揭载于无名的地方新闻报上，一八九六年才在都会的杂志上发表作品，至一八九八年其作品印成单行本时，渐引起社会与批评家注意，但在五六年间他即一跃而获得文坛的最高地位与盛名，这样迅速成名的作家，不能不说是全文坛的奇迹。

　　这种成功的基础，不消说是由于他有杰出的艺术的天禀。这事就是他的敌人也不能否定。他那敏锐的观察力，对于色彩的敏感，清新的知觉，对于自然的感情之异常的发达，这些都是高尔基的天才的特异处。其中色彩成为高尔基第一种魅力。人生大概都是灰色的，尤其是俄国的实生活单调得难堪。然而高尔基的锐敏的眼光，与他那欲粉饰日常生活的薄明的热烈的欲求，作了个惊人的奇迹。为罗曼蒂克的热情燃烧着的高尔基，能在至今谁也看不出色彩的地方发现彩色极妙的绘画。他把从来没有人注意到过的，或即使注意到也随便任它过去算了的许多有新鲜兴味的人物，拉到读者之前来了。在臭气冲天污秽不堪的渔场他能发现玛尔伐这样有色彩的女性，这谁能料得呢？高尔基不单是个劳动者或局外者，他是个能借描写自己的同胞和描写自身以接近新的民众的人。因此他是从一般人蔑视为下层社会的贫民世界中，掴出了"永久的人间性"将它鲜明的显示给读者。

　　高尔基第二种魅力，乃是清新的感觉。他无论对善对恶，感觉都很强烈。凡是实在的印象，在他都是清新的。这给了他的抒情诗以魅力，也给了他自身以精神的兴奋。尤其是"自然"常鼓舞激励高尔基。他无论在哪篇作品中，必有优美独特的叙景。这些叙景文章都成为和纯艺术的感情极溶洽的惊人风景画。高尔基一接触到自然，便异于常人的把一切的愤怒都忘记了，或则耽溺于一些伟大的事物。即使是运命把高尔基的主人公挤入那些阴暗的地下室，他们也常爱眺望"苍空之一角"。珂诺华洛夫对于放浪生活的欲求，便是从想要看看所谓新奇的东西与一切的美这愿望而来的。因此，高尔基对于自然的憧憬，决不是从技巧之末的感伤主义而来的。自然是常在鼓励他，暗示他以人生的意义。他可说是经过自然美而得到人生之真的。

高尔基的第三种魅力，是长音（Major）的谐调。他是在俄国文学上最初响着长音阶的天才。在这意义说来，他在俄国文坛上是占着古今独步的地位的。因为不论在他之前或他之后，俄国文学中常常只响着次音（Minor）的调子。最有趣的是，在俄国文学的复兴期，从所谓社会的下层出来的高尔基，使下层社会间不得不唱着这种长音的调子。而且他更为要使这歌更愉快更自由地响起来，常把那主人公带到南国的海岸，自己和他们一同嬉遨于旷野之上，露天之下，或航渡伏尔加河。高尔基的小说，定是以夏天晴朗的日子开始……太阳辉煌，海岸边浪水呜咽，周围地平线是无边无际的广阔……浮浪者在这种背景之下，睡在沙滩上，随意的谈话着。

高尔基好用"锐利""蒸发""美丽"等等话语，他是极渴望着生之力，生之充实与生之光辉的。

我们在高尔基过去四十一年的文学生活中，又在这敏感的深思积虑的艺术家之生气勃勃的变迁中，应得认识他心理中特有的一种一贯的要素。那便是对人的道德的优越的态度，要求置身于他人境遇以理解其人，热烈的信仰"真实"之最后的胜利，不断的希求这真实，始终同情于世上的弱者，强烈的憎恶世上的压迫者，凡此等特质，是高尔基多年的艺术活动以来所一贯的。而且因此，他的艺术在社会最广的范围中给予了最亲切的温感。他的读者之所以较托尔斯泰与杜思退益夫斯基为多，这也是其原因之一。总之，他的艺术生活，自从踏上了文坛直到今日是始终一贯的。

　　（这篇评传是根据日本升曙梦的《高尔基评传》写的，间或参阅
别人的论著；据升曙梦在该文后面的附注中说，他是大半根据苏联批
评家珂根的《高尔基》而写的，但其中有几节是从他的旧著《俄国近
代文艺思想史》《俄国现代之思想与文学》及《最近的高尔基》中摘录
出来的。）

黄源　一九三三年九月十二日

——录自前锋书店 1933 年初版

《高尔基代表作》年谱

沈端先（夏衍）

一八六八，三，二九（旧历三月十六日）　　生于中部俄罗斯的尼斯
　　尼·诺伏格拉城。尼斯尼·诺伏格拉，是伏尔加上流的一个历史
　　上的古城，它的位置，恰好在莫斯科和喀山这两个大城市的中
　　间。父亲玛克辛·皮西科夫，是一个捺染作的染匠，母亲佛发拉
　　也是染色铺的姑娘。祖父曾经做过军官，因虐待兵士降职。这人
　　生性暴躁，常常打骂儿女，高尔基的父亲从十岁到十七岁之间，
　　曾从父亲身边逃过五次，最后一次，便永远的抛弃了他，而流浪
　　到诺伏格拉地方当了一个捺染作的徒弟。

一八七三，七　　高尔基五岁，他的父亲从高尔基身上传染了虎烈拉
　　逝世。高尔基和他母亲回到以吝啬而出名的外祖父家里。这时候
　　的生活非常苦痛，只有仁慈的外祖母亚克利娜，还能瞒着外祖父
　　爱抚着这个没父亲的孩子。

　　　　在这种环境下，高尔基没有进学校读书的福气，好容易进了
　　小学，可是不到五个月的工夫，他就染了天花，恰巧这时候他的
　　母亲死了，外祖父的染坊也到了就要破产的地步，因此高尔基在

有钱人的孩子还在抱着哄着的年纪，就开始了用自己的力气去赚
钱的生活。

一八七八　　高尔基十岁，这一年秋天，当了皮匠店的徒弟，不到两
　　　　　个月，就被滚水泡伤了手。

一八七九　　十一岁，高尔基从皮匠作逃出来，当了一家和他有些远
　　　　　亲的制图所的徒弟。但，他在那里所学的不是制图，而是烧饭，
　　　　　买菜，跑腿，当差，抱小孩的工作。

一八八〇春　　高尔基不堪虐待，从制图所逃出，独自的逃到伏尔加
　　　　　河边，做了一个轮船上的厨子的徒弟。这厨子叫做史慕利，性情
　　　　　很好，从他，高尔基最初的知道了读书的滋味。听着史慕利的指
　　　　　示，他读了仲马的传奇，戈郭里的小说。

一八八三　　高尔基十五岁，从读书的兴味，使他感到了该有一些统
　　　　　系的学问的必要。因此，他独自的流浪到喀山，想到喀山大学去
　　　　　读书，可是，这种理想立刻在现实面前幻灭。大学是培植哥儿小
　　　　　姐的地方，绝不是高尔基一般捡破布的赤脚孩子所能随便进去的
　　　　　所在。因此，他就在喀山当了一家点心铺的伙计，月薪三罗布，
　　　　　这是高尔基少年时代最苦痛的时代。

一八八八　　二十岁，冬，高尔基投考一个小歌剧班的合唱团，入
　　　　　选，在这个流浪巡业期内，他认识了和他同事的谢利耶平，他，
　　　　　就是现在世界上数一数二的独唱家。

　　　　　在尼斯尼·诺伏格拉城时代，高尔基已经对于浮浪汉的心理
　　　　和生活感到了非常的兴味。在喀山，他又得到了和知识阶级中人
　　　　接近的机会。他参加了读书会的组织，对于马克思，车尔奴依雪
　　　　夫斯基，得到了很多的知识。同时，他开始了革命的实际活动。
　　　　有一次，在克拉斯诺维尔夫地方，为着做农民运动，差不多被榨
　　　　取农所嗾使的农民们打死。在面包制造所工作的时候，也曾做过
　　　　煽动工人们起来反抗主人的工作。晚上，他常常在工人们的中

间，彻夜的诵读杜思退益夫斯基的《穷人》一般的作品。

　　这一年，他从汤薄夫县流浪到杜勃林克车站，在那儿当了车站货栈房的更夫。在此，他亲身的经历了现在社会组织下的一切的苦痛。有一次秋天晚上，风吹得很大，他被风吹倒在铁路线上，因此喉咙得了毛病，使他从前和谢利耶平比赛过嗓子的音调永远的带了沙音。毛病好了，他干着清道夫一类的工作，从这站那站地徒步的走回了他的故乡。在此，他加入了称为"被监视着的人们"的团体。这些人们里面，现代俄国文坛上的大作家科洛连科也是其中的一个。当时据诺伏格拉宪兵队长的报告，科洛连科的住宅是"危险思想者"的机关，所以高尔基也受了当局的监视。

一八八九　　二十一岁，高尔基经验了第一次的家宅搜查，被捕，监禁一月。这一年受了征兵检查，因为体弱不曾合格。此后，当了啤酒厂的伙计，又做了律师拉宁的帮手。这律师对于高尔基的将来，有了很大的影响，高尔基从他那里读了很多的书，认识了很多的朋友。在此，他也像在喀山一样的参加了读书人的集会，认识了诗人费特洛夫，还在开会时朗诵了在杂志《蜻蜓》上发表的自作的诗句。

一八九一　　二十三岁，春，高尔基又开始了流浪的生活，有时候坐车，有时候步行，一路的干着找面包的工作，无目的地开始了大范围的漂泊者的生活。最初，从尼斯尼·诺伏格拉出发，沿着顿河南下，经过南俄乌克兰，Bessarabia，在沿着 Crimean 半岛的南岸，一直到了高加索平原的 Kudan；这一年秋天，到了外高加索的第夫里斯（Tiflis），在那儿从新找了一个铁路工厂的职事。

一八九二　　二十四岁，他依着一个朋友的劝告，写下了最初的小说《马加尔·周达》；这篇作品发表在九月二十五日（旧历九月十二日）的第夫里斯的地方新闻《高加索》报上。这，就是高尔基文

学生活的开始！这儿应该记住，十九世纪的九十年代，是俄罗斯
社会生活的一个最黑暗的时代。这，是俄罗斯帝国最后的君王和
他的忠实的走狗们的治世。尼古拉·罗马诺夫，被当时的地主和
布尔乔亚的一定层看中，认定了他是他们自己的阶级利益的最忠
实的拥护者。所以，他们将扑灭一切社会主义的自由主义的，进
步的分子的可能性和职权，交给了他们的最后的皇帝。

　　当时的俄罗斯文学，完全是非社会的，和现实离开了的作家
们，拼命的沉潜于自己的感情，和探讨着所谓自己的"心理"，
宗教的，神秘的情调，和"为艺术而艺术"的主张，支配了文坛
的全体。对于现实表示失望的人们，都将他们的眼光移向了虚无
的天国。在高尔基的处女作发表的当时，和在九十年代，这十年
里面，最为一般的传诵的作家是神秘主义的梅赖裳考夫斯基，巴
利蒙特，梭罗古勃，蒲留索夫，安特列夫等等。聪明的梅赖裳考
夫斯基，闭着眼睛在等待着"第三的帝国的到来"；悲观的诗人
巴利蒙特，尽是在哀吟着世界的"黑暗和死亡"，世纪末的最优
秀的作家安特列夫，同样地不能将他的创作的能力适用于现实的
生活，而陷于噩梦一般的精神状态。和布尔乔亚密切地结合着的
这些作家，很明白地不能理解当时的时代。一八九〇年时代，在
俄罗斯的社会下层，已经掀动着一种强有力的波动，在知识阶级
的诗人们歌咏着他们的充满了哀愁的诗歌的时代，俄罗斯的产业
已经有了异常的成就。一八八七年，俄罗斯已经有了三万多单位
的企业，和一百三十万的工人，一八九七年，企业单位从三万
加到四万，产业工人增加到二百万的整数。正当那些诗人们寻求
着什么神和恶魔的时候，正当那托尔斯泰主义有力地影响着大众
的时候；正当那被一般人叫做"柴霍夫剧场"的莫斯科艺术剧场
创立的时候；正当那俄罗斯的美术家们为着要和艺术上的政治的
及社会的基调争斗而组织了"艺术世界"的时候；正当那以贾基

莱夫为中心的一派艺术家们对"反艺术的社会主义的拥护者"宣战，而将车尔奴依雪夫斯基骂做冒渎艺术之神圣的野蛮人的时候——新时代的支配者，俄罗斯的工人阶级，已经以巨大的姿态，带着洋溢着未来的笑容，而俨然地站立在他们的前面了！

同年冬，高尔基重新回到了他的故乡。在这里，他又在喀山和别地方的报上发表了几篇小说。科洛连科，在这儿对于这位新进作家有了很大的帮助。此后，他的作品不断的在都会的大杂志上发表。

一八九三——一八九五　　　发表的短篇有《Ameleiu Piliai》《祖父 Arkhip 和 Lauka》《伊色吉尔老太婆》《秋夜》《错误》《在盐场》《童话》《小神仙与牧羊者》《在黑海》等。

一八九六　　　在科洛连科主编的杂志上发表了 Chelkash 这一篇作品，对于现今的劳动者文学上还留下了很大的影响。同年，发表了《在筏上》《旅伴》《鹰之歌》《结论》等。

　　　　在这些作品里面，《旅伴》和《结论》最值得注意。前者是一个和作者曾经共过旅途之困苦的哥尔迦人的素描，虽则这单是一个插话一般的作品，可是作者从这儿发现了人生的必要的一切，他描写了这个旅伴的性格，很真实地表示了使这种性格成长的条件。对于这个插话的结论，是研究高尔基的作品的最有兴味的材料。他说："我常常以善良的感情和愉快的微笑，去回想这位旅伴。他所教我的一切，有许多是圣贤人所写的书里也找不到的事情。因为实生活的献智，常常是比人类的献智还要深刻，还要广泛。"这几句话，很明白地决定了高尔基的艺术的风格。《结论》，比《旅伴》还要出色。当作者经过一个村落的时候，他看见了许多人跟一辆大车的后面，车子前面，缚着一个很年轻的，差不多可以叫做少女一般的裸了体的女人，她的钝浊的视线，模糊地望着远方，她的眼光，简直很像一只濒死的野兽。身上的皮肉，没有一寸不是打得乌青烂紫，胸口，淌着一条条的血迹。车上，站着一个正在鞭打她的大汉。看热闹的人们和小孩，对她发出了一切卑鄙下流的言语。小说的结尾写着："这不是对于正义的迫害和拷问的譬喻的描写，不幸得很，这也不是一个寓言。这叫做结论。丈夫用这样的手段，来惩罚他的妻子。这是实生活的情景，这是一种风俗，这是一八九一年七月十五日，我在海尔逊州，尼哥拉哀夫郡刚薄依卜夫村上看到的情景。"

一八九七　　发表了《沃尔甫夫妇》《曾为人的动物》《傲慢的人》《草原上》《玛尔伐》等等。

一八九八　　高尔基三十岁，最初的单行本小说集《马加尔周达》出版。

　　　　　　同年五月，因为第夫里斯宪兵派的要求，高尔基第二次被捕，不由分说地押送到外高加索的中央部的地方。他的罪名，只是漠然的所谓"革命的活动"。但不久，即无罪开释。

一八九九　　高尔基三十一岁，发表了最初的长篇《福玛·哥蒂耶夫》。这篇作品不仅是使作者确实地占有了世界文坛最高位置的杰作，而且还是作者在创作活动上开始了一个新的转变的纪念的作品。这作品之前，高尔基所写的大部分都是浪漫的个人主义的作品，他用童话和传说等等的形式，描写了零落的流浪汉的生活，赞美了异常的事件和卓越的力量，可是在这部长篇，作者方才深刻的开始了现实的社会学的解剖。当然，这作品的对于社会势力的估价，仍旧和许多过去的短篇没有多大的差别，可是在高尔基的许多前期的作品里面，可以说在这儿方才明白地看到了互相冲突、互相争斗的两个不同的阶级。

一九〇〇　　三十二岁，第二个大长篇《三人》发表。

　　　　　　这时候，高尔基的声名，已经传遍了西欧各国，同时，宪兵和警察，也格外严重地注意了他的行动。同年，第三次被捕，被押送到 Alzamas 地方。

一九〇一　　听了医生的劝告，至南俄克里米亚半岛的耶尔泰地方疗养。在那儿，与托尔斯泰、柴霍甫这两大文豪会面。依柴霍甫之劝，写了戏剧的处女作《小市民》，和戏曲上的杰作《下层》。

同年，巴黎举行嚣俄一百年纪念，高尔基以俄罗斯代表者的资格，接受招待。同时，俄罗斯帝国学士院，也推选他为学士院的名誉会员，但是这种推荐，也因为守旧派的反对而取消。

一九〇二　　从耶尔泰回到故乡，又到莫斯科和彼得堡去走了一趟。

《小市民》在莫斯科艺术座上演，博得了异常的成功。接着就是俄罗斯演剧史上划时代的《下层》的上演。

从《福玛》到《小市民》和《下层》，在高尔基的作品中，渐渐的因为他自己的政治的乃至社会的生活的圆熟，和他自己的思想的发展，使他认识了只有工人群众才是建设新社会的主人。从此，他以艺术家的诚实的热情，终生的做了一个工人阶级及其政党的拥护者。《下层》里面的工人克莱西企，《小市民》里面的尼尔，就是高尔基最初所描写的工人的典型，克莱西企虽则不能代表工人所特有的心理和倾向，可是尼尔却已经比较的明确地表示了工人阶级的性格。

一九〇三　　三十五岁，《高尔基著作集》（六卷）出版，半年之内销了五版，单行本《下层》（即《夜店》），这一年内重版了十四次。

这时候，高尔基收买了一个出版机关，出版《知识》杂志，他用"知识社"的名义，出版了许多只卖一两个铜子的书本，这些书本，深深的浸透了广大的俄罗斯的下层，而被在下层的大众认识了这是他们"自己的作品"。

一九〇五　　俄罗斯革命史上大笔特书的一九〇五年，这时候，高尔基开始了异常的活动。站在文坛上和社会革命家的前卫，对屠杀示威群众的当局提出了严重的抗议。以《一月九日》为题名的使人战栗的短篇，永久的传下了沙皇和他的走狗们屠杀民众的真实的情景。同年，高尔基起草了一篇"企图颠覆俄罗斯现存制度的宣言"。又被拘捕，在世界各国的文化界，暴风似的卷起了"反对处死高尔基"的示威和抗议。

一九〇六　　春，高尔基为着募集援助俄罗斯革命运动的基金，在美国各地开了多次的演说大会，可是美国政府受了俄罗斯保安警察局的嘱托，很快的用一切下流手段，将高尔基赶了出去。

从美国的归途，肺结核复发，就在意大利的卡帕尔岛小住。但是他的援助革命的活动，并未中止。

这时期内发表的主要作品有：有《太阳儿》《蛮人》《美国印象记》，等等。

一九〇七　　参加有名的社会民主党的伦敦大会。

发表了戏曲《敌人》，和长篇《母亲》。

《敌人》是高尔基最初描写真真自觉了的工人的作品，这儿，方才开始展开了产业劳动者同资本家争斗着的情景，在这戏曲的结末，同情工人的工场主的妻子很自信地呼喊："看着！胜利一定是他们的！"这是高尔基文学活动第三期的开始。

《母亲》，是高尔基全作品中最广泛地受全世界勤劳大众爱读的杰作。这儿，高尔基有了更伟大的前进，他用自己获得了的新的经验，描写了工人运动的广泛的光景。

一九〇八　　高尔基开始了和列宁的通信，他在意大利卡帕儿岛组织了社会民主党（后，改多数党）的支部，对党供给了他大部分的版税。

在这时期之内，高尔基替"下层"的人们批改了四百篇以上的作品，当时，主张无产阶级文学的论战还不曾展开，但是他已经很早地拥护了被当代的文坛人（也许是现代中国的第三种人吧！）认为"没有艺术价值的""粗俗的诗歌"和"拙劣的散文"。他最初的用唯物辩证法观察了文学，他知道只有这种文学才有他的将来，他绝不将正在进展过程里面的一点认为固定的东西。

　　这一年发表了长篇《没用人的一生》（《奸细》），以一九〇五年一月九日事件为焦点，显明地描写了社会的崩坏，和新势力的出现。

一九〇九　　发表了以反宗教为主题的《忏悔》，和以农民运动为中心的《夏天》。

一九一〇　　中篇《乌古罗夫镇》。这是高尔基创作生活上值得注意的作品，以这篇作品为契机，高尔基开始了创作的第四个时期。这篇作品，精细地描出了一九〇五年革命的浪潮如何的激荡着一个边鄙的小镇，他用透彻的写实主义的手法，表现了这个村镇的全般，和以乌古罗夫镇为代表的"乌古罗夫式"的俄罗斯小市民层的生活。在这里，高尔基无情地批判了自己的小市民性，而明显地接近了无产阶级。

　　"高尔基是一个很好的解剖者，他解剖了乌古罗夫镇式的手工业的，小市民的俄罗斯溶解到无产阶级的俄罗斯这个复杂的微分子的过程。"（哥尔薄夫）

一九一〇　　发表了长篇《莫德惠·库资梅亚金的生涯》。

一九一三　　这时候起，高尔基陆续的写成了回想录体裁的自叙传《我的童年》《在世界上》《我的大学》和许多关于俄罗斯文豪的回忆。

一九一四　　罗马诺夫皇朝三百年纪念大赦，高尔基从意大利回国。

一九一七　　俄罗斯大革命后，高尔基曾经有过思想上的动摇，在他发行的《新生活》上，曾经批评过多数党的行动，但是列宁和他的友情，毫不容情的终于使他回到了本来的营垒。他参加了苏联的文化事业，对于"世界文学丛书"的编辑和发行，对于学生生活的改善，倾注了最善的努力。

一九二一　　旧疾复发，再到意大利苏连德养病。除了准备他毕生巨著《四十年》之外，依旧继续着保护苏联和指导新作家的工作。

一九二三　　《我的大学》发表。在这篇回忆的自叙传里面，高尔基描写了一八八〇年代的知识阶级的革命团体，工人农民的生活，学生知识阶级出身的革命家的非实行性，托尔斯泰博爱主义的破绽，以及工人和农民团体间的隔离。这部作品最值得注意的一点，就是过去的一切回想录自叙传之类，大都以自己为中心，最大的评价也不过是作者个人的发展的记载，可是在高尔基，他所写的却是产生他的环境——社会之发展的历史。在这作品里面，作家自己只是认识和观察这种社会的媒介。这一方面可以显示出无产阶级作家高尔基的非个人主义的——集团主义的态度，他方面也就是作品的重要的社会的意义。

一九二四　　发表《日记断片》《安特列夫回想记》等等。

一九二七　　苏联十月革命十周年纪念，高尔基从意大利发表了《我的祝词》，确信着"苏联的政权已经确立，事实上在苏联已经打定了建设新世界的基础。"

一九二八，三，十九　　高尔基六十岁生日，同年，也是他创作生活三十五年的纪念，在苏联，从这一天起的一礼拜之间，全国的举行了盛大的祝贺，当日，苏联的一切新闻杂志，都发行号外，将全纸面供献给纪念这位大文豪的文字。从莫斯科起，到全国的公会堂，工人俱乐部，图书馆，都举行了关于高尔基的演说，晚上，各剧场都上演了高尔基的戏曲。

　　同年同月，从意大利回莫斯科，被举为苏联的中央委员。

　　同年，三部作《四十年》第一部《克林·查姆金的一生》出版。这是以一个知识阶级查姆金的生活记录的中心，而描写了从一八八一年亚历山大二世被刺前后起，至十月革命完成苏维埃政权为止的四十年间的作品。主人公是高尔基根据了他自己过去的体验而创造出来的一个俄罗斯革命前期知识阶级的典型，在这作品里面，作者毫不容情地摘发，嘲笑，和打击了知识阶级的缺点，可是在其他一面，高尔基依旧用他温暖的同情和怜悯，来替知识阶级辩解，来对他们鼓励的。

一九三〇　　产业党事件发生，高尔基发表了《给人道主义者》的公开信。

一九三一　　夏，重新以一个正式党员的资格入党。

一九三二　　从一八九二年九月二十日在《高加索》报上发表了他的处女作以来，到本年九月二十五日，高尔基整整的继续了四十年的文学生活，苏联，和全世界的进步的作家，思想家，科学家……为着纪念高尔基的伟大的功绩，在这一天举行了世界上从来不曾有过的盛大的祝典。九月二十六日，塔斯社莫斯科电说："尼斯尼·诺夫格拉城今后将以高尔基为名"，此为昨夜高尔基著作生活四十年纪念盛大庆祝会中所发表的决定，会中同时发表以苏联政府最高荣誉之列宁勋章，授诸高氏，并改莫斯科艺术剧场为高尔基剧场，并在各级学校设立高尔基奖金。到会参加庆祝者，有苏联政府的领袖，党中央委员，苏联文学界，艺术界，戏剧界，各公共团体及各工厂代表，外国使馆人员，外报记者，主席团为史太林，加里宁，摩洛托夫，苏联及国外文坛代表，法国大文豪巴比塞亦远道亲来参加。当高氏入场时，会众发热烈之欢呼，先由加里宁代表政府及党行开幕礼，向高氏致正式贺词，嗣党代表斯台兹基演讲高氏之生平及著作，称高氏为"代表大众奋斗而创造新世界的最伟大的作家"。人民教育委员波勃诺夫代表苏联之全部文化劳动者及百万学生，向高氏致敬，谓高氏为社会主义文化之奋斗，乃工人阶级全解放斗争之一部。演说完毕，乃发表上述之决定，高氏于会众再度热烈之欢呼中，起立致词，先向会众恳切致谢，嗣勉励苏联青年，努力研究知识，谓"惟知识能坚固青年对真理之信仰；而此种信仰，为改造旧世界之必要之工具"云云。

同日起，一周间，全国剧场竞演高氏戏剧，各影戏院放映以高氏历史为题材而摄制的影片《我们的高尔基》及其他高氏作品电影化的新片，国内各地，街道，建筑物，图书馆……改以高尔基命名者，指不胜屈；世界各国文学团体，均举行高尔基夜会，发行高尔基专号……等等。

——录自前锋书店 1933 年初版

《马加尔周达》[①] ［附记］

（黄源）

《马加尔周达》（*Makar Chudra*）是高尔基在四十一年前——一八九二年——第一篇发表的处女作。

高尔基自小没有好好儿受过学校教育，从九岁进了鞋子铺当学徒之后，已为暗黑的运命缠绕着，在长期间中过着流浪与劳动的生活，不绝地和穷困与饥饿作战。他和一班贫苦的劳动者一同劳动，挽木，搬运货物，但同时他却偷暇读书，逢到种种疑问，深加思索。他在这社会的大学中混了许多年，尝尽了无限的苦楚，接触到各式各样的人物，走遍了全俄国好几次，他由此就养成了锐敏的观察力，并在这流浪困难的生活中取得了丰富的文学材料。

在一八九一年秋天，他漂泊到外高加索的第夫里斯，找到了一个铁路工厂的职务，便趁暇读了许多名著。更利用假日与礼拜日，记述他自身所遭受的经历与见闻，于是在翌年九月渐渐写成了这篇《马加

---

① 节选自巴金译《草原故事》。《高尔基代表作》每篇选文后均附有对选文所作的简短评论，文字风格较为统一，各篇相互参阅可知这些附记应为编者黄源所写，以下不再另行注释。

尔周达》，他便亲自将这篇作品送至当地的《外高加索日报》馆里去。

"没有署名呢？"那位报馆主笔略略地通读了一遍，对在那里等待着的无名青年作家这样问。

"还没有，请您随便写上一个罢——那么，就用高尔基——玛克辛·高尔基这个名字罢。"

"那可是你的名字？"主笔惊讶地蹙着眉毛说。

"什么，那不是真名字，我想还是用个假名的好，因为我不想把真名字给人知道。"

于是这篇用玛可辛·高尔基署名的小说，就在九月二十五日与世人见面了。这是高尔基文学生活的开始，而这开始的第一篇小说却已为人注意和赞赏了。

高尔基出现于文坛时，正是俄国八十年代的幻灭时代告终，俄国在马克思主义影响之下，从新向社会觉醒的机运，欲求生之充实，并高唱自己的理想的这种要求，在各个人间发动的时代。这实在是俄国社会心理的一大转机，结果增高了自我意识，认识了个性的力量与价值，遂至产生了高尔基的文学。所以高尔基实是近代个人主义的思潮之有机的产物，同时也是其艺术的结晶。

苏俄的批评家吉尔波脱（Kirpot）说："高尔基对于人类，对于群众，对于被压迫者和被榨取者的忧愁，这是从第一篇小说起就隐藏在高尔基作品中的原动力。在用有力而压倒的热情的描写人物时，高尔基所实实在在放在心上的，是一种真正的人间，那是和默默地接受一切的暴压和压迫的卑怯者、俗物们对立着的。"至于高尔基最初之所以从流氓无产阶级的队伍里或古旧的吉普色的传说中去选取他的这些"真正的"人间的人物，那不外是他自己的生活的特殊性的结果。

我们由这篇《马加尔周达》，可以看出为高尔基的特色的，是尊重男性美，热爱勇气和自由，与粗放而有力生动的描写。如这篇罗曼的悲剧中所描写的勇敢的人物，他们热爱生命本身的自由，甚至胜于

爱运命爱快乐，为了那热望便不惜奋身苦斗，在这丑污的现实生活中
哪里去找求这种人物呢。不论在怎样被压迫的境遇中，为了这热烈的
要求与要求实现，依然不失勇气与力量，唯有这样的人，才能独自尝
受真实的生活。高尔基在有篇小说中曾说："不要叹息，不要多说话，
极力挑战，战到身倒而后已。"这便是高尔基最高尚的信条。

　　高尔基在早期作品中有一篇叫作《伊色吉尔老太婆》(*The Old
Woman Izergil*, 1895)，写一个吉普色老妇人伊色吉尔，讲一个专为
满足自己而滥用自由和权力的不能死的人的故事，可和本篇对看。那
一篇也有巴金先生的译文，改名为《不能死的人》，收在《草原故
事》中。

《拆尔卡士》[1][附记]

（黄源）

　　《拆尔卡士》(*Chelkash*) 是高尔基在一八九四年至九五年间写成
的作品，为其初期代表杰作之一。他自从发表了《马尔加周达》以
后，博到了各方面的赞誉，渐有坚强的自信与自觉，遂决离去高加
索，重赴爱恋的伏尔加河。此后他就舍弃了劳动生活，为喀山《伏
尔加使者》之记者，但并不引起人注意，报酬也很少，依然过着
贫苦的生活。这时候他因有某文人的介绍，得识当时文豪科洛连科
(Korolenko)。科洛连科那时候正在高尔基的故乡尼什尼·诺甫哥罗，
他是当时著名的文学杂志《俄罗斯之富》(*Russkoye Bogatstvo*) 的主

---

① 宋桂煌译。
　　宋桂煌（1903—?），江苏如皋人。毕业于上海大学英文系，曾在浙江大学图
　　书馆等处任职，曾任《苏中日报》副主编、上海《时与潮》《时事评论》编
　　辑等。另译有英国韩德生《小说的研究》、美国鲁滨孙《心理的改造》等。

笔。他对于这年轻无名的放浪诗人，颇感兴味，常不吝作其文学上的指导。高尔基曾经说过这样的话："自一八九三年至九四年之间，我得接近科洛连科；我之被介绍到'大'文学界，全赖他的提掖，他为我十分尽力，且不时加以指导。"科洛连科的感化对于高尔基的文学发展上，究占多大的地位，在高尔基给他的传记作者阿斯特瓦德（H. Ostwald）的信中，有最恰当的话："我希望你把这话也写在传记中，一字不要更动：教高尔基创作的是科洛连科，若是那教导在高尔基得益不多，则罪全在高尔基一身。"

这篇《拆尔卡士》就是登在科洛连科主编的《俄罗斯之富》中，高尔基由这一篇作品，受到了陀思妥夫斯基与托尔斯泰出现以来所未有的大众的热烈的欢迎。其后他接着发表了《珂诺华诺夫》（*Konovalov*，1896）、《玛尔伐》（*Malva*，1897）等作，遂一跃而为文坛之新星了。

俄国社会曾经过了长期准备的变革，自一八九〇年代的中叶起，渐渐地起了一种转变，即由农业的田园的俄罗斯，转变到产业的都会的俄罗斯。为这时期之特征的，乃是社会觉醒之意识的勃兴与热烈的要求生之充实，而把这两者反映于文艺创作中的，乃是高尔基。当时俄国马克斯主义的特征，是打破民情派对于农民的崇拜，这也是贯流于高尔基初期作品中的支配精神。憧憬于无限自由的高尔基，最嫌恶小资产阶级对于土地的执着。在本篇中他借了拆尔卡士之口，直接侮蔑农民。他写浮浪汉拆尔卡士之大胆、自尊、侮蔑金力、感情坚决、意志热烈，以与农民格甫立罗之胆怯、卑鄙、贪婪相对照。

高尔基在初期作品中所写的浮浪汉，都是社会的典型，他们是由衷地憎恶现存制度的。在这一点上，他的浮浪汉，乃是既觉悟到新生而还没有做到摄取一定的形式之新俄罗斯平民的自觉之象征。

高尔基在这小说中，更表示咒诅且反抗在资本主义社会中，近代科学所造成的伟大的物质文明。自机械发明以来，工作加于人类肉体的压迫，更形残酷，无产阶级的劳动者，为了一口面包，在机械文明的鞭策之下，不得不干超人力的工作。所以高尔基一方面虽则对于现代文明的力与热，感到共鸣，但结果还是一个现代生活的咒诅者，反抗者，是想以静寂，透明，原始的生活代替现代复杂多歧的文明状态的那种人。《拆尔卡士》时代的高尔基，一方面是歌咏都会之雄壮的都会诗人，同时在另一方面又是爱恋田园山林之静寂的田园诗人。他是一面歌咏现代文明之胜利的诗人，一面又是咒诅现代文明之狂暴威力的罗曼主义者。这种赞美与咒诅的矛盾，怕要直到劳动者不是为资本阶级而劳动，而为建设无产阶级国家而劳动时才得解决罢。

　　本篇对于都会的码头描写，实是一幅最好的印象画。高尔基对于荒漠大陆的描写，能够使读者嗅到俄罗斯草原的香气；但他也能写南方的海，本篇中对于海的描写，是多么有声有色！但是他的描写自然，与其说描写自然本身的状态，不如说是描写自然本身的心理与动作。他不堪作自然的摹写，而欲借自己的主观，创造自然的本身。

《秋夜》[①][附记]

（黄源）

　　如题下所注，本篇系一八九五年所作，这年高尔基在《撒马拉新闻》上连载短篇数篇，总题目曰《水彩画》，本篇即其中之一。这时期的高尔基，物质的生活，固然穷迫，然而精神上的烦闷，尤其使他痛苦。他置身于黑暗愚昧的社会，所接触的人物，都是为世人所蔑视

---

① 徐懋庸译。
　　徐懋庸（1911—1977），浙江上虞人。曾就读于上海劳动大学等，1933 年参加"左联"，任宣传部长、书记等职。1938 年赴延安，任抗日军政大学政教科长、晋冀鲁豫边区文联主任、冀察热辽联大校长等职。另译有日本山川均《社会主义讲话》、法国巴比塞《斯大林传》等。

的困苦颠连的人物。但是他发现，在这种人物中，蕴藏着强烈的生之欲求，以及纯真的人情爱。高尔基对于这类人物，怀着无限的同情，而这同情，愈加使他痛苦。他一方面显示这隐匿在深刻沉痛的贫困下面的人类的光明面，一方面对社会发出反抗之声，同时又对自己作苛刻的分析，所以异常烦闷。本篇中的奈妲霞是一个都会中的卑微的卖淫妇，但被高尔基写来，便成为一个有很高贵的人格的人，尤其是她对于社会所加的迫害，虽然意识着，却不作感伤的（sentimental）哀诉。这一点，读者当加以注意。高尔基的结语说："她曾经堕落过，这意识，不要在她的灵魂中回忆起来罢——因为这对于人生，是一种无益的痛苦。"确实，被压迫阶级，往往不免有许多"无益的痛苦"，若要作为一个社会活动的力量，那是应该竭力抑制的。

《我的旅伴》[1] ［附记］
（黄源）

本篇是高尔基一八九六年的作品。

沈端先生做的《高尔基年谱》中对于本篇有这样的话："《旅伴》是一个和作者曾经共过旅途之困苦的格鲁兹亚人的素描，虽则这单是一个插话一般的作品，可是作者从这儿发现了人生的必要的一切，他描写了这个旅伴的性格，很真实地表示了使这种性格成长的条件。对于这个插话的结论，是研究高尔基的作品的最有兴味的材料。他说：'我常常以善良的感情与愉快的微笑，去回想这位旅伴。他所

---

[1]　耿济之译。

　　耿济之（1899—1947），出生于上海，文学研究会发起人之一，任《文学旬刊》编辑。曾于北平俄文专修馆学习，与瞿秋白同学。《国际歌》的最早译者之一。另译有果戈理《疯人日记》、陀思妥耶夫斯基《白痴》《死屋手记》。

教我的一切，有许多是圣贤人所写的书里也找不到的事。因为实生活的献智，常常是比人类的献智还要深刻，还要广泛。'这几句话，很明白地决定了高尔基的艺术的风格。"

高尔基的艺术，有一大特色，便是他的艺术活动，即是他的丰富的生活经验之自然的继续。他是在青年时代曾经和所谓"曾为人的动物"一同生活过来，所以他能研究这班人物。所谓"曾为人的动物"者，乃是指这样的一班人物而言：他们都是有相当的教养的人，在过去各有一定的职业，过着豪华的生活，但一朝遭受运命的激变便陷于坎坷不遇，次第沉沦于下层社会。他的作品中写这种人物，除本篇外，更有《曾为人的动物》《珂诺华诺夫》等，这些都是作者个人经验的实录，一面且有自叙传的价值。由这类作品，不但可以理解高尔基的外面生活，且可理解他的内部生活。

《筏上》^①［附记］
（黄源）

这是高氏一八九六年的作品。

本篇所描写的河流系俄国有名的伏尔迦（Uolga）河，当初春时期连员的木筏在这河上顺流而下的情形。　八八页中所说的"在高加索那地方却有许多信靠基督的人"，这是指被迫害的都克霍布利人（Doukhobori）而言，他们被俄国当局驱逐离家，逃至加拿大。

---

① 徐霞村译。

　徐霞村（1907—1986），祖籍湖北阳新，生于上海。曾就读于北京中国大学，1927 年赴法勤工俭学，就读于巴黎大学文学院。回国后参加文学研究会、水沫社，任复旦书店编辑。先后在北京大学、北京师范大学、济南齐鲁大学等校任教。另译有法国洛蒂《菊子夫人》，英国笛福《鲁滨孙飘流记》，《现代法国小说选》等。

为欲了解高尔基这篇小说的社会背景，有一点必须说明：在古代俄罗斯民族习惯中，青年农夫在很早的年龄就结婚，新郎的父亲有支配其媳妇的种种权利。其后这种习惯在农民中虽间或有之，但总被认为可鄙；不过这种习惯直到高氏写这作品时尚未完全消灭。

高氏的这篇作品，很受柴霍甫的赞赏。在一八九八年，高尔基最初的两卷小说集出版了，他送二本给前辈作家柴霍甫，请其批评，后来柴霍甫覆他一信，其中有这样的话："……说到粗率，这却是很能说出你的特点：你的感觉是很聪明灵敏而易受感触的。你的最有精彩的文字是在《在草原上》和《筏上》里面……这两篇小说是佳品，杰作；这两篇小说表示作者是一位曾进过一个极好的学校的艺术家。我深信我的这种见解是不会错误的。……"（见韬奋编译的《革命文豪高尔基》二五八页。）

《二十六个男子和一个少女》[①] ［附记］
（黄源）

"面包师时代的穷苦的印象，永远留存着。这两年中的生活，实为我一生中最痛苦的生活。"这是高尔基在一篇回忆录中所记着的话。

高尔基的做面包师，是在进大学的野心幻灭之后。

他尝到了读书的趣味，知识欲亢进，为内部的激动所驱使，不顾前后地到喀山去，想进大学，然而在生产商品的社会中，知识也是一种商品，没有钱的人，是不用想跨进"大学"这商店中去的。高尔基

---

① 张友松译。

　　张友松（1903—1995），湖南醴陵人。曾就读于北京大学，1928 年任上海北新书局编辑，后创办春潮书局，兼任经理。抗战时期创办重庆晨光书局。另译有《契诃夫短篇小说集》、屠格涅夫《春潮》等。

的妄想，终于打破了。于是只得抱着"伤痛的心"再去为食物而劳动。这回，他做了面包店的工人。每日做十八小时的苦工，而月薪只有五个卢布。这样的过了两年。在这情形中，他一方面，对于不准无钱的人问津的教育，既感怀疑，一方面，又从悲惨的面包店的生活，忍受难忘的痛苦，于是，以热烈的同情之泪，把种种世人的目光所看不到的人生的不平和在地狱似的人类生活，暴露于白日之下，而在恣意享乐的文明社会之前，发出了绝叫。

然而，高尔基是能够奋斗的人。他的奋斗，不是徒为衣食，不是徒为维持生存。他是把超脱奴隶的生活，创造自主的人生这希望，作为黑暗的劳役中之唯一的慰藉的。他手中捏着面粉，脑中思索着人生的意味，"想到人类运命之归趋，想到社会组织之改造，想到政治革命。"所以，他实在是一个热心的人生之思考家，峻严的现实之批评家。

这篇《二十六个男子和一个女人》，即其面包师时代的悲惨生活的描写。在他的《我的大学》中，有一段可与此篇参看，兹附录如下：

差不多每天清晨六点钟的时候，在这面包作坊的一面原有一个窗户是向街开着的，有一个身体矮小的形似西瓜口袋的少女，赤着脚站在窗户前面的水洼中，高声叫唤着：

"万尼亚！"（是鲁都林的名——译者）

她头上顶着一块杂色的头布，在头布下面露出缩卷的发光的头发，红而又小的面孔，好像一个吹胀了的球蛋样，偏狭的额部，睡眠式的眼睛，披在脸上的许多头发。她便用小手去弄在一边，手指张扬的姿态，完全同方生下来的婴儿一样，有趣得很——同这样一个少女，怎样能够说得上是很好很好的少女？我把他叫醒来，他立刻问她：

"来了吗？"

"你看呢。"

"睡觉了吗？"

"咯，怎样呢？"

"梦见一些什么呢？"

"不记得了……"

这个时候在街上很寂静的，只能听见清道夫扫地的声响，在屋檐下有许多小鸟儿飞着唱着歌，玻璃窗上透射着初出来的温暖的阳光，这样美丽的清晨，我是很愿意看见它。鲁都林从窗户口伸出他那有毛的手抚摸着她的短腿，她很服从的让他抚摸，也不微笑，只是将一双羊儿似的眼睛挤一挤。

"皮西考夫，把牛奶面包弄来，已经烤好了！"他向我喊着。

我从炉子里，将烤面包的匣子拿出来，鲁都林立刻拨了十几个小白面包抛在她那张起的衣襟里，她不断的用两只手调换着，将那热的面包送到口内去，用她绵羊似的黄牙大吞大嚼着。

"爱吃这样的面包，"面包师说。

"衣襟放下来，不害羞的东西……"

她走了以后，他向我很自满的夸赞她：

"你看见没有？她像个小羊儿样，一切一切都是很美丽的，老哥！我是很纯洁的，不愿同婆娘们住在一起，只喜欢同这些姑娘们一块儿生活着。她是我第十三个教女！"（引用杜畏之译文）

《等待渡船》[①]［附记］
（黄源）

高尔基曾经说过："我不爱农民，也不理解农民。我不喜欢那些

---

① 黄源译。

为了一点小事相打相骂的人。"高尔基的蔑视农民,我们从《拆尔卡士》便可看出。但本篇所写的,却是知识阶级——不,官僚与农民间的关系,我们看那法官骚脱霍夫在声势赫赫之下,如何威逼嘲笑克里卡尔,最后竟把他唯一的面包也夺下了;但克里卡尔的态度,却是答非所问,敢怒而不敢言的,低头于一班高压者的权威之下。在这里我们眼见高尔基又转而同情于农民了。克里卡尔的答句都很妙的,他能避去骚脱霍夫的话头,暗示着此中"是非"之理。高尔基虽不甚爱农民,但他对于"农民憎恶知识阶级"这一点,是很理解的。

《布格罗夫》^①[附记]
（黄源）

《布格罗夫》(*Bugrov*)选自《高尔基的回忆琐记》,这书是陈勺水先生根据法文 *Notes et Souvenirs* 重译的,共有二十三篇琐记,本篇为法译本之第三篇,译者因其较长,且带有地方色彩,把它移至最后;那都是一九二三年以后高尔基侨居意大利时写的。

高尔基的作品,尤其是初期的短篇,与后期的作品(高尔基的第二期的作品,以戏剧为多),差不多大半都是回想录。但高尔基是用怎样的态度去描写他所愿意写出来的真实的情形的,关于这一点,他曾在《回忆琐记》中这样说:"据我个人的意见,真实情形的全部,不见得对于人类都是必要的。所以,我觉得某种真实情形只足以很残

---

① 陈勺水译。

　陈勺水（1886—1960）,四川中江人。1907 年留学日本,先后入东京第一高等学校预科、东京帝国大学法科学习,回国后任教于北京大学。1924 年赴苏联入莫斯科东方大学研修,回国后任教于北京大学、广东大学、黄埔军校等。另译有《日本新写实派代表杰作集》、日本前田河广一郎《新的历史戏曲集》等。

酷的给人以精神上的打击，并不能给一个教训，但凡我觉得他只足以
无缘无故的侮辱人类，我就自然的把这种真实情形，都丢了去，一点
也不描写。"高尔基是不愿去搜集并记录人生的丑恶的，他以为，事
实上的确有许多真实情形，都应该早点被我们忘记了去才好。这种应
该忘记的真实情形，都是从虚言伪语发生出来的，它含着重重虚伪的
毒素，能够使我们相互的关系腐化，结果，会把人的生活变成一个稀
脏而不合理的活地狱。

高尔基本来想把这本《回忆琐记》的书名，称为《这就是过去的
俄罗斯人》。他看过去的俄罗斯人，"总觉得好像俄罗斯人民有一种特
别奇怪的，自出心裁的天赋才能似的。在俄罗斯，哪怕是蠢子，他们
也有一种独特的，自己创造的蠢法。至于说到懒惰的人，他们更有一
种积极的懒惰天才。我看见我们俄罗斯人有那样的奇思怪想，有那样
的不识机诈，能够那样的善于粉饰他们的思想和感情，我真相信，俄
罗斯人对于一个艺术家，可以供给极丰富的材料。"的确，那些抱着
关于生活目的的幻想的过去俄罗斯人，单就高尔基个人说来，已供给
了极丰富的材料。

这本《回忆琐记》，除所选的这篇《布格罗夫》，其余如《牧者》
《立法者》等，都是站在很高的艺术水准上的。

《强果尔河畔》[1]［附记］
（黄源）

本篇是高尔基一九二三年的作品。据韬奋先生所编的《革命文豪
高尔基》后附的高氏著作一览看来，这一年他写的短篇最多，但大

---

[1]　楼适夷译。

半未曾译成英文，适夷先生译的这篇也许是根据世界语译成日语重译的。

本篇所取的虽还是旧世界中的题材，但作风显见不同了。

《三人》[①]［附记］
（黄源）

《三人》为高氏早期杰作，以上所译，选自该书第八、九两章。全书内容，在评传中已有略述。它写的是三个贫苦青年如何在社会中挣扎奋斗，而三个青年却因性格、思想、遭遇的不同，结果亦各自不同。克鲁泡特金在《俄国文学的理想与现实》中，曾赞美此书说："《三人》之第一部——那三位青年的牧歌式之生活，与那其中所预示着那种悲剧之结局——使我们敢信这部小说实为俄国文学的最美丽的作品。"

《三人》发表时，颇引起俄国批评界的注意。他们以为其中的主人公伊利亚无疑的是一个有力青年的典型，但作者既予以如此境遇，如此思想，而不使这青年在作者所认识的那些青年社会主义的宣传者的感化之下开始新生活，也不使这青年死在作者正将完成这小说时俄国所发生的罢工工人与军队的战斗之中，而要死于悲惨的自尽，是极费解的。

这种非难，确乎触到他的人生观之要点。但要知在早期作品时代的高尔基，他之所以要描写这种性格，这种生活，实另有理由。其理由之一便是写实主义。他虽然在空想中构成了这种理想的人物，但他还保持对于现实的绝对忠实。他描写这种理想家的革命家，也许很想

----

① 黄源译。

作成画一般的美丽的结果，但为艺术家的高尔基的对于事实之正直，却不许他作这种空想的捏造。对于《三人》的责难高尔基也许如此作答。这种事在当时的俄国现实生活中不会有的。像伊利亚这种一意梦想"商人的清洁生活"的人，是不会参加劳动运动的。所以高尔基便给那主人公以如此悲惨的绝望的结局。

此种小说，如今在产生这小说的俄国虽已成为过去的作品了，但在我国，其中的人物却还活现在我们四周。而且单就艺术上说来，这作品也许优于后期的作品。例如其中描写俄国的大自然景物，以及青年心理的转变等等，都是极为动人的。（此书全文编者已经译竣，不久可在生活书店出版。）

《母亲》[①]［附记］

（黄源）

《母亲》是很明显的反映高尔基的生活与思想之转变的作品。高尔基于一九〇五年参加劳动运动，从事社会民主党的出版物，而在一九〇七年他发表了这部以俄国劳动运动为题材的《母亲》。作者在这作品中，广泛地描写劳动者的自觉和劳动运动的发展，将其典型的人物分为两种。而且他一边描写这些人物的发展的历程，同时表示现代自觉的劳动者与资本家和帮资本家的官宪间的斗争之种种的转变。高尔基是始终反抗资本主义的社会组织，他曾到处找求足以建设实生活与解放个性的自由的力量。他曾经在浮浪汉中，有产阶级中，知识阶级中找求过，但是始终没有找到。最后他在劳动阶级中总算找到了实生活的建设者。

---

① 沈端先（夏衍）译。

这作品在艺术方面说来，颇有缺点，这在评传中已有说及。但它却是高尔基全部作品中最为劳动阶级所爱读的作品，因为正如戈庚所说："劳动阶级所要求的，是指导的作家，而不是给予安慰与娱乐的作家。"

《我的童年》[①]〔附记〕
（黄源）

《我的童年》可视为高尔基的自叙传，是描写他幼年时在外祖父家中的生活的。在高尔基的许多作品中，《我的童年》是以艺术圆熟著名的，他把旧俄罗斯的残忍的兽性的市民生活，用滴血似的痛切的文字描写出来，诉给读者了。

关于本篇高尔基曾说过这样的话："我为什么还要讲这种使人不快乐的故事呢？因为我要使读者知道这种丑恶的事情尚未成为过去的事。诸君喜欢从头脑中制造出来的恐怖，爱好美妙地讲述出来的战栗，但我却知道真正的可怕的事，知道日常便饭样的恐怖事件。"是的，这种丑恶的事正还展露在我们眼前。但我们的作家大半是生活在极狭小的范围中，其能明确地反映实生活的作品，能有几篇呢？

---

① 蓬子（姚蓬子）译。

姚蓬子（1891—1969），浙江诸暨人。曾就读于中国公学、北京大学。主编过《文艺生活》《文学月报》等。1938 年参加中华全国文艺界抗敌协会，并与老舍合编《抗战文艺》。另译有古尔蒙《处女的心》、安特列夫《小天使》等。

《我的大学》① ［附记］
（黄源）

　　高尔基的作品，除极少的例外，大半都含有自传的成分。《我的大学》是自传三部曲的末篇，即《走进世界》的续篇。

　　我们从这些作品中，可以看到俄罗斯十九世纪以来各方面的生活，那是有俄国社会侧面史的意义的，但高尔基写这些作品，重心却不在这种历史的社会的意义，而是人性的肯定。对于人类无条件的爱，绝对赞美人类的倾向，在革命前便已成为高尔基的人生观之主要因子；所以虽然他一面痛骂人间的丑恶、卑鄙，而一面又绝叫着，"我是不懂得比人类更贵重的书本上的真理的！人类便是全宇宙。管辖全世界的人啊，你是永远光荣的！"这种人类赞美论，便在他的革命后的作品中，用内容丰富的艺术形象充分地表现出来了。

　　又，高尔基在《我的大学》中是更深刻地写出革命前期的知识阶级之精神生活，并彻底的描写出农村生活之黑暗方面的。其描写农民的深刻，在过去的俄国文学中，除格黎哥罗微支（Grigorovitch）对于农民带着人道的态度外，是未曾有过的。

——录自前锋书店 1933 年初版

---

① 杜长之译。
　　杜长之，生平不详。

《黑女寻神记》^①

《黑女寻神记》译者小言
汪倜然

　　这部《黑女寻神记》原名（*The adventures of the black girl in her search for god*），是萧伯纳翁（George Bernard Shaw）在一九三二年所写的一部长篇小说——如果准确点，应该说是中篇小说。在萧翁所著的小说中（他不但是戏剧家，也是一个很好的小说家），这一部可以算是最好的；同时也是萧翁晚年作品中，最出名最轰动的一部。此书出版于一九三二年的十二月，在十二月里就重版到六次，现在是早被公认为近代文学杰作之一了。

　　我对他的作品本来颇为爱好，一九三三年他游历世界到了上海，一时读书界对他的兴味更为浓厚，但介绍他近著的译文却还没有，因此我就译了这本小说。我选了此书来译，可说有两个缘故，一是因为他的剧本译文已很多，他的小说却还没有人译过；一是因为他这本小说乃精心之作，宛如他著作中的一件"珍品"，不但足以表现他的一切特点，抑且充分泄露了他的思想意见。所以我觉得，译出此书以介绍于读者，不但能使读者认识文学家的萧伯纳，还能使读者认识思想家的萧伯纳，这当然是一举两得之事。本来，这在他的其他各书，也未尝不如此，可是能"事半功倍"的却只有这本书；因为这本书篇幅短而内容精湛，仿佛如集萧翁之精华于一卷，披阅一过不亚于窥全豹也。

　　至于萧翁，世亦有尊之为近代文学的"幽默大师"者。不错，他

---

　　① 《黑女寻神记》（*Adventures of the Black Girl in Her Search for God*），中篇小说，爱尔兰萧伯纳（G. B. Shaw，1856—1950）著，汪倜然译，上海读书界书店1933 年 10 月初版，1937 年 3 月三版。初版本无序跋。

的作风是幽默的，可是我们要知道，他的幽默乃是文学与思想的融合，天才与现实的交织，非世俗硬滑稽式的所谓幽默可比。我们要领略他的幽默，在这本书中就可以领略到一些。这本小说在笔调上几乎从头至尾是幽默的；而且他的笔锋所触，上下古今，无所不包。从宗教，政治，科学，艺术，一直到生活，恋爱，婚姻等等，他都用幽默的锐刃，剖揭出它们的原形。这种对于现世界，现社会，现制度的透彻观察，深刻评判，是辛辣而又正确的——是十足萧伯纳式的。黑女郎是在寻上帝，不是在寻真理；萧伯纳呢，他是在指示真理——科学的正确观念，形成永久不渝的智识，这就是真理。他并且告诉我们，怎样去扬弃不正确的观念，愚昧的思想，以及虚伪的诺言等等。

所以这部小说，粗读固然很有趣味，细读更极有意思，我希望读者不要只当它一本普通小说看。至于译文，敢说已尽我所能，自信可无大谬，即对于原文格调，也竭力想略传一二，以冀无负原著。现值本书特印普及版本之际，谨书数语如上。

译者，二十六年一月
——录自读书界书店 1937 年三版

《血爱》 [1]

《血爱》本事
成绍宗 [2]

一个子爵从军中归来，因为父亲老子爵在德波战争中曾作过与德

---

① 《血爱》，德国苏德曼（Hermann Sudermann，1857—1922）著，成绍宗译，上海光华书局 1933 年 11 月初版，"欧罗巴文艺丛书"之一。

② 成绍宗，生卒年不详，湖南新化人。成仿吾之侄，曾入创造社。另译有俄国托洛茨基《我的生活》、法国都德《磨坊文札》（与张人权合译）等。

国人爱国精神相悖的事，引过法人攻击过德国人，所以战后人人皆对老子爵感到切齿。小子爵为接到他父亲死耗回家的。爵邸已烧掉了，一切皆荒芜了，抱着复兴家业报仇雪耻心而回的子爵，到家时只遇到一个曾经为父亲好过的木匠女儿南尼，于是同这女人同居。受尽了村中人的侮凌虐待，尤其是因为谋及财产的事情。有一酒店父子同牧师，严厉的对付子爵，牧师女儿与酒馆儿子，都是同子爵极相近的好友，因此一来牧师女儿，不再见子爵，酒馆小开特别不欢喜子爵了。受尽了村人凌辱的子爵，生活在荒岛一般的爵邸中，因一切皆依托着那婢女南尼，渐渐的爱了这女人。又因为蒙着良心上的谴责，极力与这罪恶避开。到后因为从军，酒店小开谋刺子爵被子爵刺倒，关闭在教堂。老店主人先用软求失了效力，就回到铺子里怂恿别人去谋杀子爵，纠着木匠去报仇。另外牧师女儿因爱小开，恐怕子爵将小开谋叛事重惩，故利用子爵爱她的一点去求子爵的情。在邸因为知道了有人要谋杀子爵，南尼忙去告子爵，木匠就在桥上把女儿打死，打死以后大家全避走，木匠也就走回家发疯了。子爵回时见到南尼已死，埋了南尼，从军去了。

　　全书组织极好，故事穿插动人，各样人物说明使人极其感动，描写年轻人情欲与理智纠纷，也非常近情。有弱点是译者笔不大高明，譬如说男子为南尼动情，大约有七次皆是说到为一个饱满的胸脯，这个并不好。还有是其中写南尼太夸张，失去人性，尤其是死前众人已经知道子爵的去处，并不追踪而去，酒店的解释不大好。到后来，子爵到木匠家去，疯子一个人在家，也不大好。还有是上面琐碎解释心情上的转变，不甚经济。

——录自光华书局 1933 年初版

《英雄的故事》①

《英雄的故事》译序
华蒂（叶以群②）

　　这里所收集的二篇小说，都是俄国革命后的一九二二年至一九二四年之间所写成的。这一时期，高尔基底主要的作品，几乎都是"回忆"底记录。——刚经过复杂的动乱时期而宁静下来时，细腻地记录出已过去的伟大的变革期中所遭遇到的人物与事件。在这些作品里面，大多没有刻板的结构，也没有一定的主人公；完全没有他初期作品所有的"精心的布置"，只因回忆所及，而很自然地把人物和事件再现出来罢了。但是，这样的作品，也并不是散漫而没有中心的，仍旧有它底显明的焦点。用素朴的文辞，精致而严密地刻画出刚过去的活生生的复杂的现实，这可说是高尔基在这时期所写的作品底特色。

　　《英雄的故事》是描写一个智识阶级出身的不坚决的革命运动者。写他一九〇五年的革命时代及继之而起的"反动时代"中，怎样动摇和叛变——由脱离战线而至于做了官厅底走狗。

　　《嘉拉莫拉》是以一个个人主义的革命党员为中心，描写他因为个人主义的倾向非常深厚底缘故，渐渐对革命发生怀疑，终究做了叛徒。同时反映出了伟大的革命运动底几个断面，以及自俄国第一次革

---

①　《英雄的故事》，中短篇小说集，苏联高尔基〔Maksim Gorky，1868—1936〕著，华蒂译述，上海天马书店 1933 年 11 月初版，"国际文学丛刊"之一。
②　华蒂，叶以群〔1911—1966〕，安徽歙县人。曾留学日本，就读于东京政法大学经济系。1931 年回国后，参加"左联"，任组织部长。曾编辑《北斗》《青年文艺》《抗战文艺》等。另译有《苏联文学讲话》等。

命以至反动时代这期间的许多虚无主义者。

这两篇作品底共同的特点，就是都是描写智识阶级的革命者，在伟大的变革期中的动摇和变节。可说很恰当地把握住了游移不定的中间层分子底一些典型。目前的中国，也正被卷入在一个大动乱的漩涡中，许多知识分子的青年，都在自己把握不定自己的状态中。我想，这两篇作品，并不是没有意义的。

最后，应当说明的，是这两篇译品曾与森堡所译的《隐秘的爱》和《逸话》集在一起，一度由"湖风书店"出版。现在是重新加过了修改的。

译者　一九三三，一〇，八日
——录自天马书店 1933 年初版

《医学的胜利》①

写在《医学的胜利》译本前面

黎烈文②

像雨果（Victor Hugo，1802—1885）一样，拿一本《爱尔纳尼》（Hernani）那样的戏剧，确定某种主义在戏剧界的地位，这样的事确

---

① 《医学的胜利》(Le Triophe de la Médecine)，三幕剧，法国洛曼（Jules Romains，今译朱力斯·罗曼，1885—1972）著，黎烈义译，上海商务印书馆1933年11月初版，"世界文学名著"丛书之一。
② 黎烈文（1904—1972），湖南湘潭人。1922年进商务印书馆任编辑；1926年赴日就读于东京帝国大学，后转赴法国地雄大学文学院和巴黎大学研究院攻读文学，获硕士学位。1932年回国后编辑《申报·自由谈》《译文》《中流》等，后赴台。另译有彼埃尔·洛蒂《冰岛渔夫》、法朗士《企鹅岛》、莫泊桑《两兄弟》等。

是千载难逢的。近几十年来，法国戏剧界已没有再见着这样盛事。

　　但这并不是说法国戏剧现在已经到了凋零不堪的地步。不，法国戏剧是始终保持着活气的。法国人聪明而又好辩，最适于戏剧文学的产生。只要他们的辩才能够保存一天，法国的戏剧决不会衰落到某一个程度以下的。

　　我的意思不过说，最近几十年来，法国戏剧界没有一种像浪漫主义那样支配一世的派别，没有一个把某派势力推翻，树立另一派势力，像雨果那样堂堂一派之雄的作家。概括说，现在法国戏剧界已没有某某派别和某某主义的成功，而只有一些个人的成功。

　　在现存的几位成功的剧作家里面，所以为梅特林（Maurice Maeterlinck）、克禄德尔（Paul Claudel）、洛曼（Jules Romains）、贝尔纳（Jean-Jacques Bernard）、莱纳尔（Paul Raynal）、维尔德拉克（Charles Vildrac）几个人的作品，最值得注意。

　　梅特林是世界知名的诗人和剧作家，他虽是比利时人，但因为他的作品大半在巴黎出版和在巴黎上演的缘故，一班文学史家都把他看成法兰西人。他的名字，在中国似乎也常常有人提起。但可怪的是中国人只知道他的童话剧《青鸟》(*L'oiseau bleu*)。对于他那永远不灭的杰作《帕列亚斯和梅丽庄德》(*Pelléas et Mélisande*)，倒很少讲到。梅氏现在年事已高，专喜写些《白蚁的生活》一类的著作，久已没有新的伟大的剧本发表。

　　克禄德尔是和凡列利（Paul Valéry）齐名的诗人。他的剧本《人质》(*Potage*) 是一篇最成功的神秘幻想剧（Théâtre mystico-idéologique），是近几十年来，法国戏剧界罕有的收获。可惜克氏近年官运亨通（曾任驻东京大使，现任驻华盛顿大使），暂时差不多停止了戏剧方面的活动。

　　其余贝尔纳、莱纳尔和维尔德拉克等人，都在欧战以后的法国戏剧界崭露过头角，他们的作品都一致的有着悠婉的诗情，和敏锐的写实手法。我们可看贝尔纳的《玛尔廷勒》(*Martine*)。莱纳尔的《心的主宰》(*Le maître de son coeur*) 维尔德拉克的《特拿西狄游船》(*Paquebot Tenacity*) 等剧，便可以看出他们有许多共通的地方。这几位作家都只流行一时，现在已不大有新作上演。

现在法国最活跃，最有生气的剧作家，十年来能够不断地博得观众同情的剧作家，当推《医学的胜利》(*Le triomphe de la médecine*) 一剧的作者洛曼。

洛曼本名路易花利哥尔 (Louis Farigoule)，生于一八八五年，巴黎师范大学 (École normale supérieure) 哲学系出身，曾任哲学教授多年。他是著名"僧院"(L'Abbaye) 诗人之一。所谓"僧院"者，是指维尔德拉克、杜亚麦尔 (Georges Duhamel) 一班文士一九〇六年在克列特尔 (Créteil) 地方的僧院组织的一个文学俱乐部。那时洛曼还在师范大学做学生，有一天他挟着诗集《一致的生活》(*La Vie unanime*) 的原稿，到僧院去访问他们。当晚他们读完了他的原稿，非常佩服。从此他便成了那俱乐部的一员。僧院俱乐部只成立一年多就风流云散了。但这俱乐部有几个诗人后来树立了一种理论，称为一致主义 (L'Unanimisme)。洛曼因为发表过诗集《一致的生活》，便被人看作这一派的领袖。一致主义的诗的理论，说来话长，并且与本文没有多大关系，所以从略。

洛曼既在诗一方面得了成功，他便又开始散文方面的活动，先后发表小说《某人之死》(*Mort de quelqu'un*)，《律襄动》(*Lucienne*)，《戏剧城里的军队》(*L'Armée dans la ville*)，《克洛麦德尔旧村》(*Cromedeyre-le-vieil*) 等。直到一九二三年，他的喜剧《医学的胜利》上演，大获成功，才使他决定在戏剧的路上猛晋。他这十年里面，不断地有新作发表。去年冬季，巴黎有四个剧院同时演着他的剧本。洛曼在现在法国戏剧界的活跃情形，也就可以想见了。

不过年来洛曼上演的新作虽多，但最受批评家推许的还是他的成名作《医学的胜利》。

实在说来，欧战以后，法国新出的剧本里面，像《医学的胜利》这样能够博得多数观众同情的，简直找不出第二个。这剧本第一次上演时，连续演了五百次，观众仍不少减；直至七八年以后的今日，每次上演，还是同样受人欢迎。

《医学的胜利》的内容很简单。描写一个不懂医学，但却懂得群众心理的医生，怎样拿着科学的招牌，威吓群众，获得成功。一句话，这是一出和现代医学开玩笑的讽刺剧。作者既借着克洛克的名字，把现在一班无知的，敛财害人的医生，加以痛切的形容，同时又将群众的愚昧与卑怯，活现在我们眼前。作者的讽刺并不包藏在某一句或某一段言词里面，但却包藏在整个剧本里面，换言之，《医学的胜利》一剧全体都是讽刺。剧中人物虽有时受着夸张的描写，但仍旧保存着人物的真性和社会的意义。只就拿医生这类人物作为描写的对象而获得最大成功这一点说，此剧实在可与法国近代喜剧始祖莫里哀（Molière）的名作《被强迫做的医生》（*Le Médecin malgré lui*）、《医生的爱》（*L'Amour médecin*）等篇，后先媲美。但洛曼的讽刺，比莫里哀的更为 spirituelle。

洛曼现在正是四十多岁的壮年，他在诗和戏剧方面已有了这样宝贵的成就，他最近又差不多把所有的精力，集中在戏剧，他自己曾说："据我的意思，除掉伟大的诗歌而外，只有戏剧是现在最值得我们注意，最值得我们关心的文艺形式。"（见 *Sur l'art dramatique*）。他不断地寻求着新的形式，想替受着有声电影压迫的舞台剧打开一条生路，去年在皮加尔剧院（Théâtre Pigalle）上演的《多洛哥》（*Donogoo*）一剧，就提示了他在这方面的努力。他不仅是现代法国戏剧界一个最有权威的作家，他实在还是有声电影的狂潮中，支持舞台剧的一根中流砥柱。他将来究竟还会在法国戏剧界，不，在世界戏剧界，有怎样惊人的贡献，实在未可限量。我相信以后凡是研究法国戏剧的人，决不能够放过洛曼和他这已有定评的杰作《医学的胜利》。

一九三一，一一，一八写于巴黎大学图书馆

——录自商务印书馆 1933 年初版

《苏俄的生活》^①

《苏俄的生活》[简介]

本书原名《红色的面包》，描写苏俄革命后实施集团农场的情形。作者从小生长在俄国，后来迁居到美国，在苏俄实施五年计划的时候，作者回到故乡，目击种种的改变。于是运用他底轻松的笔调，描写所见到的和听到的实际生活。里面有革命家的钢铁般的怒吼，农民生活转变后的呐喊，深刻地暴露出男女老幼贫富阶级的对革命的不同的心理，是一本最有价值的苏俄实际生活的素描集。

——录自长城书局 1933 年初版

《苏俄的生活》译序

陈维姜 ^②

我们慢谈玄妙的哲学，且先看一看实际的人生。

---

① 《苏俄的生活》(*Red Bread*)，报告文学，美国辛梓（ Maurice G. Hindus，又译兴笃斯，1891—1969) 著，陈维姜女士译，上海长城书局 1933 年 11 月初版。
② 陈维姜，生平不详，刘良模之妻，曾参与上海妇女救国联合会的发起工作。另译有美国罗斯福夫人《这时代的女人》。

强凌弱，富欺贫，民族，国家，团体，都是互用剥夺的手段来满足自己的私欲。由此，酿成了历史上不断的种族、国家和阶级的战争。

强者自满的狞笑与欢呼，和弱者的怨艾与叹息，虽然是一样的浮腾于空际，但是，人类因此也就起了不可解的隔膜和仇恨。

本书是阶级战争后俄国农村生活的写真——他们怎么样从小小的田庄变成大规模的农场，他们怎样采取科学耕种的方法，人民怎样跳进这新时代的圈子……同时，在这大转变中，这班简单的农民受了刺激的痛苦和彷徨的可怜也描写得很细到。

本书作者 Hindus 从小是生长在俄国乡间，后来迁居到美国的。多年后回到故乡，目击种种的改变，他以客观的态度，把他所看见的，听见的，细细地描写出来，做一种社会实际的调查。更好的，是他用很轻松的笔调描写这很严重的问题，叫人看了不觉得厌倦。

因为原书是纪事式的，所以有很多重复的地方。为译者和读者时间的经济起见，特提出扼要精彩的几章译出来。

在译这本书的过程中，得到刘良模先生的帮助和鼓励不少，特此致谢。

　　　　　　　　　陈维姜　一九三三年九月于梧州

　　　　　　　　　　　　——录自长城书局 1933 年初版

《歌德名诗选》 [①]

《歌德名诗选》译后记

张传普 [②]

这二十四首诗,有的是十年前译的,有的是几天前译的,我把来集成这本小册,除充歌德逝世百周年的一个小小纪念外,更想为我十年前的研究德国文学时代留一点痕迹。

歌德的生平和他的地位我不欲再费辞来介绍;但为求读者明了他每首诗的本意起见,我在各诗后把它吟成的动机都约略叙述了一些;因为歌德的诗不是他想做才做的,是他的环境迫着他做的。

在翻译时,我固一方力求原意之不失,一方也尽量使我的译文自成为诗;但力所不逮时,我常宁牺牲后者以存真,故似乎尚少以辞害意的地方。但是诗歌是艺苑中最娇嫩的花,尤其是歌德的这种原始之音,哪里经得起我那一番工作,这是要请读者原谅的。舛误的地方,或所不免,希望读者指正。

在卷首我节译了歌德《赠丽娜》(An Lina)的诗意以移赠读者。

一九三二年十一月十九日译者附识于南京五台山麓

——录自现代书局 1933 年初版

---

① 《歌德名诗选》,诗歌集,德国歌德(Johann Wolfgang Von Goethe,1749—1832)著,张传普选译,上海现代书局 1933 年 11 月初版。

② 张传普(1902—2004),又名张威廉,浙江吴兴人,生于江苏苏州。1923年毕业于北京大学德文系,曾任教于南京中央大学。另译有德国席勒《威廉·退尔》,《近代名小说述略》等。

《好妻子》①

《好妻子》译序

郑晓沧 ②

　　原书著者露蕙莎·奥尔珂德女士（Louisa May Alcott，1832—1888）秉悯时的苦志，救世的侠肠；奋亚美利加女子独立的精神，新大陆人民开辟的胆量；本一生艰辛的遭遇，数十年文学的修养，与其所蕴蓄悱恻绵密的心情，发而为文，婉约清新，生动美妙，忽庄忽谐，可歌可泣。其等身的著作，当时既已传遍欧美，迄今时逾六十载，而其动人的力量，曾不减于昔时。去岁英国某图书杂志，据其调查，谓家庭小说中惟有奥尔珂德女士的阅众不衰；至于美国，则最近数十年来对于她及她的父（Amos Bronson Alcott）与妹（本书中之"艾美"，——一个青年艺术家——见《雅艺》《疗懒》《湖影》等章）均常有专著出版。龙惠廉（William Long）于其所著《英美文学大纲》，谓"尽美国所有大小作家，欲求一人所予少年的愉乐有过于奥尔珂德女士的，恐不可得。"去年十一月二十九日为伊百年寿辰，当时我曾有句云："百年知己遍天涯"，盖纪实也。

　　本书系于一八六九年继《小妇人》而作者。一八六八年八月《小妇人》初出世，既颇为人所爱阅，女士应书局及阅者的请求，遂于是年十一月一日开始撰述，兴来时独锁危楼，笔不停滞，几于废寝忘

---

① 《好妻子》(*Good Wives*)，小说，美国奥尔珂德（Louisa May Alcott，1832—1888）著，郑晓沧译。译者自刊，1933 年 11 月初版。

② 郑晓沧（1892—1979），浙江海宁人。1914 年毕业于清华大学，后赴美留学，先后在威斯康辛大学、哥伦比亚大学求学，获教育学硕士学位。1918 年归国后任教于南京高等师范学校、东南大学、浙江大学等校。另译有美国奥尔珂德《小妇人》《小男儿》等。

餐（试看《卖文章》，即可见其写作时的情态）。自谓有时一日可成一章，翌年元旦而稿已完成，三月书出，举世风靡。其至情所感动，令人不知涕泗之何从，忽又妙语纷来，诙谐杂出，则又使人破涕为笑，至不可仰视，是兼有喜剧美与悲剧美的家庭小说而又深具教育的意义者。全书缠绵悱恻，哀感顽艳，于旖旎的风光中，常常显出高洁的情味。是书在美国不久便与先出版之《小妇人》合装，为《小妇人》之后半部，故以后美国对于《小妇人》之评论，称誉与统计，实皆并此而言；其在英国，则仍独立为 *Good Wives*（《好妻子》）。惟无论英美，彼邦十岁以上的人，即使取以浏览，至于老迈犹不厌回环循诵，盖其全篇之情调为奋斗的，为向上的，为积极的，为纯洁的，为真挚的，宜其入人之深且切也。

译者去岁九月印行《小妇人》，后颇蒙社会爱阅，友人中如《小雨点》作者陈衡哲女士及《新闻报》小记者均怂恿我快译续集，我因于原作者百年诞辰更深二鼓后，即着手从事。旋以家人病，事遂搁置，至三月初始得重整旗鼓，方期奋勇迈进，期于夏秋之交出版，无如人事倥偬，辄少暇晷，直至暑假开始，所成尚不过三之二，而沪上书坊中常有爱阅者前往探问出版消息，各地且有直接致函催询者，因复埋头努力，夙夜从事，汗渍也弗顾，蚊啮也弗顾，至九月五日晨一时（即本学年开学之日）始脱稿，盖深恐一上课后，又复有所延搁也。其后继续整理一月之久，全十月初始得付印，十一月中旬始出书。初拟于荷风拂面时与世人相见，及至书成行世，则已菡萏香消，空劳各方悬盼，诚觉无所逃罪已。

本书的几个主角，已比《小妇人》的长了三四岁，正"像小鸟儿一般一个个要飞出窠去"，"试试她们的毛羽怎样"，故其情景当然与《小妇人》有异，然其精神却仍是一贯的。"《国风》好色而不淫，《小雅》怨悱而不乱"，本书也庶几兼而有之。至于婚后如何维持爱情于不敝，亦有所述及。而其慈祥恺悌之情流露于字里行间，与生命的波涛起伏相为掩映，至沉痛处每欲令人泣下，宜欧美教育家认此与《小妇人》本集，并为少年极优良的读物矣。

移译时间有疑难，除检阅字典辞典外，前八章之英文难点，曾请浙大同事河北佘坤珊教授共同商讨，后半部则曾向美国伍立夫夫人（Mrs.Lucile Cummings Oliver）请求诠释，间有一二处蒙施志成先生予以启示，均给我以甚多的裨益。同邑胡伦清先生，不惮烦暑，为校阅译稿全文，岭南钟静闻（敬文）先生于诗歌亦有所是正。丹徒韩天眷先生为绘封面，永嘉马公愚学长为签署书名，嘉兴杨艺菌先生为绘刻插图数幅并予以其他艺术上的助力。吾父（帆鸥老人）于补白中之旧体诗，亦间有所指示。最后我的朋友以及一年来盈千累万男女老幼之《小妇人》爱阅者，直接间接予我以精神的鼓励，俾此书得竟其功。——对于她们及他们，我在此敬致极深切的谢意。

民元二十二年菊花初放时晓沧序于西子湖头。

——录自译者自刊 1935 年四版

《好妻子》凡例
郑晓沧

一、译者欲以我国的成语为忠实的移译，务使阅者不感艰窘而仍不失其本来面目，这是移译时所抱的主旨。

二、为未读《小妇人》者之便利起见，第一章开始处由译者特加一小段，以明来历。有此一段，则阅读时便有线索可循，不至茫然了。

三、凡专门名词不易为人了解而又不宜删改的，则于页边加按注以资说明。

四、凡原文借文字声音的类似，从一字以入他字，例如《家事》章中之"a family jar"语涉双关，则以"红果——哄过"代之。又

《拜会》章中 fair 一字，一壁说做天，一壁说做人，则以"青天白日"之辞译之。其他恕不一一举例。凡此等英文修辞学上所谓"双关戏语"的辞格（Pun 或 Play of words）本属极难转译，兹勉为之，已属颇费苦心，曾有事于移译者当能鉴之。《斗室吟》之雨，原作 Summer rain，兹因我国诗歌上的联念，及译时音节关系，统改成译作秋雨。

五、原文中裴尔教授谈话里所夹杂的德语（如 Gott，Ach，mit 等）及艾美劳拉笠在法国所用的法语，因汉文与西土语文形式相去过远，无从将原文写出（同理，《伞下》章原文后段谈到用"thou"一段，亦只能另为意译）。

六、我于《小妇人》既译 sofa 为苏乏（通作沙发），doll 为囡囡儿；在本书里又译 chocolate 为巧口兰（通作朱古力），darling 为达羚（达为小羊），则为音义双关的移译。

七、原文中以斜行字 Italics 排印的，即表明着重的字眼——特别在说话的时候——在译文里则改以重模排印，所以遇到这样的字，读时须特别着重。

八、我国字形，时在变更，有许多"习非成是"，已有"积重难返"之势，借欲挽回，反难认识，如脆之作脆，著之作着，坏之作坏，分之作份，本书也只得"从俗"。

九、女性之她，本应读伊，以别于男性之他（照黎锦熙《新著国语文法》，第一一五页，谓系防于《玉篇》）。如将本书读给他人听时，尤当照此诵读以资辨别。

十、一章之内，意义上略告一段落时，便空出一行而以……排印，这是原文所无。我的用意，一则眉目更可清楚些，一则阅者——尤其是青年阅者——可在此作一小停顿，在进行的程途里，略苏一喘息，然后再行前进。但各段间自有联络，每一章自成一系统，仍旧有它的中心意旨的。

……

为求阅者能尽得原书的佳处，而又不失流利通畅的快感，译者自问亦已尽其在已了。然以公务杂务丛脞之身，抽暇成此十八万言之巨帙，则知舛误疏虞，自所难免。鸿博君子，如有所见，不吝教正，幸甚幸甚。

译者并识
——录自译者自刊 1935 年四版

《金钱问题》[①]

《金钱问题》序
熊佛西 [②]

中国新兴戏剧的进展，一方面需要国内好的创作剧本，另一方面需要西洋翻译剧本的介绍。翻译剧本能演固然很好，万一其中的情调背景不合中国观众的脾胃——不能演，也不要紧，它可以做一般剧作家创作的参考。因为任何国家国剧的振兴，是没有不受外国影响的。

Augier，Dumas，Sardou 是十九世纪末叶法国剧坛三个重要的人物，其中尤以小仲马的影响为最大，因为小仲马影响后来一般社会剧作家。甚至现在称为近代戏剧始祖的易卜生，也难免不受他的影响。可是小仲马除了在技术上受了 Scribe 的影响，其他都是他自己的。对

---

① 《金钱问题》(*La Question d'argent*)，五幕剧，法国小仲马〔Alexandre Dumas，1824—1895〕著，陈聘之、潘伯明译，北平蓓蕾社 1933 年 11 月初版，"世界文学名著丛书"之一。

② 熊佛西〔1900—1965〕，江西丰城人。1919 年入读燕京大学，1921 年与沈雁冰、欧阳予倩等组织民众戏剧社，创办《戏剧月刊》。1924 年赴美国哈佛大学留学，专攻戏剧，获硕士学位。回国后在北京国立艺术专科学校、燕京大学、北京大学等校任教。另译有《法兰西现代短篇集》。

于法国戏剧特别有研究的马修士教授（Brander Matthews）在他的《法国戏剧家》一书第六章曾经这样说："小仲马没有受任何传统的影响。他是文学界自己训练自己而成的稀罕人物。他表现他自己，表现得非常有力。"

小仲马认为戏剧的目的在于"教化"。他是"实用戏剧"（Useful drama）的提倡者。所以在他的作品中，无处不充满"教化"，但没有教化的口吻。这是技术的成功。在技术上，小仲马是一个实用论理学家。他认为一个剧本的技术的好坏，全在是否合乎论理的原则。所以在他的剧本里，很少发现矛盾的现象。

小仲马的剧本除了刘半农先生译的《茶花女》，介绍到中国得了不少的欢迎外，其他作品的介绍似乎还不多见。这本《金钱问题》在戏剧史上的地位虽没有《茶花女》那样的重要，可是据马修士说它在小仲马的剧本中是一个纯粹的喜剧。他曾这样说：

> Both of M. Dumas' earlier plays were dramas; and even in the Demi Monde the situations at times are on the verge of melodrama. But the "Question d'Argent", is pure comedy: its incidents are entirely the result the clash of character on character; and its central figure, though marred by a touch too much of caricature is one of which any comedy might be proud.

所以《金钱问题》在严格的喜剧上，是极有地位的。

就结构而论，这个剧本在小仲马的剧本中是比较松懈的，但因其中的理论，关于金钱的理论，特别警辟，所以我们读来感兴趣而忘其缺欠。第一二幕中讨论金钱是成功之母，到第三幕"爱丽沙"要嫁给"若昂"时，观众的心情则紧张起来了，并且为爱丽沙担忧；像她这样一个出自大家的小姐，似不应该嫁给起家不正的（在法律上虽没有问题，但在道德上是有问题的）若昂。最后爱丽沙到底废了盟约。所以这个戏的主旨完全是教化的，而且是一个普遍的教化，它打破了国界的限制。小仲马在这个戏剧里暗示的告诉我们说：金钱应该靠尊荣得来，尊荣不应该靠金钱得来。

　　陈潘两君的译笔极其流畅。我认为在这全世界都在闹着经济恐慌的时候，这个《金钱问题》的介绍是极有意义的。

二十二年，五月，作于中山古国

——录自蓓蕾社 1934 年再版

《金钱问题》译者序

陈聘之 ①

　　这本书是宋春舫先生叫我译的。不想译到第五幕一半时，竟因为丁了内忧把它搁下。后经好友潘伯明先生继续译完，并承他的夫人誊写一遍。如果没有他们的帮助，也许是半途而废吧！一九二七年夏，我又仔细校阅一遍，改了不少的错。现在虽不敢说绝对的没有错，可是比那时的错少的多了。如果读者肯热心指谬，我是非常欢迎的！

　　这本书是小仲马（Alexandre Dumas fils）著的，他的戏剧，小说，都曾有人译过。刘半农先生译的《茶花女》的序中说，"我以为小仲马是不必介绍的，因为凡是读过法国近代文学史的人，无不知有小仲马。"所以我现在也不必浪费纸墨，再拿他的身世来向读者聒噪了！

一九三二聘之志于北平

——录自蓓蕾社 1934 年再版

---

① 陈聘之（1897—1984），河南济源人。1924 年北京大学法文系毕业后留校，并在辅仁大学、中法大学、孔德中学等校任教。另译有法朗士《白石上》。

《金钱问题》再版小志

陈聘之

本书居然有再版的机会，真出译者意料之外。吴仲瓯先生在此再版之先，又加细心校正，我是非常感谢的。吴先生先后留法有十余年之久，对于法国文学，有深切的研究，今此译本既经他斧削，必于读者有不少的好处。此外又经宋一痕先生制美丽的封面，亦予此书很大的光荣，特志致谢。

一九三四年聘之志于北平

——录自蓓蕾社 1934 年 5 月再版

《金钱问题》[1]

《金钱问题》译者序言

陆侃如 [2]

偶然在塞纳河边旧书摊上，买得半部小仲马的戏剧集，里边有《堕落女子》《金钱问题》等剧本，便趁圣诞节放假的时候，把《金钱问题》试译出来。

---

[1] 《金钱问题》(La Question d'argent)，五幕剧，法国小仲马（Alexandre Dumas，1824—1895）著，陆侃如译，上海大江书铺 1933 年 12 月初版。

[2] 陆侃如（1903—1978），江苏太仓人。先后毕业于北京大学国文系、清华学校研究院国学门，毕业后在中国公学、复旦大学、暨南大学、安徽大学等校任教。1932 年留学法国巴黎大学，获文学博士学位。归国后历任燕京大学、武汉大学、东北大学、青岛大学等校教授。另译有瑞典高本汉《左传真伪考》，《法国社会经济史》等。

承大江书铺的好意，把它印成单行本。我倒并不想做什么介绍名著的伟业，不过落得弄几文版税，解决自己的"金钱问题"而已。

同时让我谢谢 Roberte Dolléans 女士，她替我画封面；再谢谢戴望舒先生，他允许我把他译的伊可维支论小仲马的文章附载在这里给读者做参考；尤其要致谢张凤举先生，他替我［把］这译稿细校了一遍。

陆侃如记于巴黎拉丁区，时一九三二年圣诞节后三日。

——录自大江书铺 1933 年初版

《小芳黛》 [①]

《小芳黛》乔治桑小传与本书略评

王了一（王力 [②] ）

乔治桑（George Sand）原名杜朋（Armandine Lucile Aurore Dupin），一八〇四年生于巴黎，一八七六年殁于诺昂（Nohant）。她是一个浪漫主义的女作家，与嚣俄、大仲马、巴尔扎克诸人齐名。她早年无父母，为祖母所养育，过的是田家的生活。一八二二年，她嫁给杜特汪男爵（le baron Dudevant），生了两个儿子。她原是多情多恨的人，因她的丈夫为军官，便于一八三〇年离婚，与儿子们同住巴黎。她为人很浪漫，

---

① 《小芳黛》（*La Petite Fadette*，又译《小法岱特》），小说，法国乔治桑（George Sand，1804—1876）著，王了一译，上海商务印书馆 1933 年 12 月初版，"世界文学名著"丛书之一。

② 王了一，王力（1900—1986），广西博白人。1926 年考入清华学校国学研究院，后留学法国巴黎大学，主修实验语音学，获博士学位。归国后历任清华大学、广西大学、西南联大、中山大学等校教授。另译有左拉《娜娜》，《莫里哀全集》（一），畸德（纪德）《少女的梦》等。

先后所交的情郎不少，当代名士如桑图（Sandeau），缪塞（Musset），叔鹏（Chopin）诸人都同她恋爱过。然而她的文名并不因此稍衰。她终身不离文笔，著情感小说，社会小说，田园小说，传奇小说共六十卷。其中最著名的情感小说是《安第亚那》（*Indiana*，1881），《华兰亭》（*Valentine*，1832），《列里亚》（*Lélia*，1833），《杰克》（*Yacques*，1834），《莫伯拉》（*Mauprat*，1837）；社会小说是《丽儿琴的七弦》（*Les 7 cordes de la Lyre*，1840），《孔胥克罗》（*Consuelo*，1842）；田园小说是《霞痕》（*Jeanne*，1844），《魔池》（*la mare au Diable*，1846），《小芳黛》（*La Petite Fadette*，1848）；传奇小说是《一个少女的忏悔》（*La Confession d'une jeune Fille*，1865）等。

　　她做文章下笔不能自休。她的情趣滚滚不尽之点有动人的魔力，因此之故，有时候不免冗长的毛病。她的小说写得最简洁明畅的乃是田园小说一类。她爱那恬静的乡间的太阳与明月，花木与田野，禽鸟与家畜，她自己也努力要分享这种恬静的幸福。田园小说之中又以《小芳黛》为最著，批评家都以为这是她的最优美的作品。她童年的可爱的回忆，写在这里的不少；事情并不奇特，却把读者深深地引入家庭故事与农家日常生活的中心去。《小芳黛》之外要算《魔池》是最好的了。

　　《小芳黛》可以算是一部干净的小说，与译者前次所译左拉的《娜娜》恰恰相反。于此可以看出浪漫主义与自然主义的分野。我们当然赞成自然主义，然而浪漫主义在历史上占重要的位置，也不得不为国人介绍。译者不该以个人的好恶为选择的标准。

二十年四月八日，译者

——录自商务印书馆 1933 年初版

《贤妇人》 [①]

《贤妇人》裴斯泰洛齐的生平及思想述略

郑若谷 [②]

一、生平事迹

裴斯泰洛齐（Johann Heinrich Pestalozzi）在一七四六年生于瑞士的古城 Zurich；幼承母教，长就学于 Zurich 大学。当二十一岁时，因有志改良种植，移居 Birr 附近，购地百亩，经营农业，自名其地曰 Neuhof（新农场）。越二年，与 Anna Schulthess 结婚，一生甘苦与共，爱情甚笃。一年后，生一子，裴氏试以卢骚的方法（见《爱弥儿》一书）教育之，则发现缺点甚多，乃有志修正卢氏主义，期能具体实施。他在一七七四年开办一家庭化的学校，招收五十个贫苦的儿童，供给衣食，教以读写算及工艺的基本知能，实行他所谓"欲教乞丐做人，必先自为乞丐"的主张，与生徒共同生活，于是有一位来校参观的农人说："此乃家庭，而非学校！"这句话令裴氏感到无上的荣幸。但数年后，这个学校终因经费困难而停办了。

自是以后，裴氏一面继续经营农场，一面从事著作。他所著作的，先有一本格言集，名曰《一个隐者的夜谈》；后有 *Leonard and Gertrude*（即本书《贤妇人》）。裴氏在此书中提倡社会政治经济与教

[①] 《贤妇人》（*Lienhard und Gertrude*，今译《林哈德和葛笃德》），长篇小说，瑞士裴斯泰洛齐（ J. H. Pestalozzi，1746—1827 ）著，郑若谷译，北平著者书店 1933 年 12 月初版。

[②] 郑若谷（ 1900—1962 ），河南罗山人。1923 年留学美国华盛顿州立大学，获社会学和教育学硕士学位。回国后任教于上海劳动大学、复旦大学、河南大学等校。另译有《大学教育的理想》《明日之大学教育》等。

育的改革，并以教育为发动一切改革的要素。书出之后，极受世人欢迎，故不久裴氏便与美国总统华盛顿同时被法国政府赠予法国公民的资格。但其时裴氏所经营的农场完全失败，文名虽已成就，而其生活日用所需，却窘苦已极，所以他不得不于一七九八年秋间来到 Stanz。该地自为法兵占领后，所遗孤儿甚多，裴氏来此即受委托组织一孤儿院，以教养此辈孤儿。他独立主持院务，历六个月之久，做教师，又做保姆，以是深得儿童的信仰与爱戴。后来这个地方被法兵要去做医院，裴氏的教育事业虽告一结束，而他在此时所试验的许多原理及方法，将渐渐的发展成为教育上很大的贡献。

裴氏于一八〇〇年来至 Burgdorf；先在此充当国民学校的校长，以事被黜；后来自己开办一个学校，招致有志于改革教法的青年教师前来，实行分班授课，教生徒以图画，唱歌，历史，地理，语言文字，算学及体操等科目，并试行各种新方法的实验。越一年，他得着瑞士政府的补助，遂增设一师范学院，来学者甚多，有名的教师亦多来襄助，盛极一时。同时他复锐意著作，他的名著《格渠德怎样教她的儿女》即在此时完成。不过当他的工作正盛的时候，政局忽然发生了变乱，遂又使他三年来心血的结晶化为乌有。其后他到 Hofwyl 与他的信徒费仑保（Fellenberg）合办职业教育，事虽大有成就，但终因二人性情不合，裴氏乃不得不离此而他适了。

Yverdun 是裴氏最后试验教育的地方，也是他一生最大成功的所在。他于一八〇五年来此办事，其往日热心的助手亦多陆续前来，远道来此求教者，日盛一日；于是在工作方面，成就了一个新教育试验的中心，差不多近世初等教育所用的方法都于此首先试用。在这个时期他和一般同事写了许多讨论应用新方法的书籍，并出版一种周刊，颇能风行一时。裴氏经营这个地方，垂二十年，卒以财政紊乱，同事不能合作，及他自身的缺点，致使校务废弛，声势日衰；到了一八二五年这个多年来负盛名的教育机关竟宣告停办。裴氏遂转回他的故居新农场修养，两年以后便与世长辞，享年八十一岁。

二、教育思想

裴氏坚决的相信教育可以改善社会，救世界，救人类；教育能使人获得自由与独立的生活，世人之所以多穷困潦倒，无知识及缺乏道德习惯者，就是因为他们未有受过教育，适当的教育的缘故。故社会上最下层的人类最需要教育，而且教育对于他们也最容易发生效力。裴氏一生最关切贫苦的儿童，所以不断的开办教养所孤儿院一类的机关；并致力于师资训练，以培养初等教育上所急需的优良教师。他主张学校家庭化，即应以人类的同情心为根据，施行爱的教育，夫如是始能发挥教育的真正效用；更以为在施行爱的教育上贤母是真正的教师，儿童在她的辅导下所取得的生活经验才能够真实而历久，工艺也是学校教育不可缺少的要素，应与读写算等科目相辅而行，使儿童均受工艺的训练，不惟可以养成观察正确的能力，而且都能学得一技之长，将来在社会上就不患无职业可做，而社会亦因人人都有正当职业与生活，也就日臻繁荣。

这以上是述说裴氏的以教育改进社会的思想，其次再介绍他的最有贡献的"教育心理化"之主张。

裴氏认定教育为"人的各种能力之自然的，进步的与均衡的发展"；所以凡从事于教育之实施者，首当顺应自然，即是要依据儿童自然发育的程度，组织教材，选择方法，更运用最好的方法引导或刺激儿童自由活动及观察力，以达到头心手即智德休之全部的发展。这就是裴氏所提倡的"自然法"。关于这个方法，有他得意的弟子莫尔夫（Morf）为他指出几项应用的原则：

（一）观察或直观是教学的基础（即注重感官经验）

（二）语言文字必须永久与观察相连

（三）学习不可与判断及批评同时行之

（四）无论何种科目必须自最简单的部分开始，渐次依儿童发育的程度而进，就是步步要保持着心理的关系

（五）教学至每一阶段时，须予儿童以充分时间，使其完全领悟

（六）教学应以发育为目的，不可任意武断而为之

（七）教师须得尊重儿童的个性

（八）初等教育的主要目的不在灌输知识及技能，而在发展与增长儿童的心力

（九）知识应与能力联合（即知行合一）

（十）师生关系，尤其是在训育上，应以爱情为重

（十一）教学必须附属于教育更高的目的

这些可以说是裴氏教育信条的基本概念。此外如：（一）以实物教语言文字及算学，以会话教史地，以观察自然现象教自然史；（二）注重各科的内容与意义；（三）使儿童随时随地经验实际生活；（四）教学与学习要简单化；（五）学校应与工作场所密切联合；（六）道德及宗教的训练应从普通的人生关系中得来；——这些思想散见于裴氏的著作中，都是他的重要主张。后代教育学家根据裴氏的提示，发明光大，做了无数的实验及研究工作，始逐渐形成"儿童本位"，"个性发展"，"心理化的教学"等等之教育思潮与教育制度。

二十二年十二月译者述于河南大学

——录自北平著者书店 1933 年初版

《现代世界小说选》①

《现代世界小说选》序

周漫云②

近几年来大家似乎都知道中学生课外补充读物的重要，很多书局都有散文选，小品文选以及小说选等之印行。自然，这选择名家著作以为中学生课外的参考，一方面可以节省学生的金钱，一方面也可以节省学生的时间。因为现在一般青年能够把学校费用筹出，已经是很不容易，要他再费许多的金钱来买参考书，在今日这个中国国民经济破产的状况之下，大多数的学生是决无此能力；而近几年来国内出版物量的方面的增加，在忙于应付学校课程的学生，当然不能有许多的能力来遍读国内外的作品。因此，编者费了很长的时间，编成了这本《现代世界小说选》，以供给有志文艺的青年的需求。

我们知道，文艺是没有国界，没有种族，没有古今中外分别的东西。我们研究文学的人，不问他是英国的法国的作品，不问他是古代的或现代的作品，只问作品的好坏，以定去取。这本《现代世界小说选》编印，就是根据这个理由。

自欧洲文艺复兴的［到］现在，文艺的国都里真充满着无限宝藏，作品的产生有如雨后春笋。尤其是自十九世纪中叶起。

但是，在这许许多多的作家之中，在这美不胜收的作品的里面，我们的选择感受了无限的困难。

第一是：选什么人的？

---

① 《现代世界小说选》，短篇小说集，周漫云编译，上海亚细亚书局 1933 年 12 月初版，"文学基本丛书"之 11。

② 周漫云，生平不详。

第二是：选哪一篇呢？

除了上面这两个难题之外，还要顾虑到译笔是否流畅？是否失却了原作品的价值。而且在中国的翻译界尚在幼稚的时代，大多数作家的代表作品，都没有介绍过来，使我们无法编入，真是恨事！

在这本书内所选的作家，如托尔斯泰、柴霍甫、屠格涅夫、安特列夫等，都是俄国有数的作家；如法朗士、左拉、都德、嚣俄、莫泊桑等，都是法国的代表作家；其余如王尔德，如史蒂文生，如伊格，如苏特堡等，都是世界闻名，都是世界文坛里的健将。可是为着篇幅的关系，有许多作家的作品没有刊入，真不能不有"遗珠之恨"！

每一个作家，我们都替他或她做了一点传略，使读者知道一点关于作者的生平。

如果读者想要知道文学的如何发展，和今后世界文学的趋势；如果读者想要知道世界文坛过去和现在的状况，那么，我们介绍你一本亚细亚书局印行的《世界文学史》。

编者　二〇，十，八

——亚细亚书局 1933 年初版

《风雪》[①] 作者介绍

托尔斯泰——托尔斯泰（Les Nikolaievich Tolstoy，1828—1910）于一八二八年九月九日诞生于俄国套拉省（Toula）的亚司那亚·波力安娜（Yasnaya Polyana）本村。他的家庭是俄国有名的贵族。在彼得大帝（Peter the Great，1696—1762）的时候，大臣彼得·托尔斯泰（Peter Tolstoy）以功封伯爵（这便是托氏袭称伯爵的由来）。他的曾孙

---

① 瞿秋白、耿济之译，"作者介绍"疑为编者所写，待考，下同。

伊利亚（Elia），生子尼古拉司（Nicholas），便是他的父亲。他的母亲玛丽（Marie Volkonsky）是一位王女。

托尔斯泰的幼年教育，是从叔母家的德人教读，后又进喀桑大学肄业，一八四七年秋复转入圣彼得堡大学。托氏在少年的时候，随象征逐：观剧，跳舞，赌博，闲游，玩妓无所不为。

托尔斯泰为避债与旅行，于一八五一年三月到高加索从军。克里米亚战争（Crimean War，1854—1856）以及绥凡斯脱波兰（Sevostopol［Sevastopol］）的守御，托氏都曾参加。

这位大著作家虽然浪漫，虽然放荡，可是他的著作也就在那时候开始。如《幼年时代》（Childhood），《地主之朝》（The Morning of a Landlord），《哥萨克》（Cossacka［Cossacks］）以及《绥凡斯多波尔战争》（Sevastopl［Sevastopol］）都相继问世，并博得文坛的称许。

托氏自一八五七年漫游欧洲各国转回耀斯那耀本村以后即致力于教育和解放农奴运动。

一八六二年九月托氏与苏菲亚·柏尔斯女士结婚。他的名著《战争与和平》（War and Peace）与《婀娜喀仑尼娜》（Anna Karenina）两书，也就在他结婚后的甜蜜生活中与世人相见。前者，背景的丰富与生动，描写社会环境的真实，表现男女人物性格的深刻，真可以说是空前的杰作；后者，描写人生的实际生活，无处不是生动而灵活。

托氏本为一个正教徒，但他到了五十岁的时候，富裕的财产，安乐的家庭，广大的知识，著作的成功等，却使得他对于人生，对于当时俄国的宗教开始反动。于是，他于怀疑教会所举行的仪式之余，穷究《圣经》，以改良基督教，以昌明原始的基督教为己任。他在他的《我的宗教》书中，规定了行为的五大戒律：（1）勿忿；（2）勿贪食；（3）勿立誓；（4）勿抗恶；（5）对于义与不义均以善报之。

托氏对于他的夫人，因思想的不同，时生龃龉，夫妇间的爱情也慢慢地低降下来了。

托氏对于流行的艺术，十分表示不满。他以为艺术应该是人类传达情感的一种活动，所以艺术的作用不在享乐，而自有其人道的意义。这，我们在他的名著《艺术论》(*What is Art?*) 里就可以看得出来。

在一九〇六年，托氏八十岁的时候，国人都为他举行盛大的庆祝会，各国人士备至钦仰。但是他精神上的苦痛倒也跟着他的声望也越弄越深。

一九一〇年十一月，托氏为着精神的痛苦终于抛弃家庭，与他的书记麦克维齐（Mackovitshi）博士偕行出家。在途中，肺炎宿疾复发，在亚斯搭波佛（Astapovo）车站与世长辞。

《红的笑》[①] 作者介绍

安特列夫——安特列夫（Leonid N.Andreyev，1871—1921）曾做过画师，也曾做过律师。当他做律师的时候，只有人请他打过一次官司，但是都失败了。大约他是因为各事的不如意，所以他对于人生总是感着苦闷，在他的作品《往星中》(*To the Stars*) 里，是根本否定人生的意义；在《人之一生》(*The Life of Man*) 里，是证明人生毫无意义。

安特列夫在二十七岁开始写小说，引起了当时俄国文坛的注意，如高尔基就是赏识他的一个。他以日俄战争做背景，描写战争残酷的《红的笑》(*Red Laugh*)——就是我们选的这篇——是他的名作。

---

① 梅川译。

　　梅川，王方仁（1904—？），浙江镇海人。鲁迅在厦门大学任教时的学生，朝花社成员。

安特列夫在欧战时是主张加入协约国，反对德国的。在俄国大革命后，是主张反共的。

《校长》① 作者介绍

柴霍甫——柴霍甫（A. P. Tchehoff, 1860—1904）于一八六〇年一月十七日生于泰甘庐（Taganrog）。他的父亲是一个农奴。他起初在康士坦丁教堂旁的希腊文学校里受教育，后来又进了泰甘庐中学，一八七九年进了莫斯科大学的医科。当一八九二年虎列拉流行的时候，他曾从事于卫生工作。据他自己说：“医药的研究对于我的文学作品有很大的影响，因为它比较扩大了些我观察的范围，它使我得到了丰富的知识，这是只有曾经当过医生的作家才可以写得出来。它还有引导的力量，大约因为我与医药接近，才能免去许多错误。”

柴霍甫在开始创作的时候，是以柴荒德（Tchehonte）的假名在周刊和日报上投稿短篇小说。他于一八八八年得到普希金的奖金。至于他的作品，除在报上投稿的杂文、批评以外，写了三百多篇长短篇小说，替舞台写的戏剧还不在内。但不幸我们这位这样劳力的作家，竟于一九〇四年（四十四岁）就患肺病与世长辞，不然还有更大的收获呢！

说到柴霍甫的作品，谁不称赞他是世界不可多得的作家？他的小说的单行本，差不多都卖到十几版，听说他的全集仅在一年的期间就销到了二十万部以上。

---

① 赵景深译。
　　赵景深（1902—1985），祖籍四川宜宾，生于浙江丽水。毕业于天津棉业专门学校，曾主编《文学周报》，历任开明书店总编辑、北新书局总编辑等。另译有《柴霍甫短篇杰作集》（八卷）、屠格涅夫《罗亭》等。

在中国，柴霍甫也很受欢迎。赵景深先生曾在他的短篇小说里面选了百多篇（?），名为《柴霍甫短篇杰作集》，在开明书店出版。

至于柴霍甫作品的内容到底怎样，那么，请读者且看他的作品。

《消极抵抗》[①]作者介绍

高尔基——高尔基（Maxim Gorky，1868—?）本名 Alekeyey Maximovitch Pyeshkor ［Alexei Maximovich Peshkov］。他于一八六八年三月十四日生于尼志尼诺夫格洛特。他的父亲为一贫乏的室内装饰工匠，母亲是一个有相当资产的染匠的女儿。在三岁时，父亲罹虎烈拉疫死了。九岁时母亲又以肺病逝世。外祖父复为投机事业失败，于是未满五个月学校教育的他，便不得不到靴店里去做学徒了。

后来，他又做轮船里的茶房、饼师等下等事业。在他的朋友当中有一个嗜好文学的厨子，爱高尔基的伶俐，把所藏的书都借给他看。富有文学天才的他，有暇便阅读名家如歌郭里和大仲马等的著作。后来又试作了一篇小说《玛格尔·抽德拉》揭载在《高加索日报》上。文豪科洛涟科大加称赏，文名渐著，后卒成为俄罗斯文坛的领袖。在日俄战争时，因参加革命运动，被囚于狱。后渡美国，又滞于意大利。大革命后与劳农政府里的人，共同为新兴文坛活动。

---

① 胡愈之译。

　　胡愈之（1896—1986），浙江上虞人。1912 年入读杭州英语专科学校，并自学日语、世界语。曾创建上海世界语学会，并参与发起成立文学研究会。1928 年入法国巴黎大学国际法学院学习，回国后与邹韬奋等共同主持《生活》周刊，并主编《东方杂志》等刊物。另译有埃德加·斯诺《西行漫记》（与傅东华合译）、《弱国小说名著》等。

《唔唔》^①作者介绍

屠格涅夫——屠格涅夫（Ivan S. Turgenev，1818—1883）是一八一八年十月二十八日生于莫斯科附近的俄喀尔地方。他幼年的教育是在他父亲死后由法兰西人的家庭教师所授的。他二十岁的时候，在德国的柏林大学习古典与历史并研究培根的哲学。那时候他的叔父尼古拉·屠格涅夫在本国企图革命失败，亡命法兰西。他从他的叔父那里听到了他底全生涯所确信之说。

一八四一年他的处女作 *Parasha* 诗集出版，得到了很好的批评。他因为与他的母亲不睦的原故，于一八四七年远离祖国漫游法兰西、意大利、英吉利诸国，但他大部分的生活是在巴黎。那时候，他与法国的文学家左拉、莫泊桑、都德等来往甚密。

一八四六年他的《猎人日记》问世，一跃而为俄罗斯文坛知名的作家。后来他的《父与子》和他费了不少心血所作的《烟》出版，而因他底思想与俄国当时一般人见解不同，很受社会上猛烈的抨击。他自此以后就心灰意冷，不复有新的作品出现。他对于他的朋友曾说出："这样打击对于我这老身比死还残酷，恐怕是应该洁然绝笔的时候了吧！"

一八七八年他返归故国的时候，一般人对于他的误解又已渐渐消除，并且在莫斯科大学受盛大的欢迎。

一八八三年，他六十五岁时，因脊髓癌的病，于八月二十二日殁于巴黎寓所。

他在十九世纪的世界文坛里是很有地位的作家，而对于俄国更有莫大的功劳，因为他和托尔斯泰等使俄国文坛在俄国以外也被人们认识了。

———————————

① 胡愈之、胡仲持译。

《一个疯子》^①作者介绍

莫泊桑——莫泊桑（Guy de Maupassant，1850—1893）生于法国西北方的罗尔曼地（Normandie）地方。他在年轻的时候，就以诗知名于乡里。后从文学家弗绿贝尔游，便专心在小说创作上下工夫，其中的结构与描写都极力模拟他的老师弗绿贝尔。自他的长篇小说《一生》问世，莫泊桑在法国自然派小说家中大露头角。此后作有长篇小说多种，皆有名，短篇小说更为一时所称道。不幸至一八八四年得眼疾，以致时抱厌世之想，便退居僻野。他自一八八四年患眼疾以后，觉得世界更为没有趣味，他的思想也更趋于悲观了。后至一八九三年终于因狂病自杀，未死。

莫泊桑虽然与左拉等同是自然派的作家，然而在他们的作品里面可以看出一个很大的异点：就是左拉等特别注重生理，但莫泊桑能心理和生理同时并重。他的观察是同时达到内心生活与外界生活的。

对于莫泊桑的作品的批评，近代文学家毕吕勒笛（Brunetière）、玉尔勒买特（Jules Lemaître）都称赞他的作品将与古典派文学同垂不朽。玉尔勒买特并且说："莫泊桑的散文确具有一种完美的资格，如此其明白，如此其真确，如此其精选。今日有些人固然也善于联字，善于遣词，但是没有他这样自然，这样明快，这样随意，以致使我们立刻共同了悟。"

我们看了这样的评语，就知道莫泊桑作品的价值，和莫泊桑作品

---

① 李青崖译。

李青崖（1884—1969），湖南湘阴人。1907 年上海复旦公学（后改复旦大学）肄业，1912 年毕业于比利时列日大学。回国后先后任教于湖南高等师范学校、复旦大学、湖南大学、中央大学、大厦大学等。另译有《莫泊桑短篇小说集》、福楼拜《波华荔夫人传》（今译《包法利夫人》）等。

在世界上的地位。

　　莫泊桑的主要作品有：《油罐》《一生》《好朋友》《俾得与约翰》以及《人心》等。

《克洛特格欧》① 作者介绍

　　嚣俄——嚣俄（Victor Hugo，1802—1885）一八〇二年二月二十六日生于法国中部的白桑松（Besaucon）地方。家贫，祖父曾业木匠，父亲以军功封爵位。

　　嚣俄自小便有文学的嗜好，他的父亲令他去预备考工程学校，他却偷着著诗去应大学的征文，而且得了奖金。那时候的嚣俄还是十五岁的小孩子。自他的诗集《短歌与长歌》（*Odes et Ballades*）问世，著名的文学家如沙多布里阳、封达仑等都特加赏识，他在文坛上的地位也就一日千里。因为他的主张偏于王党的原故，得了法王路易十八的欢心，特赐两千里阜的年俸。一八二七年《克伦威尔剧引》问世，嚣俄竟做了浪漫主义的领袖。一八四一年被选为国家学会会员。

　　嚣俄自他的女儿和女婿淹死于塞仑河后，对于一切都甚为冷淡。后受任为上议院议员，他在政治方面也极力提倡自由主义。他为主张民主政治与拿破仑第三不对，后拿破仑第三即位，他即起逃于比利时，不久赴英属热尔塞岛，复居格尔仑塞岛。拿破仑第三败退，他再

回巴黎。那时普鲁士兵围城，他也执戈守城。一八七二年再被举为国会议员。一八八五年五月二十二日病死巴黎。

嚣俄是一个气魄雄壮、感觉灵敏而富有革命思想的文学家。他无论是戏剧、诗歌或小说，无论量或质的方面，都是世界文学上一个很重要、很值得称赞的一个伟大的文学家。

有人说嚣俄的思想和艺术是凌盖一世，是十九世纪最完全的文学家，真是一点不错呢。

《二月花的故事》[①]作者介绍

法郎士——法郎士（Anatole France，1844—1924）于一八四四年生于巴黎，本名低博尔特（Thibault）。他的父亲是一个售书贾。从少年时代起他便饶有读书的兴趣。在中学的时候对于希腊文学哲理等就很欢喜研究，所以他后来在作品里面充满着唯美主义与怀疑思想。

在法郎士的小说里面除包含不少古典的气味以外，还有热情与趣话。

法郎士在七十余岁还领导着法兰西的青年，组织光明社，高唱反对战争和主张国际和平的议论。像他这样的努力奋斗的精神，实在令人敬佩。

法郎士的作品很多，以《近史》《白石之上》等为最有名。

---

① 李玄伯译。
李玄伯，李宗侗（1895—1974），河北高阳人，晚清重臣李鸿藻之孙，易培基之婿，曾随其叔父李石曾留学法国，毕业于巴黎大学。1924 年归国后任教于北京大学法文系，后赴台。另译有《希腊罗马古代社会研究》。

《知事下乡》^①作者介绍

都德——都德（Alphonse Daudet，1840—1897），法兰西的尼姆（Nîmes）人。他年幼时在里昂读书，后因家庭的关系不能继续求学，在一个小学里当学监。他的妻子不但是一个贤内助，而且能文，这，给了都德莫大的帮助。因为都德在少年时代异常困苦，家贫，体弱，使他有成为厌世派的可能，而天性疏懒，也断不能得到很大的成功。可是自他结婚，经他妻子的鼓励与劝告，终于没有走入厌世的道路，终于得到了很大的成功。

当普法战争发生，都德加入警备军。后法国败北使他对于工作更加努力，以他脆弱的身体来做过分的工作，自然很不相宜。

关于他前半部的生活，在他的名作《小物件》里，就很明白的可以看见。

有许多人批评都德的小说自然，细腻和生动，这是很正确的。我们知道自然派的作品过于偏重物质，而都德在写实里面还加上了情感和心灵的表现，可以说是后来新写实主义文学的先驱。有人称赞都德为一八六〇年后法兰西代表作家之一，有人称赞都德为法兰西的迭更斯，都非过誉。

《失业》^②作者介绍

左拉——左拉（Émile Zola，1840—1902），巴黎人。他因家境贫

---

① 谢冠生译。
　　谢冠生（1897—1971），浙江嵊县人。毕业于上海震旦大学，后赴法留学，获巴黎大学法学博士学位，回国后任教于复旦大学、中央大学等校。历任国民政府司法院秘书长、司法行政部长、司法院副院长等职，后赴台。
② 刘半农译。

寒，幼年读书费用全靠他母亲以手工所得之钱补助。二十一岁辍学，服务于海关，不久辞职，入书局供职，于暇时试作短篇小说。旋被聘为《非加罗日报》的文学批评副编辑，因主张写实主义，攻击旧派免职。后与书局约定，每月供给他的中等费用，一年出书两部，才维持了他的创作生活。

左拉的小说长于描写群众，而短于细绘人生。至于描写变乱时事与工人生活，尤其是他的特长。

《莺和蔷薇》① 作者介绍

王尔德——王尔德（Oscar Wilde，1856—1900）于一八五六年八月十六日生于爱尔兰杜柏林市的阿利昂街第一号。他的父亲是一个有名的医生，同时又是一个富于文才，考古学造诣很深的人。他的母亲是一个闺秀诗人，对于政治及社会运动都很热心。

王尔德在幼小时，他的母亲一方面做着编织，一方面说些古代希腊的诗文或戏曲一类的故事给他听。他在十一岁时进学习院。他很聪明，很爱时髦。在中学加入选拔生徒，受巴康来奖学金牌，以最优等的试验成绩入牛津大学，又以才气出众被赏赐五年的奖学金。

一八九五年三月因与 Queen Berry 侯爵的儿子发生同性恋爱，下狱半年。出狱后，至法国北部海岸，那时的贫苦生活，与他早年的奢侈，真不啻天壤！

一九〇〇年十一月三十日闷死于巴黎。

王尔德的作品以《狱中记》为最著名。他的短篇小说和童话，都是成功之作。戏剧如《沙乐美》《一个不重要的妇人》及《理想的丈夫》都很有名。

---

① 胡愈之译。

《自杀俱乐部》[①]作者介绍

史蒂文生——史蒂文生（Stevenson，1850—1894）以小说闻名。他早年的小说就为人称许。当《被拐》出版时，而他只有三十六岁，然而已经是他的第七部创作小说了。他在死前的八年，因体弱多病，不得不离开英国，前往太平洋中的萨毛亚岛（Island of Samoa）。他的作品很丰富，如《新天方夜谭》《金银岛》，恐怕中国许多青年都曾看见过。他的尺牍也很受人推重。

《巴克妈妈的行状》[②]作者介绍

曼殊斐尔——曼殊斐尔（Katharine Mansfield）生长于纽新兰（New Zealand），原名是 Kathleen Beauchamp，是纽新兰银行经理 Sir Harold Beauchamp 的女儿。她于一九一二年离开了本乡，同着三个小妹子到英国进伦敦大学皇后学院读书。她从小就以美丽著名，不过身体也从小就很怯弱。她曾在德国住过，欧洲大战时多在法国，后又时常在瑞典、意大利及法国南部。她常在外国，就为着她的身体太弱，

---

① 丰子恺译。
　　丰子恺（1898—1975），浙江桐乡人。曾就读于浙江省立第一师范学校。1921 年东渡日本进修绘画，回国后于浙江上虞春晖中学教书。1925 年参与创办立达学园。后任上海艺术大学讲师、开明书店编辑等。另译有屠格涅夫《初恋》、黑田鹏信《艺术概论》等。
② 徐志摩译。
　　徐志摩（1897—1931），浙江海宁人。曾就读于北京大学，1918 年赴美留学，先后在克拉克大学、哥伦比亚大学学习，获硕士学位，后往英国伦敦大学深造，曾在剑桥大学当特别生。新月社创办人之一。先后任教于北京大学、光华大学、大夏大学、中央大学等校。另译有法国伏尔泰《赣第德》、英国曼斯菲尔德《曼殊斐儿小说集》等。

禁不起英伦雾迷的天时。她的丈夫麦雷（John Middleton Murry）为了伴她，也只得把一部分事业放弃，陪伴他的爱妻。

曼殊斐尔仅有两本小说集，一本是 *Bliss*，一本是 *Garden Party*。她最称赞华波尔的《俘虏》，高尔斯华绥的《在法庭内》，以及杜思退益夫斯基的《一个诚实的贼及其他》等作品。

她于一九二七年因肺病死于法国的芳丹卜罗。

《滋德曼》[①] 作者介绍

滋德曼——滋德曼（Hermann Sudermann，1857—1927）一八五七年九月三十日生于东普鲁士的麦兹根。他的家境本来很好，后因经商失败，家道中落。

滋德曼十四岁时退学于实科学校，在一个药剂师的家里工作，得到了求学的机会——由中学进了克尼西斯堡大学，习文学与历史。

滋德曼在一八八七年出版《忧愁夫人》（*Frau Sorge*），很受一般人的佳评。但自戏曲《名誉》（*Die Ehre*）问世，得到了批评家的赞美。

《心声》[②] 作者介绍

亚伦坡——亚伦坡（Allen Poe，1809—1849）于一八〇九年一月十九日生于美国的波士顿。他本姓坡，名亥特加（Edgar）。父母都业唱戏。一八一一年做约翰亚伦（Gohn Allen [John Allan]）的义子，所以又姓亚伦。一八一五年被带至英国，在英国曾在大学读书，但旋

---

① 胡愈之译。
② 沈雁冰（茅盾）译。

辍学。一八二七年被征为兵。一八三三年以文稿得奖金一百元。著有诗集四卷，欧莱卡（*Eureka*）一卷，短篇小说集四卷。一八五〇年有他的全集行世。

　　亚伦坡以神秘闻名，在当时的作家中独成一家。在他的作品里，无论是用字或造句，都非常之美，所以有人据此说他是属于唯美派。其实亚伦坡那样幻想的、非人间的作品，应该归于神秘派。

<h2 style="text-align:center">《火烧的城》^① 作者介绍</h2>

　　苏特堡——苏特堡（Hjalmar Söderberg，1869—　）是瑞典的史笃克霍姆人，是瑞典的大小说家。有人称赞他，说他是瑞典的佛朗士。他少年时，曾在一个小城中做新闻事业，后来转回京城。他的自叙传小说《玛丁皮克的早年》（*Martin Birck's Early Days*）是一篇很闻名的作品。他很崇拜丹麦的约柯柏生与彭格，并且在悲观与失望上，很象征彭格。他有一部很短的小说集，名为《短的短篇小说》（*Storiettes*），长篇小说《格拉斯博士》（*Dr. Glas*），剧本《格特鲁》（*Gertrud*）等。

<h2 style="text-align:center">《当沙尔堡回家时》^② 作者介绍</h2>

　　伊格——伊格（Peter Egge，1869）是一个很努力的作家。他的作品非常丰富，如短篇小说，长篇小说，戏剧等都写得很多。

---

① 徐调孚译。
　　徐调孚（1901—1981），浙江平湖乍浦人。毕业于浙江省立第二中学，至上海考入商务印书馆英文函授学校部工作。曾任《文学周报》《东方杂志》编辑。以译述儿童文学知名，另译有安徒生《母亲的故事》等。
② 徐调孚译。

《无名作家的日记》[①] 作者介绍

　　菊池宽——菊池宽是日本新思潮派的主要作家之一。在他的作品里，以取材于历史故事的，最有特异的价值，他对于这种作品也很自信。他把往日文士所独占的文艺解放，使商人，女仆，看护妇等都能够领略，但他的作品只能说是通俗，并不是卑俗。每篇都保持着清新高尚的风格，读者从他的作品里可以知道各种各样的人生。他闻名的年代，是在一九一六年（大正五年）以后。这篇《无名作家的日记》是他的名作之一。

——录自亚细亚书局 1933 年初版

《蒙古民间故事》[②]

《蒙古民间故事》序一
周作人 [③]

　　提到《一千一夜》，有谁不感到欢喜和叹异的呢？我没有能够买

---

①　查士元译。
　　查士元，生卒年不详，浙江海宁人，笔名远生。曾留学日本，任职于商务印书馆编译所，多在《申报》《小说世界》《新月》发表译作和文章。后在上海南满铁道株式会社任职。另译有佐藤春夫《都会的忧郁》、谷崎润一郎《恶魔》、意大利丹农雪乌（今译邓南遮）《牺牲》等多种。

②　《蒙古民间故事》，俄国柏烈伟（S. A. Polevoi，又译柏烈威、鲍立维）编译，上海商务印书馆 1933 年 10 月初版，王云五、徐应昶主编"小学生文库"（第一集，故事类）之一。

③　周作人（1885—1967），浙江绍兴人。1906—1911 年留学日本，曾就读于日本法政大学预科、东京立教大学文科。回国后先后任教于北京大学、燕京大学等。与鲁迅合译《域外小说集》《现代日本小说集》等，另译有《红星佚史》《炭画》《黄蔷薇》《点滴》等。

理查伯顿（Richard Burton）的英译全本，但小时候读过伦敦钮恩士（Newnes）公司发行三先令半的插画本《天方夜谈》以及会稽金石先生的四册汉译本，至今还约略记得，亚利巴巴与四十个强盗，水手辛八，以及交递传述的那种故事形式。当时这一本书不但在我是一种惊异，便是丢掉了字典在船上供职的老同学见了，也以为得未曾有，借去传观，后来不知落在什么人手里，没有法追寻，想来即使不失落，也当看破了。这是我那册英译本的末路，但也就是它的光荣。《一千一夜》在十八世纪初才进欧洲去，在文学上发生了不少影响，到中国来还没有三十年，我却相信它与中国文艺也有很大的关系。这当然不是说直接的影响，中国文化里本来有回教的分子，即如向来不绝如缕的浴堂的美风，即其一例，所以这些故事在中国有一种声气相同的地方，比较研究上也很有用处。

印度的故事与中国之影响自然要更深了，只可惜还少有人注意。佛经的文章与思想在六朝以后的文学上留下很明瞭的痕迹，许多譬喻和本生本行的事迹原是民间故事，经佛教徒的采用而得以传译成华言，为中国小说之一来源，而最重要者似为《起世因本经》等所说的死后生活的思想。中国古代民间的宗教思想，当然也应注重死后的生活，但不知怎地文献上留得很少，秦汉以来的方士仿佛是为应制起见，把平民的阴间思想删除，专讲贵族的长生思想，这至少总已不是民族信仰的全体了。后出的《玉历钞传》虽然时代大约颇近，却似乎可以算作这样信仰的一本大纲，这里边阴司的组织是沿用道教的帝制，但其地狱刑罚等等，则以小乘佛经所说为本，所以即说中国民间思想是佛教的亦不为过。假如说大乘才是真佛教，那么小乘的就说是婆罗门的改祖派也罢，不过因此使我们更感到中国与印度的关系的密切，觉得婆罗门的印度文化的研究在中国也很是切要的了。许地山先生在所译《孟加拉民间故事》的序文中，说明他译述的第一个动机是"因为我对民俗学底研究很有兴趣，每觉得中国有许多故事是从印度展转流入底，多译些印度的故事，对于研究中国民俗学必定很有帮助"。这实在是说的很对。我希望许先生能够继续地做这种有益的工作。

说到蒙古，我恐怕有些人会要大发其思古之幽情，因为它在元朝不但吞并了中国，还能侵略到欧洲去，所以是一件荣誉罢。在学艺的立场上看来，这些过去的恩怨我想可以不管，但总之是几百年来拉拉扯扯地在一起，文化上必然相互地发生许多影响，就是西夏鲜卑以至三苗，都是如此，如有机缘都值得注意研究。可是蒙古虽然是我们五族之一，蒙古的研究还未兴盛，蒙古语也未列入国立各大学的课程内，在这时候有柏烈伟（S.A.Polevoi）先生编译《蒙古故事集》出版，的确不可不说是空谷足音了。柏烈伟先生研究东方语言，在北京大学俄文系教书多年，是那位《俄国童话集》的编者历史考古学家柏烈伟教授的族人，这回根据蒙古文俄文各本，译成汉文，供献于中国学术界，实在是很有意义的事。蒙古民族自有他自己的特色，与汉族颇有不同，他的故事虽然没有那么浓厚华丽，似乎比较与天方相近，而且有些交递传述的形式也很有《一千一夜》的遗意，这是中国故事里所少见的。我们虽不能相信，如斋耳兹（H.A.Giles）教授在《中国文学史》上所说，中国章回小说的发达全是受元朝传来的中央亚细亚说书的影响，这些说故事的方法与情状，离开了故事的内容来看，也总是很好的比较的资料。将来有人能够把满洲西藏以至苗族的故事传说编译出来，那时中国民俗学的研究，当大有进步，但是论功行赏，还是柏烈伟先生之揭竿而起应当算是第一功。

以上是些外行地谈学问的废话。老实说，我还是对丁里边的故事可以诚实地批评一句：这是很好的故事，读了很好玩，谨介绍给中国的老小的朋友。

周作人　十九年六月一日
——录自商务印书馆 1933 年初版

《蒙古民间故事》序二

赵景深

　　这真是我们中国人应该引以为惭愧的事情，西藏的民间故事我们自己不会搜集，却要烦劳美国谢尔敦（A. L. Shelton）替我们编印《西藏民间故事集》（*Tibetan Folk Tales*，一九二五年出版于纽约 G. H. Doran 公司），英国沃康劳（Captain W. F. O'Connor）替我们编印《采自西藏的民间故事》（*Folk Tales from Tibet*，一九〇六年出版于伦敦 Hurst and Blackett，Ltd. 书店）；现在我们中俄文化的沟通者柏烈伟先生又替我们把《蒙古故事集》译好了。我们对于柏烈伟先生的劳力当然是万分的感谢，但同时觉得我们这样不劳而获的得到这样许多伟大奇诡的故事，实在有些脸红。我们中国人致力于民间故事的人已经很少，能够懂得蒙古文，直接从蒙古文译成汉文的是尤其少，何况柏烈伟先生自己还是一个俄国人，竟能够写出文字的清顺的汉文呢？以一个俄国人直接从蒙古文将蒙古的民间故事译成汉文，这不仅只是使我们佩服，简直是使我们惊叹了！

　　友人衣萍因为我暇时喜欢看民间故事，便要我也来说几句话。这本《蒙古故事集》共分三部分，第一部分凡连续的八章，题作《波格多彼加尔马撒地汗》，雄壮瑰玮，多叙英雄战绩，如果写成韵文，真可以成为蒙古伟大的史诗，这种英雄传说我想撇开不论；第三部分车臣汗的传说只是一个短篇，我也没有什么话要说；只有第二部分是二十五个各自独立的民间故事，题名《施得图克古尔》，我想拿来与西藏的民间故事比较其异同。虽然这二十五章以王子负送神灵为线索，把这些故事贯串起来，其实这种贯串，是与《天方夜谭》中姊妹讲故事一样的无关紧要的。现在比较蒙古和西藏的故事如次，因为《威他拉二十五故事》本是由印度传入西藏，再由西藏传入蒙古的：

2.《关于商人的子媳的故事》　这是《西藏民间故事集》第四十四篇《五友之争》(*The Quarrel of the Five Friends*) 的异式。寻得戒指的不是一个男人，而是与美貌女郎一同沐浴的许多妇人。其余大都相同，不过结末六个人争着要得美貌女郎时，曾经询问过一个路人，请他判决，他不知怎样回答，便说："有一次有一堆人有一个美好的宝塔，他们不能决断应该属谁，便将宝塔打碎来分掉。"于是六个人拔刀来，把女郎杀死。

3.《汗和朋友的奇遇》　这是《西藏民间故事集》二十三篇《王子的朋友的故事》(*Story of the Prince's Friend*) 的异式。隐身靴的用处在西藏是飞行靴，这样似较合理；因为既有隐身帽，便无须再要隐身靴了。与王后相会的不是前王，却是神灵之子。关于选举国王，西藏有一段与玻璃鞋同样有趣的情节："他们说：'明天我们要再试验一下，看谁吐出最有价值的东西，就可以为王。'第二天有一个人喝了许多牛乳，每到一处，即吐出白色的东西，又有一个人吃了绿东西，便吐出绿的，还有些别的人吐出许多别的东西。"

4.《关于加海图而加赤》　这是《采自西藏的民间故事集》第二十二篇《粗野儿的故事》(*The Home-Bred Boy*) 第一节《他怎样寻得失去的土耳其玉》(*How He Found the Lost Turquoise*) 的异式。不过西藏的故事情节更复杂一些。男主人公到某村去是因了乌鸦的指示，途中还受了一个老人的蔑视和一个新郎的驱逐，后来他在假装法师寻玉的时候，便要求主人把一切附近的人都请来，其中就有老人和新郎。他说他的猪头能辨别善恶，因而拿了猪头遍历诸人之前，到了老人和新郎面前，他故意的将猪头摇动，证明他们是恶人，将他们驱逐出去，报复了他从前的仇恨。其余猎狐和寻玉的事件都相同，不过男主人公拿的是猪首，没有插在杖上，或者说拿的不是猪首杖。

6.《那拉弩格列拉的故事》　这是《西藏民间故事集》第十三篇《恶继母》(*The Wicked Stepmother*) 的异式。不是鼠年生人供献给水神，而是虎年生人供献给蛇神。恶继母也不曾受到因恐怖而死的报应。国王名 Genchog，前妻之子名 Nyema，继母之子名 DäWä。

　　8.《关于建筑师和艺术家的故事》　这是《西藏民间故事集》第九篇《聪明的木匠》（The Wise Carpenter）的异式。木匠自然就是替代建筑师的。大部分没有什么不同。只是末尾木匠报复漆匠（即艺术家）时，命人火葬漆匠，还同时命人打鼓打铙钹并且吹号筒，所以漆匠知道上了当，喊叫着快要被烧死的时候，竟没有人听见漆匠的声音，于是漆匠便真的升到天上去了。此外木匠的躲藏期是三个月，不是一个月；火葬时连木匠或漆匠所应用的器具也都放了上去，还附上王 Genchog 带给先王 Gendong 的礼物。

　　10.《狮和水牛》　这是《西藏民间故事集》第六篇《狐狸欺人反害己》（How the Fox Fell a Victim to His Own Deceit）的异式。狐狸在西藏故事里也是老虎（蒙古故事作狮子）的小伴侣，因忌妒牛虎之交而挑拨离间他们俩。老虎临死并非老眼昏花，而是真实的希望虎牛狐和睦同居，在这一点上自然不及蒙古故事的合理。结果牛虎拆穿了狐狸的诡计，复归于好，老虎便将狐狸扑杀，这与蒙古故事狮牛狐三者同归于尽的结局也不相同。

　　11.《乞丐和小羊的故事》　这显然是两个故事的复合。第二故事是《采自西藏的民间故事》第十篇《绵羊、羔羊、狼、兔》（The Sheep, the Lamb, the Wolf and the Hare）的异式。兔骑在羊身上吓退狼的话是这样的："我是兔子，罗敦，奉中国大皇帝之命，特派赴印度一行。皇帝并命我沿途采集狼皮十只，送给印度国王。恰好就遇见你，真是我的运气！无论如何，你的皮总可以算作第一只的。"说时兔子就拿出一张纸来，手里拿了笔，写了一个很大的"一"字。狼吓得转身就跑。沃康劳还在下面注道："这是嘲笑西藏和中国官员的作威作福，以及西藏小民的胆怯和服从的。这显出最卑微的书记官，有了纸和笔，就可以使得最强壮最勇敢的乡下人心里害怕。"

13.《女人和她的新郎》 这是《西藏民间故事集》第四十三篇《狡猾的人》(*The Wily Poor Man*) 的异式。穷人家中没有妻子，与蒙古故事家中已有一妻的说头不同。因此把箱子抬回来，便不说与佛论道，而说是与妻密语了。后来女儿回家，也不曾提起观音的点化。又女儿被救出箱时，不自称为凡人，却自称是地下国的女儿，非常奇怪，显得很突兀，对于情节上也不能自圆其说，想是沃康劳的一时误笔。其余大都相同。

20.《织工的奇遇》 这是《采自西藏的民间故事》第二十二篇《粗野儿的故事》第三节《他怎样打破敌人》(*How He Defeated the Enemy*) 的异式。《蒙古故事集》第四篇和第二十篇的主人公是两个，但《采自西藏的民间故事》却将这件事加在同一个粗野儿身上。

23.《马拉亚山的奇事》 后段是《西藏民间故事集》第四十一篇《得喉肿症之人的故事》(*The Story of the Man With The Goitre*) 的异式。大意说有一个颈生肿块的人走失了牛，他去追赶，夜深不能回家，看见两个洞，便住在小洞里过夜。大洞是群鬼聚会的地方，小洞只住一个鬼怪。这个鬼将小洞里有人的事情报告给群鬼，群鬼便要吃他，这个鬼却说他是主人，不便如此，只割一块肉便罢，群鬼同意，因将其肿块去掉。群鬼看看肿块不会好吃，因弃置之。又有一人也想去掉肿块，便也到洞里去住。谁知群鬼因为肿块不好吃，便将前存的掷在他的后颈上。他不但没有去掉前肿，倒又添上后肿了。日本也有这样的故事，名《移瘤术》，载在岩谷小波的《日本昔嚙》中。

此外的《施得图克古尔》第一篇是《变形争斗》，第五篇和第二十五篇是《天鹅处女的故事》，第二十一篇似安徒生的《大克劳司和小克劳司》。

虽然生着病，也勉力写成了这篇序，因为我实在是被柏烈伟先生热心的工作感动得兴奋起来了。

赵景深 十九年三月二十六日

——录自商务印书馆 1933 年初版

《蒙古民间故事》序三

柏烈伟 [1]

古印度所讲的故事就和现代各国所讲的故事一般，并且印度在极早的时候已经开始笔述故事和童话，编辑故事和童话集，将一种故事和他种故事联络在一起，做这些工作了。而印度著作家和诗人且以故事为自己作品的材料。

因为各方面的情况——历史上的和社会上的——印度故事和故事集早已流传普遍了印度境外，尤其在东方各民族中流行最广，印度故事的翻译和口述可以在印度支那，波斯，阿拉伯，土耳其和叙利亚民间寻得的。不久这一些故事流传到欧罗巴，于是西方便出现了希腊，腊丁，法，德，斯拉夫诸种文字的译本印度故事集。这一些故事深刻地影响了各民族，而和各民族的传说混合，所以欧洲许多民间故事是自印度流传的，例如：著名的《天方夜谭》便是导源于印度的。

蒙古民间文学作品的内容是：传说，歌谣，童话，小说，谜语和俗语。这一些作品的内容大部分是自印度和西藏传来的，而蒙古民间文学的发展和佛教传入蒙古大有关系：当佛教经典输入蒙古时，自西藏也输入了其他文学上的作品——带有佛教色彩的印度产生的作品。例如印度著名的《Panchatantra 故事集》便是自西藏文译为蒙文的。这故事集中有许多故事，在印度民间流行的十分普遍，例如《鹦鹉故事集》（Cukasapti）或称《宝贵的念珠集》。

蒙古人十分喜爱佛教的小说，故事和传说，并且因为这一些小说和故事输入蒙古，所以佛教在蒙古大兴。不过西藏和西藏文学在欧洲

---

[1] 柏烈伟（S. A. Polevoi），又名鲍立维或柏烈威，俄国人，20 世纪 20 年代曾在北京俄文专修馆、北京大学俄文系任教，与李大钊、陈独秀关系密切，是俄共（布）派驻中国的秘密联络人员。

还不曾详尽地研究，所以西藏民间文学的蒙文译品里所含有特别趣致和这些作品中的极大的国际文学上的价值，还不曾被我们领略。

这一些蒙古人自西藏民间文学得到的作品里有许多趣味浓厚的故事叙述俾加尔米支（Bidchiarmjid）王（蒙文彼加尔马撒地 Bidharma Sadi）功绩的故事和印度文学中最负盛名的关于威克拉马地提亚（Vicramaditia）王的传说。关于威克拉马地提亚王的传说其后且输入伊兰高原——波斯。蒙古人把威克拉马地提亚王的故事，关于他的神怪的宝座，和关于寻找那宝座的阿哀而吉不而吉汗（Ardschi Bordschi Khan）的传说，共分辑成三部故事：

第一部：叙述威克拉马地提亚王得到一只奇花，这奇花以后便变化为美女，并且寻着了神怪的宝座。

第二部：描写被阿哀而吉不而吉汗奇怪地寻着的神怪宝座，并且叙述一些聪明的判决。

第三部：——最后一部描写各斯纳（Goesna）皇帝，那皇帝十分明瞭各种魔术，并且又叙述他的功绩。

这一些蒙文译品的作家和译著的时代都不得详考了，大概我们在详尽地研究西藏和西藏民间文学之后才可以寻出结果。

在各种印度故事集中自古以来最著名的是《威他拉（Vetala Panchavinsati）二十五故事》。这种故事集本用梵文写成，并且有各种异式——有许多种是用印度各种方言所写，这故事的内容如下：

英雄王威克拉马地提亚（Vicramaditia）必须移请威他拉（Vetala 一位神灵），且必须经历各种危险默然负着威他拉走到目的地。威他拉依西藏语是 Rolang，蒙古语是 Kur 或 Kegur。那英雄王安全地经历了一切危险，不过无论如何不能移动神灵到达目的地。因为威他拉在路上永是给他讲故事，并且巧妙地结束每篇故事。王不知不觉便吐露一句评语，王一说出评语威他拉便失踪了，他便又回到原处，再去移请。于是王往返二十五次寻找威他拉，并且听他所讲的二十五篇故事，直到负着威他拉到了目的地为止。

《威他拉二十五故事集》好似其他印度故事集一般传流到各民族，例如：我们可以寻得波斯文的《威他拉二十五故事集》译本和波斯文的《威他拉二十五故事集》的改作。

《威他拉二十五故事集》自印度输入西藏，七世纪以后印度佛教传入西藏，此后印度文化也输入西藏，便发现了《威他拉二十五故事集》的改作，它也取纳了本地方的特色了。

《威他拉二十五故事集》保存在蒙古和 Kalmuck 民间，因为蒙古民族所信仰的佛教是自西藏传入的，而且自西藏所传的印度文化和蒙古民族也有绝大的影响。因这种文化上和宗教上的影响，蒙古游民和与他们相离遥远的印度便发生极密切的关系，那么这故事实在居于重要的地位，它在蒙古十分流行，并且有许多相异的译本。

《西狄秋尔》(Siddhi-kur)《施得图克古尔》(Siddhetu-kegur)——《魔法尸体》本是和《威他拉二十五故事集》有最密切关系的一种童话集。《蒙古故事集》中有许多和印度原文相异之点：蒙古故事《西狄秋尔》中的阿马古兰亚巴达路图代替了印度《威他拉二十五故事》中的威克拉马地提亚王并且《西狄秋尔》带有极浓厚的佛教色彩。

本《蒙古故事集》共分三部：

第一部是关于波格多彼加尔马撒地汗（Bogdo Bidharma Sadi）的故事是梵文 Sanhasana dwatrisati 关于《狮宝座的三十二篇故事集》蒙文的改作。

第二部是施得图克古尔——蒙文 Siddhi-kur——便是印度《威他拉二十五故事》的蒙文改作。

虽然以上两部含有蒙古的色彩，但是它们大部分却都含有佛教的观念的佛教神话的特色。

第三部是车臣汗的传说，它纯粹是蒙古民族固有的传说，我们可以自它的朴质的描述相信它绝对没有受别种民族故事的影响，与前两部毫不联属。

本《蒙古故事集》是依据在一九二三年库伦出版的《蒙古故事集》所译，此外译者又比较参考满文、俄文和德文的《西狄秋尔》译本中与此相同的各篇故事。因为这是译者初次的华文译作，本来不敢发表，但是蒙周作人先生的赞助和鼓励，我的至友章衣萍先生、吴曙天女士的赞助和修润字句，我决定拿来发表，同时谨向他们诚挚地志谢，并且感谢我的学生金增荫君担任抄誊之劳。

柏烈伟　十九年十月一日

——录自商务印书馆 1933 年初版

1934 年

《吉诃德先生》[①]

《吉诃德先生》前言
（汪倜然）

这本《吉诃德先生》（*El ingenioso Don Quixote de La Mancha*）是十六世纪西班牙作家西万提斯（Miguel de Cervantes Saavedra 1547—1616）的名著。西万提斯和英国的莎士比亚是同时代的人，伊利瑟伯时代产生了英国灿烂的文学如莎士比亚的作品，西班牙在那时候也产生了西班牙最伟大的天才，西万提斯。

西万提斯的父亲是一个走方郎中，所以他没有钱进大学。但是他从小就爱读书，他读了很多的书；而且跟着他父亲，游历了许多地方，因此见识到各种的生活。

他长大以后，做过教师，当过兵，曾经被海贼所掳，在非洲北部做过奴隶。后来他赎回身体归还本国，那时便想以写戏剧维持生活，但并不成功。最后他去当收税吏，但是得罪了不肯付税的有势力者，于是找了他一个错处，送他进监牢去。在监牢里他开始写《吉诃德先

---

① 《吉诃德先生》（*Don Quijote de la Mancha*，今译《堂·吉诃德》或《唐·吉诃德》），长篇小说，西班牙西万提斯（Miguel de Cervantes Saavedra，今译塞万提斯，1547—1616）著，汪倜然编著，上海新生命书局 1934 年 1 月初版，樊仲云主编"新生命大众文库：世界文学故事"之五。

生》，那时他已经五十岁。但这部书直到一六〇五年才出版，出版后立刻风行全国，造成了他的盛名。

当时的西班牙流行着荒谬的武侠小说，《吉诃德先生》便是讥诮这种作品的。它的内容虽然十分荒诞，却是于幽默讽刺之中写出了当时西班牙的日常生活，而且充满了人情的实感，实在是一部极可爱的作品。原书篇幅很长，这里所述的只是一个极简略的概要，不过希望读者对于此书能够得到一个小小的印象而已。

——录自新生命书局 1934 年 1 月初版

《娜娜》^①

《娜娜》左拉与自然主义
了一（王力）

一 左拉之身世与其著作概述

左拉（Émile Zola）以一八四〇年生于巴黎。他的母亲虽是法国人，他的父亲却是意大利的梵尼斯（Venise）人，祖母是希腊人。他的童年期与青年期是在勃罗旺斯省（Provence）度过的。他在学校的成绩很坏，以致考不得学位（Baccalauréat），所以只好做些小小的差事。他在巴黎与外省的许多报馆里办过事，也曾写过些浪漫派的小说，例如《宁农的故事》(Les Contes à Ninon)；后来又写了些风俗小

---

① 《娜娜》(Nana)，上下册，长篇小说，法国左拉（Émile Zola，1840—1902）著，王了一译。上海商务印书馆 1934 年 1 月初版，"世界文学名著"丛书之一。另，上海商务印书馆 1935 年 3 月初版，六册，收入"万有文库第二集七百种"。

说，比较地更好些，例如《黛列思拉根》（*Thérèse Raquin*，1867），与《玛玳琏费拉》（*Madeleine Férat*，1868）。然而他的大著作《罗恭玛嘉尔家史》（*Les Rougon Macquart*）却在一八七一年才开始。本书原名《第二帝国时代一个家庭的自然的而且与社会有关的历史》（*Histoire Naturelle et Sociale d'une Famille Sous le Second Empire*），共分二十卷：一，《罗恭的家运》（*La Fortune des Rougon*，1871）；二，《饿鹰》（*La Curée*，1872）；三，《巴黎之腹》（*Le Ventre de Paris*，1873）；四，《伯拉桑的战利品》（*La Conquête de Plassans*，1874）；五，《谟烈院长的过失》（*La Faute de l'Abbé Mouret*，1875）；六，《虞仁罗恭老爷》（*Son Excellence Eugène Rougon*，1876）；七，《屠槌》（*L'Assommoir*，1877）；八，《爱情之一页》（*Une Page d'amour*，1878）；九，《娜娜》（*Nana*，1880）；十，《家常便饭》（*Pot-Bouille*，1882）；十一，《托女人的福》（*Au Bonheur des Dames*，1883）；十二，《生活的快乐》（*La Joie de Vivre*，1884）；十三，《共和历七月》（*Germinal*，1885）；十四，《成绩》（*L'Œuvre*，1886）；十五，《土地》（*La Terre*，1887）；十六，《梦》（*Le Rêve*，1888）；十七，《人中禽兽》（*La Bête humaine*，1890）；十八，《金钱》（*L'Argent*，1891）；十九，《破产》（*La Débâcle*，1892）；二十，《巴斯嘉尔博士》（*Le Docteur Pascal*，1893）。其中最著名的四卷乃是《屠槌》，叙述工人的生活；《娜娜》，叙述淫佚的生活；《共和历七月》，叙述矿工的生活；《破产》，叙述战争的生活。自一八七五至一八八二之间，他为自然主义做了许多论文，例如《实验的小说》（*Le Roman expérimental*，1880），《自然主义与戏剧》（*Le Naturalisme au théâtre*，1881）等。后来他又从事于宗教的描写，著《三大名城》（*Les Trois Villes*）：一，《卢尔德》（*Lourdes*，1894）；二，《罗马》（*Rome*，1895）；三，《巴黎》。这三部小说都是叙述宗教不能救人民的痛苦的。最后他又从事于社会主义的描写，著《四福音书》（*Quatre Évangiles*），只成三部：一，《富饶》（*Fécondité*，1899）；

二，《工作》(*Travail*, 1901)；三，《真理》(*Vérité*, 1903)。他曾经
是最热烈的共和党，后来又是社会党，甚至于是共产党。一八八九
年，狄烈夫大尉卖国事件起，他与法朗士（Anatole France）同冒
大不韪，竭力替狄烈夫辩护。他在《曙光报》(*L'Aurore*) 上登了许
多激烈的文字，曾经被捕下狱。一九〇二年为煤气所毒，死于巴
黎。死后六年，即一九〇八年春间，改葬于班迪安（Panthéon）国
葬院。

二　现实主义与自然主义

在左拉以前，文学界但有所谓现实主义（Réalisme），无所谓
自然主义（Naturalisme）。说到现实主义的先锋，要算是巴尔扎克
（Balzac，1799—1850）。泰耐（Taine，1828—1893）说他摹写真相，
把卑劣的事情描写得比其他的事情更生动些。泰耐自己也是现实主义
的中坚。此后有杜兰第（Duranty）在一八五六年著《现实主义》，庄
佛乐利（Champfleury）在一八五七年著《现实主义》，同年，佛罗贝
尔（Flaubert，1821—1880）的小说《波华丽夫人》(*Madame Bovary*)
出版。佛罗贝尔号称现实主义者，然而杜兰第怪他专从事于美术方
面，却没有感觉，而且是干枯的。与佛罗贝尔同时的现实主义者还有
龚果尔兄弟（Edmond de Goncourt，1822—1896；Jules de Goncourt，
1830—1870）。他们在《姞美尼拉赛陀》(*Germinie Lacerteux*，1864)
的序文里说：

> 民众喜欢假的小说，这却是一部真的小说。民众喜欢走到上
> 流社会里去的书，这却是一部从马路上来的书。民众喜欢淫邪的
> 作品，娼妓的日记，床头的供状，恋爱的秽史，然而这一本书却
> 是庄重的，纯洁的。我劝民众开卷时，切勿希望书中有娱乐的描

写，这书只是爱情的医院。

民众喜欢缓和剂与安眠药，他们要靠团圆结局的故事来帮助他们的消化；这书悲哀而且激烈，违反他们的习惯，有碍他们的卫生。

那么，为什么我们写了这一部书呢？为的是得罪民众，故意干犯他们的嗜好吗？

不是的。

生于十九世纪，在平等自由的时代，我们常常自问：所谓"下级社会"有没有入小说的权利？直到现在，文学家不屑描写平民，他们有心灵不能发泄，是否应该长此不变？下级社会的痛苦，是否值得写？是否值得读？小人们，穷百姓们，在痛苦的时候，能否像受痛苦的大人们，富贵的人们一般地惹人咏叹？总之，下级社会的眼泪能否像上流社会的眼泪一般地令人痛哭起来？

我们有了这种思想，所以写了这一部书。

依龚果尔诸人的论调，现实主义在乎描写下级社会，把平民的痛苦宣泄出来。自然主义，在字面上说起来，与现实主义没有什么分别，因为都是"描写实在"的意思。然而左拉却在他所著的《实验小说论》里替自然主义立了一个定义说：

"自然主义是由新科学施用到文学上的一种程式。"

左拉的同志黑斯曼（J. K. Huysmans，1848—1907）更把现实主义与自然主义切实地说明。他在《眉批》（*En Marge*）里批评左拉的《屠槌》，同时把这两种名称加以解释说：

现实主义与自然主义两个名词，被人们加以种种不同的定义，我们应该切实地说明。有些人说，——而且是最动听的论调，——现实主义者所选的题材乃是最丑恶的，最粗鄙的，他们的描写乃是最淫亵的，最能令人作呕的。总而言之，乃是把社会的疮痔尽情披露出来。自然主义者把社会的疮痔的绷布揭开之后，只有一个目的，便是教人们测量那可怕的疮口有多深。

其实我们并不管它是疮痔呢还是粉红的肌肤。我们固然把疮痔描写，也未尝不把粉红的肌肤描写。因为疮痔与粉红的肌肤都是存在世上的。最卑污的人与最高尚的人一般地值得研究，娼妓荡妇们到处都有，与正气的女人们一般地享有公民的权利。社会是有两方面的，我们把两方面都描写给人们看。我们把画板上的一切的颜色都拿来应用，并非专用黑色，不用蓝色；我们无分别地赞赏李比拉与华陀①，因为他们都有好笔法，所画的东西都非常生动！人家虽则说我们专爱描写丑恶，其实我们并非只喜欢淫邪而不喜欢贞操，只喜欢放浪而不喜欢廉耻；我们一样地赞赏酸辣的小说与甜脆的小说，只要著者以观察所得把实地的生活描写下来，就是好书了。

我们并不是些宗教党徒，我们相信文学家应该像一个画家，是要适合潮流的，我们要把古时的宽衣长剑付之东流。近代所谓名著，甚至令我们心中作呕，然而我们并不推翻了他们的书，也不捣毁了他们的偶像，我们只在他们的旁边。我们到马路上去，也像到了王宫；我们到荒野去，也像到了有名的树林。我们努力想要不像浪漫派描写那些超越自然的美事，不像他们去找乌托邦的幻影。我们要把那些有肉有骨，能生活能走动的人类的真相拢在人们的眼前。我们在某一个环境里观察了一个男人与一个女人，于是把他们的生活很用心地，很详细地描写。他们的贞操或

---

① 李比拉（Ribéra，1588—1656）是西班牙的画家，是现实主义派；华陀（Watteau，1684—1721）是法国的画家，爱画乡村风景。——原注

淫邪，恋爱或仇恨，一时的冲动或永久的德性，都显现在我们的
笔端。我们好像给人们参观野兽的人，不论那些野兽快乐或悲
哀，我们只给人们看清楚就是了！

　　平常的小说总有一个结局，或用婚姻收场，或用死亡收场，
我们的小说却不一定有结局。是的，不错。我们的小说不宣传什
么学理，往往是没有结论的。是的，也不错。

　　但是，艺术是与政治上的学理或社会上的空想没有关系的。
一部小说并不是一个讲坛，也不是一个教座，我以为艺术家应该
避免这种无用的浮词。

　　我对于众人所沿用的程式，更要明白地反对了。

　　依我的意见，自古至今的文学家只描写些例外的事情，这是
不对的。那些小说家与诗人所叙的爱情，或因此自杀，或因此杀
人，或因此发狂，都只是些特别的情形。这些特别的情形，被文
学家观察到了，记载下来，我没有什么好说，因为事实俱在。但
是，如果说我们的平常的生活，人人所过的生活，天天所过的生
活，值不得研究，因为平淡无奇，引不起人们的兴味与热情，比
不上凭空造出一个伟大的人物，或一件惊人的事情，我却觉得这
一种话没有道理。譬如某人的妻子死了，他哭了一场，后来再娶
一个妇人，而且并没有什么懊悔。老实说，我觉得这男子比维特
一样伟大①，一样值得记载；维特这呆子，快活的时候就咀嚼奥
相的诗，悲哀的时候就为罗洛德而自杀，为什么只有他值得记
载呢？

　　我们的小说以分析代替幻想，情节并不怎样复杂，所以弄到
读者吃惊地叫道："呸！没有一点儿事情，何苦枉费笔墨！"唉！
现在的时代，不像当初人们赞赏大仲马，轻视巴尔扎克的时代

---

① 　见哥德所著《少年维特之烦恼》。——原注

了！民众已经讨厌才子佳人的作品了！

是的，民众趋向强烈的作品了。《屠槌》的成功，就是一个证据。唉！我晓得有许多村学究很失望地嚷道："我们想要些干净的而且能安慰人的小说；生活已经是悲哀的了，何苦把它的真面目给我们看呢？请你们像狄更斯（Dickens）一样罢。他也是描写下流社会的，然而他把干净的事实博取民众的娱乐，同时顾及道德方面，岂不比你们强吗？"

唉！我一听到这种话就令我生气了！艺术并不是拿来娱乐那些低着头咬着手指的小姐们的，也不能像狄更斯的作品供给家人团聚时的谈话资料或给养病的人们消遣。我老实说，高声地说：干净与不干净，于艺术毫无关系。不会做小说的人才把不干净的事实写成淫书！

我再说一句，凡是写实的，生动的作品，非但至于有伤风化，而且想要不寓劝诫之意也还是一件难事呢！淫邪的本身就生出刑罚来，浪荡的自然的结局所给予的惩戒要比法律所定的惩戒更严。所以写实的小说就是有益于风化的好书。末了，我总结一句，自然主义乃是对于存在的人物的研究，而所研究的乃是人与人之间的接触所得的结果；依左拉先生自己的说法，凡对于真相很有耐心地研究，从最细微的地方观察，便是自然主义了。

黑斯曼对于自然主义的解释很是透彻，然而左拉乃是自然主义的首领，我们且看他为主义而奋斗的经过。

三　左拉与自然主义

左拉的思想与其方法之由来　左拉的文学方法有一部分受现实

主义者巴尔扎克，佛罗贝尔，龚果尔兄弟的小说的影响，同时又与泰耐的哲学有关系。现实主义派已经说新时代的小说不该是浪漫的了；小说不该是捏造的奇谈，甚至于不是消遣的资料，只该是对于事实很确切地描写。但是左拉读了达尔文与泰耐的书，觉得自己可以比现实主义更进一步。所以他主张"实验"的小说，要把文学与科学合化，用解剖的方法表现真相。恰好那时的著名的生理学大家克罗德贝尔纳（Claude Bernard，1813—1878）于一八六五年著《实验医学绪论》一书，名医律嘉（Prosper Lucas）于一八四七至一八五〇年著《自然的遗传》一书，名医洛图尔诺（Ch. Letourneau）又于一八六八年著《情感与生理》。这三部书都给左拉一个很大的影响。他觉得古来的所谓名家小说都是些没有经验的作品。因为人类的一切都与生理的组织有关系，所以小说里的一切也都与生理的组织有关系，而古来的文学家竟忽略了这一点。小说是描写人类的"气质"的，而气质乃是两种必然的结果：（一）遗传的关系；（二）环境的关系。所以左拉的《罗恭玛嘉尔家史》可以说完全是关于遗传与环境的描写。在这一部大著作以前他曾经著《玛玳琏费拉》一部小说，又主编《讲坛报》，宣传他的自然主义，因此曾受政府的干涉。

　　政府的干涉　当左拉初发表《玛玳琏费拉》的时候，赛纳公安局以为这小说里有过于大胆的描写，请他删改其中的几段。那发行者赖克鲁华已经表示愿意删改了。他却不肯。他以为政府对于文学上的道德观念是不对的，于是生气地说：

　　"怎么！市面上许多没有经验的小说，用所谓风流雅笔去捏造许多淫邪的事情，却不被干涉；现在我用严厉的手腕去揭露社会的伤痕，人家反来攻击我！……"

　　《讲坛报》也于一八七六年九月被政府检去，说这是"侮辱天主教"的报纸。报馆的经理被监禁了三个月，又被罚了四千佛郎。律师说这报纸乃是鼓吹革命的，社会主义的，共产主义的，而且是反对宗教的。说他们每天在前两页里专讨论社会上的问题。

他虽则受政府的干涉与旧派的反对，然而新文化的潮流所趋，竟令他的《罗恭玛嘉尔家史》第七卷《屠槌》大告成功，惊动一时。今将《罗恭玛嘉尔家史》略述如下：

《罗恭玛嘉尔家史》　左拉依照"遗传的规律"做他的小说，所以先立一个谱系。全书所叙及的罗恭家的子孙共三十二人，与此家有关系的共约一千二百人。后来拉蒙把这些人物都列成图表，附于全书之末。本书第一卷《罗恭的家运》叙述罗恭娶某妇人为妻。罗恭是强健的人，然而他的妻子是有神经病的，她的情郎玛嘉尔又是中了酒毒的。以后诸卷便分叙正式夫妇所生的子孙一支，与玛嘉尔私生的子孙一支。这两支子孙表现种种遗传的结果。其中也有几个身心健全的人，例如《生活的快乐》里的宝连，《巴斯嘉尔博士》里的克罗第尔德与巴斯嘉尔，但是中酒毒的，生肺痨的，歇斯底里病的，神经病的，疯狂的，卖淫的，犯法的居多。除此之外，还有许多卑污放浪的人。左拉研究这种环境的时候，的确费了一番苦工夫。为了《屠槌》，他去参观了许多酒徒聚饮的地方；马路上，酒店里，跳舞场里，洗衣场里，都有他的脚迹。许多工男工女的一举一动都上了他的笔记，而且绘了许多房屋与市区的地图。他每做一部小说都是这样去找事实的，所以上流社会里，大商店里，宗教的地方，也是他常到的地方。自从《屠槌》出版之后，文学界的人无论反对或赞成，都认为一件惊人的大事。

嚣俄的意见　当时嚣俄的朋友巴尔布（Barbou）对嚣俄说左拉这一本《屠槌》乃是"有用意"的作品，而且竭力描写酒毒的危险，于社会上不为无功。嚣俄说：

"您的话不错，然而《屠槌》到底是一部不好的书。他把社会的丑恶都披露了，竟像他以此为乐事似的！下流人都爱读这种书，所以他能够成功。"

"先生"，巴尔布说，"这书的作者先叙述一对善良的夫妇，他们很有秩序，很知俭约，因此很幸福。后来他叙述一个懒惰的酒鬼做了许多卑污的事，受了许多苦楚，正可以形容善良的人，为什么您责备得这样严呢？"

"这个我不管"，嚣俄说："他这种描写乃是不应该的。不错，这一切都是真的，我自己也到过穷苦凄凉的地方，但是我不愿意人家描写成为小说。我们没有把不幸的事赤裸裸地表现出来的权利。"

嚣俄也知道有些自然主义者说他的《哀史》里有些地方也是很大胆的描写，于是他自己解释说：

> 我在《哀史》里，不怕把一些痛苦与羞耻的事情披露出来。我叙述了一个罪犯与一个妓女，然而当我写的时候，时时希望把他们在卑污的生活里打救出来。我混进这苦恼的社会里去，为的是医治他们。我混进去的时候，自命为宣传道德者，为医生（其实左拉的理论也是如此），然而我不愿意人家袖手旁观，毫不关心，只像看戏似的！

像嚣俄反对他的人固然很多，赞成他的人也不少。我要在下面叙述他的同志与他的弟子们。

被喝倒彩的作家聚餐会　一八六五年，左拉在里昂的《民众的救星》里做了一篇文章称赞龚果尔兄弟的《姑美尼拉赛陀》，龚氏兄弟十分感动，写了一封信去谢他，又于那一年年终请他到他们家里吃饭，这是他与龚氏兄弟初次的认识。后一年，他又谒见佛罗贝尔。后来他们常常来往。自一八七四年至一八八〇年，有所谓佛罗贝尔聚餐会，亦称"被喝倒彩的作家"聚餐会。会员五人，即：佛罗贝尔，屠格涅夫（Ivan Tourgueneff），爱特蒙龚果尔（时爱特蒙之弟余勒已死），杜德（Alphonse Daudet，1840—1897），左拉。

这一种集会当然对于自然主义的宣传很有裨益。尤其是屠格涅夫对于左拉的帮助很大。当左拉在法国大受攻击，各报馆与杂志社都拒绝登载他的文章的时候，屠格涅夫把他的作品介绍到《莫斯科日报》与《欧罗巴消息》里发表。因此俄国的人都知有左拉。

有一次，在聚餐的时候，佛罗贝尔反对左拉的自然主义的旗帜，说这是空泛的名词。左拉说：

"我也像您一般地瞧不起自然主义这名词，然而我偏要到处宣传，因为凡事总要有个名称，好教民众相信是新的。"

被喝倒彩的作家聚餐会之后，有

达拉家聚餐会　一八七七年，佛罗贝尔，龚果尔，左拉，黑斯曼，莫泊桑（Maupassant，1850—1893），赛亚尔（Céard，1851—1924），安尼克（Hennique，1852—　），阿列克西（Alexis，1847—1901），米尔波（Octave Mirbeau，1848—1917）九人在达拉店家聚餐。那时各报馆都说这是宣传左拉的自然主义的集会。然而这里头还有佛罗贝尔与龚果尔是左拉的前辈，至于后来的麦潭社，几乎可以说是左拉的晚辈或弟子了。

麦潭社　左拉在二十岁的时候就有组织会社的志愿。他在一八六〇年给巴埃（Baille）的信里说：

> 您与赛山，我与巴佐，我们四个便可以做创始人。我们将来要很严格地容纳新社员……我们每周开会一次，每次把一礼拜内各人所得的新思想互相报告。我们固然要谈科学，然而我们以艺术为我们的谈话里的大问题……

他这计划不能实现，然而到了他成名之后，在巴黎联络一班朋友与弟子，常常到他的家里开会。一八七七年以后，他在巴黎附近的麦潭赁了一所屋子，他每年有一大半的时间是在那边住的，他的弟子们都到那边集会，所以号称麦潭社。他们在一八八〇年出了一部杂志，名为《麦潭夜话》(Les Soirées de Médan)，撰稿人是左拉，莫泊桑，黑斯曼，赛亚尔，安尼克，阿列克西。

左拉本是自然主义的勇猛的先锋，由他打开了一条血路，他的同志才跟他进攻。然而自从他成功之后，连同志们都妒忌他了，于是有：

五人的宣言　一八八七年，左拉的《罗恭玛嘉尔家史》第十五卷《土地》出版，班纳丹（Bonnetain），罗尼（Rosny），狄卡夫（Descaves），保罗马克利得（Paul Marguerette），基歇（Gustave Guiches）五人联名宣言反对。他们说：

> 左拉自从著了《屠槌》之后，我们看见他那样刚强勇敢，可以补救现在的文学界的懦弱的毛病，所以我们爱他，就是爱他的勇气。谁料《屠槌》出版不久，他便做错了些事情。……我们还希望他的《土地》出版之后可以慰我们的热望，现在竟令我们失望了！非但他的观察是不着实的，非但他的描写是平庸而欠个性的，而且他的笔墨的淫秽竟达了极点，有时候竟令人疑是一部海淫的书唉！我们的大师竟到了卑污的地方去了！……
>
> 我们的抗议，并不是为什么仇恨的心理所驱使。我们巴不得这伟人安然地进行他的事业。……

有人说这一次的宣言是杜德与龚果尔指使的，这话虽则没有铁证，而杜德妒忌左拉却是实情。在勒纳尔（Jules Renard）的日记上有这么一段：

> 杜德说："文学的宗派乃是法国所特有的。假使我在左拉的铺子的前面另开一间铺子，另挂招牌，我一定更能成功。然而我

们毫不在意地与他合股，以致今日的言论界竟是左拉的。一切的
光荣都归了左拉。"

　　真的，一切的光荣都归了左拉！现在谈现代法国文学的人往往从
左拉说起，甚至于以一八七一年——《屠槌》出版之年——为近代文
学与现代文学的交替期间。

四　结论

　　直到现在，法国的士大夫与村学究们没有不反对左拉的。他们的
理由乃是：左拉的小说是肮脏的，尤其是给外国人看了之后，他们会
对于法国的风俗有很坏的印象。他们不晓得怪社会肮脏，只晓得怪左
拉的小说肮脏，譬如对镜的人不晓得自己肮脏，却怪那镜子里的影子
肮脏！真是岂有此理！

　　又有人说左拉的小说也不完全是科学的：他自己在贫苦中出身，
对于平民的描写，自然是千真万确；至于他对于贵族的描写，只靠几
次访问，几场谈话，就有不科学的危险了。关于这一层，我们也不必
替左拉辩护，因为一个人的能力是有限的，势不能包办一切，我们只
赞赏他的伟大的精神，崇拜他的主义，也就够了。

二十年三月七日，了一，巴黎

——录自商务印书馆 1935 年版

《巧克力》①

《巧克力》译序

林淡秋②

　　在创造人类史的新纪元的革命党秉政的初期，在充满了阴谋、暗杀、叛乱、暴动、怀疑、猜忌、误会……的局面底下，在连结着广大的革命群众的链条被冻馁的锈菌腐蚀着而随时都有断折可能的时候，众目所视，众手所指的革命领袖们的责任和工作，是何等重大而艰难！他们正如援崖履薄，周遭和脚下都充满了绝大的危险。他们的一举一动，即使犯了发丝一般的小小的错误，也足以招到滔天的大祸，而有毁灭了自身，毁灭了革命的可能！所谓星星之火，足以燎原，正是形容此种情态的绝妙词句，关于一这点，罗蒂诺夫的《巧克力》就提供我们一个活生生的实例。

　　《巧克力》的主人公佐丁，省"切卡"的主席，一九〇三年以来的老革命党员，饱尝囚禁和流刑的苦痛而始终不变的工人分子，也是群众和同志们所最敬畏的革命领袖的一员，他由于一时的同情而引用了一个美貌的旧时代的舞女——一个貌合神离的反革命分子，而且加以大胆的信任，结果激起无限的波澜，引起革命群众的愤慨，招致反革命派的进攻，几致断送了党和革命的生命，而终被判处死刑，以平众怒而挽千钧一发之危局，这是一幕何等惨痛的活剧，也是暴风雨中

---

① 《巧克力》(*Chocolate*)，小说，苏联罗蒂洛夫著，林淡秋译，上海熔炉书屋1934年1月初版。

② 林淡秋（1906—1981），浙江宁海人。曾就读上海大同大学、上海大学、上海艺术大学英文系。任"左联"常委，参与编辑苏联塔斯社创办的《时代日报》和《时代》等杂志。另译有《大饥饿》(挪威包以尔著)、《布罗斯基》(苏联潘非洛夫著)、《时间呀！前进》(苏联卡泰耶夫著)等。

失检的革命领袖之必然的结局，我们可以为佐丁悲，为佐丁惜，然而我们不能为佐丁辩护，不能说佐丁之死有一丝一毫的冤枉。

固然，革命党员不是神圣，也是血肉构成的人类，他们不能没有错误——像佐丁那样无心的错误。因此，一个普通的革命党员在普通的时候犯了此种错误，是可以原谅的，或可不必置于死地，因为它及于党和革命的坏影响，不见得怎样了不起。然而在佐丁所处的危局中像佐丁那样的领袖，正在领导千百万革命群众在峻峭的险道上迈进着的领袖，他的进退足以左右千百万群众的进退的领袖，却不能有一丝一毫的错误，否则就必然要招致惊人的恶果——像佐丁那样的结局。

《巧克力》的作者根据正确的观点，运用高妙的艺术手腕，刻画出十余年前苏俄社会的动态，昭示人们当时斗争的残酷和制裁失检的革命领袖的严厉。从这幅活跃的惨图中，我们不单体验到一股雪暴似的阴森森的冷气，同时也预感到将从这阴森森的冷气的母胎产生出来的和暖芬芳的气息——充满了今日的灿烂的苏联的气息。

《巧克力》的根底，不消说横着一个政治的大教训，但这不是抽象的说教式的教训，却是渗透在具有生命的艺术品的血肉中的，我们毫不觉得作者在教训我们，只觉得这活生生的故事自身在深深地感动我们，使我们的灵魂起了无名的颤动。由此可知凡具有宣传性的真正艺术品，决不是什么"标语口号文学"。

一九三三，十二，译者

——录自熔炉书屋 1934 年初版

《未来的日俄大战记》^①

《未来的日俄大战记》写在卷头

日本新任陆军大臣林铣十郎这样的说：

> 这里关于战略的假想，虽然完全是根据平田底想象的；然而检阅其内容，有空中战，冲锋战车群底奋战，又有使用毒瓦斯，毒液的化学战；在使国民认识在将来战争中，科学将怎样被应用于一切的兵器上，并且执行着重大的任务这一点上，我以为这是极其有益的书。

——录自民友书局 1934 年初版

《未来的日俄大战记》译后——代序
（思进^②）

这是日本"帝国"底代言人，鼓动日本"国民"到战场上去，进行反苏联大战的小说。作者把挑战者与侵略者的罪名加在他底假想敌的身上，企图借以掩蔽自己"祖国"在实际政策与行动中的战争制造者的帝国主义的面孔。

---

① 《未来的日俄大战记》，军事小说，日本平田晋策（1904—1936）著，思进译。书名页另署"未来的日俄大战记——日本军事小说家平田晋策的'梦话'"。北平民友书局1934年1月初版，"民友丛书第二种"。

② 思进，生平不详，多有文章发表于《行健月刊》。另译有町田梓楼《从"币原外交"到"外交国防"的日本外交》、大场弥平《日人眼中一九三六年太平洋底天空》、稻原胜治《美苏复交与苏联远东政策之转变》等。

在这本书中，充满着两种互相矛盾的情绪：第一，作者自己也明知苏联底军备"不容轻侮"，进攻苏联是一种冒险战争；因而他只有在幻想"红军底疏忽"，"偶然的幸运"的情形之下，才能设想战争的胜利。第二，这种战争虽是冒险，然而日本兵士还"仍须"拼命；作者不遗余力地鼓吹"全军覆没"的"光荣战死"，甚至武断地说："粉身碎骨于黑龙江畔，本是武人底素愿"。

另一方面，他为要加强战争底煽动力量，不惜违反事实和他自己对事实的认识，而竟把他底幻想敌描写得失去其"不容轻侮"的本质，而且几乎变成了不值一击的木偶，以作出其勉强乐观的结论。

然而，他始终未曾解答下面几个问题：

（1）究竟日本"武人"为什么（为谁的利益？），必须（不得不）"粉身碎骨于黑龙江畔"？这一战争会给日本，中国及全世界的民众，以怎样的结果？

（2）日本帝国主义在这一反苏联的冒险战争中，有什么必胜的把握与根据？怎样可以保证其不归惨败？而且结果不引起革命底爆发？

（3）在这一残酷的屠场中，日本兵士，满洲及全中国的民众竟都甘心受其屠杀蹂躏而未曾进行反抗的斗争么？

按照作者的意见好像是：日本天皇，资本家和地主阶级会与日本一般工农兵底劳苦民众们没有问题地"上下一心"，拥护并参加战争；这次战争并不能引起日本帝国主义国内的政治，经济，尤其是它底军队中动摇，混乱与斗争。按照他底意见，好像是：这次对苏联的大战，是两国间的战争会与整个世界或国际没有什么影响；而且他们两军作战的区域，竟被他描写得成为没有居民的地带似的；尤其是荒谬绝伦地，作者把苏联在这样严重的战争中的战略与策略用日本帝国主义战略家的眼光去描写，把它和帝国主义的日本及过去沙皇时代的帝俄鱼目混珠起来！使我们在他所描写着的这一战争的背后竟看不到全世界，尤其是苏联，中国，日本底民众！

　　作者决不是不知道——只是不敢说出——这一反苏联战争底爆发，会使一切矛盾加深，而且很有导入否定自己存在的可能，结果等于"为自己掘坟"，葬送自身。然而他所以要"明知而故行"的，究竟是为的什么呢？

　　这个问题，在原文附录的那篇文章里，已经有了正确的解答：第一，因为日本是个资本主义的国家，而苏联是个反资本主义的社会主义的国家；第二，因为"苏联主张反对帝国主义和解放被压迫的民族"，而日本正是"确保东洋和平，建立'满洲国'的王道国家"的殖民帝国；第三，"这一个矛盾（苏联与日本间的基本矛盾），随着苏俄底逐次实现其猛烈的进步的内部改造，和日本帝国主义危机底深入而必然地愈趋增大"与紧张。而且反苏联战争底爆发如被推迟一日，便增加一天的困难。因此，帝国主义者的日本，现在正以疯狂的步武准备，挑拨反苏联的大战。

　　本书底诞生，正是这种矛盾紧张底结果与标识，同时也是促进这一紧张走入这一残酷战争的因子。本书充分地表示着日本帝国主义制造战争底疯狂，与战争危机底空前的严重。深望读者能于读完本书之后，确定自己对于这一战争应取的态度和更进一步的应付办法！

　　最后，我更把可以代表日本军部的两员"大将"——南次郎和林铣十郎——给这本书所写的序子，也译录在后边，看它对它们底读者介绍些什么。

译者识
——录自民友书局 1934 年初版

《希腊拟曲》^①

《希腊拟曲》序
周作人

一九〇八年起首学习古希腊语。读的还是那些克什诺芬（Xenophōn）的行军记和柏拉图（Platōn）的答问，我的目的却是想要翻译《新约》，至少是《四福音书》。我那时也并不是基督教徒，但是从一九〇一年后在江南水师学堂当学生，大约是听了头班前辈胡诗庐先生的指点，很看重《圣书》是好文学，同时又受着杨仁山先生的影响，读了几本佛经，特别是《楞严》和《维摩诘》，回头来看圣经会所出的"文理"译本，无论如何总觉得不相称，虽然听说这译文是请缕馨仙史们润色过的。一面读雅典哲人的雅言，有时又溜到三一书院去旁听《路加福音》讲义，在这时候竟没有注意到使徒多是"引车卖浆之徒"，《福音》的文字都是白话（Koinē），这是很可笑的一件事。假如感到了这个矛盾，或者我也就停止了学习的工作了罢。

辛亥革命之年，从东京回到乡间，在中学教书，没有再用功的机会，不久又知道《圣书》的"官话和合译本"已够好了，从前的计划便无形的完全取消。于是茬苒的二十年就过去了。这其间也有时想到，仿佛感着一种惆怅，觉得似乎应该做一点什么翻译，不要使这三年的功课白费了才好。可是怎么办呢？回过去弄那雅典时代的著作么——老实说，对于那些大师我实在太敬畏了，虽然读了欧列比台斯

---

① 《希腊拟曲》，收古希腊拟剧十二篇，其中海罗达思〔Hērōdas，今译赫罗达斯〕七篇，谛阿克列多思〔Theokritos，今译忒俄克里托斯〕五篇，周作人译述，中华教育文化基金董事会编译委员会编辑。上海商务印书馆 1934 年 1 月初版。

（Euripidēs）的《忒洛耶的妇女》（*Trōiadēs*）曾经发过心愿，还老是挂在心上。总之这些工作是太难太重大了。又是生在这个颓废的时期，嗜好上也有点关系，就个人来说，我所喜欢的倒还是亚历山大时代的谛阿克列多思（Theokritos）与海罗达思（Hērōdas），罗马时代的路吉亚诺斯（Loukianos）与郎戈思（Longos）。这样，便离开了希腊的兴隆期而落到颓废期的作品上来，其中又因为《拟曲》的分量较少，内容也最有兴趣，结果决定了来译海罗达思等的著作。如是又有两年，总是"捏捏放放"，一直没有成就，这回因了我的朋友胡适之先生的鼓励，才算勉强写完。起因于庄重的《福音书》，经过了二十年以上的光阴，末了出来的乃是一卷很不庄重的异教的杂剧，这可以算是一个很奇怪的因缘了。

　　在英国查理士二世的时代（1630—1685），有一位柏更汗公爵（Duke of Buckingham）在上议院演说，曾说过一句妙语道："法律并不像女人，老了就不行。"在一八二五年的夏天，哈士列忒（William Hazlitt）引用了这句话来应用在书籍上面。这如拿来放在希腊文学上，自然更是合适，因为荷马（Homēros）这老头子本是永久年轻的。海罗达思等是晚辈了，但是距现在已有二千二百年，计算起来是中国周赧王时人，这也就很可佩服了。虽然中国在那时候也有了关关雎鸠，不过个人著作中总还没有可以相比的东西，我想假如《国语》《左传》的作者动手来写，也未必不能造出此类文学，但是他们不写，这便是绝对没法的事情，我们不能不干脆的承认人家的胜利了。有人说，读海罗达思的著作，常令人想起一个近代法国作家来，——这自然就是那莫泊桑（Guy de maupassant）。又有人说他是希腊文学上的德尼耳士（Teniers），他的作品是荷兰派的绘画。用了东方的典故来说，我们觉得不大容易得到适切的形容，中国似乎向来缺少希腊那种科学与美术的精神，所以也就没有这一种特别的态度，即所谓古典的，写实的艺术之所从出的大海似的冷静。翻二千年前芦叶卷子所书，反觉得比现今从上海滩的排字房里拿出来的东西还要"摩登"，我们不想说什么人心不古的话，但总之民族能力之不齐是的确的，这大约未必单是爱希腊者（philellēnes）的私言罢。

这十二篇译文虽只是戋戋小册，实在却是我的很严重的工作。我平常也曾翻译些文章过，但是没有像这回费力费时光，在这中间我时时发生恐慌，深有"黄胖礤年糕出力不讨好"之惧，如没有适之先生的激励，十之七八是中途搁了笔了。现今总算译完了，这是很可喜的，在我个人使这三十年来的岔路不完全白走，固然自己觉得喜欢，而原作更是值得介绍，虽然只是太少。谛阿克列多思有一句话道，"一点点的礼物捎着个大大的人情。"乡间俗语云，"千里送鹅毛，物轻人意重。"姑且引来作为解嘲。

中华民国二十一年六月二十四日，周作人序于北平苦雨斋。

——录自商务印书馆 1934 年初版

《希腊拟曲》例言
周作人

这小册子里所收，凡海罗达思（Hērōdas）作七篇，谛阿克列多思（Theokritos）作五篇，共十二篇。

拟曲原语云 Mimiambol，亦称 Mimoi，即英语 Mimes 所本。据哈理孙女士（J. E. Harrison）在《古代艺术与宗教》中引爱斯古洛思（Aiskhulos）《悲剧断章》，言山母之祭，管弦嘈杂，和以空钟，远在山间闻 Mimoi 声如牛鸣，击鼓象地下雷音。盖 Mimoi 最初乃巫师之类，在祭典时歌唱演作，以迓神休，后渐转变，流为杂剧，正如 kōmoi 之始于村社而化为喜剧（Kōmōidia）也。此种杂剧流行于民间，可分两种，其一叙说，演者名曰 Mimologoi，其一歌唱，名曰 mimōidoi，犹说书与唱书之别。说者略记梗概，其细节由演者临时编造，唱者则大抵具有底本，优人率以二人为度，无合唱，重性格而轻事实，与普通戏剧异。起源当颇早，至亚历山大时代而大盛。巴伯（E. A. Barber）在《希腊化时代》（*The Hellenistic Age*）内论当时文学一文中云，"在此时期大众倾向于写实主义，倾向于四周生活之细密的研究与表现，此时生活因奢华之增加与民族之混合，遂比前代更益变为肉感的，而此种倾向乃于拟曲中求得满足，据古代某文法家说，拟曲者人生的模拟，其中包含一切合式与不合式的事情者也。"此盖与小说方面的"密勒多思故事"（milesiaka）同一趋向，虽然去今二千余年，却很具有现代的色彩了。此种说或唱的拟曲全是民间文学，纯文学上的拟曲则相传始于梭茀隆（Sophrōn），其子克什那珂思（Xenarkhos）继之，所作均不存，在一八九一年海罗达思稿未发现以前，世间所存希腊拟曲只收在谛阿克列多思牧歌集中的三四篇而已。

牧歌原语云 Boukolika，意曰牧羊人的，英文云 Bucolics，又称 Idylls，则本 Eidullia Boukolika 之略，具言当云牧羊人式，盖言其节调体式也。今所传希腊牧歌只有谛阿克列多思三十篇，比恩（Bōn）七篇，摩思珂思（Moskhos）九篇。谛阿克列多思所作虽名牧歌，而大半皆非是，其中三篇即系拟曲，即第二，第十四，第十五是也。一八九一年有人于埃及古棺中得败纸一卷，上录海罗达思作七百余行，凡得拟曲七篇，余并殁缺不完。合谛阿克列多思、海罗达思二人所作共有十篇，现存拟曲尽于是矣。

谛阿克列多思大约生于基督前三百十年顷，是许拉库色（Surakousē）人，牧歌第十四第十五都说及布多勒迈阿思（Ptolemaios）二世事，可知其著作年代当在前二八四至二四七年中间也。海罗达思不知何处人，因其作中人地多是科思（kōs），故疑其在科思居住，其名字亦不一定，或作 Hērōndas，或云当作 Hērōdēs，亦未知孰是。拟曲第一说及兄弟神，亦系布多勒迈阿思时事，大约亦生于基督前三世纪，唯与谛阿克列多思孰先孰后，殊不可知。奥斯福本拟曲编订者谓亚耳西诺蔼（Arsinoē）卒于基督前二七〇年，牧歌第十五作于她的生前，拟曲第一则在死后，故海罗达思当较晚出，其文句亦多模拟谛阿克列多思处，虽有证据，但亦难为定论，盖引用成语或多相类也。

海罗达思原本今所用者有两种，其一为一九〇四年纳恩（J. A. Nairne）编校奥斯福本，其一为一九二二年诺克思（A. D. knox）重校赫德阑（W. Headlam）原编坎不列治本。英国洛勃古典丛书（Loeb Classical Library）中闻亦已编入，未曾参考，但亦系诺克思所编，或与坎不列治本无大出入。拟曲出世不久，且多残缺，各家订补每出新意，分歧殊甚，有时难于适从，此译参阅两本，其疑难处临时斟酌，择善而从，不以一本为依据。谛阿克列多思系用蔼特芒士（J. M. Edmonds）编洛勃古典丛书本。所见英文译本，海罗达思有西蒙士（J. A. Symonds），克拉克（R. T. Clark），诺克思各本，谛阿克列多思有加耳佛来（C. S. Calverley），安特路阑（Andrew Lang），蔼特芒士各本。

海罗达思、谛阿克列多思原作均系韵文，又其文章近于拟古，非当时白话（koinē），故英译多有用韵文译，或参用古文体式者，今悉用白话散文，专取达意。原文佳胜，译本如能传达原意，已为满足，不敢更有奢望欲保有其特殊的体制风格了。拟曲七篇全译，断片从略，牧歌中译其拟曲三篇，又有两篇虽非拟曲，但与《古尼斯加的恋爱》相近，可供参考，故并译出附在里边。

文中有神话典故，略加注解，附于各篇之末。人地名用罗马字拼译时改用新拼法，与旧用拉丁式微有不同，如 Aeschylus 今写作 Aiskhulos 是也。

关于海罗达思、谛阿克列多思的评论，除各家编校本译本外，英文书有下列数种曾资参考。

（1）G. Murray：*History of Ancient Greek Literature*. 1898.

（2）F. A. Wright：*History of Later Greek Literature.* 1932.

（3）J. U. Powell & E. A. Barber（ed.）：*New Chapters in the History of Greek Literature.* 1921.

（4）J. B. Bury &. Others：*Hellenistic Age.* 1923.

（5）J. A. Symonds：*Studies of Greek Poets.* 3rd ed. 1893.

（6）J. M. Mackail：*Lectures on Greek Poetry.* New ed. 1926.

（7）C. Whibley：*Studies in Frankness.* 1898.

（8）Hans Licht：*Sexual life in Ancient Greece.* Eng. tr. 1932.

——录自商务印书馆 1934 年初版

《亚美利加的前哨》（辛克莱自叙传）^①

《亚美利加的前哨》（辛克莱自叙传）小言
糜春炜^②

　　忠实，尽情，无顾忌地描写，表现，暴露，分析了近代资本主义发展透顶的美国社会的形象；怀着白热的疼爱人类的情感，以一种清教徒的精神，走上了高尔基，罗曼·罗兰，巴比塞辈同一的阵营而替美国，不，替全世界被压迫阶级大声疾呼的现代美国先进革命作家乌布东辛克莱，在这里指示给我们对于曾经造就现在的他的动机和因果。

---

①　《亚美利加的前哨》（辛克莱自叙传），美国辛克莱（1878—1968）著，糜春炜译，上海绿野书屋 1934 年 1 月初版。

②　糜春炜，生平不详，曾留学日本，另译有《面包线》（R. 柏拉斯登作，载东京左联机关刊物《东流》月刊第 1 卷第 2 期）、《我与列宁》（高尔基著）、《神之由来》（John Keracher 著）等。

　　从他最早儿童时代的开始，作者把自己的求学生活，创作生活，恋爱生活，流浪生活，结婚和离婚的经过，思想的变革以及从事种种社会运动……从他的已经跋涉过了的辛辣的多方面的人生历程上，以"自己以为是辗转战斗上的宿将"的资格，对着正向社会应战的后起的新兵，多少给他们以必须有的战略和动向。

译者，一九三三，十一月十一日

——录自绿野书屋 1934 年初版

《苏俄访问记》（外三篇）[①]

《苏俄访问记》（外三篇）译者序言

樊仲云 [②]

　　"世界正不息地在漩涡中流转着。我们应该怎样以观察这世界呢？"

　　"世界方震骇于东亚的变局，目光灼灼地望着日本。世界对于日本现在是作怎样的观察呢？"

　　"这二者，是二件事，而其实则为一。为什么呢？因为世界的动向就是日本的动向，而日本的问题在不久也将为世界的问题之故。"

　　鹤见祐辅以为他写欧美大陆游记的目的就是这样。

　　说起来译者翻译这本书的目的也是如此，无非要借此认取当前这

---

① 《苏俄访问记》（外三篇），散文集，日本鹤见祐辅（1885—1973）著，樊仲云译。新生命书局 1934 年 1 月出版，"社会与教育社丛书"之十四。

② 樊仲云（1901—1989），浙江嵊县人。曾任商务印书馆编辑、新生命书局总编辑，中国公学、复旦大学、暨南大学、光华大学教授。抗战时期，出任汪伪政府"教育部"政务次长、汪伪"中央大学"校长。另译有厨川白村《文艺思潮论》、屠格涅夫《畸零人日记》等。

个世界的变动罢了。

我们知道为现世界变动的中心的，不外苏俄、美国、德国及英国。所以我的翻译，只就鹤见氏之原书中摘出了这三篇——《美国社会》这一篇是从鹤见氏所著的《现代美国论》中译来的。

依着五年计划而从事社会主义的建设的苏俄，在现世界是一个独特的势力。谜样的苏俄的认识，可以给予我们以对社会主义的评价。

陷于深刻的恐慌中的美国，是资本主义的典型，在这转变期中，其社会生活的变化，使我们对于世界大势的动向，可以有明白的认识。

国社党执政后的德国，其一举一动，实关系欧洲的政局，甚至整个世界，所以国社党运动与德国国民性的认识，可使我们明白世界变局的中心所在。

英国是目前掌握着动乱的枢机的国家，濒于破灭的老大的英国，其当前的政策将是怎样，所以也很值得我们的注意。

本书各篇曾一度刊载于《社会与教育周刊》，然而当一九三四年的开始，这个三年余历史的周刊竟为环境所不许而夭折了。怆痛之情，如何可言！

译者谨以此为《社教周刊》最后的纪念。

樊仲云　一九三四年一月五日

——录自新生命书局 1934 年初版

《苏俄童话》[①]

《苏俄童话》译者序

康白珊 [②]

过去的俄国儿童，也和其他各资本主义国家的一样，他们天真烂漫，毫无瑕垢，脑筋从小就被妖魔、神怪、公主、英雄的神话所麻醉，被卑鄙的奴隶教育所熏陶，意在使他们成为资本家的工具。同时他们的地位也被认为是个人私有产业的一部分，受尽了各种各样的压迫。

自从十月革命成功以后，俄国的儿童们，马上就得了自由，在社会上有了正确的地位，高速度的变成一个个英勇的革命战士，"少年先锋队"！在革命的过程中，负起了很大的使命。在他们——儿童——的意识中，凡属儿童同志是不分什么国界，什么有色无色的。他们很同情于被帝国主义压迫的一切弱小民族的儿童——特别是中国儿童。他们很想帮助这远在异国的小朋友们，从帝国主义者手中，夺回他们的一切。他们时时刻刻都在努力，并且直接参加生产，促成新社会的建设。他们相信，解放一切被压迫的儿童们，只有促成他们理想中的新社会。虽然这是由于苏联的数千万人努力于教育上、文化上

[①] 《苏俄童话》(原名《当太阳的家——一个公共住宅的八个故事》)，童话集（上、下），阿达·秋马先珂原作，华·屠格诺夫绘图，康白珊重译，上海大华书局 1934 年 1 月初版。

[②] 康白珊，曾用名康景昭、康若愚。田汉在日本时的好友，曾为其赋诗《镰仓别康景昭女士》、长短句《[桃源忆故人]寻衷姊不见》等，还作有《康景昭女士小史》刊登于 1927 年《上海画报》第 240 期。该文介绍康白珊，广东广州人，因其祖父在日本经商，她两岁即到日本，先后在日逾二十年。曾就学东京音乐学校，并有相关译著。归国后从事社会运动，"为新妇女之模范"。另据相关资料，她于 1927 年加入共产党，后有康景昭自传书稿，回忆她参与的革命活动。

及社会上的改造的结果。

《当太阳的家》，是一本叙述苏联学龄以前的儿童的实在生活的童话。反映着他们从小就打下了保健的抗毒剂。中国的儿童们，在国际帝国主义的铁蹄下，以及国内封建思想的束缚当中，是多么需要摄取这种抗毒剂啊！

一九三二年十一月

译者康白珊

——录自大华书局 1934 年初版

《印度女子诗选》^①

《印度女子诗选》序
辜怀（赵宋庆^②）

这本小册，是依照牛津大学出版的"印度遗产丛书"中麦克涅珂尔夫人所编的《印度女子诗选》译出的。

原书的编制，在吠陀时代，早期佛教时代，中世纪，近代四部分中，各诗是依诗意分类编集的。我因为（一）觉得诗的分类编制不很妥当；（二）同一个作家的诗分在各类，不很明了；（三）宗教诗排列在一起，令人感觉枯燥单调；就改了完全依时代的先后编制。

---

① 《印度女子诗选》，诗歌合集，英国 M. Macnicol 编，辜怀译，上海女子书店 1934 年 1 月初版，"女子文库：女子文学丛书"之一。所见为 1935 年 2 月初版，收入"女子文库：文艺指导丛书"。

② 辜怀，据王春景在《民国时期〈印度女子诗选〉的翻译》（《东方翻译》2018 年第 4 期）一文中考证，辜怀或为赵宋庆笔名。赵宋庆（1903—1965），江苏丹徒人。曾用名辜怀，别名业辛。1928 年毕业于复旦大学文科。先后在梧州女子师范、新加坡华侨中学、山东第四师范等校任教。曾任复旦大学中文系教授。编有《屠格涅夫短篇小说选》《秋之星》等。

因为改动了编制，似乎不能叫原编者负责了。而且原书除了一篇导言是出自麦克涅珂尔夫人之手外，诗也不是她译的，因之我只在导言前注了她的名字，而不在书面上标出。

为了上面的原因，原编者的序是不能用了，但序中所述的材料的搜集，编制的经过，是可看出原编者的苦心的。这不可以埋没，我就把原序插在这里：

此书的企图，是想选集印度的在各个时代，各种环境中的女诗人的作品一种样本。这个的范围很广，决不敢说这里能把一切代表作品充分选出。实在仅就主要的方言说，有些方言中的诗也显然未能收集，其原因或由于诗已散佚，或由于无人讲道，再或则由于无法作适当的翻译。又同样的理由，在已选有作品的方言中，也有些作家未曾选到。

此书是许多女诗人的作品，由许多译者译成的。原意本想译者也须女子，但显然事实上不全可能。一种方言是由一个人，或几个人——有时是欧人，有时是印人——担任的。他们在需要的时候，也求助于别人，所以这些译品都很可靠。若是材料很多的时候，大概有第二集的发行。译品中有一部分，是由已印成的英文译本选出的。

各种方言中的原作，在诗的价值上原就很有高低。一些是□湛深的思想与美丽的表现的，另一些却不过平平。所以译文在质上也是不能平均。不过，在表示印度女子在各时代的心境如何一点上，总是很有意思的。

各种方言前的导言，是全部或一部根据译者所给的材料而成的。

本丛书的编者和我，一同感谢下列的允许我们转载他们的文字的作家：

大卫兹夫人所译的 *Psalms of the Sisters* 中九篇；格雷森爵士

及巴奈脱博士所译的 *Lalla Vakyani* 中的罗尔底德的诗；那依杜夫人所作的 *The Golden Threshold* 种三首（？）；果蕾小姐所作的 *Poems* 中一首。

我们再感谢下列的允许我们选载他们所出的书的书店。

海纳门公司所出的那依杜夫人著的 *The Golden Threshold* 中三首；屈鲁伯纳公司所出的哆露哆著 *Ancient Ballads and Legends of Hindustan* 中二首；亚洲文会的 *Lalla Vakyani* 中的罗尔底德的诗。

对于允许我们转载上述的哆露哆的诗及阿露哆的《你的门还在关着哪》的她们的代理人，加尔各答蓝巴干的 g. C. Dutt 先生，我们也致其谢意。阿露哆的诗是发表于一八七六年在加尔各答出版的 *A sheaf Gleaned from French Fields* 上的。

此书中共选诗一百十首，作者五十六人，方言十四种，几乎印度各地的作家都有了，主要的家教，除了耆那教和梳罗斯透教外，也都有了。由二十五个译者之力，使这本书成功。序后的几个表，是使读者更明了作家及作品的状况的。

此书之编，原创意于法奎尔博士，故此书之以此形式出现，应该算他的力量。他找到适当的译者，且在翻译时尽力援助。对于我的丈夫我也感谢其有种种助力。

Margaret Macnicol

我这序主要的是为介绍原序而作，现在介绍完了，只有两点还需要一提。（一）原书中所选的哆露的三首诗，其中有两首因特殊原因，这里不能收入，我却在别处集入了三首，这诗选的总数一百十一首了。（二）原书序后的几个表，第一是作家年代表，我因本集改依年代编制，无须录入，已取消了，但另编了一个《原书分类编制存目》，和其他两表一并放在附录里。别两表无大改动。

重译当然是不很好的，然而我们研究印度文学，目前正需很多借重西文。像这种包括十四种方言的选集，实在除重译也别无办法，仅仅描出一点影子，或者算聊胜于无吧。

因为总只能描出一点影子，翻译不曾十分拘泥英文译文。据我所知，一部分的英文原译，也有过分自由的地方。

译文断续了四年，一个人的文字前后也颇有不同了。最近译的一部，因原作比较枯燥，大概很不行。至于近代一部分以及中世的密罗跋依和波斯文的作家中，则颇有值得一读的诗，那都是原作者的好处。

一九三二，八，二十，西山

辜怀

——录自女子书店 1935 年初版

《埃及神话》[①]

《埃及神话》引言

埃及神话恐怕是我们所知道的神话中最古的了。在他发达之前已经过了许多年代，其后又经过了好儿个时期和历过许多变化。关于其初期状况的记载很少，大部分是从近代的探险家所发现的碑文中传下来的，还有是从比较迟些时候所著的书本上——那些书本大部分是希腊的著作家著的——传下来。因此我们很难做出一种关于埃及众神的简要统计，特别是因为他们数目很多。据说已经发现了八百个记载在

---

① 《埃及神话》(*Myths of the Egyptians*)，Amy Cruse（1870—1951）原著，王焕章译述，殷佩斯校订。上海商务印书馆 1934 年 2 月初版，王云五、徐应昶主编"小学生文库第一集（神话类）"之一。

最早的名册中。

　　古代的埃及人是农业民族。他们是由专制的君主统治，并且有很大而且有势力的贵族。最低卑的阶级就是奴隶。牧师也是很有权势的。对于拜神是用很繁重而且严厉强迫的宗教仪式。我们只知道这许多，因此我们希望知道，这些神大都是将这些自然力——如日、雨和风——人类化的，影响五谷的利益，对于他们是极端的敬畏，并且他们的愤怒是非常可怕的。

　　在古代埃及的神话中，找不到像在北美印第安人或洛尔曼人神话中所谓常见的平凡的神。埃及人的神是疏远的而且是鼓动恐惧的，并且失却他们的大部分人的特性。礼拜日神是他们底宗教最大的特色。除了这位诸神的首领而且最老的伟大日神喇（Ra）以外，还有许多其他的日神代表不同时候和不同方向的太阳；例如他尔处（Ptah）是升日，刻拍拉（Kepera）是落日。还有月神风神和水神；还有尼罗河（Nile）神和第一大瀑布（First Calaiact）女神。诸神中最著名的，或许就是那审判死人灵魂的神，奥赛烈司（Osiris）和他的妻埃西（Isis）了。还有些神有很奇怪的名字，例如亚门喇（Amen-Ra）意即“隐藏者”以及爱姆海泰（I-em-hetep）意即“来和平。”有好些神是化身兽形的——巴斯（Bast）代表日光的暖热，是一只母狮，还有哈梭（Hathor）爱神，是一头母牛。比较常见的大都是兽头人身——阿纽比斯（Anubis）是冥府里死人的向导，他有一个豺狼的头；忒胡忒（Thoth）是众神的书记，他有一个红鹳的头，这或许是民族发达初期的图腾主义的一种遗物，但是加上奇怪神秘的性质便成为埃及神话的伟大特色了。

——录自商务印书馆 1934 年初版

《北欧神话》①

《北欧神话》引言

北欧神话起源于欧洲北部。在那些地方，一年之中大部分是冬季。在惨淡的天空之下，伸展着一片冰冻的地面，太阳是看不见的；强烈的寒风把冰流吹到地面上来，而且掀起怒号的海浪向四周的沿岸澎湃。短短的夏季到来了，显得又暖热又美丽；但短得真像闪电一般，倏忽儿又过去了，所以地面的冰冻尚未溶解净尽，第二次冰冻又结上了。土壤瘠薄，大抵是不毛之地，不像南部地方的肥沃而多产。这土壤没什么东西给予人们。他们即使有所得，也必须费一番辛苦的挣扎去夺取，正和士兵从敌人手中夺取战利品一样，而且当他们果然胜利了的时候，他们夺得的战利品也有限得很。假如他们舍弃了土壤到海上去谋生活，又怎么样呢？那就他们须和狂风和怒潮作战，须驾驶脆弱的小舟到汪洋大海中去冒险，须运用他们的智能，毅力与勇敢去抵抗时时来袭的风暴。

这种奋斗的生活使古代的北欧民族生性强悍而且勇敢，好显身手，无论和敌人作战或和自然势力作战，都勇往直前，毫不畏缩。在工作的时候，他们固然显得强悍而且粗暴，就是在休闲娱乐的时候，他们也不脱这个本色：喝酒时酩酊大醉，宴会时狼吞虎咽，歌舞时高声狂叫，嬉戏时粗粝横暴。可是，他们却也因此具有强有力与尊贵的意识：他们辄巍巍然昂首大步，从骄横的气概流露出自大的心情来。

---

① 《北欧神话》（*Myths of the Norsemen*），Amy Cruse（1870—1951）著，胡伯恩译述。上海商务印书馆 1934 年 2 月初版，王云五、徐应昶主编"小学生文库第一集（神话类）"之一。

要是说他们也有一种温柔与美丽的意识的话，那就只是在他们想起顷刻间使大地改变样子的光明的夏季的时候罢了。这种意识，虽然来得很少，实在却是他们最珍贵的所有物哩。

　　由这样的人们的幻想所创造的神祇自然和希腊人的神祇大不相同。他们的崇拜的对象，不是美，却是力；因此，我们又得了另外一派神祇。依色神（Aesir）是这一派神祇的名称。他们大抵是神通广大的巨人，身上带着奇异神妙的法宝，手中拿着无往不利的军器，斗争是他们的一生大事，善战是他们的最大的功绩。他们的面貌大抵丑陋可怕，其中有的留着久历战场的痕迹。但他们的姿态与迸火一般的眼睛，却显出威风的神气。他们盛怒时固然煞是可怕，但他们也具有近于狂暴的和善和朴素的，有时竟粗野的，幽默。他们既不机警，又不奸刁。除洛机神（Loki）以外，他们都不见得十分灵敏。他们的崇拜者，虽然大体畏惧他们的强暴，却并不十分尊敬他们。其中只有一位神祇——光明的太阳神波德（Balder）——显得美丽而可爱。在北欧民族的心目中，他是转瞬即逝的夏季的化身。有三位女神，福麓嘉（Frigga），雪夫神（Sif）及福来雅神（Freya）——都是美丽温柔的，但她们的权威却比不上希腊人的希拉神（Hera，司妇女与婚嫁的女神），迭迷脱神（Demeter，司沃壤与农业的女神），及阿甸神（Athene，司智慧，学术，技艺，及战争的女神）的权威来的伟大。与其说她们是自具权威的神祇，倒不如说她们是陪伴神祇的后妃来得适当呢。

——录自商务印书馆 1934 年三版

《豪福童话》①

《豪福童话》译者的话
青主（廖尚果②）

豪福是德意志一个最有名的诗人，在他的各种作品当中，以他的童话是最为脍炙人口。他生平所作的童话共有三部，我这里除把他的第一部童话全部翻译过来之外，兼在他的第三部童话里面选译了一篇《冷的心》，《豪富童话》的精华，胥在于是。

童话这个译辞，本来是有些不大妥当。我很想把它译作幻话，因为凡它所叙述的事实，都是超出自然界以上的，完全是属于幻想界，并没有地方上或历史上的依据。但是童话这个译辞既经在我们中国得到一个很普遍的使用，所以我亦见得可以不必把它改译。但是遇着《豪福童话》里面注明是一篇幻话的时候，我仍然把它译作幻话，不把它译作童话，我这里合为注明。

为什么《豪福童话》里面有些说是幻话，有些说是故事呢？关于这一点，我们最好让豪福自己把它解释。

豪福在他的第二部童话上面说："如果我对你们说，我告诉你们一篇幻话，那么你们便可以知道，它的事实是走出了日常生活的那一

---

① 《豪福童话》(*Hauff's Fairy Tales*)，童话集（上、下），德国 Wilhelm Hauff（今译豪夫，1802—1827）著，青主译，上海商务印书馆 1934 年 2 月初版，王云五、徐应昶主编"小学生文库第一集（童话类）"之一。

② 青主（1893—1959），原名廖尚果，曾用名黎青主，广东惠阳人。早年参加辛亥革命，后考取官费留学，入德国柏林大学法律系，获博士学位。归国后，随邓演达黄埔军校任校长办公厅秘书、北伐军总政治部秘书等。"4·12"政变后，在上海开办书店，化名青主出版书籍。另译有《一个人和他的名字》（德国安娜·西格斯著）等。

条轨道之外，它的动作是不受人世的限制。我更说明白一些，在一篇幻话之中，除了普通的人类之外，还有一些非常的势力，出来左右人们的运命，如精灵神怪之类。——普通所谓故事是有另外一种性质，它是不会离开人世的，总不会走出了日常生活的那一条轨道之外，它所叙述的事实，虽然也是那种离奇怪诞的人们的运命，但是并没有那种只幻话所专有的精灵神怪的势力在里面，完全是凭着人们自己的势力，和偶然的事实的组合，演成种种的祸福。"

幻话和故事是有这样的分别。普通所谓童话——我之所谓幻话——是就广义来说，它是包含有幻话和故事这两个成分；它并不是只写出来供一般儿童开心的，凡有文学嗜好的人们，不问老的，少的，都可以得到相当的享受。只就这一点来说，亦足以见得童话这个译辞是欠妥当了。

豪福生在人世，还不足二十五年（一八零二——一八二七），他的第一部童话，虽然是于一千八百二十五年年底发表出去，但是大部分都是成于他的幼年时代，他生平的著作能力是最足以惊人的，在他遗留下来的各种作品当中，除了那三部童话之外，以那部大规模的历史小说《梨希田斯泰》最有传世的价值。以他这样未可限量的天才，竟这样早离人世，这确实是世界文学上一件最不幸的事。

因为我们中国人要把童话当作是一般儿童的读物，所以我要把豪福的童话译成最浅易的中国文。我的译笔自然是不足以传出原书的美。如果我盼望我这一番工作是比没有人把它介绍过来的好，这大约不是过于不知自量吧。末了我还盼望一般有文学嗜好的读者们，不问是老是幼，是男是女，读过我这部选译出来的《豪福童话》之后，都可以得到相当的享受！

青主

上海，十九年四月二十八日

——录自商务印书馆 1934 年初版

《俄国童话》 [①]

《俄国童话》本书改编经过

赵景源 [②]

本书原名《俄国童话集》，共六册，凡二十四篇；材料丰富具备童话中各种格式，为我国一般小朋友所爱读。

一二八国难发生，本书存版被毁。现本书将重行排印，特重加编订。凡原书内容间有过于奸谲怪诞处，一概删除，彻底加以整理。

现在，本书共留存十一篇，编成二册。各篇都系原书中最有精彩的作品；文字已细加修琢，插图也加多。所以，我们敢说，本书经这番改编，定能更加适合我国小朋友们的阅读。

赵景源　二二，四，一五

——录自商务印书馆 1934 年初版

---

① 《俄国童话》，童话集（二册），唐小圃编译，赵景源改编。上海商务印书馆 1934 年 2 月初版，王云五、徐应昶主编"小学生文库第一集（童话类）"之一。

② 赵景源，生卒年不详，商务印书馆《儿童世界》杂志编辑，曾任少年儿童出版社副经理。编著有《我们的寓言》、《复兴公民教科书》（与魏志澄合编）等，商务"小学生文库"编委之一，编著有多种儿童文学及用书。

《巴瓦列先生底女婿》①

《巴瓦列先生底女婿》序言
（杨彦劬②）

　　这本喜剧是亚善和桑多合作的剧本之一。这种合作剧本的事在法国自从斯克里布（Scribe）以来，是很普遍的。但桑多的成分照例只限于剧情的大概设计，即旧的贵族阶级分子与新的资产阶级分子的道德观念的冲突，这是桑多最喜欢写述的题材。桑多曾写一本小说《钱囊与头衔》(*sac et parchemin* [*Sacs et Parchemins*])，一八五一年出版这本剧本便是这本小说的戏剧化，这在法国也是很普遍的，我们都知道小仲马的《茶花女》，有小说，也有剧本。桑多的温文尔雅也许对于亚善的冷嘲热讽的苛刻程度有所减弱，但全剧到处显露着亚善的天才痕迹，使人一望而知这是出于亚善的手笔，而且这确是亚善的杰作之一，以后也只有亚善才能写得出像这样同等价值的作品来，因此这本剧本在演进上的地位只能由这本剧本和亚善的（不是和桑多的）其他剧作的关系中去找出来。

　　爱弥儿亚善（Emile Augier，1820—1889），幼年就到巴黎学法律，这是他的父亲的职业，他这样开始了他的事业。但他却承传了他的母亲的趣味，她是那个著作丰富的小说家及戏剧家比戈勒布朗（Pigault Lebrun）的女儿。法律对于他，抄自己的话，是一具凄惨的

---

① 《巴瓦列先生底女婿》(*Le Gendre de Monsieur Poirier*，今译《普瓦里埃先生的女婿》)，四幕剧。法国亚善（Emile Augier，今译奥日埃，1820—1889）、桑多（Jules Sandeau，1811—1883）合著，杨彦劬译述。上海商务印书馆1934年2月初版，"世界文学名著"丛书之一。

② 杨彦劬，生平不详。另译有《罗马尼亚短篇小说集》，编著有英语学习教材等。

缰勒。阻碍他的文艺天才的飞跃，他觉得他是具有文艺天才的。他趁空闲时间，时辍时作，做了一本浪漫的悲剧，《查利第七在那不勒斯》（*Charles VII à Naples*）这本剧本遭了舞台经理们的白眼。但亚善可并不因此灰心，他趋于邦沙（Ponsard）的新古典的倾向，投入所谓雅识派（School of Good Sense），于嚣俄的《防守司令》（*Burgraves* [*Les Burgraves*]，1843）失败翌年，浪漫的悲剧的葬钟响了之后，他的《毒草》，更照邦沙的意见加以补正，很见成功。

这本剧本形式上便是一出古典的戏剧，全剧都用十二轻重音节的诗行写成。地点在雅典附近；剧情与对话虽皆属新鲜而诙谐，但二者俱未暗示出在亚善的家庭剧或社会讽刺里所特有的那种力量。第二本希腊剧，《吹笛者》，大概也作于这个时候，虽然上演是在一八五〇年，这出戏的主题和后来《冒险者》那出一样，与亚善的家庭剧里所宣教的大相径庭，但《冒险者》一剧有一种趋向于较高的道德标准的进步；因为兴趣虽然还仍集中于一位脆弱的但已经恢复名节的女主人翁，剧末却有一段壮丽豪爽的文字，为信仰转变后，热情奋发，拥护和颂扬家庭的圣洁之言辞。

亚善的家庭剧，开首是《加柏里厄尔》。这里，和他的后来的剧本里一样，亚善的特色是一个道德家，虽然他还留有前期的理想色彩，使他的诗的形式与内容适合；他的第二本剧本《月神》又重新回到《冒险者》一剧的浪漫主义方法。《费列贝脱》，虽然对于女主人翁，加以亲切的研究，不过表示在技巧上比较未成熟的《有礼貌的人》，略胜一筹罢了。一八五三年，亚善开始与朱尔桑多（Jules Sandeau，1811—1882）合作。他又从此不用诗行，全用散文来写戏剧；由这个形式的改变，同时起了人物的改变。这是亚善的戏剧发展上的一个大枢纽。他自然还须经过好几个步骤，以达到最完善的地步，但是从《费列贝脱》到《巴瓦列先生底女婿》这一步，实在是跨得最大了。

但桑多对于这个演进的影响，不能算是很大，我们试看《试金石》一剧就可知道。这本剧本里，桑多的成分占得最多，因此富于诙谐，剧情平凡，心理错误。《巴瓦列》是直接承袭莫里哀的。这本戏如果应该归功于桑多的话，也不过像莎翁的《如愿》(*As You Like It*)应该归功于洛治 (Lodge)，《威城商人》(*The Merchant of Venice*) 于薄伽邱 (Boccaccio) 一般罢了。

　　这出"诚实健康而勇敢的"喜剧引马太 (Matthew) 的话，是《斐格罗的婚姻》(*Mariage de Figaro*) 以后最佳的一出，也是"近代人情喜剧 (Comedy of Manners) 的模范"，"最得古时喜剧的神髓"。这是对于财阀的讽刺，他们在当时法王路易斐力泼治下，开始在社会上渐有地位。这位巴瓦列先生是退闲的布商，已经积上巨万家产，于是就想晋爵，侪于贵族之列。因为求个进身之阶，他把他的女儿嫁给格斯东勒来尔伯爵，应许那位世家的公子代为清偿债务，他想靠他的女婿的帮助，来实现他的野心，达到社会上和政治上地位和名誉。巴瓦列太相信金钱万能了，因此他看不出这样做法，对于他的爱女婀多英的前途没有什么幸福可言。格斯东自然乐得利用这头亲事，乘他岳父的弱点，过他豪奢的生活，把他的夫人不放在眼里，他的夫人的性情坚强和高贵，他也没有机会去知道。

　　巴瓦列有一个良友，婀多英有一个同情的干爸，那便是甫德来，他比较巴瓦列更为眼光清楚，头脑明白，因此一方面巴瓦列的狭窄的商人鄙俗习气，他方面婀多英中等阶级的理想主义，他是中间的一个连锁。同样格斯东的狭窄的贵族传统，有他的朋友蒙梅央公爵的高尚的爱国心，作为对照。这样，门第和财产所生的善恶影响，在这五位人物的身上，各种各样地表现出来，他们没有一位是不同情的，一面因互相接触，大家皆有获益。这本喜剧仅有这五位典型人物，这是亚善对于戏剧材料的运用有自制的表示，也是和当时斯克里布和沙杜 (Sardou) 的戏剧里登场人物过多大不相同之点。

　　剧情的开展是简单的。境遇与人物之说明，一直扩延至第二幕第四场。动作在格斯东的债主们进来才开始。巴瓦列以经营商业的辣腕对付他们，以同样精明的手段使他们就范，取得他们的妥协。但勃来尔伯爵傲视阔步，可不愿意如此。婀多英却同情于她的丈夫，因为他的荣誉观念打动了她的浪漫的理想主义，而不同情于她的父亲实际的正直。

这样，在这三个人物的相互关系中间，迅速而戏剧的展开，便不可避免了。巴瓦列伤心极了，气愤极了，他的商业精神受着根本的打击，他本来愿意花大宗的金钱，去达到他的目的，他本来愿意和气，迁就他的女婿；但是他的金钱万能的意识，不过使他对于任意浪费更形愤恨。格斯东的行为仿佛是不可宽恕的，他对于他的女儿的真挚的父爱。又因为在他看去，他的女儿背叛了家庭传统，落了个空。于是他决定不再迁就，自然是安全照他商人的做法，要重新做自己家里的主人。他要他的女婿有一个职业；而且按照他自己的平民化的趣味，也不和他的女婿商量一下，根本改造家政。

一面格斯东没有料到这个晴天霹雳，已经卷入一场决斗的旋涡里，原因是起于一位贵族妇人，他在她那里找到一点消遣。巴瓦列拆开一封信，这是不大光明的方法，发现了这段关系。他把这事告诉了婀多英，她曾经为格斯东的荣誉牺牲了她的财产，这时以为她的丈夫对她太不忠实，甚于事实或证据所示。可是她爱着他；她听见她的丈夫就要到决斗场去，便不禁把她的感情流露出来。甫德来和公爵，这二位中间人，便巧妙地利用这点，去和解丈夫和妻子。格斯东经过一度痛苦的内心挣扎。终于为她的缘故放弃了决斗，把她所唤起的爱情置于他的贵族荣誉之上。但她可和他一样豁达高尚，吩咐他离开她的拥抱去决斗，把他的荣誉置于她的爱情之上。于是剩下的只是如何安排一个快活的结束。对方的自动退出，决斗就没有机会损害格斯东新获得爱情。甫德来慷慨的赠予使勃来尔伯爵又可居住他的祖传的府第。他重新过实际的活动的生活，真的是他的妻子的丈夫了，她获得了荣誉和爱情。甫德来和公爵互相尊敬，结成了朋友；只有巴瓦列未免稍感迷惘，还不曾完全改变他的鄙俗习气，收敛他的野心。

这本戏剧的实在的力量，不在于其剧情，却在于人物个性的开展。巴瓦列每说一句话，读者便多明了一点他的个性——他的多方面的，而又单纯地真切的个性——便多对他表示一点同情；而且用一枝又温和又锐利的笔写来，全剧是处处闪烁着最细腻的讽刺意味。但观众可不至于忘记巴瓦列也有他的权利，而他方面，格斯东又不是一位传奇式的英雄。他在第一二幕出言傲慢，但行动可并不正直，也不是确实高贵；不过他的内心的善美使他赢得了婀多英的爱情，因此一起首也便吸住了观众的同情。这两个人物是属于最高级的喜剧的。公爵和甫德来很优美，惟属于次一等，至于婀多英，她的单一的尊严，到离开的时候发挥得最有力量，虽然并不伟大，但究竟是一个很可爱的角色。

从《巴瓦列先生的女婿》到《无耻的人们》，这七年间（一八五四——一八六一）大部分是写所谓家庭剧。《奥林布的婚姻》和《可怜的时髦女人》是对于播弄家庭关系的大胆的非难，当时在小仲马的《茶花女》（一八五二）一剧和其他以后的剧本里，有这一种意识；《金腰带》和《金钱婚姻》，主题为家庭的大敌是无限制的金钱欲。后一出喜剧有好几处很像莫里哀的《乔其汤台》（George Dandin），因此也和《巴瓦列》最相近；但是在这四种用散文写的喜剧和用诗行写的《青春》里，都没有像在《巴瓦列》里的那般精细的个性描写，而且除掉《可怜的时髦女人》以外，戏剧技巧之运用也不很自如，好像不很成熟似的。不过这个剧本却是一副追求物质满足的无底的欲望的写照，"那种衣饰讲究生活豪奢的追求"在第二次帝国时代亚善的同时代思想家路易斯（George H. Lewes）看来，"这是使欧洲第三阶级道德堕落的原因。"

这种范围较广的社会讽刺自然使亚善倾向于政治方面，从一八六一年至一八七三年他的主要的兴趣便在于此，因此这时期的作品是他的最猛烈的，虽然艺术上并不是最完美的作品。在《无耻的人们》里，他攻击第二次帝国时代盛行的那种放肆的投机风气。主要的人物是微努伊（Vernouillet）是一位可以胜过阴谋家的典型人物，阴谋家为求赚获钱财起见，凡在法律范围以内无不尽量利用，有时一面保持着社会地位，且超出法律的准绳，因为我们的民主政治的律例非常轻松而优容。他的计划，帮忙的有杜柏里夫，他是一个玩世的贵族，专以"制造第三阶级的堕落做他的消遣"，还有吉抱野（Giboyer），又是一位代表的人物，他是有才干的而抱金钱主义的新闻记者，一枝锋芒入骨的笔，无论哪一派哪一党只要代价出得最高，就可收买的；亚善以为这是一个穷困的文士的教育的自然结果。这本戏的兴趣集中在这三位人物的身上，犹如《巴瓦列》一剧一样，剧情却是次要的。

《吉抱野的儿子》，主题相同，但观点不一，德国批评家劳柏（Laube）说，"这是一幅近代法国的社会，衰落的贵族阶级，虚荣的第三阶级，和一群天赋聪颖而没有定见的文人自由斗争其间的描写……可是这种斗争的描写决不是抽象的，却是常有圆满的背景，渐增的戏剧兴味，漂亮的对话衬托着的。"一句话，这是舞台上一出最佳的戏剧，也是亚善的最佳的剧作，虽然吉抱野的个性也许和《传染》和《狮与狐》的台斯脱里戈（d'Estrigaud）的个性描写得一般佳妙而完善。《传染》的主题为不工作而得财的欲望，股票买卖者台斯脱里戈就是被这种欲望支配的代表人物。在这本剧本里以及后来的剧本里，亚善将这种精神如何残酷地剥蚀着一切理想、荣誉、爱国观念，指点给世人；在《常·台·笃默雷》里，他又回到这个主题，暗示法德之战的灾害与失败即因此而来。

一面，亚善于写作那些态度比较严正的作品之间，也写了《干林》和《巴尔福来斯底欧》。前者是法律心理的探讨，道德与法律的关系的研究，比较《吉抱野》稍不煽动感情，但观察极其精深，可惜未免有斯克里布的感伤主义（Sentimentalism）的色彩。《福来斯底欧》的价值较次，这是一个男子的婚后爱情发展的研究，但他的性情太懦怯了，不足以引起多大的兴味的。

家庭剧态度较为猛烈一些，有两种，就是《克佛来夫人》和《福襄卜尔脱》。前者讨论法国离婚新法颁布后的道德问题，后者又是以金钱为目的之婚姻为主题，显出作者已经到了他的戏剧事业的终点，但也达到了他的天才的最高之点。这是他的一切戏剧里，结构最紧凑，艺术手腕最圆熟的一本，可惜结末陷入于热情戏的感伤主义的错误，全剧缺少像《吉抱野》里或《传染》里贯彻始终的写实主义。

现在就亚善的作品全体看来，我们可以说，他的诗流利畅达，富于大胆的隐喻，令人想起浪漫主义的余风。他的散文更多强有力的句语，有时且有极其通俗的比喻。若遇必要的时候，他也不惜引用大街上或闺房内的俚语，不过他在这方面和小仲马和沙杜比较起来，尚不失之过多。他的描写生动有力，他的用字清鲜，因此同时代法国的作家中，要算他的作品最难译成他国的文字，而有满意的结果。读者常常觉得其一字一句意义非常精细，富有含蓄，不能用相当的他国的文字直接翻译，除掉用意译的方法，加以说明，不过这样往往要减弱它的力量。这在他的一八六〇年以后的剧作较在《巴瓦列》里更为显著，所以《巴瓦列》因为这个理由以及其他的理由是开始研究亚善的作品最佳的一出戏剧。

同时代的剧作家，要算亚善对于他的职业最有崇高的观念。他的目的是要做一个大众的教育家，这个目的他从来不曾忘记过一次，但他可不给读者感到是这样。他从来不给直接教训观众而牺牲戏剧，犹如小仲马常玩的把戏，也不指示出来，如同沙杜惯用的方法。因此，他有的时候颇为苛刻、严厉，使人置信不疑，像他的人物之一所说，"有些螫刺只有用热铁才能治愈"；虽然晚年的时候，亚善曾戏说，他觉得把热铁用得次数太多了。可是他总是简直爽快，所以他往往在观众的心里，留下一个认真的幽默和尖利讽刺印象，使人肃然起敬，同时并有率直的诚实和纯正的道德忠实，使人油然生爱。

——录自商务印书馆 1934 年初版

《爱》[①]

《爱》著者小传与本剧略评

王了一（王力）

奢辣尔第（Paul Géraldy）的小传，译者在译成《银婚》时已有叙述，兹不赘及。

奢辣尔第已著《银婚》之后，复写成这一部《爱》（*Aimer*），于一九二一年十二月五日第一次在法兰西戏院开演，比《银婚》更有声誉。直到现在，几乎每周开演一次。

上次说过奢辣尔第专从事于刻画爱情。《银婚》里是亲与子之间的爱；《爱》里是夫妇的爱。《爱》这戏剧很简单，同时也很曲折，简单处是布景随便，演员只有三人；曲折处是剧中人的情绪屡起波澜，有千变万化之妙。

至于著者的艺术，译者未敢深谈，谨留以待真能鉴赏者。

十九年八月十七日译者

——录自商务印书馆 1935 年版

---

① 《爱》（*Aimer*），三幕剧，法国奢辣尔第（Paul Géraldy，1885—1983）著，王了一译，上海商务印书馆 1934 年 5 月初版，"世界文学名著" 丛书之一。1935 年 3 月另版，收入 "万有文库第二集"。

《大地》①

《大地》序
（马仲殊②）

　　本书的作者赛珍珠女士，即布克夫人，美国佛琴尼亚州人。生才四个月，就被她的父亲赛兆祥牧师带到中国来。他曾传教于清江、镇江。她从小的游伴，全是当地的中国孩子。她不但熟悉中国人的风俗习惯，还体会了劳苦大众和家庭妇女的内心的痛苦。她的保姆时常讲盗匪和饥荒的故事给她听，造成她非常深刻的印象，所以她抓住这个题材，做她的创作中心，她也因此得到人们的崇敬。

　　她在南京，和金陵大学农科教授布克结婚，布克教授搜集了很多农村材料，为一般研究农村问题的人所器重！

　　《大地》是她以煞费苦心所搜集到的材料而串成的杰作，内容纯以描写中国农村的封建性，农人的固执的心理，土地占有欲的强盛，和屈服在封建势力底下的农妇的典型，这在缺乏描述农村作品的文坛，尤其出乎异邦人的手笔，是格外值得宝贵的创作。

　　《大地》使作者成名，且于一九三一年得了普利泽的文学奖金，它在美国流传极广，中国也有好几种译本，并且引动许多人的褒贬。本书是节译，把原文中的繁文尽行删去，编成这样紧结精彩的故事，

① 《大地》(*The Good Earth*)，长篇小说（缩节本），美国赛珍珠夫人（Pearl S. Buck，1892—1973）著，马仲殊编译。开华书局1934年3月初版，"通俗本世界名著丛刊"之一。

② 马仲殊（1900—1958），江苏灌云人。毕业于国立东南大学，获教育学士学位。创造社成员。历任上海浦东中学、无锡师范、集美师范、镇江中学语文老师。另译有赛珍珠《儿子们》、佛雷特里克（John T. Frederick）《短篇小说作法大纲》等。

较别的译本更为有趣，文辞老练流畅，会使读者辨不出是翻译。

作者其他的作品如：《儿子们》《东风西风》等都一样地得人崇拜，受人欢迎。作者嗜好中国小说，了解透彻，新近已把《水浒》译成英文，我国的小说，将来必因作者的努力而得到广阔的传布！

—— 录自开华书局 1934 年初版

《木偶奇遇记》[①]

《木偶奇遇记》序
慎伯（张慎伯[②]）

洛仑其尼（Carlo Lorenzini，1826—1890）是意大利人。柯洛第（Collodi）是个村名——是他的出生之地——他就拿这村名来当他的笔名。

他本是从事教育的，于意大利教育之改进，颇多贡献。本书行文虽属诙谐，然亦处处含有深切的教训。它的妙处，在使我们读一句，笑一阵；笑一阵，想一回；由木偶人的可笑，而悟到我们自己的可笑，因此我们就学了些聪明。

在意大利，Pinocchio 这名字，固然是妇孺皆知的，就是在欧美各国，也几乎与安徒生的童话一样著名。英文译本很多，但都是瑜瑕互见，难得几本尽善尽美的，这一本虽略有删节，却没有割裂的痕迹；

---

① 《木偶奇遇记》（*Pinocchio: The Adventures of A Marionette*），童话，意大利柯洛第（Carlo Collodi，今译卡尔·科洛迪，1826—1890）著，张慎伯译注，上海中华书局 1934 年 3 月初版。

② 张慎伯，生平不详。另译注有《董吉诃德》（西班牙西万提斯著）、《玻璃盒》（丹麦安徒生著）等。

且措词平易，宜于初学，因移译之。译成，承钱君歌川校阅一过，润色不少，这是很感激他的。

一九三三年，九月，慎伯

——录自中华书局 1934 年初版

《荷兰童话集》①

《荷兰童话集》译者小序

康同衍（许达年②）

我译这本书，赠给可爱的小朋友们，做玩具以外的礼物。

亲爱的小朋友！当你们玩厌了玩具，或者做完了功课的时候你们阅读这本书，或者请妈妈，姊姊，先生们看了书讲给你们听，你们可知道古时候荷兰人的生活，性情，和环境的一部分了；同时，你们还会感觉到，人类的生活是进步的，人类是最聪明，又富于创造性的。

小朋友！你们是未来社会的创造者，我在这里替你们祝福哩。

康同衍　一九三一，三，一二

——录自中华书局 1934 年初版

---

① 《荷兰童话集》，William Elliot Griffis（通译格里菲斯，1843—1928）著，康同衍译，上海中华书局 1934 年 3 月初版，"世界童话丛书"之一。

② 康同衍，生卒年不详。该作于 1979 年由香港国光书局重版时，译者署名改为许大彦。查中华书局自 1931 年至 1948 年陆续出版的这套"世界童话丛书"，共十余种，主要译者为许达年。由此可以推测，康同衍即童话作家、翻译家许达年。许达年，中华书局编辑。曾出任《出版月刊》主编，编辑《小朋友画报》《小朋友》周刊等。民国时期编译了不少儿童和教育书籍及丛书。1947 年赴台开办中华书局台湾分局并出任经理。

《海伦凯勒自传》[1]

《海伦凯勒自传》序

吴耀宗[2]

这一部海伦凯勒的自传与其说是一部记事的书，毋宁说是一篇散文的诗。

一个从出世十九个月以后便丧失了视觉和听觉，因而也不会说话的女子，因为奋斗的结果，居然能认字，能读书，能了解别人的话，能自己发言，终于受了大学的教育，写成这本自传，——这是一个多么新鲜而美丽的故事！

这美丽的故事里面，自然是含着忧郁而悲怆的情调：

有时当我独自坐着，在生命的闉上的门旁边等候时，的确有一种孤独的感觉，像冷雾一般地来包围我。在门的外边，有的是光明，音乐，和甜蜜的友谊，但我也许不能进去。命运，静默，和无情，把我的路挡住了。我愿意责问命运的专横的命令，因为我的心仍然未受训练，仍然是有欲望的，但是我的舌头却不愿吐

---

① 《海伦凯勒自传》(*The Story of My Life*)，美国海伦凯勒 (Helen Keller, 1880—1968) 原著，应远涛撮译，青年协会书局校订，上海青年协会书局 1934 年 3 月初版，"青年丛书"第二种。扉页题"海伦凯勒自传——聋哑瞎女子成功记"。

应远涛，生平不详，中华基督教青年会成员。另译有《时代转变中的上帝观》(美国樊都生著)、《近代科学与宗教思想》(美国霍登著) 等。

② 吴耀宗 (1893—1979)，广东顺德人。毕业于北京税务专科学堂。受洗入基督教，1924 年被中华基督教青年会保送赴美国纽约协和神学院留学，后获哥伦比亚大学哲学硕士学位。另译有《科学的宗教观》(美国杜威著)、《甘地自传：我体验真理的故事》等。

露出那些上到我嘴唇边的痛苦的和无效的言语，于是这些言语就像不曾洒过的泪水一般，重复落入自己的心中。（页一〇九）

然而这书的作者，就在这忧郁而悲怆的情绪中，创造了她自己美丽而光明的生命，因为她接着说：

静默是很繁密地镇压在我的灵魂之上。但是接着就来了一种带着微笑的希望，它轻微地对我说：在忘记自我之中满有快乐！因此，我就尽力尝试着，要使他人眼目中的光明成为我的日光，他人耳朵中的音乐成为我的谐乐，他人口唇上的微笑成为我的快乐。（页一〇九）

她的这一个尝试终于成功了，因为充满着在这本小书里面的，是清新的诗句，是和谐的音乐，是天真，是美与善，是胜利的微笑。它所给予我们的印象，不是忧伤悲怆的情调，而是忍耐奋斗的凯歌。

自然，因为作者的时代关系，这本书并没有给我们指示什么社会的意识和努力的方向，然而我们却不能不从它里面体会出许多人生的道理来。人生是一个不断的阻碍与奋斗；人生是在困苦艰难的当中打开一条前进的生路。这本书所诏示的这一点，在消沉颓丧，处处似乎充满着荆棘的今日，应当是我们的暮鼓晨钟，使我们从麻木昏沉的睡梦中惊起。

末了，作者最后的一段话，是我们所不容易忘记的：

我一生的故事，可说是我的朋友所造成的。他们千方百计地使我的缺憾成为美好的权利，并使我很安静地，很快乐地在我自己的缺憾所造成的阴影里步行着，逍遥着。

吴耀宗

再要附带声明一句：这部书的五分之四是应君所译的，只有最前面的几章系采用前华年社同事全君受仲的旧译，而略加以修改。读者如果感觉语气上稍有两样的地方，原因就在这里了。

——录自青年协会书局 1948 年三版

《恋爱与社会》①

《恋爱与社会》小序
李珠 ②

史笃谟（Theodor Storm），德国写实派中杰出之诗人兼小说家也，以一八一七年九月十四日，生于许里斯维·霍尔斯坦州（Schleswig-Holstein）荷松市（Husum）。诗文鸣于时，传于世，因其情调热烈而沉郁，气宇壮大而清新也。

国人评史氏者，恒谓其所作诗，长于抒情，自成一家；所作小说，流利真挚，莫不一往情深。然自其实际言之，史氏之艺术价值宁止于此？观其一生辗轲，十年漂泊，怀乡病深，爱国情热，反抗心切，故《意门湖》（*Immensee*）等作，虽系抒情短篇，亦极缠绵婉转之致。余译斯篇，则取其凄情哀感之外，更有愤郁感哀之概，实为史氏全部五十种小说中之代表作也。

此篇原名"*Ein Doppelgänger, oder Liebe und Gesellschaft*"，作于

---

① 《恋爱与社会》（*Ein Doppelgänger, oder Liebe und Gesellschaft*，今译《双影人》），中篇小说，德国史笃谟（Theodor Storm，今译施笃姆，1817—1888）著，李珠译述。上海商务印书馆 1934 年 3 月初版，"世界文学名著"丛书之一。1935 年 9 月另版，收入"万有文库第二集"。

② 李珠，生平不详。

一八八六年，曾经数度修改而告成。篇中述工人约翰之一生，精密生动，其描写生活恋爱与社会环境之矛盾苦闷可谓优美艺术之标本。今以修业之暇，仓猝译成，虽几经推敲，或仍未能尽达原著之精神，是遗憾耳。

民国二十一年国庆前一日在柏林译毕，二十二年八月修改后记。

——录自商务印书馆 1934 年初版

《意大利童话集》^①

《意大利童话集》译者小序

康同衍（许达年）

意大利的妖精，不像别国那样摇曳着阴险恐怖的黑影；它只是和人们融混在一个世界，卷在快乐、趣味、机智和美妙的音乐舞蹈的漩涡里面，就是人们在路上遇到妖精，也不会感觉到它是个恶魔的。

亲爱的小朋友，你读完这本书，会展开你无数的微笑，会燃烧你欢喜的火焰，尤其是作者把意大利的实在的风土人情描写出来，真好像给我们一本绝好的风土志和生活的写真呢。

康同衍　一九三一·十二·四

——中华书局 1934 年初版

---

① 《意大利童话集》，日本马场睦夫（1889—?）编，康同衍译。上海中华书局 1934 年 3 月初版，"世界童话丛书"之一。

《屠槌》 [1]

《屠槌》译后赘语

王了一（王力）

本书原名 *L'Assommoir*，这字有两个意思：屠夫所用来打杀牲畜的大槌叫做 assommoir；下流人的酒店叫做 assommoir。我译这书的名字的时候，很觉得困难。因为"酒店"的意思乃是"屠槌"的意思引申出来的，工人们喝酒中毒，就像被屠槌打杀了一般，所以工人们的酒店叫做"屠槌"。assommoir 一字有双关意，我找不出一个有双关意的中国字来翻译。我想叫做酒店，又想叫做屠槌，犹豫未决；后来译到姞尔瑰斯的一段话："不良的社会好像一柄屠槌，会打破了我们的头，会把一个女人弄成毫无价值"，我想著者也许根据着这个意思定了这书的名字，所以我就决定叫做《屠槌》了，我觉得似乎比叫做《酒店》好些。

左拉写小说不避俗字，书中有不少的切口（argot），很不容易懂得。幸亏我从巴黎人的口里学了些切口，所以译来并不十分感觉困难。譬如 du chien 并不是说"狗"，却是说"妙"，诸如此类，几乎每页都有。法国人攻击左拉的时候，往往骂他采用了许多野话；然而除了野话就失了左拉的风格了！

接着《屠槌》的乃是《爱情之一页》，接着《爱情之一页》的乃是《娜娜》，我先译成了《娜娜》，再译《屠槌》；我打算在将来再译《爱情之一页》，好把三部书连贯起来。我有志译《罗恭玛嘉尔家史》

---

① 《屠槌》（*L'Assommoir*，今译《小酒店》），上下二册，小说，法国左拉（Emile Zola，1840—1902）著，王了一译。上海商务印书馆 1934 年 3 月初版，"世界文学名著"丛书之一。1937 年更名为《酒窟》再版。

全书，未知能否如愿，这一则要看我有没有时间，二则要看有没有书店肯印了。

二十年八月二十九日译者

——录自商务印书馆 1934 年初版

《屠槌》再版译者序 [①]

王了一（王力）

这书译成中文后，我觉得原名有双关意，非常难译，踌躇了许久，没法子，只好暂时译为《屠槌》。同时又在书末加上一段译后赘语，说明我不能表达双关意的苦衷：

　　本书原名 *L'Assommoir*，这字有两个意思：屠夫所用来打杀牲畜的大槌叫做 assommoir，下流人的酒店也叫做 assommoir。我译这书的名字的时候很觉得困难。因为"酒店"的意思乃是从"屠槌"的意思引申出来的；工人们喝酒中毒，就像被屠槌打杀了一般，所以工人们的酒店叫做"屠槌"。Assommoir 一字有双关意，我找不出一个有双关意的中国字来翻译。我想叫做"酒店"，又想叫做"屠槌"，犹豫未决；后来译到姑尔瑰斯的一段话："不良的社会好像一柄屠槌，会打破我们的头，会把一个女人弄成无价值，"我想著者也许根据这个意思定了这书的名字，所以我就决定叫做《屠槌》了，我觉得似乎比《酒店》好些。

[①] 《屠槌》由上海商务印书馆 1937 年 5 月再版，改名《酒窟》（上下册），另附《再版译者序》。

　　这一段言语就等于书名的一个"脚注"（foot note），我想要把这"脚注"补充那不能译出的双关意。直到现在，我仍旧认 L'Assommoir 是有双关意的，换句话说，就是除了"酒店"的意思之外，还有一个譬喻的意思；而这一个譬喻的意思绝对不是"酒店"或"下等酒店"等字所能表达的。

　　不过，当时我把这譬喻的意思认为"屠槌"，未免把譬喻的范围看得小了些。Assommoir 并不仅指屠槌而言，而是指槌，棍，杖及一切可用以殴打的东西；其所殴打的不限于牲畜，还可以打人。这 assommoir 一字是从动词 assommer 演变出来的，固然可以译为"打杀"，但有些地方只能译为"打得很重"或"拼命殴打"。由此看来，L'Assommoir 所含的譬喻的意思只是把人打得发昏，以喻烧酒令人昏醉。

　　为了更明了书名的意义起见，我曾写了一封信到巴黎，请教于巴黎大学的法国文学史教授摩奈先生（D. Mornet）。因为他不懂中国文所以我只举些英译的名字。例如 Barker 的 *Guide to the Best Fiction* 里把 *L'Aassommoir* 译为 *The Dram Shop*，而 Dram Shop 只有小酒店的意思，没有双关意，不能算是把 Assommoir 原字的意义译得很对的。我问他我这种猜想对不对，如果是对的，那么，请他另译一个名词，我好依照他的译法来译成中文。

　　摩奈先生大约白谦不懂得透英文，所以又把我的信转父给巴黎大学的英国文学教授加萨绵先生（L. Cazamian），请他代为答复。加萨绵先生在一九三四年十二月廿三日写给我下面的一封信：

Monsieur et cher collègue,

　　Monsieur Mornet me communiquer votre lettre du 6 Novembre et me prie d'y répondre.

　　Vous avez bien raison, et "Dram Shop" n'est pas une

traduction exacte de "L'Assommoir". Mais il est souvent impossible de trouver dans une langue un équivalent exact à un mot ou une expression d'une autre langue, et l'anglais n'ai rien qui corresponde au mot que Zola a choisi pour le titre de son roman. La raison en est que le parler populaire français a dégagé, pour une métaphore spontanée, la qualité qu'a l'alcool d "assommer" —de réduire à un état hébété—ceux qu'il a d'abord excité, et a tiré de cette métaphere un nom expressif pour les débits de boisson; tandis que le parler populaire anglais n'a rien fait de pareil. On dit en anglais "a pub", pour "a public house"; mais c'est une simple abriviation, sans valeur explessive.

　　"Assommoir", en ce sens, ne peut done être traduit; et ce n'est qu'un cas entre mille. Un bon dictionnaire, que je consulte, donne comme traductions, toutes imsuffisantes "low tavern", "drinking-den", "low dram-shop", qui rendent l'idée, mais point l'image là moins imparfaite serait, je crois, "drinking-den", dont la force péjorative est la plus grande.

现在让我先把加萨绵先生的话译成中文如下：

先生，亲爱的同行：

　　摩奈先生把您的信转交给我，请我答复您。您很有道理，"Dram Shop"不是"L'Assommoir"的适合的译文。但是，如果要在某一族语里找与另一个族语，一个字或一句话完全相当的译文，这往往是不可能的。左拉所择定为他的小说的名称的字，在英语里没有什么字与它相符。理由是：法国的大众语里有一个自然的譬喻，把酒精的assommer的德性取了出来，——所谓

assommer 的德性就迫人入了昏乱的状态；——酒精先使人受刺激，结果使人昏乱，而大众语就从这一种譬喻里替那些零拆的酒店造出了这一个很活现的名称，至于英国的大众语就没有同样的譬喻了。英语里说 "a pub" 以替代 "a public house" 但这只是一种简化作用，没有很活现的价值。由此看来，"Assommoir" 在这意义之下是不能译的；这只是千百例中之一例罢了。我查过一部好字典，里面所译的都不甚妥当："low tavern"，"drinking-den"，"low dram-shop" 都只能表达意思，不能表示影像。我想，缺陷少些的还算 "drinking-den"，因为它对于坏影像的表现力是比较大的。

看了这一封信之后，我更深信 "L'Assommoir" 有双关意，我们不能随便用 "酒店" 或 "下等酒店" 等名称来译它。"屠槌" 只能表示影像，不能表示意思，也不妥当。我们现在仍该努力找一个含双关意的名称，纵使不能完全表现 Assommer 的意思与影像，至少也要带着它的双关意的轮廓。我与几个朋友商量过，都没有得到好结果。后来我又写了一封信到日本去问梁宗岱先生，承他回信讨论。他说：

> L'Assommoir 译名的确极费踌躇，最稳当的或者就是 "下等酒店"，不过原名的精彩就丢光了。平常称抽大烟的处所为 "烟窟"，这 "窟" 大有鄙薄的意思，不知可以借用来称为 "酒窟" 否。我想无论如何，应该从这方面着想，你是文字学家，这一点自然比我强。——刚写完这几句，打开《辞源》一看，发现 "酒窟" 一名古已有之，而且又很阔气的。那么这名字不用说又不适用了。

宗岱先生虽然自己取消了他提出的译名，我仍觉得可用。《辞源》

里的"酒窟"虽表示阔气，但我们不妨给予它一个新意义。普通人看见了"酒窟"二字，所得的影像一定是个坏影像。我也曾想到"醉窝"及"买醉窝"，但终不及"酒窟"来得熟。加萨绵先生比较地觉得"drinking-den"译得好些，恰巧"den"字就有"窟"的意思。于是我决意把《屠槌》改为《酒窟》了。我把我的意思写信告诉宗岱先生，他回信也说："'酒窟'这译名，经你这么一说，我倒觉得可用起来了。"现在我请商务在再版时改用《酒窟》为名，虽未能完全表示assommoir 的意思，但是，它对于坏影像的表现力已经够大了。

王了一　　二十四年四月十九日

——录自商务印书馆 1937 年再版

《吉姆爷》①

《吉姆爷》编者附记

胡适②

　　梁遇春先生（笔名"秋心"）发愿要译康拉德（Conrad）的小说全集，我极力鼓励他作此事。不幸梁先生去年做了时疫的牺牲者，不但中国失去了一个极有文学兴趣与天才的少年作家，康拉德的小说也

---

① 《吉姆爷》(*Lord Jim*)，长篇小说，康拉德 (Joseph Conrad，1857—1924) 著，梁遇春译述。中华教育文化基金董事会编译委员会编辑，上海商务印书馆 1934 年 3 月初版。版权页、封面仅署梁遇春译，但梁未译完即病逝，该书后半部分（24—45 章）由袁家骅整理续译。

② 胡适（1891—1962），安徽省绩溪县人，考取庚子赔款官费生留学美国，先后就读于康奈尔大学、哥伦比亚大学，后获哲学博士学位。参与创办《现代评论》《新月》《独立评论》等刊物。曾任中国公学、北京大学校长，抗战时期出任中华民国驻美大使。另译有《短篇小说第一集》《短篇小说第二集》、易卜生《娜拉》(与罗家伦合译) 等。

就失去了一个忠实而又热心的译者，这是我们最伤心的。梁先生生前交给我的清稿只有十五章。梁先生死后，他的朋友检点遗稿，寻出草稿第十六章至二十三章，由他的同学朋友袁家骅先生整理之后，我们请叶公超先生校看过。此下的各章，即由袁先生继续译完。我们现在将全稿整理付印，即作为梁遇春先生的一种纪念。我们希望他的翻译康拉德全集的遗志仍能在他的朋友的手里继续完成。

胡适（一九三三，六，十五）

——录自商务印书馆 1934 年初版

《吉姆爷》译者序言

袁家骅 ①

秋心的死在我们朋友们的心里留下怎样伤痛的记忆，至今——已经一年多了——我仍觉得无以描拟。我只知道我们谈天，散步，甚至做梦，总时常听得见他爽朗轻灵风趣无穷的语音，看得见他活泼潇洒恳挚热烈的情态。他的生涯和事业，好像个航海的舟子，刚离开港口驶入大海不久，便遭了不测；我们正盼望着他能陆续报告我们惊涛险浪无限神秘的可贵经验，不料他已经被残忍的水怪吞没了。说也奇怪，他给我的整个印象，和我读康拉特所得的印象，隐隐中似乎有着一脉相通的情调。

他仿佛时时在提醒我一句西方的箴言：工作，莫悲伤（Ecce labora et noli Contristari！）他生前是那么勇猛不懈地工作，但他似乎

---

① 袁家骅（1903—1980），江苏省沙洲县人。毕业于北京大学英文系。后考取中英庚款文化协会留英公费生，赴牛津大学学习古英语、古日耳曼语和印欧语历史比较语言学等。另译有康拉德《黑水手》、安特列夫（今译安德烈耶夫）《七个绞死的人》等。

总抑制不下他那内外夹攻的悲伤情怀。他可能的工作才动头。《吉姆爷》才翻一半便丢下了。受着了公超、废名二先生的督促和适之先生的赞许，我于是勉励自己，毅然担当了秋心遗下的这一项未完的工作；翻译时候虽不敢稍有疏忽和怠惰。并且把我所承接的故人的印象作为针鞭，但我明知终难免令师友失望，令读者不满的。

又到了一九三三年的初夏。住在北平感着时局的不安，偷闲来了上海。适之先生把《吉姆爷》全稿带来付印，嘱我写一篇序文。我除掉追念秋心，自然还得介绍一下康翁的生平和作风，以便读者的了解，可惜关于康翁的书手头一本也没带，所以只能简简单单地说几句，俟将来把他第二部作品翻完时，再作详细的介绍罢。

约瑟·康拉特（Joseph Conrad，1857—1924）的全名该是 Joseph Conrad Korzeniowski，以一八五七年冬天生于波兰南部。他的祖先历代不乏才智卓越的人物。他的父亲是个爱国志士，为谋波兰独立，加入一八六二年的革命，被逮下狱，流配到西伯利亚去，死于一八七○年。他母亲伴着丈夫到荒凉的旷野去做苦工，因体力不支，一八六五年便辞世了。康拉特十二岁成了孤儿以后就仰仗他的舅父抚育长大的。幼时习法文，直到二十岁左右才开始学英文。大学快毕业时，他得着舅父的同意，到君士但丁堡去，初衷是要加入俄国军队去打土耳其，结果却加入了一个法国商船。后来到了英格兰的 Lowestoft，弄得大副的资格，遂上一条英国船驶往东方。从此他沧海寄身的生涯继续了二十年。

他父亲曾将莎士比亚和嚣俄译为荷文，也是个深有文学素养的人，所以他沿小受了父亲的影响，培植了很深的文学兴趣。长大后精力过人，二十年航海生涯里，尽职之余，手不释卷，尤酷嗜法国大小说家 Flaubert，据说 *Madame Bovary* 被他读得烂熟，通体能够背诵。这时期他断断续续地写了他第一部小说 *Almayer's Folly*。他最初原拟用法文写作，但是他经验里的人物净是些英国人，而他尤爱英国文字的壮健，因此终于采用了英文。天缘凑巧，有一回碰着一位知音的搭客，听见他吩咐水手们工作时那种如画的谩骂（Picturesque Swearing）不禁起了好奇心，于是同他结识为终身的知己。这位搭客便是逝世不久的大小说家 John Galsworthy。高翁读了他的原稿给了他许多鼓励，*Almayer's Folly* 这部处女作遂于一八九五年出版了。

康翁的作品不下二十六七种，最重要的长篇小说有 *The Nigger of the Narcissus*，*Lord Tim*，*Nostromo*，*Victory*，*The Rescue*……，短篇小说有 *Youth*，*Tales of Unrest*，*Typhoon*，*The Heart of Darkness*……，散文则有 *Mirror of the Sea*，*Some Remini-Scences*（*A Personal Record*），*Notes on Life and Letters*，*Last Essays* 等。他还写过一篇戏剧，几乎被人遗忘了的，就是 *One day more*，一九五〇年曾由伦敦 Stage Society 排演。中文翻译，就我所知，是始于，并且至今尚只有，秋心的《青春》（*Youth*）。

他的小说完全以海洋为背景，以海船，水手，商人，与东方土人为中心人物。Brooke 和 Sampson 的《英国文学》里有这样一段简短而精确的批评："他比一般英国人写得更好的英文，他使个个字眼随着涵义颤震，这点尤少人能及。他创造氛围与感觉，而非事实与性格，最特独的就是能以魔术似的手腕描写海洋的情调。帝国的或乌托邦的理想都不曾沾染着他，他的作风在艺术的'客观性'上唯屠格涅夫堪相匹配。"

他小说里的主题可说是描写灵魂的孤独。人生总逃不了种种自然的限制，尤其当飘浮在茫茫大海上的时候，暴风，急雨，迷雾，狂涛，把渺小的航船和海员当儿戏似地玩弄掌上，使人生愈显得渺小，但也愈显得富有诗意。人生和自然搏斗，虽然有时打胜了几个小回合，终归不免受命运的支配，吃一个最后的败仗，但这个失败是光荣的。光荣的失败呀，这就是康翁作品里显示的宿命论，和 Thomas Hardy 所表现的显然是两路的。

　　《吉姆爷》一书于描写灵魂的孤独似更明显。有些批评家以为这书技巧上颇有些小毛病，但我并不觉得这些小毛病对全体有何损害。康拉特刚写完这书时，也疑心这回是失败了，可是随着岁月的推移，《吉姆爷》在他心目中的地位也逐渐增高，正与读者的感想不谋而合。出版后十七年，他替它重新写序，说马罗口述的部分——占了全书的一大半——不到三个钟头便能高声念完了，这话自然有几分可疑。的确，马罗口述的部分太冗长了，听众听到末后难保不打呵欠伸懒腰的，但是我们读起来却被他那一泻千里气象峥嵘的伟力压倒了，于是愈读愈起劲，直到读完之后，我们的惊奇感觉还不让我们喘得过气来。再呢，马罗口述的结尾，说到马罗和吉姆最后一次的作别，马罗从船上远望着吉姆在倾听两个黑皮色赤膊的渔夫向他诉苦，三个人形逐渐幽微，"他头顶的夕阳从天空消褪得很快，他脚下的一片沙滩早已沉没，他自己也显得缩小了，跟一个小孩似的——随后只剩了一点，鱼眼儿大的白点，仿佛暗淡了的世界遗留下的光明完全凝集在这个白点上了……于是，蓦然地，我望不见他了。……"故事讲到这里，似乎已经结束了，从第三十六章起，以书信代口述，凭空来了个海盗白朗——俨然是残酷的命运的替身，未免画蛇添足，破坏了全体和谐的统一。但是这个蛇足完成了带有宿命论意味的悲剧，使读者的激昂终于化为深沉的悲哀，不但没有赘疣之嫌，反觉得不可缺少似的。总之，与其说《吉姆爷》的结构微有毛病，倒不如说它是奇特而不可模拟。至于康翁手腕的高妙处，更是说不尽的。

　　好，让读者自己去探发和吟味罢，犯不着把我一人的浅见来渎扰读者的倾听。

一九三三年六月，上海

——录自商务印书馆 1934 年初版

《中野重治集》[①]

《中野重治集》题记
尹庚 [②]

中野重治先生，是日本，福井省，高操县人，生于明治三十五年，一月，二十五日。

先生本来是诗人，他写了许多的诗。以后才写小说，近年以来他所着力的，却是文艺理论。

关于先生的小说，概括地说，在文字上我所认识的，是健康的，朴素的，通俗的美。在内容意识上，也正与健康的，朴素的，通俗的美的外观，是一致的革命文学的内容意识。先生写到许多大众的生活，写到许多人们的姿态，感情，以及意志。并且为他们，写了许多他们要说也许说不清楚，要说也许无处可说的事情。（当然还多方面的写到其他许多。这里翻译的只是一部分。）我记起来了，先生曾经提倡："艺术家的良心"。先生说有一次他在十字街头，碰到一对唱歌的乞丐夫妻，歌唱到半途，以下要唱的歌，一时忘却了，他们于是现出羞涩的神色了，脸红了，这当前的情景，感触到一种深切的意义，这中间正有的是"艺术家的良心"。先生是提倡"艺术家的良心"的，先生的艺术是讲究真实的，在日本，有多少人感动先生的创作态度的严谨，创作心境的高迈，表示非常的敬意。

[①] 《中野重治集》，短篇小说集，日本中野重治（1902—1979）著，尹庚译。上海现代书局 1934 年 3 月初版。
[②] 尹庚（1908—1997），浙江义乌人，曾用名楼宪、楼允庚、楼曦等。1927 年毕业于上海中华艺术大学。1931 年留学日本。曾任天马书店编辑，编辑出版鲁迅的《门外杂谈》。另与田菲合译苏联肖洛霍夫《战争》（《静静的顿河》第二卷）。

当我在东京的时候，有朋友曾经与我约好，去访问先生。然而，那时候的环境，两方都同样的很坏，始终没有方便会一次面，说一次话。关于先生的种种，我不能够更多知道一点，到如今犹觉可惜。

尹庚。一九三三年秋，在上海

——录自现代书局 1934 年初版

《几个伟大的作家》①

《几个伟大的作家》译者序引

郁达夫②

收集在这书里的，全是一九二八至一九二九年间，当月刊《奔流》在出版的中间译成的几篇文字。占全书之半的第一篇《托尔斯泰回忆杂记》，当时只译出了前面的一半，后面的《一封信》终于没有译成，劳生事杂，一搁就搁下来了。后来经一位朋友全部译出，发表在另一月刊的上面。随后他又出了一部书，总算全部都译成了中文了，我正在欣喜，喜欢着有人代我做成了这未竟之功。但不幸得很，拿了中译本来和英译本一对，觉得有许多地方还不十分妥当。而尤其是大家觉得不幸的，是这一位朋友，在那一本书出版之后，竟

① 《几个伟大的作家》，文艺论文集，俄国 I. Turgenjev（今译屠格涅夫，1818—1883）等著，郁达夫译，上海中华书局 1934 年 3 月初版，"现代文学丛刊"之一。

② 郁达夫（1896—1945），浙江富阳人。1912 年考入之江大学预科，1913 年留学日本，次年考入日本东京第一高等学校预科，1919 年考入东京帝国大学经济学部。创造社发起人之一。回国后历任北京大学统计学讲师、武昌师范大学文科教授、中山大学英文系主任、上海艺术大学教务长、安徽大学文科教授等。1938 年赴南洋从事抗日活动。1945 年被日军秘密杀害于印尼苏门答腊。另译有短篇小说集《小家之伍》，《达夫所译短篇集》等。

殉了主义，已经不存在世上了。所以这一回，当整理旧稿之际，我又重新把这一部稿子翻译了一到。我和我朋友所根据的，原同是由 S. S. Koteliansky and Leonard Woolf 两人，合译的英文译本。可是与德国 Malik-Verlag 出版的德译《高尔基全集》和日本改造社出版的日译《高尔基全集》中的文字一比较，则英译本在前半的杂记中竟删去了八节记录。英译本是译至三十六节为止的，而德日译本则都有四十四节。现在当我在重译的中间，除将我自己的和朋友的许多译错的地方改正之外，又根据德日的两种译本补上了这八节记录。所以高尔基的这一篇《托尔斯泰回忆杂记》的中译本，虽然称不得完璧，但我想比起英译本来，总要完整得多了，英译本名 *Reminiscences of Tolstoi by Gorki* 是一本一百页光景的单行本，出版处在英国为 Hogarth Press，在美国为 B.W.Huebsch Inc. 公司。这一篇《回忆记》的德译者为 Erich Boehme，日译者为外村史郎，我因为得到德日译者的利益不少，所以应该在此地声明一下，以示谢意。

近来看见讨论翻译的文字很多，大抵是在诸杂志及周刊上发表的，但我的对于翻译的见解，却仍旧是非常陈腐。我总以为能做到信、达、雅三步工夫的，就是上品。其次若翻译创作以外的理论批评及其他的东西，则必信必达方有意义，否则就失去了翻译的本旨了。至于雅之一事，则今非昔比，白话文并非骈偶文，稍差一点也不要紧。

最近还有一个杂志上在说，说我曾经有过这样的话——现代中国武侠小说的流行，其因是起于中国翻译作品之不良，因为翻译的东西，大家都看不懂，所以只好去读武侠小说了。——这话不晓得该志记者当时有没有听错。假如果真是出于当时我的口中的话，那我想在这里订一订正。武侠小说的流行是与翻译没有多大关系的。武侠小说之所以这样流行者，第一是因为社会及国家的没有秩序，第二是因为中国没有正义和法律之故。社会黑暗，国家颠倒的时候，而没有正义没有法律来加以制裁纠正，则一般的不平就没有出气之处了。大之就须发生绝大的革命，小之尤小，在没出息的国家民族内，就只好看着武侠小说，而聊以自慰。日前有一位日本的杂志记者，曾来下问，问我以最近中国文学的倾向，我就把这意思告诉了他，说现在武侠小说是正在流行。而尤其是最明显的一个证据，是中国绝对不会有侦探小说产生的一事，因为中国没有法律，所以用不着侦探。中国的法官是没有用的，一粒宝石不见了，随便把几个稍有嫌疑的人拿来杀了就对，你只须有武器，有权力，就是杀一千一万个人都不生问题，这一段话虽是蛇足，但因为和翻译有一点点关系，所以就附说在此。

此外是该说到这书里的几篇另外的东西了。杜葛纳夫的那一篇演说，是向来就有名的，但不知何故，英译的《杜葛纳夫全集》里，却没有收在那里，我说的当然是 Heinemann 出的 Constance Garnett 译的全集，日本的升曙梦似乎是译过的，但这日译本我却始终没有见到。现在我所根据的，是一本很旧的德译本，所以或许有些错误也说不定，但以文字论来，我觉得这真是一篇最好也没有的批评文字。大作家对大作家的观察批评，想来总是大家所喜欢阅读的罢？

其次是蔼理斯的《易卜生论》，这一篇虽是一部大作里面的一篇，然而蔼里斯的批评方法，也就可以在这里看得出来了。他先调查了作者的三代血统，然后说明了作者的国土气候，最后才拿了作者的作品，一个一个来分析解剖，拿住了作者的作意之所在，而后再论及他的技巧和艺术。一个有良心的批评家原是应该如此的。这一篇的译笔，虽时有疏漏之处，但是十分荒谬的错误，我觉得总可以免了的。

末后附上一篇《阿河的艺术》，做批评者和被批评者，在中国都还不十分知道，可是我却很爱这一篇写得真美丽不过的批评。

这书里所收的各篇，作者和论及者，除了南方的一位拿来做对比的赛尔范底斯外，差不多都是北欧的巨人，所以当初我想把这书叫作《北欧气质》的。但后来一想，这书名未免太冷僻一点，所以只用了一个极普通的名字，叫它作了《几个伟大的作家》。

一九三一年九月郁达夫序

——录自中华书局 1934 年初版

《俄罗斯名著二集》①

《俄罗斯名著二集》序
李秉之 ②

在《俄罗斯名著第一集》的序言里，译者对于俄罗斯文学健将，俄文学史上最享盛名的郭歌里氏曾加以简单的介绍，并且在读者的面前曾声明拟将郭氏的传略和他的作品，译出几篇来另出专集介绍。所以本集的出版，便是译者对于读者诸君所应许的志愿一小部分的完成。

就俄文学史上而观，俄罗斯文豪为数不少，如屠格涅夫，托尔斯泰，陀斯托耶夫斯基和高尔该等，都是在近代世界文坛上峥嵘显耀的角色，何以译者独重视郭歌里而出专集介绍，因为俄罗斯文学当十九世纪的初叶，完全是在外国文学支配之下，受欧西古典主义和浪漫主义文学的影响最深，很少关切于俄罗斯本民族的生活状况，此节在第一集叙言里曾述及，自从诗人普希金出世以后，才建设了俄国独立的

---

① 《俄罗斯名著二集》，小说戏剧集，俄国郭歌里（N. V. Gogol，今译果戈理，1809—1852）著，李秉之译，上海亚东图书馆 1934 年 3 月初版。

② 李秉之，生卒年不详。俄罗斯文学翻译家，《京报副刊》撰稿人，曾就职于亚东图书馆。另译有《俄宫见闻记》（瑞士伊里雅著）、《俄罗斯名著一集》等。

文学。不过普氏完全为乐观派，并且他的作品以偏近于历史方面的为最多，尚未完全脱离古典主义和浪漫主义的气概。普氏善以妙丽之文笔，描写天地间的钟灵秀气，社会上的光明，使人发生欢悦和愉快的感触。郭氏恰与普氏相反。郭氏为讽刺作家，作品多含有滑稽的精神，而能透彻地，深刻地形容和恶谑本国龌龊的社会和卑鄙的人生，于诙谐之中暗含讥讽的意旨，所谓"含泪的微笑"为郭氏作品的特点，所以郭氏不啻为俄罗斯文学的根本改造者。

　　郭氏的文学思想对于俄罗斯后代写实文学的影响非常伟大。虽然以前各名著家如范维金的《未成年者》，格里伯耶多夫的《智慧之苦》等等的作品，也都是趋重于描写本民族的社会生活，但这不过是一部分写实文学的发源，范围势力都很窄小，未能根本改造俄文学潮流的趋向，自郭氏的文学盛兴以后，写实主义文学在俄文坛上建立了坚固的基础，文学思想才与民族生活渐相接近。所有郭氏作品描写的人物，都成了后代文豪著作的模型。所以俄文学由古典主义和浪漫主义而入写实主义的重要变迁，多出自郭氏之功。因此后人谓郭氏执俄罗斯文坛的枢纽，为俄罗斯写实派文学的创造者，此种论评郭氏实足以当之。本集因限于篇幅，只能选译郭氏几篇比较重要的小说和戏剧，未能将郭氏的作品全部介绍，还请读者原谅！

一九二八，四，一日，译者，北京

——录自亚东图书馆 1934 年初版

《百货商店》^①

《百货商店》序言
（茅盾）

佐拉（Emile Zola）生于一八四○——一九○二年，法国有名的所谓"自然主义"小说家。他从一八七一年发表了《罗贡家的运命》而后，到一八九三年发表的《巴斯楷尔医生》，共二十余年中凡作长篇小说二十卷，皆以法国第二帝政时代的社会变化为背景，假说有罗贡和马惹二家，而演述其子孙之荣枯穷达——有贵为总长的，贱为屠沽的，富为大资本家的，堕落为娼妓的，有为艺术家，为革命运动者的——所以二十卷各自独立而又有连续性的小说又总名曰罗贡·马惹丛书（*Les Rougon-Macquarts, histoire naturelle et sociale d'une famille sous le second Empire*）。

这《百货商店》原名《太太们的乐园》，就是罗贡·马惹丛书中之一卷。这是描写拿破仑三世"帝政时代"法国新式大商店即所谓百货公司的兴起，以及守旧的小商人的绝望的挣扎。照例，这书里也有恋爱事件，就是那男主角，百货公司"太太们的乐园"的总经理莫尼，和那女主角，该百货公司有一个女店员台尼丝，两人中间的有点"不近人情"的热恋。说是"不近人情，"（用一句术语是浪漫帝克）并非过分。因为不但女店员的台尼丝（本来是一个乡下姑娘）是那样的"超人"，金钱权势都不能诱惑她，而那百万家财，颇多艳史，发动了近代商业革命的总经理莫尼，到后来也因屡次"求爱被拒"而至于失

---

① 《百货商店》，小说，法国左拉著，茅盾据《太太们的乐园》编译。上海新生命书局 1934 年 3 月初版，樊仲云主编"新生命大众文库：世界文学故事"之七。

魂落魄，生意都没有心思去做，好像一个未尝亲近女人的三家村的书
呆子了。这一幕"两性斗争"的浪漫司，结果是胜利属于女方。莫尼
由"揩油"的不光明动机转到了正大光明的求婚，并且因此断绝了许
多情妇，——其中有贵妇人，也有风骚的另一女店员，并且，毅然不
顾他公司里高级同事的反对。这在我们看来，岂不是太不近人情了
吗？这样"生铁蛮忒而"的总经理和那样"超人"似的冰清玉洁的穷
乡下姑娘的女店员，在现今是找不到的。

　　原书总有二十多万字罢，要缩成一万五千字，真有"削足就履"
之苦。无已，只把书中最重要的结构——新式的百货公司打倒了旧式
的小商店——很粗略的叙述出来。至于那贯穿全书的总经理和女店员
的恋爱史，只好"割爱"了。

　　特此声明。是为序。

——录自新生命书局 1934 年初版

《讨厌的社会》^①

《讨厌的社会》著者小传与本剧略评

王了一（王力）

　　巴越浪（Edouard Pailleron）一八三四年生于巴黎。一八九九年
逝世，生平的杰作是《下弦》(*Le Dernier quartier*，1863)；《假家庭》
(*les Faux Ménages*，1869)；《青春的初期》(*L'age ingrat*，1878)；《光
芒》(*L'Etincelle*，1879)；《讨厌的社会》(*le Monde où l'on s'ennuie*，

---

① 《讨厌的社会》(*le Monde où l'on s'ennuie*)，三幕剧，法国巴越浪 (Edouard
Pailleron，1834—1899，通译爱德华·帕伊隆) 著，王了一 (王力) 译。上
海商务印书馆 1934 年 3 月初版，"世界文学名著"丛书之一。

1881）；《小老鼠》（*La souris*，1887）等剧。尤以《讨厌的社会》为最著名。他被选入法兰西硕学院（*l'Academie Française*）。

巴越浪的戏剧的特色在乎轻盈而有逸致。他的造句诗巧妙处，实在是别人比不上的。

《讨厌的社会》于一八八一年四月二十五日第一次开演于法兰西戏院，此后每年必演许多次（最近的一次是一九三〇年二月二十三日）。这是一本描写法国上流社会的戏剧，剧中所谓叙雅厅（Salon，有人译音，叫做"沙龙"）乃是一班政客文人聚集的地方。这种叙雅厅的主人往往是贵族妇人。剧中保罗所谓："许多人的名誉，地位，选举，都在这儿做，在这儿改造，在这儿高价发卖。外面挂着文学与艺术的招牌，里头却是一班滑头的人在做生意。这儿乃是国务院的小门，硕学院的外厅，成功的实验室。"巴越浪这一本戏剧的主脑在此。

十九年三月九日译者于巴黎

——录自商务印书馆 1934 年初版

《罗马尼亚短篇小说集》[①]

《罗马尼亚短篇小说集》译者记

杨彦劬

这六篇短篇小说，是四年前做学生的时候翻译的。回想这四年里，我之外几多变迁，我个人内在外在的生活又几多变迁，往事成灰，以后不知还有这样余裕的心情来再译写这类清淡雅丽的作品否？那末能够把这几篇印出来，在现在实在是可以满足的一件事。

---

① 《罗马尼亚短篇小说集》（*Romanian Stories*），M. Sadoveanu（1880—1961）等著，Lucy Byng 英译，杨彦劬重译。上海商务印书馆 1934 年 3 月初版。

　　根据的是英译 *Romanian Stories*，英译者为 Lucy Byng 女士，亦即罗后序中所称 Schomberg Byng 夫人。原书共有十五篇，代表九个作家。在梅黑定茨教授的序里都有简略的介绍。但可惜译者没有机会一一译出来。

　　最后谢谢曾经直接间接帮助过译者的友人们。

彦劬二十年一月，北平

——录自商务印书馆 1934 年初版

《小英雄》①

《小英雄》校后序

丁宗杰②

　　一九二九年，我出试在扬州，闲的时候倒还有，为避免学生们课内外的种种艰涩寡味，又因该地校长的介绍与摧迫，就开始把欧美著名的美国费英神父（P. F. Finn S. J.）的《都雷飞》（*Tom Playfair*）——《小英雄》——译来介绍学生们。

　　扬州的小朋友们，为继续听我试译的《小英雄》，在寒假冰天雪地之下，天天要拱肩缩背的来校，逼着我再给他们讲几页译稿，每天到了遣散他们归家时，我便在他们"相公明天多讲些"的威令中，赶着把《小英雄》译完了。

---

① 《小英雄》（*Tom Playfair*），儿童小说，费英（P. F. Fin）著，丁宗杰译，上海徐家汇圣教杂志社 1934 年 3 月初版，上海土山湾印书馆发行，"圣教杂志社文艺丛书"之一。

② 丁宗杰，生卒年不详，天主教徒，曾任《圣心报》副主编，1944 年任上海景德初级中学校长。另译有法国 L. Cristiani《耶稣基多传》。

为应《圣教杂志》文艺栏的征求，我就把译稿在该杂志上陆续发表了。但好几个同学在他们一接到杂志一看插图就看《小英雄》之后，往往走来对我说："为什么这期登的这样少，下面究竟怎么了。"有的更急不容待向我要尚未发表的稿纸来先看；因杂志篇幅有限不能尽量的如期登载，许多读者便来信责怪催逼，所以当下就把译稿删断了几章，草草把他结束了。此后，几个太看得起我的师长们；更来劝我早早把《小英雄》印单行本。我在这几重推崇的包围之下，便决意把在杂志上已发表及加入了未发表的几段并改换了几句之后，就把他付印出版了。

这番小小的试译，竟博得如许人的关心与推崇，实使我又惭愧又高兴。高兴的，是有意无意的这番工作，现在总算印成了一本书；惭愧的，是我滞钝不忠诚的译笔，除了删去了几章原著没有译外，还不知抹煞了多少原著者的精彩，而且还要人首鱼尾的杜撰了一篇尾声。

书印好时，我晋铎的日期也近了，而且都-多默-雷飞的幼丧慈母，中丧知友，以及他慈父的牺牲独子修道等事实的种种暗射，都给译者本人以无限深刻的感想，所以我也便把这本初译，献给爱我并我爱的一切人们，聊作我晋铎的纪念。

因着忙里偷闲的校对，虽则书后已附上一张不短的正误表，除标点方面的错误因为正不胜正所以索性随他外；字句方面的，我想漏存的当然还是不少，除了如能在再版时再为校正外，这里只有向读者们道歉了。

本书之成，徐宗泽司铎周折费心不少，苏雪林先生也尝给以许多纠正与鼓励，F. Coupé S. J. 又给他画上一张艺术而含有深意的封面，马公相伯更曾肯为之题签，合此一并谢谢。

领受六品的次日多默丁宗杰写于上海大修院

——一九三四年圣母献耶稣于主堂瞻礼

——录自圣教杂志社 1934 年初版

《儿子们》 [①]

《儿子们》前言

（马仲殊）

　　《儿子们》是《大地》的续篇，它的声誉是可以与《大地》并驾齐驱的，说它是姊妹篇，毋庸说它是父子篇。内容是叙述《大地》主人翁王龙死后他的三个儿子的三个不同的志趣、生活、情况、动向。描写范围比《大地》来得更广泛，笔调构思更刻凿、更深入、更洗练、更动人，是作者继《大地》更开展的名作。凡读过《大地》的更应该把这父子篇连读起来，才不会像盲人之只知象足而不知象身！

　　《儿子们》的作风，颇受《水浒传》的影响，和《大地》一样，纯以黑暗的农村社会为背景，善于剪裁，妙于运用，结构文笔，咸臻美妙，有《圣经》之风格，其真切恳挚之处，尤为他人所难及，作者往往为搜集一部小说的材料，动辄要经过几年以上，真是不可多得的！

　　巴克夫人——赛珍珠女士之所以能对中国生活有精切灼见者，多半要感谢她的丈夫巴克博士。巴氏任金陵大学农科教授多年，对于中国农村史料之贡献，尽为中国一般研究农村问题的学者所依据所崇从。

　　巴克夫人又兄弟姊妹七人，四人已死，其兄在美任律师，妹在湖南岳州宣教。她自幼在美国肄业，毕业于维其尼亚一个老式的学校，因不惯于美国之都市生活，又乏友好，甚感寂寞，故毕业后即来中

[①] 《儿子们》，长篇小说（缩节本），美国赛珍珠女士（pearl S. Buck，1892—1973）原著，马仲殊编译，上海开华书店 1934 年 4 月初版，"通俗本世界名著丛刊"之一。

国，蛰居于安徽怀远乡多年，每日下午与乡民攀谈，兴会所至，辄加笔录。初无写作之意，后来一种自然的冲动使她感到写小说的兴趣，作品中大部分的题材，都是取给于怀远的农村生活。夫人性爱花，所以必自栽植；好静，居常不苟言笑。

——录自开华书店 1934 年初版

《沙茀》^①

《沙茀》著者小传与本剧略评
王了一（王力）

杜德（Alphonse Daudet），亦译多德或都德，一八四○年生于宁姆（Nimes），一八九七年逝世。

杜德是自然主义派的健将，我国早已有人介绍，其小说如《小物件》(*Le Petit Chose*)，《磨坊文札》(*Les lettres de mon moulin*)，《拜礼一日记》(*les Contes du Lundi*) 等，已有人次第译成中文。今专叙述他的戏剧。

他的戏剧有：《哥哥》(*Le Frère aîné*, 1868)，《牺牲》(*le Sacrifice*, 1869)，《阿丽女郎》(*L' Arlésienne*, 1872)，《丽斯达凡尼耶》(*Lise Tavernier*, 1872)；此外还有与贝洛（Adolphe Belot）合著的《沙茀》(*Sapho*, 1885)，是从他的著名小说《沙茀》变化而成的。小说《沙茀》已由本人译成中文，交开明书店出版。兹又译其戏剧《沙茀》，编入法兰西国立戏院剧本汇编。《沙茀》一剧，于一八八五年十二月

---

① 《沙茀》(*Sapho*)，五幕剧，法国杜德（Alphonse Daudet，今译都德，1840—1897）、贝洛（Adolphe Belot，1829—1890）合著，王了一（王力）译述。上海商务印书馆 1934 年 4 月初版，"世界文学名著"丛书之一。

十八日第一次在詹纳斯戏院开演，一八九二年在法兰西大戏院开演。此后每年在该院屡次开演，最近二次是一九三〇年九月廿九，十月四日。《沙茀》是描写巴黎风俗的写实作品，写的是奢侈生活的黑暗方面，妇人的魔力，令人不寒而栗。《阿丽女郎》亦由友人罗玉君译出，交商务印书馆出版。

与杜德合著本剧的贝洛（1829—1890），也是戏剧名家。他的杰作有：《基洛多的遗嘱》(*le Testament de César Girodot*)，《学理上的丈夫》(*les Maris à systèmes*)，《没关系的人们》(*les Indifférents*)，《穆尔东小姐》(*Miss Multon*)，《弑亲者》(*le Parricide*) 等。

十九年十月十日译者

——录自商务印书馆 1934 年初版

《我的妻》[①]

《我的妻》著者小传与本剧略评

王了一（王力）

嘉禾（Paul Gavault）的小传已见于前所译《卖糖小女》篇首，兹不赘及。夏尔槐（Robert Charvay）的生平未详。

嘉禾的剧本以轻狂胜，令人看见便从头笑到尾。他的杰作《淑赛德小姐我的妻》(*Mademoiselle Yosette*，*mafemme* 兹省称《我的妻》)逸趣横生，有奇峰突起之妙，所谓乐而不淫的戏剧。一九〇六年十一月十六日第一次在詹纳斯戏院开演，巴黎士女奔走相告。故院中常卖

---

① 《我的妻》(*Mademoiselle Yosette*，*ma femme*)，四幕剧，法国嘉禾（Paul Gavault，1866—1951）著，王了一（王力）译述。上海商务印书馆 1934 年 4 月初版，"世界文学名著" 丛书之一。

满坐。其后改在国立奥迪安戏院开演，一九二九年几乎每周演一二次，今年因改演嘉禾所著《卖糖小女》(*la Petite Chocolatière*)，然后停演《我的妻》。但是本剧的声誉至今尚脍炙人口。

巴黎私立各戏院竞尚轻狂之剧，嘉禾的戏剧虽经国立戏院采用，然其作风可以代表巴黎士女的趋向与嗜好，兹特译出，以见一斑。

十九年九月十八日译者

——录自商务印书馆 1934 年初版

《牺牲者》 ①

《牺牲者》译者序言

钟宪民 ②

尤利·巴基（Julio Baghy）的作品介绍到中国来的，只有三部：巴金兄译的《秋天里的春天》(*Printempo en la Aŭtuno*)，索非兄译的《遗产》(*Heredaĵo*) 和拙译《只是一个人》(*Nur Homo*，光华书局出版）。现在我又把他的长篇杰作《牺牲者》(*Viktimoj*) 译出了，所以应该在这里把作者比较详细地介绍一下。巴金兄译的《秋天里的春天》的序文，正是介绍作者的最好的一篇文章，所以我得巴金兄的同意，就把它转刊在这里。

---

① 《牺牲者》(*Viktimoj*)，长篇小说，匈牙利尤利·巴基（Julio Baghy，1891—1967）著，钟宪民译。上海现代书局 1934 年 4 月初版。

② 钟宪民（1910，一说 1908—？），浙江崇德人。曾就读上海南洋中学，在上海世界语学会学习世界语。曾任上海世界语函授学校教员，在《学生杂志》的世界语专栏担任编辑，编著过世界语教材和词典，并将鲁迅、冰心等作品译成世界语。1929 年后长期在国民党政府文化宣传部门工作，后到台湾。另译有施笃姆（今译施托姆）《白马底骑者》、德莱塞《天才梦》《嘉丽妹妹》等。

　　匈牙利诗人兼小说家尤利·巴基是世界语文坛上的第一流作家。他用世界语写成了小说，诗歌，戏剧等八部创作集。他的作品曾经被译成了十三国文字，在各国销行颇广。他是一个优伶之儿。自己也是一个优伶，曾经饰过莎士比亚的名剧中的主角如韩姆列特之类。他因参加欧战而作俄军的俘虏，被流放在西伯利亚荒原。在那里他在孤苦呻吟之际将他的苦痛的情怀写入诗歌，成了悒郁悲怆的调子。他的长篇小说《牺牲者》就是他的西伯利亚生活的记录，以冰天雪地为背景的悲痛的故事，主人翁的超人的性格和牺牲的精神，以及诗人的敏感的热情与有力的描写，无疑地在读者的心中留下了不灭的印象，引起了许多人的同情，而得了世界语文坛上的冠冕之作的称誉。他的作品有一种旧俄的悒郁风，但里面都依然闪耀着希望。他颇似托斯托夫斯基，他的作品是直诉于人们的深心的。在他，所有的人无论表面的生活如何惨苦，社会地位如何卑下，恰像一块湿漉的抹布，从里面依然放射出光芒来，换言之，即是在悲惨龌龊的外观下面还藏着一个纯洁的灵魂。自然这情形是那般少爷们小姐们所不能了解的。所以从前在俄国当屠格涅夫和格列哥洛维奇的描写农奴生活的小说发表以后，许多高等俄人甚至惊讶地问道："他们那种人居然会有感情，居然知道爱吗？"那么他们就不要来读巴基的小说罢。

　　尤利·巴基在匈牙利现代文坛上也是第一流作家，关于他本国文的著作，译者知道的很少，不过他的世界语创作却很多，长篇巨著除了《牺牲者》外，还有长篇小说《喝啦》（Hura），描写人类追求金钱和物质欲的满足，讥刺现代人生，而指示着光明之路。此外尚有《牺牲者》的续篇《地狱》，不久也要出版了。

——录自现代书局 1934 年初版

《婚礼进行曲》^①

《婚礼进行曲》著者小传与本剧略评
王了一（王力）

　　巴达一（Henry Bataille），一八七二年生于宁姆（Nimes），于一九二二年逝世。其生平杰作有：《睡林之美女》（*La Belle au Bois Dormant*，1894）；《癫病的女人》（*La Lépreuse*，1896）；《你的血》（*Ton Sang*，1896）；《大快乐》（*L'Enchantement*，1900），《假面具》（*Le Masque*，1902）；《复活》（*Résurrection*，1902）；《戈利伯里妈妈》（*Maman Colibri*，1904）；《婚礼进行曲》（*La Marche Nuptiale*，1905）；《波里虚》（*Poliche*，1906）；《裸体的女人》（*La Femme Nue*，1908）；《坏名誉》（*Le Scandale*，1909）；《风狂的处女》（*La Vierge Folle*，1910）。

　　巴达一与易卜生、梅特林克同是戏剧界的潜意识派；然而他的戏剧非但与梅特林克不同，即与易卜生亦大有区别。他的戏剧向明显方面发展。他的剧中人往往有明确的生活；他们不求成为象征的人物。凡他所取的资料，都是法国的风俗习惯：一个人恋爱，失恋，奋斗，失败，个女子生而多情，一年一年的老去，最后有了罪恶的遭遇。他的戏剧的结构，大半是古人的笔法。先是徐徐引入，其次渐渐明显，其次急转直下，最后乃是一个大结局。他虽则有古人的笔法，却承受了现实主义的戏剧的家法。现实主义的人们轻视社会里精神上的信条，与中流社会的循规蹈矩。人家批评他的《戈利伯里妈妈》说：

---

　　① 《婚礼进行曲》（*La Marche Nuptiale*），戏剧，法国巴达一（Henry Bataille，1872—1922，今译巴塔耶）著，王了一（王力）译述。上海商务印书馆1934 年 4 月初版，"世界文学名著"丛书之一。

"三十年来，巴达一的戏剧被识为不道德的戏剧，"他在一切他的戏剧中，对于赤心热情的人们都表同情，——或明白的说出，或隐而不言。然而他这种表同情，并不是浪漫主义。巴达一知道一个赤心热情的人不会享受幸福，结果只能坠落灾难之渊，他把这些人都投进了灾难之渊，也不说这是社会之过。但是，凡不曾因想要避免坠入深渊而努力爬上山峰的人们，他都放弃了不提。现实主义要很忠实地描写确切的生活，这一点，巴达一是采用了的。但他自己说他轻视蛮性的现实主义，说他们只晓得廉价地把生活的幻象售给民众。他关于戏剧的见解，在他的自序有详细的说明，兹不赘及。

他的戏剧在法兰西戏院里最常演者为《婚礼进行曲》；其次为《戈利伯里妈妈》。《婚礼进行曲》于一九〇五年十月二十七日第一次在和特威尔戏院开演，其后每年常在法兰西戏院开演，最近的几次是：一九三〇年五月二十，二十二两日；二十七，二十九两日；七月二日。

《婚礼进行曲》描写人类的心灵的震撼。剧中人格兰思是两个人：一个是浪漫的人物，认爱情为一种慈悲，一种牺牲，所以她鄙弃安适的生活，只爱上了一个有良心的，然而很平凡的音乐家；一个是爱娱乐的人物，醉心于奢华雅丽的生活与细腻的爱情。她自杀，因为她觉得她过浪漫的生活上了大当，又不甘心对娱乐的生活让步。在我所译过的戏剧中，我最爱这一本。

十九年七月九日译者

——录自商务印书馆 1934 年初版

《解放了的董吉诃德》 ①

《解放了的董吉诃德》后记
鲁迅 ②

假如现在有一个人，以黄天霸之流自居，头打英雄结，身穿夜行衣靠，插着马口铁的单刀，向市镇村落横冲直撞，去除恶霸，打不平，是一定被人哗笑的，决定他是一个疯子或昏人，然而还有一些可怕。倘使他非常孱弱，总是反而被打，那就只是一个可笑的疯子或昏人了，人们警戒之心全失，于是倒爱看起来。西班牙的文豪西万提斯（Miguel de Cervantes Saavedra，1547—1616）所作《堂·吉诃德传》（*Vida y hechos del ingenioso Hidalgo Don Quixote de la Mancha*）中的主角，就是以那时的人，偏要行古代游侠之道，执迷不悟，终于困苦而死的资格，赢得许多读者的开心，因而爱读，传布的。

但我们试问：十六十七世纪时的西班牙社会上可有不平存在呢？我想，恐怕总不能不答道：有。那么，吉诃德的立志去打不平，是不能说他错误的；不自量力，也并非错误。错误是在他的打法。因为胡涂的思想，引出了错误的打法。侠客为了自己的"功绩"不能打尽不平，正如慈善家为了自己的阴功，不能救助社会上的困苦一样。而且是"非徒无益，而又害之"的。他惩罚了毒打徒弟的师傅，自以为

---

① 《解放了的董吉诃德》，戏剧，俄国 А. В. 卢那察尔斯基（1873—1933）作，易嘉（瞿秋白）译，1934 年 4 月印成，上海联华书局发行，"文艺连丛"之一。

② 鲁迅（1881—1936），浙江绍兴人。曾留学日本，就读于日本弘文学院、仙台医学专门学校，归国后长期任职于教育部，先后在北京大学、厦门大学、中山大学等校任教。另译有爱罗先珂《桃色的云》、厨川白村《苦闷的象征》、法捷耶夫《毁灭》、果戈理《死魂灵》等。

立过"功绩"，扬长而去了，但他一走，徒弟却更加吃苦，便是一个好例。

但嘲笑吉诃德的旁观者，有时也嘲笑得未必得当。他们笑他本非英雄，却以英雄自命，不识时务，终于赢得颠连困苦；由这嘲笑，自拔于"非英雄"之上，得到优越感；然而对于社会上的不平，却并无更好的战法，甚至于连不平也未曾觉到。对于慈善者，人道主义者，也早有人揭穿了他们不过用同情或财力，买得心的平安。这自然是对的。但倘非战士，而只劫取这一个理由来自掩他的冷酷，那就是用一毛不拔，买得心的平安了，他是不花本钱的卖买。

这一个剧本，就将吉诃德拉上舞台来，极明白的指出了吉诃德主义的缺点，甚至于毒害。在第一场上，他用谋略和自己的挨打救出了革命者，精神上是胜利的；而实际上也得了胜利，革命终于起来，专制者入了牢狱；可是这位人道主义者，这时忽又认国公们为被压迫者了，放蛇归壑，使他又能流毒，焚杀淫掠，远过于革命的牺牲。他虽不为人们所信仰，——连跟班的山嘉也不大相信，——却常常被奸人所利用，帮着使世界留在黑暗中。

国公，傀儡而已；专制魔王的化身是伯爵谟尔却（Graf Murzio）和侍医巴坡的帕波（Pappo del Babbo）。谟尔却曾称吉诃德的幻想为"牛羊式的平等幸福"，而说出他们所要实现的"野兽的幸福"来，道——

　　O！董吉诃德，你不知道我们野兽。粗暴的野兽，咬着小鹿儿的脑袋，啃断它的喉咙，慢慢的喝它的热血，感觉到自己爪牙底下它的小腿儿在抖动，渐渐的死下去，——那真正是非常之甜蜜。然而人是细腻的野兽。统治着，过着奢华的生活，强迫人家对着你祷告，对着你恐惧而鞠躬，而卑躬屈节。幸福就在于感觉

　　几百万人的力量都集中到你的手里，都无条件的交给了你，他们
　　像奴隶，而你像上帝。世界上最幸福最舒服的人就是罗马皇帝，
　　我们的国公能够像复活的尼罗一样，至少也要和赫里沃哈巴尔一
　　样。可是，我们的宫廷很小，离这个还远哩。毁坏上帝和人的一
　　切法律，照着自己的意旨的法律，替别人打出新的锁链出来！
　　权力！这个字眼里面包含一切：这是个神妙的使人沉醉的字眼。
　　生活要用权力的程度来量它。谁没有权力，他就是个死尸。（第
　　二场）

　　这个秘密，平常是很不肯明说的，谟尔却诚不愧为“小鬼头”，
他说出来了，但也许因为看得吉诃德“老实”的缘故。吉诃德当时虽
曾说牛羊应当自己防御，但当革命之际，他又忘却了，倒说“新的正
义也不过是旧的正义的同胞姊妹”，指革命者为魔王，和先前的专制
者同等。于是德里戈（Drigo Pazz）说：——

　　是的，我们是专制魔王，我们是专政的。你看这把剑，看见
　　罢？——它和贵族的剑一样，杀起人来是很准的；不过他们的剑
　　是为着奴隶制度去杀人，我们的剑是为着自由去杀人。你的老脑
　　袋要改变是很难的了。你是个好人；好人总喜欢帮助被压迫者。
　　现在，我们在这个短期间是压迫者。你和我们来斗争罢。我们也
　　一定要和你斗争，因为我们的压迫，是为着要叫这个世界上很快
　　就没有人能够压迫。（第六场）

　　这是解剖得十分明白的。然而吉诃德还是没有悟，终于去掘坟；
他掘坟，他也“准备”着自己担负一切的责任。但是，正如巴勒塔萨
（Don Balthazar）所说：这种决心有什么用处呢？
　　而巴勒塔萨始终还爱着吉诃德，愿意给他去担保，硬要做他的朋

友，这是因为巴勒塔萨出身智识阶级的缘故。但是终于改变他不得。但这里，就不能不承认德里戈的嘲笑，憎恶，不听废话，是最为正当的了，他是有正确的战法，坚强的意志的战士。

这和一般的旁观者的嘲笑之类是不同的。

不过这里的吉诃德，也并非整个是现实所有的人物。

原书以一九二二年印行，正是十月革命后六年，世界上盛行着反对者的种种谣诼，竭力企图中伤的时候，崇精神的，爱自由的，讲人道的，大抵不平于党人的专横，以为革命不但不能复兴人间，倒是得了地狱。这剧本便是给与这些论者们的总答案。吉诃德即由许多非议十月革命的思想家、文学家所合成的。其中自然有梅垒什珂夫斯基（Merezhkovsky），有托尔斯泰派；也有罗曼·罗兰，爱因斯坦因（Einstein）。我还疑心连高尔基也在内，那时他正为种种人们奔走，使他们出国，帮他们安身，听说还至于因此和当局者相冲突。

但这种的辩解和预测，人们是未必相信的，因为他们以为一党专政的时候，总有为暴政辩解的文章，即使做得怎样巧妙而动人，也不过一种血迹上的掩饰。然而几个为高尔基所救的文人，就证明了这预测的真实性；他们一出国，便痛骂高尔基，正如复活后的谟尔却伯爵一样了。

而更加证明了这剧本在十年前所预测的真实的是今年的德国。在中国，虽然已有几本叙述希特拉的生平和勋业的书，国内情形，却介绍得很少，现在抄几段巴黎时事周报 Vu 的记载（素琴译，见《大陆杂志》十月号）在下面：

　　　　"请允许我不要说你已经见到过我，请你不要对别人泄露我讲的话。……我们都被监视了。……老实告诉你罢，这简直是一座地狱。"对我们讲话的这一位是并无政治经历的人,他是一位科学家。……对于人类命运,他达到了几个模糊而大度的概念,这就是他的得罪之由。……

"倔强的人是一开始就给铲除了的",在慕尼锡我们底向导者已经告诉过我们,……但是别的国社党人则将情形更推进了一步。"那种方法是古典的。我们叫他们到军营那边去取东西回来,于是,就打他们一靶。打起官话来,这叫作:'图逃格杀。'"

难道德国公民底生命或者财产对于危险的统治是有敌意的么?……爱因斯坦底财产被没收了没有呢?那些连德国报纸也承认的几乎每天都可在空地或城外森中发现的胸穿数弹身负伤痕的死尸,到底是怎样一回事呢?难道这些也是共产党底挑激所致么?这种解释似乎太容易一点了吧?……"

但是,十二年前,作者却早借谟尔却的嘴给过解释了。另外,再抄一段法国的《世界》周刊的记事(博心译,见《中外书报新闻》第三号)在这里——

许多工人政党领袖都受着类似的严刑酷法。在哥伦,社会民主党员沙罗曼所受的真是更其超人想象了!最初,沙罗曼被人轮流殴击了好几个钟头。随后,人家竟用火把烧他的脚。同时,又以冷水淋他的身,晕去则停刑,醒来又遭殃。流血的面孔上又受他们许多次数的便溺。最后,人家以为他已死了,把他抛弃在一个地窖里。他的朋友才把他救出偷偷运过法国来,现在还在一个医院里。这个社会民主党右派沙罗曼对于德文《民声报》编辑主任的探问,曾有这样的声明:"三月九日,我了解法西主义比读什么书都透彻。谁以为可以在智识言论上制胜法西主义,那必定是痴人说梦。我们现在已到了英勇的战斗的社会主义时代了。"

这也就是这部书的极透彻的解释，极确切的实证，比罗曼·罗兰和爱因斯坦因的转向，更加晓畅，并且显示了作者的描写反革命的凶残，实在并非夸大，倒是还未淋漓尽致的了。是的，反革命者的野兽性，革命者倒是会很难推想的。

一九二五年的德国，和现在稍不同，这戏剧曾在国民剧场开演，并且印行了戈支（I. Gotz）的译本。不久，日译本也出现了，收在"社会文艺丛书"里，还听说也曾开演于东京。三年前，我曾根据二译本，翻了一幕，载《北斗》杂志中。靖华兄知道我在译这部书，便寄给我一本很美丽的原本。我虽然不能读原文，但对比之后知道德译本是很有删节的，几句几行的不必说了，第四场上吉诃德吟了这许多工夫诗，也删得毫无踪影。这或者是因为开演，嫌它累赘的缘故罢。日文的也一样，是出于德文本的。这么一来，就使我对于译本怀起疑来，终于放下不译了。

但编者竟另得了从原文直接译出的完全的稿子，由第二场续登下去，那时我的高兴，真是所谓"不可以言语形容"。可惜的是登到第四场，和《北斗》的停刊一同中止了。后来辗转觅得未刊的译稿，则连第一场也已经改译，和我的旧译颇不同，而且注解详明，是一部极可信任的本子。藏在箱子里，已将一年，总没有刊印的机会。现在有联华书局给它出版，使中国又多一部好书，这是极可庆幸的。

原本有毕斯凯莱夫（I. I. Piskarev）木刻的装饰画，也复制在这里了。剧中人物地方时代表，是据德文本增补的；但《堂·吉诃德传》第一部，出版于一六〇四年，则那时当是十六世纪末，而表作十七世纪，也许是错误的罢，不过这也没什么大关系。

一九三三年十月二十八日，上海

鲁迅

——录自联华书局 1934 年初版

《解放了的董·吉诃德》（生活书店版）[①]
编者附记

一、为了帮助读者看起来方便，我们于原注之外又加了几条注解，但都注明"编者"字样，以免与原注混淆。

二、为了帮助读者易于领略书中所提示的重要教训，我们加了许多旁点。这些旁点也有的是原来就有的，但为了简捷，没有一一分别注明。

三、字句也间有改动的地方，但很微小，且仅是为的看起来明白些，无关大体，故也不曾一一注明。

四、如对董·吉诃德的事迹不知道的读者，可参看本店出版的《唐·吉诃德》一书。

——录自生活书店 1948 年版

---

① 此版书名作《解放了的董·吉诃德》，版权页署"译者：瞿秋白；出版者：生活书店；发行者：光华书店；1948 年 8 月在哈尔滨印造"，该版正文后有《编者附记》及鲁迅作《〈解放了的董·吉诃德〉后记》。

《死的舞蹈》[①]

《死的舞蹈》史特林堡评传（代序）
（吴伴云[②]）

（一）

It never looks like summer now whatever weather there...

The land's sharp feathers seemed to be

The century's corpse outleant

The ancient germ and birth

Was shrunken hard and dry,

And every spirit upon earth

Seemed fervourless as I

— Thomas Hardy

是人类史上的一个那么混乱，那么肃杀的季候——

天空中满布着大块的云。风停息了，树儿笔直地挺立着动也不动。许多无名的小雀子也终止了它们的鸣声，轻轻不知飞向哪里去了。只有几只大的乌鸦，张着翅儿在树梢盘桓着，那穿过树林的沙沙的声音，似乎是在告诉我们大难快要到来的样子。天空显得特别阴

---

① 《死的舞蹈》，七幕剧，瑞典史特林堡（J. A. Strindberg，今译斯特林堡，1849—1912）著，吴伴云译，上海大东书局 1934 年 4 月初版，"新文学丛书"之一。
② 吴伴云，生卒年不详。作品见于《文艺月刊》《彗星》等。另译有《良夜之歌》（雪莱著，载《飞沫月刊》）、《绥拉菲莫维支自传》（载《文化界》）。

暗，紧紧地压在我们头上，几乎使我们的呼吸都感受很大的困难。大地快要炸裂似的，整个的宇宙充满了死的空气。阳光是早已躲到云堆里去了。

这是暴风雪的前夕，是秋冬常有的可怖的季候，季候是循环地转变的，春，夏，秋，冬，这样循环不息地转变着，而给予我们的，自然也是不同的循环的景象。春天是愉快的，夏天是热烈的，秋天是肃杀的，冬天是冷酷的。人的环境也不是同样的，尤其是伟大的艺术家们。莎士比亚有莎士比亚的世界，雪莱有雪莱的世界，高尔基有高尔基的世界，史特林堡有史特林堡的世界。他们的世界各有不同，反映到他们的思想，生活和艺术诸方面也不能一样，在时令上，史特林堡是秋天的或是冬天的，他的生活，他的思想，他的作品都笼罩着肃杀的冷酷的阴影。正如诗人哈代在前面所引的那首诗里所说的："It never looks like summer now whatever weather there... And every spirit upon earth seemed fervourless as I."

"甜的味儿是如何的浅，辛酸的，是怎样的深沉！"是的，喜剧总是浅薄的，它决不如悲剧那样深沉，那样耐人寻味。我们看莎士比亚的喜剧，好像服了一包清凉剂，然而也只是清凉剂而已，过后便什么都没有了，有的，那不过是一个模糊的影子，一些浅薄的余味罢了。悲剧却不是这样。我们看了，它决不会使我们有如坐在醉人的春风里衔着一支雪茄那样舒畅，那样飘洒。它所给予我们的是一些不舒服的感觉，使我们心里常常不安，常常透不过气来，而有以要破氛围而出似的。仅是给人一些舒服的感觉的，决不是伟大的作品。古今来许多的伟大艺术家那个不是悲观的天才，而他们的作品所以能永垂不朽，又何尝不是他们把"思想运用到人生上去"（"Application of idea to life"），又把"人生反映到艺术上面"而成为悲观主义的作品的原故？"没有悲观的天才的呼声，决不能产生出乐观的世界来"，松浦一的话是不错的。我们的史特林堡便是这些悲观天才中最伟大的一个。那是必然的，史特林堡所处的时代是那么一个沉闷的混乱的大时代，是法兰西革命后全欧洲——不，全世界，都在资本主义统治下的黑暗的时代，艺术家的他，时代的使命已经决定了要他用他的天才的手腕来描画出社会的黑暗和人类的虚伪来的。他的戏剧多是悲剧，多是悲观主义的色彩很浓厚的作品，正如他的整个人生一样，虽然也有很少数的喜剧，然而那是偶然的，其中的悲观主义的成分更是浓厚。在这样的时代，在这样的社会，我真不相信如果还有所谓乐观主义的人们。也许有的，但我决不承认是具备了真的灵魂的人，也许是所谓俗物吧。正如托尔斯泰所说："没有谁个不觉得这世界是一团灰土的，除非他是俗物（Philistine）。"俗物之所谓乐观也者，有如"骷髅面上的微笑"，不久，这微笑也就会渐渐地在粪土中消失了。

（二）

奥古斯·史特林堡（August Strindberg）是在一八四九年一月二十二日生于瑞典的斯托柯尔姆（Stockholm）。父亲 Oskar Strindberg 原先是个商人，在史特林堡没有出世以前就失败了。后来又经营航业，而且得了相当的成就，然而这种成就是迂缓的，微小的。因此，史特林堡的幼年完全是在贫苦的环境中过活。在他的小小的灵魂就这样伏下了悲愁的种子，他的性情从小时候起就是这样忧伤这样阴郁的。母名 Elenonora Ulrike Norling，曾在旅馆里充当下女，也是贫苦阶级的出身，在没有生史特林堡以前就有了三个孩子。史特林堡是第四个儿子，是在他们正式结婚两个月后就生下来的。以后又生了好几个，但大半都没有养活就夭殇了。在这样贫苦的环境里，这样被称为"孩儿们的地狱"（"The hell of all children"）的家庭，阴暗，灰黑，没有阳光，没有愉快，永远是像秋天一般的肃杀，冬天一般的冷酷，十一个人和囚犯似的挤在三间屋子里，这样有如一座古墓，一所监牢似的家庭，天才艺术家史特林堡的悲观主义的人生在这里就孕育着很深的种子了。

史特林堡的天才是先天的，如他自己所说，是生而知之的。他的祖父，Zacharias Strindberg（1758—1829）原来就是一个有戏剧天才的人。他的母亲，虽然是那么一个微贱的妇人，而从她的性格和血统里所传给史特林堡的聪明，使他从小就有敏锐的神经，那是不可讳言的事。他八岁的时候，就和一个女孩发生恋爱，因为有许多困难几乎使他自杀。虽然恋爱失败了而自杀又没有成功，然而，从那时起，在他心里就永远萌着自杀的念头了。

当他十三岁的时候，他的母亲又逝世了，这在他确是一桩很大的打击，一年以后，他的父亲又续弦了一位夫人，是他以前的管家妇。这样，史特林堡在家里更加孤独起来了。他的早年的学校生活也是不幸的，然而他求学的精神确是为一般人所不及。他很小就研究自然科学——如植物学，动物学，矿物学之类——虽然他以后是个终生献身于艺术的人，他的思想从小就受了科学的洗礼。这是不足奇的，史特林堡原来就是个多方面的天才。他的天才决不为艺术的范围所限制。我们只知道他是个天才的艺术家，但我们决没有想到他还是个科学者，哲学者，历史学者，而且，他还是个伟大的社会革命者。史特林堡便是一个这样的怪杰，一个这样非常而又非常的伟人！

诚如他所说："人生是一种每天紧压着我的可怖的重负。"这种重负在一般人是会感着极度的不安和疲倦的，而他却永远是那样沉默地担负起他的伟大的使命向着漫漫的人生的长途走下去。他是不会疲倦的，正如崇高的但丁之不会疲倦一样。他们都抱了下地狱的决心，为的是要寻求神，寻求真理，寻求他们的 Beatrice。但是他和但丁不同的是：他所寻求的是神 God，而被他寻求出来的却是魔鬼 Devil。在他的《地狱》（*Inferno*）里，他曾这样写着："To search for God and to find the Devil! That is what happened to me。"God 和 Devil 是他人生的两大动力，是他的艺术的两大原素。我们只要从他的艺术，他的人生，甚至于他的严肃的脸庞上，便可以寻出很清晰地描画的 God 与 Devil 的斗争的痕迹和色素来。

史特林堡的大学生活是始于一八七六年，那时他才十八岁。在他没有 ①University of Uppsala 以前，他曾为人家的家庭教师，他在大学的学费便是为教师时的剩下的很少数的收入。他在大学的生活是极其穷苦的，住在一个楼台上，当严冬的时候，风吹着，身上穿着破旧的衣服，不但是没有钱买书，甚至连买木炭的钱都没有。在他的《死的舞蹈》一剧里，他曾借阿丽丝（Alice）的话这样地写着：

> 阿丽丝：生长在一个穷苦的家庭里，又有许多兄弟姊妹们，父亲又是一个无用的人，这样，尔加（自然是指作者自己——译者）便很早就要教课来供给家庭了。一个青年要牺牲他应有的青春的愉快而赡养许多不是他所生的孩子，这实在是困难的事。当我还是一个小孩子时，我看见他，一个青年，在那温度降到冰点以下十五度的严冬还没有穿一件大衣——他的妹子穿一件粗毛布的外套——那确是很好，我佩服他……

这样，在生活的巨魔紧紧地抓住了他的时候，他不得不忍痛地暂时辍学了。回到斯托柯尔姆来，在一个富有的犹太的医生家里做教师，那时，他对于医学也发生了相当的兴趣。但因为环境的驱使——环绕着他的都是那些艺术家，音乐家，剧作家——他又不得不转变他的思想的方向，而思有以致力于戏剧了。他热烈地渴望着做一个伶人，起先，当 Dramatiska Theatre 表演般生（Bjørnson）的 *Mary Stuart* 的时候，他饰一个只要说一句话的公爵。后来他又离开了那里，以

---

① 疑漏印"进"或"入"。

教书来维持他的生活，然而那样枯燥无味的生活几乎使他苦闷得要
自杀。他是很失望的，他觉得演剧的企图是失败了，同时，他对于自
家的艺术天才也渐渐地怀疑起来。他觉得有一种创作力在推动着他似
的——然而他不能创作什么，缪茜（Muse）已经沉默着了。但是，有
一天，这在他自己也是很惊异的，当他静静地躺在沙发上的时候，一
种灵感支配着他的全身，他的脑膜上幻出了许多舞台上的影像，凭着
他的创作的天才，他抓住了这种刹那间的灵感，在两小时内便写出了
一部两幕的喜剧来。四天以后他便完成了他第一次的处女作了。这便
是他的艺术的开端，也可以说是他的人生的开端。史特林堡自己也知
道这是"他的灵魂得救"（"Saved his soul alive"）的征象了。

从那时候起，他的创作生涯便开始了。两月之内，他写了两部
喜剧，一部诗的悲剧 Hermione 充分地表现了他的戏剧的天才。他又
回到 Uppsala 大学来，继续他的学校生活。一八七〇年他写了独幕剧
《在罗马》（In Rome）曾于是年八月在斯托柯尔姆的 Dramatiska Theatre
公演。接着，他又写了《法外人》（The outlaw）是受了般生的影响的。
这剧很受国外查尔斯十五（King Charles XV）的赞许，而且每年给他
瑞金八百元的奖金。

这样，生活既不会发生大的恐慌，他便可以专心致力于学问了。
除了努力于学校课程以外，他还探讨当代学者的学说，如达尔文的
《进化论》，Kierkcgaard 的"Either-or"，尼采的"超人哲学"，马克
思的"唯物史观"，这些都影响于他的思想不小。尤其是 Kierkegaard
和尼采的哲学，在艺术方面使他有"为人生而艺术"（"Art for life's
sake"）的主张，在人生方面使他形成悲观主义的人生观。他受马克
思学说的影响也不小，他的《英国文化史》（History of Civilization in
England）一书就是根据"唯物史观"的论断而写成的。自然，影响
于他的人生最大的还有哈尔曼（Eduard Von Hartman）的无知哲学
（"Philosophy of Unconscious"），他把人生看作一种灾难的综合。他

说："生命之于人们，有如一幕可怖的恶作剧"（见《死的舞蹈》），正
如萧伯纳在他给托尔斯泰的信上所说的"宇宙不过是上帝的恶作剧"
一样。这都是太把人生看透了的原故。哲学家和艺术家的人生的结论
多是空虚的，悲观的。实在，人生也就只是这么一回事，你要更深地
去追寻它，你就可以发现它是更空虚，更无止境。但是也正为了这个
原故，我们要追求，要战斗——厨川白村说："人生就是战斗。"史特
林堡的历史，就是一部人生的斗争史。他说："我在人生的大而且锐
的战斗中，发现了人生的喜悦。我的喜悦，是生而知之，同时，是学
而知之的。"史特林堡所崇拜的小说家是嚣俄和狄更生。还有龚果尔
兄弟（The brother de Goncourt），朵思退夫思基，般生都直接或间接影
响于他的作风很大。自然，他的最大的收获还是戏剧方面，而北欧文
坛的巨擘易卜生氏又是影响于他的戏剧最深入的人。后来，因为国王
之死，停止了他的奖金，这对于他的经济当然影响不少，而他的大学
生活也就从此结束了。

（三）

他的第一部历史剧 *Master Olof* 是一八七二年写的，那时候他才
二十三岁。这剧共分五幕。其中的要角 Master Olof，King Gustavus
Vasa 和 Gert the Printer，正是代表当时的三个典型人物。国王
Gustavus Vasa 是个机会主义者，Master Olof 是个理想主义者，印刷
工人 Gert 是个能说不能行的人。这剧原先的题目是《叛逆者》（*The
Renegade*）一直到他结婚后的一八七八年才出版。

他是一八七七年结的婚。在他没有结婚以前，他在皇家图书馆做
职员，在那里他得了一个自由研究的机会。他研究法国卢梭的学说，
这在他的自由思想的主张上建立了一个基础。他又研究中国的语言和
学问，并且写了一篇关于十八世纪中瑞关系的论文，这使他得了很大

的荣誉，法兰西学会（French Institute）和俄罗斯地理学会（Russian Geographical Society）都承认他为他们的会员。

他的夫人 Baron Wrangel 是个有夫之妇，是和原来的丈夫离异后而和他结婚的。结婚的初年自然给他许多愉快，而且在各方面激励他，正如他所说的，他那时是生活在一种"幸福的爱的国度里"。他的第一部小说《红屋》（The Red Room）是在他结婚后第二年出版的，描写当时文人和艺术家的生活，其中充满了"火"与"力"。红屋是在斯托柯尔姆的一家小酒店，是那时候新闻记者，艺术家和文士聚首的地方，那儿有艺术家的灵魂。那儿有诗人的生命。而史特林堡以他的生花之笔如实地描写出来，《红屋》自然成了一部动人的作品了。

然而艺术家的史特林堡是决不以此自满的。他也不能安舒地住在一个地方，度着很呆板的平凡的生活。他要旅行。在旅途中，我们的艺术家可以得着更多的更充实的材料。他离开了瑞典，和着他的夫人旅行到法国去。后来又到瑞士。瑞士是最美丽的地方，是人间的乐园，那儿的一草一木，一花一鸟，都是生动的，都充满了青春的活力。他的有名的小说《结婚集》（Married）（第一集）便是他在这时候的伟大的收获。以后他又潜心研究瑞典的历史。他的《瑞典人》（The Swedish People）一书几乎是瑞典人的圣经，直到现在还是普遍地传诵。他又写了一部历史小说集（Swedish Events and Adventures）和一本政治论文集（The New Kingdom）这都是代表时代的不朽的著作，至少，它们在瑞典的文化史上是永垂不朽的。

这时期的他的戏剧包含了 The Secret of the Guild，Lady Margit（小题目是 Sir Bengt's Wife）和 The Wandering of Lucky-Per 等。前二者是历史剧，也可以说是问题剧。那正是瑞典的变革时期，史特林堡把他对于妇女问题的主张都隐隐地暗示了进去。后者是一部神话剧，虽然如他自己所说是为"孩子们"写的，然而所有的"大人们"也都喜欢它，在舞台上公演也收了很大的成效。

那时候创作问题剧的权威当然要以轰动世界文坛的易卜生氏为代表。尤其是关于妇女问题，易卜生的《傀儡之家》（*A Doll's House*），《群鬼》（*Ghosts*）和《海上夫人》（*The Lady from The Sea*）三部曲，在艺术方面和社会方面，都形成了一个巨大的转变。《傀儡之家》和《群鬼》是写旧式婚姻的不幸和种种可惨的情节。娜拉（Nora）是代表当时束缚在旧礼教的樊笼中的典型人物。《海上夫人》除了描写艾黎妲（Wangel Ellida）和老范格尔医生 Dr. Wangel 的不幸的婚姻外，最后，我们的作者还提出了他对于解决婚姻问题的意见，那就是：一，婚姻是两性共同生活，二，结婚须凭自由意志；三，结婚须自家担负责任。易卜生的意见在当时收了很大的成效，欧洲的妇女们对于自己所处的地位和环境都有了相当的觉醒，大家都想和娜拉一样，抱着一颗希望的心，毅然决然向着自由的大道走去。然而，我们的史特林堡却大大地和这意见不同，他极端在文学上反对这个意见。他以为妇女们常常是寄生的，妇女们对于文化工作一点也没有贡献——在目前的状况之下，妇女们好像要觉醒过来，甚至于疯狂似的跳跃着，然而那都是基于选举权的原故，是一种畸形的发展。他所最反对的就是那些常常被一般呐喊着所谓平等自由的人们所赞美的妇女，他以为光是那样空喊是不对的，至少，应当实际地做点工作，应当实际地对于人类的文化和社会的发展上有一部分的贡献才能得着真正的自由和平等的。有人曾经误解史特林堡的意见是要每一个都做贤妻良母，而对于社会的事业就不应该过问似的，我想这也未必尽然。史特林堡除了着重许多小的事情外，还着眼于其他的伟大的事情。他是为妇女和全体人类的前途而高声地提出他的意见来的。

在当时的妇女问题高唱入云的时候，史特林堡的《结婚集》（第二集）又出版了。这，无论在他各人的艺术上或是社会的思想上都是一个剧烈的转变，史特林堡结束了他的浪漫主义的时期而转入极端的自然主义（Ultra-naturalism）的领域了。同时，他个人对于社会的观察和主张是更加稳固地确定着，尽管外界是如何地抨击他，误解他，他的意见是丝毫也不会动摇的。一八八七年，他又出版了一部悲剧《父亲》(*The Father*)，这部悲剧曾被称为他的著作中最伟大的。接着，他又写了一部喜剧《伙伴》(*The Comrades*)，是描写两个艺术家的结婚的故事，女主人公是个灵魂的寄生者，直到她觉得丈夫于她没有什么好处的时候，她才把他丢弃了的。

现在我们不能不说到他的惊人的著作《裘丽亚小姐》(*Miss Juliet*)这部名剧来了。那确是最著名的一部创作，差不多为全世界的人所传诵，只要想起史特林堡的愁苦的容颜，裘丽亚小姐的影子是永远闪耀在人间而不能使我们忘记的。裘丽亚是个神经质的女孩。父亲是伯爵，曾把她许给一个青年，但被她冷然地拒绝并且把婚约解除了。她家里有两个仆人，男仆裘恩（Jean）和女仆克蕾深娜（Christina）。裘丽亚和裘恩发生了恋爱。裘恩很害怕。后来被人们知道了，他们便准备跑。但是裘恩是粗暴的人，什么也不懂得，只显着胜利的狞笑。他问她要钱。她没有。他强迫她去抢她的父亲。他杀死她的鸟儿。她诅咒他，因为她的神经质所受的伤实在太深了。她要求女仆的救援，但是克蕾深娜，是个极好的妇人，她反对裘恩。伯爵回来了。他敲门。裘恩依然是他的仆人，虽然他没有用他的凶器直接把她杀死。但是，最后，我们的裘丽亚小姐终于在外面自戕了。

像裘丽亚那样的女子，像她那样先天就是病态的，又受错了教育，而社会又显着狰狞的面孔对着她的，世界上恐怕不止她一个人吧。裘丽亚小姐不过是代表现代妇女的一个典型罢了。

史特林堡的创作天才却是惊人的。《裘丽亚小姐》出版后，他又完成了三部杰作：《女佣之子》(*The Bondwoman's Son*)，《在海滨》(*At the Edge of the Sea*) 和《一个愚人的忏悔》(*A Fool's confession*)。《女佣之子》是一幅极悲惨的人生的画图，上面刻画着史特林堡的阴暗的影子，同时也就是许多贫苦者的阴暗的影子，在那里暗示了全人类的可怖的命运。《在海滨》也是一部小说，其中充满了尼采的超人思想，Hans Land 竟说它是尼采时代的唯一艺术，《一个愚人的忏悔》可以说是他的忏悔录，是他的结婚的悲剧的写真。那正是斯干底那维亚的妇女运动甚嚣尘上的时候，许多妇女们都起来要求妇女的权利——他的夫人自然也是其中的一个——而这个妇女的憎恶者偏偏要反对她们。因此，他和他的夫人的意见便冲突起来。他想以孩子来维系他们的感情，然而那不过是暂时的，最后他们不得不趋于决裂乃至于离异了。这部书是用法文写的，不久就译成了德文和瑞典文。

史特林堡第一次的离婚是在一八九二年。离婚后他便往德国去。这时候他的心境不必说是很痛苦的，又有许多灾害侵袭着他。他完全是在猛烈的争斗中过活。在柏林，他结识了一位奥大利的女作者 Frida Uhl，一八九三年他们便结了婚。这次的结婚并没有给他什么愉快，不到几年他们又离了婚。

在婚姻方面遭遇了惨败的他，如今不得不寻找一个地方来藏躲他的哀愁了。这时候他暂时中止了他的创作，专心地来研究自然科学了。他到了巴黎，潜心研究分子，原子和电子的理论，想在化学方面有所贡献。然而他的企图是完全失败了，他没有得着什么，科学所给他的结论是神秘的。在他的信仰里，宗教代替了科学。精神代替了物质，他的全部的灵魂都沉浸在一种空渺的宗教的国度里了。宇宙于他，好像是一个地狱，一个他自己的思想所造成的地狱，永远是那样阴暗那样灰色的了。

代表他这时期的创作有《地狱》(Inferno)，《传奇》(Legends)，《孤独》(Alone) 等。《地狱》是他著作中最重要的一部，Edwin Bjorkman 说它在描写不规则的心理方面是全世界文学中不可多见的杰作。以后他又写了独幕剧 The Link。一八九八年又写了两部剧 To Damascus，在那里，他对他以前的妻 Damascus 这样说："我们爱。是的，我们也恨。我们彼此相恨，因为我们彼此相爱；我们彼此相恨，因为我们是被结合在一起；我们憎恨结合，我们憎恨爱；我们憎恨那最可爱的因为同时也是最痛苦的……"记得王尔德也曾说过同样的话：

Some kill their love when they are young，

And some when they are old；

Some strangle with the hands of Lust，

Some with the hands of God：

The kindest use a knife，because

The dead so soon grows cold.

生与死，爱与恨，这样不断地冲突着，矛盾着，人生便在这种不断的矛盾和冲突中。必然要深深地把握着它们，艺术家才能产生更深刻更伟大的作品来。

（四）

史特林堡在戏剧方面最成功的尤其是他的独幕剧。他的独幕剧和梅特林克的很有些相像的地方。在《强者》（*The Stronger*）一剧里，登场人物只有两个女角，还有一个是沉默地在台上读着新闻纸的——这种的所谓独白戏（Monologue），在现代很盛行，然而写得最好的怕要算史特林堡和梅特林克两位大师吧。《流民》（*Pariah*）是写罪犯心理的戏剧，借着两个人——X 先生和 Y 先生——的简短的对话，把他们的思想和心理全部表现出来——一个，是个强悍的人。他杀了人，他并不觉得痛苦，因为他认为那是偶然的；一个，是个怯懦的人。他伪造了一张字据，但是他始终不敢供出来。这个故事看来好像极其平凡，然而正可以代表现时下流社会的两种心理。《母爱》（*Mother-love*）

很受了萧伯纳的影响，其中的人物很和萧伯纳的《华伦夫人的职业》（*Mrs. Warren's Profession*）相似。在爱尔兰的每个地方，人都说史特林堡是唯一的活着的天才戏剧家。他又写了三部"时节剧"（Plays of Seasons），如《复活节》（*Easter*），《仲夏》（*Midsummer*）和《圣诞节》（*Christmas*）等。还有 *There are Crimes and Crimes*，*Swanwhite*，*The Burned Lot*，*The Spook Sonata*，*The Storm* 和 *The Dream Play* 等剧，也是这时候写的。

　　写《梦曲》（*The Dream Play*）的时候，史特林堡的艺术已经脱下了自然主义的外衣，而深入神秘主义的堂奥了。《梦曲》是一部最深刻的作品，在那里他把他的人生哲学隐隐地暗示了进去。宇宙是神秘的，人生是梦幻的，爱情，婚姻，信仰，科学，宗教，这一切都是梦一般地呈现在我们面前，一切都是，用 Archibald Henderson 的话来讲："...the macrocosm in the microcosm—the dream within a dream"。在史特林堡看来，因为它常常是死的，不变的——昨日如是，今日如是，以后也永远如是。《死的舞蹈》（*The Dance Death*）是一部象征主义的戏剧，其中充满了神秘的色彩。许多批评家都说这是史特林堡的戏剧中最伟大的一部，他的艺术在这时候可以说是发展到最高的顶点了。人生，那充满了猛烈的艰苦的斗争的人生，如今是赤裸裸地展开在我们面前——赤裸裸地展开在《死的舞蹈》这两部剧里，第二部不过是第一部的影子，第一部的反射。人生虽然是梦幻，虽然如史特林堡所说的："人生并不如你在青春时代所想象的那般好。它是沙漠，那是实在的；但是沙漠里也曾开着花；它是大海，但是大海里也会发现绿洲。"我们追求花，追求绿洲，追求光明，我们就得要斗争，我们要，如队长所说："Wipe out—and pass on"（见《死的舞蹈》），尤其是艺术家，艺术家的人生是到处需要斗争的。没有斗争，便没有人生，更谈不上什么艺术。此外，《死的舞蹈》一剧充满了宗教思想——不，与其说是宗教思想，毋宁说是艺术家的他对全人类的一种伟大的同情，一种伟大的宽宥。我们看 Captain 弥留时所说的最后的话："原恕他们，因为他们所做的，他们自己都不知道。"那是一句怎样伟大，怎样令人感动的话呵！当耶稣被虚伪的法利赛人钉在十字架上而从容就义的时候，不也是说过同样的话么？啊，人原来就是莫名其妙的东西，有谁知道他们所做的是什么呢？

爱伦·坡说："谁敢把他心中的故事赤裸裸地写在纸上，他的纸必然会燃烧起来。"用这话来批判史特林堡是很恰当的。

史特林堡的晚年是很寂寞的。虽然一九〇一年又和一个被称为斯干底那维亚的 Duse 的挪威女伶 Harriet Bosse 结了婚，但不久他们又各自分离了。这也无怪，艺术家的伟大灵魂永远是孤独的。也只有在孤独中，艺术家才能完成他们的伟大。拜伦和雪莱都离了几次婚，卢骚则恋爱一个女工，歌德终身浮沉于无定的恋爱的浪花中，济慈则为了一个娶不着的女人而流血。孤独一生的有诗人史文朋。艺术家能像白朗宁夫妇那样要好的，古今来实不可多见。尼采说过："我不能想象一个有太太的思想家"，这话是千真万确的。

他晚年的身体是很衰弱的。经过了一生的苦斗，他也失去了他的健康。他前以［以前］就和朵思退夫思基一样害着狂痫病，如今这病更加厉害起来了。然而他的为艺术而奋斗的精神是不稍懈的。他晚年的著作很多，戏剧有：*The Nightingale of Wittenberg*，*The Slippers of Abu Carsem*，*The Last Knights*，*The Black Glove* 和 *The Great Highway*；小说有：*The Gothic Rooms*，*New Swedish Events*，*Black Flags*，*The Scapegoat*，散文有 *A Blue Book*，*Speeches to the Swedish Nation*，*Religious Renascence*，*The Origin of our Mother Tongue*，*Biblical Proper Names*。

他有五个孩子，他很喜爱他们。两个大的女孩幸福地结了婚，最小的一个只有九岁，他的 *The Slippers of Abu Casem* 一剧便是为她而写的。其次，他所喜欢的花和音乐。

他是什么时候死的，各书都没有记载，大概是一九一二年前后。

我把艺术家史特林堡的生平约略地述说了一遍，他的影子又在我面前晃动，心里被他激动得没有什么可说了。最后，我要引易卜生批评他的话："这里有一个人，他将比我更伟大。"

氏的著作译成中文的，除拙译《死的舞蹈》外，据我所知道的还有：

《结婚集》　梁实秋译　中华版

《结婚集》　蓬子　杜衡　合译　光华版

《史特林堡戏剧集》(《裘丽亚小姐》，《债主》，《母爱》)　×××译文学研究会版

《爱情与面包》　胡适译　收在胡适《短篇小说集》中

《人间世历史之一片》　沈雁冰译　《小说月报》二卷四号

　　　　　　　　　　　　　　——录自大东书局 1934 年初版

《塔拉斯布尔巴》[①]

《塔拉斯布尔巴》译者小引
侍桁（韩侍桁[②]）

这篇小说，是代表尼格拉义·郭歌尔的杰作之一。这篇虽被称为

---

① 《塔拉斯布尔巴》(*Taras Bulba*)，小说，俄国郭歌尔〔N. V. Gogol，今译果戈理，1809—1852〕原著，侍桁据英译本译述，上海商务印书馆 1934 年 4 月初版，"世界文学名著"丛书之一。

② 侍桁，韩侍桁（1908—1987），天津人。毕业于天津同文书院，后留学日本。"左联"成员。曾任教于中山大学，任中山文化教育馆特约编译。抗战时期出任中央通讯社特约战地记者和编审，重庆文风书局总编等。另译有勃兰兑斯《十九世纪文学之主潮》、霍桑《红字》、伊凡诺夫《铁甲列车》等。

历史小说，但严格地讲并不怎样适合于一般历史小说的定义，只是其中的事迹是取自十五世纪的哥萨克人的生活的。为理解塔拉斯·布尔巴（Taras Bulba），关于扎波罗基是应当有一些知识。英译者加尔涅特夫人曾给了一些解说，兹译在下：

早在盲者瓦希黎（一四二五——一四六二）当权的时代，人们便开始以扎波罗基（Zaporozhye）为寄身的地方了，扎波罗基这个字的意义是：在激流的下方，也便是，在尼波河的下流的诸岛间。那里有一个团体渐渐生长起来，这个团体的目的，是防护克利密亚一带的鞑靼人侵袭乌克拉茵的，鞑靼人是每年要侵入俄罗斯境内，掳走成千成万的男女儿童，到亚西亚的市场上去出卖；而且那个团体组织，也是防备波兰人的，特别是在黎苏阿哪和波兰在一六五九年的结合之后，它想把农奴制度和波兰的制度输入小俄罗斯境内来。从南俄的各部分，多数的人民，被鞑靼人和波兰人的恐怖所驱逐着，来结合这个扎波罗基的团体。加入这里来的唯一的条件便是要声明信仰正教教会，而肯防护它，以及遵从团体的章程。希叶迟或名希叶喀（这个字的字义是森林中的开拓地，在那里以倒落的树木堆积起一座要塞）是建设民主的规则之上。它是分成几多屯营，每一营选出它的营头，他分配管理食粮。在集会（rada）中——所有的各屯营的全体的集会，哥萨克人选择出一位总团长，和他的副手法官，书记官，以及副官。这是人们全是主职一年，但是若被大家不满意的时候，什么时候都可以被撤去的。当扎波罗基人正在战争的时候，这位团长的权利是无上的，但是在和平的时候，他只是在集会时作表决的事而已。

独身的生活是希叶迟的严格的章程；结了婚的人来加入这个团体，是要把他们的妻子留在家里的。以死的痛苦而严禁带一个妇女到希叶迟来，而且任何节操的违犯是要受严重的惩罚。

最初希叶迟为着防避侵袭，是从某一个地方迁到别一个地方去，只是到了十六世纪末，才在激流的下方的岛上有了一处永久驻军的地方，而且就是在那时候，最多的哥萨克人们，只是在暑天中停在营里，而回家去过冬。扎波罗基和其他的乌克拉茵似地，誓约与俄皇合作，而实际上他们又是独立的，有时他们会和波兰讲和，而也有时他们和土耳其人讲和的。在一七〇八年，在玛翟巴之下，他们是联合了瑞典的查利七世。在波尔塔瓦的败役之后，比得大帝解散了希叶迟，那些残存的扎波罗基人，便被驱到克利密亚可汗去使役了。但是在一七三三年，他们又被俄罗斯政府所认许，回到他们的旧居来。在那个时候 他们包含着三个阶级：未婚的哥萨克人住在希叶迟内，享受一切的特权；已婚的哥萨克人生活在村庄里，当招集的时候，他们必要来结合，但是没有在集会时选举的权利，也没有充当长官的权利；其次是农民，他们每年要给希叶迟纳贡。

在克利密亚的鞑靼人总是成为危险之源的时候，扎波罗基人是为俄罗斯政府所需要的，在克利密亚征服之后，盖塞林大帝最后在一七七五年废弃了希叶迟。

郭歌尔在他的小说中并没有历史的正确的企图，而且很难确定这篇故事的年代。他告诉我们塔拉斯是一种只在十五世纪才能有的人物，然而同时他的儿子们从学校回到家里来，而那种学校是在十七世纪初才存在的。

这篇译文是根据伦敦 Chatto S. Windur 书店出版的加尔涅特夫人的英译本，同时参看美国 F. Haggard 的英译本为蓝本译成的。

一九三一年八月二十四日译后记

——录自中华书局 1934 年初版

《恋爱的妇人》[①]

《恋爱的妇人》著者小传与本剧略评
王了一（王力）

博多里煦（Georges de Porto-Riche）一八四九年生于波尔多（Bordeaux），至今年——一九三〇年九月殁于巴黎。他的父亲是法国加斯干（Gascogne）人，原籍意大利，他的母亲生于阿维让（Avignon）。

博多里煦少时，在戈奈斯（Gonesse）读书。十六岁，进某银行里服务。因为他只晓得读嚣俄的书，尤其是戏剧，所以人家说他不宜于营商。于是他获得父亲的许诺，再求学问。一年之后，他在大学预科毕业，报名入大学法科。

后来他回家，即开始做诗。著有《初言》（*Prima Verba*），《哇尼那》（*Vanina*），《当年偶唱》（*Quelque Vers d' Autrefois*），《错过的幸福》（*Le Bouheur Manqué*）等。

他开始做的戏剧是《瞑眩》（*Le Vertige*），《菲力第二时代的一幕悲剧》（*Un Drame sous Philippe II*），因此渐渐的著名。这都是他受浪漫主义影响的作品。后来他于一八八九年著《佛朗素华的幸运》，在自由戏院开演。当时他已经与莫泊桑联合，致力于爱情的分析，所以人家叫他的戏剧为"爱情的戏剧"。他的杰作有：《恋爱的妇人》（*Amoureuse*，1891）；《过去》（*Le Passé*，1897）；《老翁》（*Le Vieil*

---

① 《恋爱的妇人》（*Amoureuse*，今译《情人》），戏剧，法国博多里煦（Georges de Porto-Riche，今译波托-里什，1849—1930）著，王了一（王力）译述，上海商务印书馆 1934 年 4 月初版，"世界文学名著"丛书之一。

Homme，1911）；《照相铜版商人》（*Le Marchand d'Estampes*，1917）等等。

　　博多里煦是马萨林图书馆总经理。一九二三年五月被选入法兰西硕学院（L'Académie Française）。最近逝世的时候，法兰西戏剧为之停演一日，以志哀悼。译者特先选译其杰作一种，以饷国人。

　　《恋爱的妇人》（*Amoureuse*）于一八九一年四月二十五日第一次在奥迪安戏院开演，同年十一月二十五日在同院重演。一八九六年三月二十四日，一八九六年十月二十一日，一八九九年六月一日，皆在和特威尔戏院重演。一九〇四年在文艺复兴戏院开演。一九〇八年六月五日在法兰西戏院开演。此后常在法兰西戏院开演，最近一次是一九三〇年九月二十一日。

　　《恋爱的妇人》剧中的主人翁伊甸是一个与爱情宣战的人，结果只是失败。伊甸结了婚八年，他的妻子还是恋爱他，垄断他。他的年纪很大了，一心只想做些事业，恨他的妻子妨碍他。他顺从他的妻子，但是每次屈服之后，总不免口出怨言。后来他的妻子痛苦极了，故意与别人私通以为报复。他因此也感觉痛苦，与妻重归于好。剧中的警句是："唉！被爱是何等的苦恼！"

　　还有他的《过去》与《老翁》二剧，都是我预备移译的。

译者，十九年九月十八日
——博多里煦逝世十日后——
——录自商务印书馆 1934 年初版

《七月十四日》 [①]

《七月十四日》弁言

贺之才 [②]

法兰西之大革命，为全世界民族开一新纪元，而大革命之成功，实基于七月十四日劫取巴士底炮台之一役。

当时人民憔悴虐政，如水益深，于是卢梭、服尔德辈起而为文字鼓吹，提倡民权，又值北美离英独立，其影响及于好动之法人，革命之机，酝酿盖已久矣。然初无具体之计划与健全之组织也。乃未几而一夫发难举国云起响应，斩木揭竿，不崇朝而坐得巴士底之险要，巴黎之屏藩既失，政府益张皇失措，而民党得寸进尺，遂获颠覆王室，创建共和，至今法人以是日为国庆，永志不忘，良有以也。

著者之旨趣，在"重新点燃国民的英气和信仰，发出共和的火焰，使一七九四年未竟的事业，完成于较为成熟较为明了自己的命运之民族手里。"故极意描写当日之革命精神，如火如荼，惟妙惟肖，能令读者油然兴起，不啻身历其境，间足为世界革命运动之绝好资料也。

罗氏以音乐家而兼文学家，故所著戏剧，尤为脍炙人口，其先后所

---

① 《七月十四日》（ *Le 14 Juillet* ），三幕剧，法国罗曼·罗兰（ Romain Rolland，1866—1944 ）著，贺之才译述。上海商务印书馆 1934 年 4 月初版，"世界文学名著"丛书之一。

② 贺之才（1887—1958），湖北蒲圻人。曾入湖北经心书院，1903 年与吴禄贞等在武昌花园山设立革命机关。后被湖北当局派赴比利时留学。回国后，任南京临时政府实业部长，北京大学法文系主任等。抗战期间，翻译了罗曼·罗兰七部剧作（《李柳丽》《哀尔帝》《理智之胜利》《圣路易》《群狼》《爱与死之赌》《丹东》）等。

作，有如（一）《七月十四日》，（二）《当通》，（三）《群狼》（以上三种原名革命的戏剧）；（四）《圣路易》，（五）《哀尔帝》，（六）《理性的胜利》（以上三种原名信仰的悲剧）；（七）《律吕律》（鼓吹非战主义，为罗氏代表作品）；（八）《爱和死的把戏》。译者行将全数陆续刊出以饷国人。

译书之难以原文之双关语为首屈一指，译者于此点，再三注意，务求不失原恉，而辞藻之工拙，有时反无暇计及，读者谅之。

译者识

——录自商务印书馆 1934 年初版

《新生》[①]

《新生》前言
（罗洪[②]）

《新生》的作者岛崎藤村氏，生于明治二月十七日。把他的作风概括的说来，是属于写实一派的。《新生》是作者自传三部曲中的一种。他的三部曲是《樱桃熟的时候》，《春》和《新生》，那主人公都是同一的姓名。《樱桃熟的时候》是梦幻的少年时代的回忆；《春》是变化重叠深刻伟烈的青年时代的涉险的人生；《新生》，那是中年时代痛切的记录了。藤村的著作，也就是他自己生涯的说明。此外，他的重要著作有《家》和《破戒》。

---

① 《新生》，长篇小说（缩节本），日本岛崎藤村（1872—1943）原著，罗洪女士编译，上海开华书局 1934 年 4 月初版，"通俗本文学名著丛刊"之一。

② 罗洪（1910—2017），原名姚自珍，生于上海松江。毕业于苏州女子中学师范科，后在松江县立第一高等小学任教。曾任上海《正言报》副刊《草原》编辑，1946 年任教于中国新闻专科学校。著有小说《春王正月》《孤岛时代》等。

《新生》是作者四十七岁时的著作，主人公从四十二岁叙起到作者脱稿四十八岁的一件恋爱事实，这不是年轻时代的浪漫的故事，而是现实人生中极黑暗的事实。在上卷，都叙述主人公在人生的半途中怎样陷进这个暗洞里去，到上卷末尾是想尽法子把侄女偷偷地交托了她的父母，在出洋游历的假面之下，几乎有不能重见故国的念头。下卷上半部还是那种伦理道德上的苦闷。在异乡的巴黎，适逢欧洲大战，尝了不少的辛酸的旅人生活。想到自己抛弃下来的自己的四个孩子，都托别人经管着，而且旅途也走到了尽头，于是不能再见祖国的心，就有了一个转机。直到回来看见侄女节子非常的萎衰，渐渐地起了怜悯之心，想为她出力，给她拯救。然而节子在主人公逃遁远国的期间，已有着一个罪过中培育的心苗了。下卷的下半是描述主人公心理的蜕变，和罪过中找见的光明。主人公发现了节子心苗的惊异，比发现了新世界还要大吧！《新生》的结尾是非常平静的，可是它带着一种力和光明，有深刻的意味呢。

——录自开华书局 1934 年初版

《柏辽赍侯爵》[①]

《柏辽赍侯爵》著者小传与本剧略评

王了一（王力）

赍复旦（Henri Lavedan）一八五九年生于奥列安（Orléans）。被选入法兰西硕学院（L'Académie Francaise）。

---

① 《柏辽赍侯爵》（ Le Marquis de Priola ），三幕剧，赍复旦〔Henri Lavedan，今译亨利·拉弗当，1859—1940 〕著，王了一（王力）译，上海商务印书馆1934 年 5 月初版，"世界文学名著"丛书之一。

他的戏剧可分为庄重的，滑稽的两种。庄重的，如：《柏辽赛伯爵》（*Le Marquis de Priola*，1902）；《决斗》（*Le Duel*，1905）；《服务》（*Servir*，1913）等。滑稽的，如：《新游戏》（*Le Nouveau Jeu*，1898）；《年老的健步者》（*Le Vieux Marcheur*，1909）等。

《柏辽赛侯爵》于一九〇二年四月六日第一次在法兰西戏院开演。此后每年常常开演，最近一次是本年六月十七日。

此剧描写一个现代的叔安爵士（Don Juan）；叔安爵士是莫里耶戏剧中的人物，专会诱惑妇人，无恶不作；然而他的聪明是够用的，所谓"言足以饰非"。所以他藐视一切，唯我独尊。赉复旦这一篇喜剧可以说是最深刻的了；但他在剧中暗寓劝惩之意，这是与别的作家不同的地方。

十九年八月三十日译者

——录自商务印书馆 1934 年初版

《末了的摩希干人》①

《末了的摩希干人》传略

伍光建②

库柏（Cooper）生于美国的纽佐尔细（New Jersey），是一七八九

至一八五一年间人。他的父亲是英国的朋友会中人，他的母亲是瑞典人的后裔。他在耶鲁（Yale）大学三年，因事出校，这就同好几个在他之前及在他之后的有名的文学家一样，都是忽然离开大学的。他入海军供职四年。后来做田舍翁，颇研究边境上土人的生活，及殖民地时代的历史。他游历英国，德国，瑞士国，当过法国里昂（Lyons）领事。他死于一八五一年，濒死时嘱咐家里，不必搜辑材料，为他作传。他有三十多种著作，出名的有十种八种小说，尤以今所选译的《末了的摩希干人》为最出名。这部小说叙一七五五年英法两国争北美洲土地的事，地点在哈得孙（Hudson）河源与附近诸湖之间，以土酋安伽斯及当探子的英国人绰号"鹰眼"的为主要人物。作者有的颇犯文法的规；马可特威英（Mark Twain）说撰小说有撰小说的规则，库柏却什犯其八九。鲁安波里教授说，可惜库柏到了第三年就出学——这就好像是说耶鲁或其他大学曾帮助过一个有天才的人撰小说！其实他的小说以材料胜，他状物叙事又最能引人入胜，令人不忍释手。他的小说在欧洲三十处大城市出版，几乎与司各脱（Scott）及摆伦（Byron）齐名。巴尔札克（Balzac）也是一个好犯撰小说规则的人，却恭维库柏，说他的闳壮肃穆只有司各脱能及，可谓推崇到极点了。民国二十二年癸酉处暑日伍光建记。

——录自商务印书馆 1934 年三版

《小妇人》①

《小妇人》前言

　　《小妇人》为美国露薏莎奥尔珂德（Louisa May Alcott，1832—1888）女士所作。生父 Alcott，Amos Bronson 出身微贱，初业小贩，但因好学深思，故后竟成为一有名的哲学家，时与闻人往还，曾于波士顿办一学校，试行其理想教育，后因许一黑人子弟入校，其余人家子弟即纷纷退学，学校因是瓦解，氏赋性好客来者不拒，以致家境一贫如洗。累得妻女日夕操作，备极辛劳，时或相抱痛哭。作者为氏之次女，幼有文才，又禀生奇气，有男子癖，家居半工半读，常以笔资所得以赡养家人，一八六八年刊行本书，备受社会热烈赞赏，本书刊行后立即传遍英美，读者之多，为任何女作家之作品所不及。更为一般女子爱读，其流行之盛况，亘数十年如一日，销额终不稍衰。

　　是书以作者自身之家庭为背景，主要人蜀雯即作者自己，余三人为其同胞姊妹，"小妇人"原是父母对他们称赞之辞，姊妹尽是天真娇憨，居常与庸俗姑娘无异，但遇突变之事，辄以非常之精神应付，迈勇做去，一往情深。她们的父母，接物待人，极为高雅慈善，教女有方，极为她们所共同爱戴。姊妹四人中，个性各殊，作者以一个家庭之悲欢离合，做全书的线索，叙述精彻巧妙，笔调生动流畅，感人之深，真是少见，英美男妇老幼，争相捧读，美国一般图书馆，必备复本数百，是书之价值，读者当可想见。

　　是书近已摄成电影，片为一九三三年电影出品之冠，现已来沪映

---

① 《小妇人》(*Little Women*)，长篇小说（缩节本），美国奥尔珂德女士（Louisa May Alcott，今译奥尔柯特，1832—1888）著，须白石编译。上海开华书局1934 年 5 月初版，"通俗本文学名著丛刊"之一。

演，售票之旺，为各映演之戏院所引以为荣。看过是片之人，当更知有一读是书之价值了。

——录自开华书局 1935 年再版

《基拉·基拉林娜》 [①]

《基拉·基拉林娜》译者的话

文林 [②]

巴拉衣，依斯特拉蒂（Panaït Istrati）是罗马尼亚人，他的事迹在罗曼罗兰的序言中已叙述了个大概，我不用重说了。他的安得连左格拉飞（Adrien Zografii）的故事集出有好几本，《基拉·基拉林娜》是第一本。这本书在一九二四年出版，不到三年，再版到三十多次，我所根据的原本是一九二七年本，已是第三十八版了。并且到一九二七年为止，全世界已有十六种外国文的译本，东方的日本早有译本，中国文的译本这本书恐怕就是他的著作第一次与读者见面。

他差不多在大战终了时才开始学法文，到一九二三年就用法文写他的著作。他所有的著作都是用法文写的。

他的作风，较任何作家都特别，他尝尽了人间的苦痛，洞悉社会里面一切的罪恶，他的人生经验丰富到了极点；他的真挚的情感特别热烈，他对于朋友，尤其是对于劳苦群众，都表现极热烈极真挚的友谊，这在他的著作中到处可以看得见；再加上他那种敏锐的天

---

① 《基拉·基拉林娜》(*Kyra Kyralina and Other*)，故事集，罗马尼亚巴拉衣·依斯特拉蒂（Panaït Istrati，1884—1935）著，文林译述。前附《罗曼罗兰序》和《著者自序》。上海商务印书馆 1934 年 5 月初版。

② 文林，生平不详。吴朗西（1904—1992），原名吴文林，其译作常署文林。存疑待考。

才，所以写出来的作品，另成了一种风格，特别容易使读者感动。他一九二一年在尼司（Nice）自杀时（自割喉管未断被救）写了五十页的长信寄给罗曼罗兰，罗曼罗兰读了那封信，马上就认为他是巴尔干半岛新起的一位高尔基。

　　我自认我的译文是不高明的，不过我翻译的态度是忠实的。前后经过几次的修改及朋友们的指示。不过虽然是这样，中间的错误处当然还不能免的。如果这本书能够到读者的手里，而且又能够得读者把中间的错误指示出来，那就是译者的无上的光荣了。

译者（一九三〇，九，七。）

——录自商务印书馆 1934 年初版

《鲁拜集选》①

《鲁拜集选》序吴译鲁拜集

伍蠡甫 ②

诗人的译诗

峨玛的人生观

醇酒和妇人

---

① 《鲁拜集选》，诗歌集，波斯莪默（Omar Khayyam，今译欧玛尔·海亚姆，1048—1122）著，吴剑岚译。上海黎明书局 1934 年 5 月初版，"英汉对照西洋文学名著译丛" 之一。

② 伍蠡甫（1900—1992），祖籍广东新会人，生于上海。毕业于复旦大学，曾留学英国伦敦大学，并游学欧洲。回国后任教于复旦大学、中国公学、暨南大学等，并任黎明书局副总编等。另译有卢梭《新哀绿绮思》、歌德《威廉的修业时代》等。

　　译诗的成败，好像很难讲。苦执原韵和辞语的程序，失败而外，自然不会再有什么。犹之摄影或绘画，定要一丝不漏保持人面的雀斑，毫发，皱纹，结果没有美，也没有艺术了。聪明的苏东坡说得不错："论画以形似，见与儿童邻，赋诗必此诗，定知非诗人。"人世是总杂的，残缺的；诗人之魂独能揽取庞错，提净过了，收拾在美的型中。他永具统一的气力，消弭世间的矛盾。因之诗的精华无不蕴结于舍缺求全的气力，也就是神韵之间。而译诗者所最最不该放弃的，便是原诗的精华，在叶韵上削足就履，乃译诗者所共有的牵强，不能不原谅。但是，假使他连神韵都不顾，单单奏出声音的和谐，那么只是一个绣花枕，终须失败啊。

　　所以，只有诗人才能译诗，也只有诗人才知道译诗过程原有创造；因为能够体味诗中的神韵，初无异于拾取生命流中的实感，而吐露两方于音乐的文字中，也都属艺术的制作。

　　我素来见解如此，所以很是可惜文坛总像鄙视译诗，译诗太少，而当于这样标准的更少了。若干年前，有苏曼殊氏的《汉英三昧集》，较近有郭沫若氏的《鲁拜集》和《浮士德》里的一部分。这些当然不能不算诗人译诗，并且行文熟练，形式上先具相当音乐的作用，所以高出一筹了。至于梁遇春氏所译也很不少，可惜原来丰美的内质，都毁于生涩笨拙的散文。去年春天乃得读到吴剑岚氏的《鲁拜集选》，叹赏不置，因为它能遗貌取神，不失诗人译作。于是乎我联想到菲芝结萝得（Fitzgerald 1809—1883）了。

　　菲芝结萝得有美好环境，可以终身致力于文学；住在乡村幽静的家里，四壁围满多种语言的书箱；交际的社会中，难得看见他。他第一部作品是为着周济朋友，才刊行的。这悠然自适使他不慌不忙译了几种西班牙、希腊，和波斯的文学；但是顶顶成功的，当推波斯大诗人峨玛的《鲁拜集》了。他的魄力涵盖原文，所以能够运转自如，不见丝毫造作；那三行押韵（第三行不押）的格式（即所谓 quatrain 者）

更自成一例，为英诗的新调。固然，《鲁拜集》中醇酒与妇人，原深合世纪末的颓废潮流，因此才有菲芝结萝得的成功。但是，他如果自身先就没有诗人的引力，去捉取峨玛的精髓，又没有纯练的传模，他又怎样会成功！结果，《鲁拜集》的精神（详后）得罪了英国教会，惊动了老诗人推尼生（Tennyson 1809—1892），他大发牢骚，说这部译诗动摇信仰的基础。可是，直到现在，菲芝结萝得的《鲁拜集》还是英文学的怪杰；白文本，插图本不知已有多少种；花去一两个先令以至一两镑，都可以买到一部。实在地，《鲁拜集》是译坛的 Classic。

中国有了郭译《鲁拜集》，已经好多年；它有否像菲氏所译那样深而且广的影响，可让事实来证明；然而吴译却又在族国精神高涨的今日——也就是所谓"卧薪尝胆"的今日——出现于中国文坛。时代的背离已足以使也许还未成名的诗人无可奈何了，何况还有郭本在前，益见后来匪易！可是我觉得吴氏在我所注意于译诗的几点，都占上风；誉毁成败，应是时好的作用，无关诗人固有的那些超越年代的条件吧！

至于《鲁拜集》的本身，我也想说一点话。峨玛是十一世纪波斯的诗人和天文学家。据说，他小的时候在小学堂里结识两个知己，汉珊（Hasan）和涅桑（Nizam），互立盟誓，苟富贵，莫相忘。后来，涅桑居然做到了波斯首相，汉珊恃有旧约，去找涅桑，得了个要职。峨玛却对涅桑说："你富贵了，我不想你帮我的忙做大官，我但求年年领取恩俸，可以终身做诗，治学。"涅桑答应他，还给他造了所住宅，靠近宫旁，他便终老于此。汉珊名利心切，终于谋叛涅桑，被涅桑流放。他隐身叙利亚（Syria），勾结暗杀党（即所谓 Assasian），千方百计害掉涅桑。在这整个热烈政争中，峨玛独能安然过他平淡的生活，保全老命。峨玛当如我们的四皓之流，自忖低能，韬晦保身；又像吴三桂的陈圆圆，窥破三桂异谋，做了女道士，霞帔星冠，天天和药罏经卷作伴，直待三桂所有的姬妾都入禁掖，圆圆的名字独不见经传。她"遇乱能全，捐荣不御，皈心净域，晚节克终"，实在和峨玛的探玄穷道，寄情酒色，同是顶顶高明的自了汉。再说得煞风景点，峨玛也仿佛下野军人高谈政治，当朝显贵大讲礼教，是在谈讲之外，别有深心的。不过，峨玛体味独专，乃觉言之有物，究竟做了大诗人。此外，更有人说，峨玛研究天文，偏用感官，觉得形而上的不可解，这苦闷使他成了纵欲者。这一说似乎也可以存在。

《鲁拜集》有几个确切的主张：一切存在只是暂时的；青春也不长在；不可知者何必理解，醇酒妇人是至高无上的享用。《鲁拜集》的人生观无异伊壁鸠鲁的纵欲论，杨朱的："人之生也，为美厚尔，为声色尔！"

以酒和女人并论，是现代道德所不容。但若只就峨玛已经说过的，再说几句，述而不作，大概总还不要紧！

之二也者既相同，又相异。大概，必须先有海量，才可以碰酒杯，酒壶，酒缸；也必须先有貌，势，才或财，方始能亲女性。至如易盈的小量，偏爱说浅尝风韵，差作牛饮，或一腔诚挚，独短财势等等，只落得向着女人议论爱情，有如村夫子，迂远不切实情——这都是抱残守缺，终生不会入彀的。酒也和妇人一样，你得先有本钱——大量——才会取得它的反应，你那时的安慰，才不是片面的。所以，有些时候，一位女性会得满口灵魂和性情，然而寄以真情，却又碰壁，考其究竟，原来男子于性灵之外，还短少了许多。

但是，酒又和妇人大异。只要你的海量不衰，年纪衰了，酒还是你的知己。对于妇人，却很难了，此所以骚人雅士者，要"劝君惜取少年时了！"然而，一往情深之辈，又能排除时间对人的玩弄，唯有故旧才属知己；这自然又当别论耳。

末了，更应该特别理会：文章之道最忌死，呆，认为什么都在字句上，字句以外，不见何物，那是根本不可以语文学的。固然"人生得意须尽欢"，不过，人生失意，难道就不该想个办法？更退一步说，怀志未申，或所谋不遂，也须权做佯狂，避了时忌，再等机缘——这当儿，便又少不掉酒与妇人了。所以充彻在诗内的酒色，也很多是这类的宣泄，并非终身欲纵者可比。杜老的："至今阮籍辈，熟醉为身谋"也就是这个意思。如果有人非难，那论断的焦点，自须放在文学为人生抑为文学，以及妇女问题等等上面了。

我但述潮流，不及其他；至于语焉失次，玷污佳译，都是非万分抱歉的！

一九三四年三月三十一日   伍蠡甫

——录自黎明书局 1934 年初版

《鲁拜集选》自序   附诗四首

吴剑岚 ①

译此诗时，天寒雪未霁也。人生疾苦，情天重魔，能及酒国骚狂，牢忧百感，所素欲言者，觉我默皆先言之。维时炉火不温，瓶梅欲绽，冥想悲凄，乃入方寸，因缀四章于卷首，非欲以解我默，盖自解耳。

篇中意译为多，间有遗珠、亦余兴已颓，不欲刻意经营。阅吾此译，作读余诗亦可，詈为狂呓亦可，盖原作璞拙古茂，译笔大有径庭矣。

---

① 吴剑岚（1898—1983），湖南长沙人。早年学习中医，自学古代文学，善丹青、攻篆刻、通琴艺。曾任复旦大学中文系教授，一生治愈不少疑难杂症，被称为"学府悬壶"。

诗四首

一

我有亿万言，逢君言不得，

我有亿万悲，对君只默默，

知君亦多愁，知君亦心恻，

奈何百样忧，还自交相逼，

世路两茫茫，莫说双飞翼。

二

天地何悠悠，关河亦漫漫，

日月不可磨，金石不枯烂，

人生患有情，此情何晖灿，

鱼鸟知恋群，草木心同绊，

谁将春蚕丝，并作断肠断。

三

凭君莫舍愁，愁堪比金石，

凭君莫泪垂，泪垂须爱惜，

金石或须摧，沧海或须易，

但看泪与愁，生生多伟绩。

四

我心比江水，江水日夜潮，

我心换明月，明月不终朝，

愿在身为影，愿在衣为绡，

一十二万年，永不各分飘，

嗟哉天地久，何以慰寂寥。

二十三年春剑岚序于复旦。

——录自黎明书局 1934 年初版

《卖糖小女》[①]

《卖糖小女》著者小传与本剧略评
王了一（王力）

嘉禾（Paul Gavault）生于一八六〇年，擅长于滑稽剧。他的著作里很有韵致与真理。他的杰作是：《灵异的儿童》（*L'Enfant du Miracle*，1903）；《左赛德姑娘，我的妻》（*Mademoiselle Josette，ma femme*，1906）；《亢佛陇的姨妈》（*Ma tante d'Honfleur*，1914）；《卖糖小女》（*La Petite chocolatière*，1909）等。

《卖糖小女》于一九〇九年十月二十三日第一次在文艺复兴戏院开演，大受观众欢迎。此后常在奥迪安戏院开演，很能卖座。所以几乎每周开演一次，甚或二次。最近开演日期为五月二十一，二十六两日。

译者从前所译，都是法兰西戏院所演之剧本。然而奥迪安亦国立戏院，与法兰西戏院齐名，不宜忽略。所以先择其最常开演的一本译出，以后尚当陆续选择。

　　　　　　　　　　　　　　　　十九年，七月，三十一日，译者
　　　　　　　　　　　　　　　　——录自商务印书馆 1934 年再版

---

① 《卖糖小女》（*La Petite Chacolatière*），四幕喜剧。法国嘉禾（Paul Gavault，1866—1951）著，王了一（王力）译。上海商务印书馆 1934 年 5 月初版，"世界文学名著"丛书之一。

《神曲》①

《神曲》前言
（傅东华②）

恋爱真是比死还神秘的一件事罢。

但丁在九岁的时候，看到了一位比他年幼一岁的女郎，即标德俪思，他就钟情于她，以后隔了九年，又在街上遇见了她，她只是这样匆匆的一瞥，但却使他一往情深，永不能忘。他在年轻的时候，写了一本《新生》(Vita Nuova) 以寄他对于这美丽的少女的相思，以后，又写了这部《神曲》，歌咏他历地狱，入净土，上天堂，以见其爱人的故事。

因为但丁的恋爱是这样的奇怪，所以有人说这全由虚构，不过是诗人诗的象征罢了。但是据但丁的研究者，以所著《十日谈》(Il Decameron) 为人称道的意大利诗人鲍卡曲（Boccaccio）的所言，则但丁的爱人标德俪思，实有其人，曾嫁一个名叫 Simoni de Bardi 者为妻，于二十四岁时，即一二九〇年六月九日去世。但丁当时虽已另与他人结婚，可是这一团"纯爱"(Platonic love) 的感情，却始终牢结在胸中。后来，他生了女儿，甚至也取名标德俪思。原来但丁的恋爱

---

① 《神曲》(Divine Comedy)，意大利但丁（Dantc，1265 1321）原著，傅东华编著，系以故事体裁重述《神曲》。上海新生命书局 1934 年 6 月初版，樊仲云主编"新生命大众文库：世界文学故事"之二。
② 傅东华（1893—1971），浙江金华人。上海南洋公学中学部毕业，后入中华书局任编译员。曾与郑振铎等主编《文学》月刊。另译有荷马《奥德赛》、弥尔顿《失乐园》、霍桑《猩红文》(即《红字》)、塞万提斯《吉诃德先生传》(即《堂·吉诃德》) 等。

是一种以骑士道德并基督教为背景的思想，所以是超于肉欲的纯爱，与近代人灵肉一致的恋爱观是不能相提并论的。

《神曲》内容由《地狱》《净土》《天堂》三篇合成，每篇共诗三十三章（canto），并序诗一章，全部计诗百章，万四千行。这在一面是描写灵魂死后的状态，表示他对于一切思想行为的精神的道德的批判，而在另一面，则为他对于标德俪思的爱恋与信心之抒情的表现。

为使读者更加明白起见，在十三页上附了一个地狱的纵断面图，为德国但丁学者普黑哈马（Pochhammer）所绘，不过其中的解释，现在改了中文了。右上角的是地球的纵断面图，所以表示地狱净土的位置。地球中央便是冥王卢锡福所在的地方，据说自天军与魔军战争，魔军败绩，冥王即陷落至于地底，正当耶路撒冷之下，而地球的反对一面，因此，即耸然崎起，是为净土。净土的顶上，则曰地上乐园。

——录自新生命书局 1934 年版

《妥木琐耶尔的冒险事》[①]

《妥木琐耶尔的冒险事》作者传略
伍光建

马可特威英是作者的假名姓，他的真名姓是撒木耳克勒门兹

[①] 《妥木琐耶尔的冒险事》（*Adventures of Tom Sawyer*，今译《汤姆·索亚历险记》），长篇小说选译，美国 Samuel L. Clemens（即马克·吐温，1835—1910）著，伍光建选译，上海商务印书馆 1934 年 6 月初版，"英汉对照名家小说选"之一。

（Samuel L. Clemens），是一八三五至一九一〇年间人。他当小孩子的时候游手好闲，很淘气。他十二岁丧父，就不读书，说不到入大学了。他当印刷店的学徒以自给，当了三年。他的哥哥买了一个报馆，他在那里帮忙写笑话。他十七岁当密士失必河（Mississippi）上的轮船领港，当了四年。他得了许多阅历，就拿来做两三部书的材料。他后来说，"我在这个辛苦的学校里头为日虽不久，我却亲身熟习各式各样人的性情；在小说里头，古传记里头，及古历史里头的人物，也不过是这样的人物。"他酷好共和，最恨君主制，他有几部书很讥刺君主制的仪文。他的杰作有好几种，今所摘译的《妥木琐耶尔的冒险事》，即是其中很有名的一种。这部小说里头就有哈克（Huck）的事，他后来还著两部书说妥木，一部书说哈克。妥木是一个极其淘气的小孩子，却主意很多，又慷慨勇敢；哈克是一个无父无母无家可归的孩子，不做正经事，日间随便偷点东西吃了，晚间在街头巷尾的大桶里睡，却能见义勇为，光明磊落，敝屣富贵，非辛苦得来的则不食。据说哈克实有其人；妥木却是代表三个小孩子，作者居其多数。马可特威英是美国的最伟大的饶于谐趣的作家。他的笔墨变化得快，忽然会从谐剧跳到惨剧，忽然从动情的辞令跳到令人大笑不止的反衬。本书有许多俚语及字音不正的说话不是当地人不能尽解，却是极有趣味的。孩了们读这部书固然觉得有趣，成年人读这部书觉得更有趣。

伍光建记
——录自商务印书馆 1934 年再版

《日本少年文学集》

《日本少年文学集》① 序
郁达夫

我童话读得很少，对于这一门文字的派别，当然也没有什么研究。可是它的重要性，它的对于国民教育的意义，却时常在想到。记得初学德文的时候，曾经念过几则格离姆兄弟的童话，现在偶一看到身边的可爱的女孩，以及凶悍的老妇人之类，便自然而然地会联想到当时所读的童话上去。可见好的童话，给予读者的印象要比经书、说教，以及历史、剧本、小说等，来得深切得多。

中国的童话之汇集成书者，一向就很少很少。只近几年来，因新书业的丕振，才有几册三不像的儿童读物，流行在市上。但大体也如本书译者之所说，仅能供幼稚生的阅读而已。高级一点，带有一点艺术性的童话集译，大约要算这一本书导其先路了罢？我深望这书出后，能有同样的译品，或作品，会继续的出世，庶几乎高年级的儿童，可以不再去看那些恶劣得不堪的《狸猫换太子》《七剑十三侠》一类的连环画本。

译者钱子衿女士，是日本女师大的毕业生，也是儿童文学的研究者。对于中日文学的素养，当然可以不必说起，就是英文学的根底，也迥非一般浅薄的学子所追赶得上。现在当她将再去英国留学之先，来把这一册童话集问世，或者也是一个绝好的纪念。

一九三四年三月六日郁达夫序于杭州

——录自儿童书局总店 1935 年再版

---

① 《日本少年文学集》，童话集，钱子衿女士编译，郁达夫、丰子恺校订。上海儿童书局 1934 年 6 月初版。

《日本少年文学集》译者序
钱子衿 ①

　　九一八，一二八日本的两次野心暴露的侵略事件发生之后，爱国心驱使我们这些寄居敌国的游子们，急忙地整装归来。

　　归国后的暑期中，受 H 师范学校之聘，便来 H 县任课。从此就脱离了学生生活，转入了教师的队伍。

　　因为向来爱好儿童文学，所以在 H 师范这一年中，差不多将国内出版的儿童读物，像蚕食桑叶似的贪婪地读遍。当时觉得国内出版的儿童读物虽多，然都是些低年级孩子们的神话故事，很少——不是没有——高年级儿童和小学毕业生可读的书籍。从此，我就有了编译本书的意思。可是当时因为正在翻译一篇《学艺杂志》登载的长文，无暇再译童话，所以竟将此事搁起。

　　本年五月中旬，读了《申报》自由谈上，玄先生的《给他们看些甚么》，和《孩子们要求新鲜》两篇文章。于是我这已经毁灭了的编译本书的念头，重又复活狂热了起来。那时正好《学艺》的论文，也已脱稿。所以就着手翻译了一篇宇治浩二著的《摇篮歌的追忆》，和吉屋信子的《光的使者》。

　　六月初因事回到故乡石门湾去，去拜访了老师丰子恺先生。我就谈及翻译了两篇童话，以后还想继续翻译，订成一本小册子，以供高年级的小朋友们阅读。丰先生十分赞成我这计划。并且鼓励我即速续

---

　　① 　钱子衿，又名钱青，浙江崇德石湾（今石门）人。曾就读振华女子学校，与张琴秋、孔德沚同班，后毕业于杭州女子师范学校。1925 年东渡日本，入奈良女子高等师范，专攻日本及英语文学。回国后任教于杭州师范学校、上海工部局女子中学等。另译有芥川龙之介《杜子春》、小川未明《到港的黑人》等发表于报刊。

译。两月后，遂译成了收作本书中的一篇童话。

这一本小册子的得以贡献给国内亲爱的小读者们，全是玄先生的文字和丰先生的鼓励的结果。因为看到了玄先生的文章，我才决意翻译；有了丰先生的鼓励，才增加了千百倍的兴趣和勇气。

以上就是编译本书的动机和经过。

本书承郁达夫先生和丰子恺先生的校阅，丰子恺先生特为本书绘封面画，特在此志谢！

一九三三年，九，于杭州。

——录自儿童书局 1935 年再版

《小物件》①

《小物件》前言
李连萃（李辉英②）

都德（Alphonse Daudet）（1840—1897）为法国的名小说家。他幼年贫苦，身体很弱，一八五七年他到巴黎找幸运，后即以著作为生。在他的小说《小物件》中，我们可以看出他自己的生活来。他的小说，在看厌了冗长的巴尔扎克（Honoré de Balzac）和左拉（Emile

---

① 《小物件》，长篇小说（缩节本），法国都德（Alphonse Daudet，1840—1897）著，李连萃编述，上海中学生书局 1934 年 6 月初版，"通俗本文学名著丛刊" 之一。

② 李连萃，李辉英（1911—1991），吉林永吉人。毕业于吉林省立第五中学，后考入上海立达学园高中部，1929 年考入中国公学中国文学系。"左联" 成员，先后主编《生生月刊》《创作月刊》等。抗战初期，曾主编 "战地报告文学丛刊"，加入 "文协"。抗战胜利后，先后任教于长春大学、东北大学。1950 年后定居香港。

Zola）的作品后，再去看他，却有如服了一帖清凉剂，会发出一重快感的。他所写的，多是他敏锐的感觉到的印象。他的作品，长短恰到好处，既不冗长，也不有意的简短，并不呆板，也不过分的热烈。他的风格是自然，细腻而生动的，有时又带些有趣的讽刺，——这就使得他的作品无一不格外动人，就是短篇小说，也还可以和短篇小说之王莫泊桑（Guy de Maupassant）相提并论的。他先出版的书籍是两本小说，但是失败的。两篇剧本——《最后的偶像》和《白色的雏菊》——稍稍得了些成功。以后，他又发表小说，名誉渐起，《小物件》，《磨坊文札》，《月曜日的故事》，《莎孚》及《达哈士孔的狒狒》诸作，造成了他在法国文坛上的名位。

在本书里，读者可以证实作者的作品，"长短恰到好处"，"并不呆板"，"也不过分的热烈"，是实在的。他那"自然，细腻而生动的有时又带些有趣的讽刺"，更是到处皆是。读者自己去领会罢。至少，读这部有趣的作品，敢担保你们不至于在暑天里打瞌睡。

书中的主人公自然是小物件（达利爱洒特），然而，笔者宁愿同情那一个驴子（即小物件的哥哥，杰克爱洒特）的艰苦不拔的奋斗，不敢苟同小物件醉生梦死的可怜虫生活，尤其是在第二部中。然而，刻苦创业的杰克偏偏早死，而小物件那样的社会上的寄生虫，竟然坐享其成得到圆满的结果，大概读者们也会不同意这一点罢。

但是，杰克一心一意要他的弟弟作诗人，作高等闲人，只图空名，不求实事求是为社会服务，这一点，现在不能不特别提出指摘它的错误的。也许这是作者故意讽刺社会的地方？

中译都德单行本作品，笔者所知有左列数种：（一）《小物件》（二）《达哈士孔的狒狒》（三）《莎弗》（四）《磨坊文札》。

——录自中学生书局 1934 年初版

《阿当贝特》①

《阿当贝特》作者传略

伍光建

作者的名姓是玛理安伊文斯（Mary Ann Evans），佐治爱略脱（George Eliot）是假名姓。她是一八一九至一八八〇年间人，她生于英国的中原。她的父亲是个木匠及营造人，很有办事才干。他是个保守派，他的宗教见解和政治见解是很谨严的。她的母亲生于中等人家，是个聪明女人。作者的心中有她父母的很深印象。她所受的教育在当时算是很好的，却不算是最高等的，她却很有机会读书及反省。她很得益于布雷斯（Brays）一家人，与一个哲学家留埃斯（G. H. Lewes），这个人是英文及德文的文学家，又是批判家，由是她的宗教见解及人生见解扩充许多。她最初在报馆撰文，同时兼译德文著作。一八五八年她的杰作《阿当贝特》出版，立享大名，销路极畅，她先后得了一千二百镑。有人恭维她这部书，说自从莎士比亚以来，以这部小说为最好。此外她尚有几部名作。她的文章有谐趣，她写风景风俗写得最翔实。她的文字浅白清洁，自从哥德士米特（Goldsmith）以来，以她的文字为最清洁。她又是心理派小说家的先导，她的心理是非常准确，有两个最伟大的心理派小说家詹木斯（Henry James）及佐治梅列笛斯（George Meredith）传她的衣钵。她貌寝不像女人；斯宾塞尔（Herbert Spencer）曾想娶她，因嫌她貌丑，不曾提婚。那个批判家留埃斯反不重美貌，与她同居。他死于一八七八年，其后她嫁与

① 《阿当贝特》(*Adam Bede*，今译《亚当·比德》)，长篇小说选译，英国 George Eliot（今译乔治·艾略特，1819—1880）著，伍光建选译。上海商务印书馆 1934 年 6 月初版，"英汉对照名家小说选"之一。

克洛斯（Cross），嫁后不久就死了。

民国二十二年癸酉处暑日伍光建记

——录自商务印书馆 1934 年初版

《波兰的故事》①

《波兰的故事》[序]

（钟宪民）

育珂·摩尔（Mór Jókai 1825—1904）是近代匈牙利最伟大的小说家，正和匈牙利伟大诗人辟托菲（A. Petofe [Sándor Petőfi] 1823—1849）一样，他的名望不仅是一国的且是世界的。他是被称为匈牙利的史可得（Sir Walter Scott）的。他的生活是文学的和政治的活动同时并进的，他自己也参加匈牙利的大革命，所以他许多的作品多少都有些解放匈牙利民族的政治色彩。

育珂·摩尔生于匈牙利要塞的城市可马洛姆（Komarom），一八四八年参加革命以后，便专心从事文学，直到一九〇四年的死期还是负着文学的使命努力着。育珂·摩尔是属于使人最感兴趣的最动人的一类作家，这也是因为他领有着一种异常的想象力的缘故。他的作品总是富于生气和兴味的，而它们的动人是足以和世界上最伟大的小说家相颉颃。他的题材颇为繁多；在有许多小说中，他把情节建筑在匈牙利历史上；在另外的小说中，背景又是异国了，尤其是法国和俄国；最后，他著作了几部完全出于想象的小说。但他的小说都逼真

---

① 《波兰的故事》，短篇小说集，收匈牙利、保加利亚、捷克三国小说，钟宪民译，南京正中书局 1934 年 7 月初版，"中国文艺社丛书"之一。

而动人的，因此我们总是带着同情的歆羡跟着那有时几乎是超人的英雄，自始至终都觉得不忍释卷的。

育珂·摩尔的最著名的作品，是《匈牙利富翁》，《匈奴奇士录》，《我们为什么老了》，《爱情与小狗》，《黑钻石》，《如海水的双眼》，《二二是四》，《没有恶魔》，《黄蔷薇》等。其中《匈奴奇士录》，《黄蔷薇》两部小说，已有周作人先生的中译本。

　　　　　　　　　　　　　　　　　　——录自正中书局 1934 年初版

《波兰的故事》[附记]
（钟宪民）

育珂·摩尔，自己曾参加匈牙利大革命，当时波兰和匈牙利是同病相怜的，波兰人还援助匈牙利革命。育珂·摩尔也因此而认识了波兰人的人格。育珂在这篇小说中生动地几乎是过誉地表现着主人翁谢敏斯基的伟大的意志，同时又不免言过其实地描写了俄国统治时的可怕的情形。关于这一点，我们不必奇怪，因为第一，他写这篇小说，是在匈牙利民族意识反对侵略的俄国的时候；第二，他的目的不在于反映当时实际的情形，而想根据匈牙利民族当时的想象把它描写出来。

　　　　　　　　　　　　　　　　　　　　　　　　（译者志）

《阵亡者之妻》[附记]
（钟宪民）

关于本篇《阵亡者之妻》，有几点还得要注明的。这篇小说的事节，是发生在一八四八或一八四九年的冬季，当时匈牙利的革命军正为着祖国争自由，而向奥国以及助奥的俄国作战，匈牙利的司令就是育珂自己也认识的阿尔都·高基（Artur Gorgey），在这小说中就以阿尔都的名字而出现。后来便开始了那著名的北伐之战，把全国收归匈牙利民族了。其中可注意的一点，就是波兰当时系匈牙利的友邦，所以也援助匈军。关于波军，就是那红帽军，至今还有传奇的故事。

——录自正中书局 1934 年初版

《田园之忧郁》[①]

《田园之忧郁》佐藤春夫评传
李漱泉（田汉 [②]）

一 佐藤氏在日本文坛底分野

在一九三一年的暮春和首夏之交，我的生活是在一种非常不安定的状态中，——固然也不单是这个时候这样，早就这样了，而以这时候最厉害；我是以 S 埠做中心在那里东西流转，不曾有过十天以上的宁日。在这样的时候，许多爱我的朋友们都在替我耽心，以为我的思想和行动不知走上了哪一极端，怕终至于要陷入怎样的破灭之渊莫可挽救，——对于这一些朋友们的厚爱我是十分感谢的，但他们恐怕做

---

① 《田园之忧郁》，小说、诗歌合集，日本佐藤春夫（1892—1964）著，李漱泉译。上海中华书局 1934 年 7 月初版，"世界文学全集"之一。

② 李漱泉，据方育德、陆炜编《田汉著译目录》（见《田汉全集》第 20 卷），李漱泉为田汉笔名。
田汉（1898—1968），湖南长沙人。曾就读于长沙师范学校，后考入日本东京高等师范学校。创造社发起人之一，回国后相继任教于长沙第一师范学校、上海大学、大夏大学等，参与创办南国艺术学院、南国社，主编《南国》《戏剧春秋》等期刊。另译有《莎乐美》（王尔德著）、《罗密欧与朱丽叶》（莎士比亚著）等。

梦也不曾想到在这些日子留在我的行箧里的而且与我朝夕相对的既不是什么马克思的《资本论》，也不是《列宁全集》，却偏是几个唯美作家的小说诗歌，其中用功最勤的是《佐藤春夫集》！

　　这不是很奇妙的因缘吗？这时候来精读佐藤春夫的作品，而且细心细意地去翻译它，注解它，现在还要拿起笔来写这万言的评传？

　　但这个因缘事实上不但不奇妙而且是很平常的，平常到和柴米油盐一样。假使有什么奇妙的地方那是无论人和作品，但凡和他朝夕相对，任是怎样讨厌他的，你会渐渐对他感兴味，就和我先前的妻一样，她是——和我自己一样——有许多缺点，我也像佐藤春夫对于E·Y女士以及他后来对于别的许多女士之所为，和她分别了；但因为我和她朝夕相对先后有四年之久，所以虽在别后经年的今天，我一想起她总是又是亲热，又是惆怅，啊，那被我舍弃了了的妻啊！——

　　哎呀，赶忙收住我的感伤罢，回头人们要弄不明是在写谁的评传了。

　　说到佐藤春夫氏个人，我是不曾和他朝夕相对过的。在过去十数年间，我访问过他三次，记得两次是在到玉川去的那条路上，一个山坡边的幽居；另一次是离新桥停车场不远的一个"贷间"，他是住在上山珊瑚女士——那嫁给一个年轻的商人底新剧的女优，我曾为她写《珊瑚之泪》的那女优，以听她演《文舅舅》（*Uncle Vanya*）里苏尼亚为最后舞台的那女优——底二楼的。我那次去找他时是在很阴暗的晚上，但我记得那房子下面是一所卖眉黛哪和其他化妆品的很潇洒的小店子，据说是珊瑚女士的姊姊，那近代剧协会底女台柱子山川浦路（佐藤氏在《都会之忧郁》中称她做橘朱雀的）开的。他为什么住在那儿，而且为什么认识山川姊妹，不记得他曾否对我说过，但我直到现在细读他的小说才想起他当时的那位太太也是个年轻的女优，而且是和她们同一个剧团的。不过我又为什么一直不曾见过他那太太呢？在那山边的幽居，在新桥的二楼，他似乎都是独身，至少是独身的样子。

我亲眼看见的佐藤春夫氏的太太是距今大约五六年前到日本作两周旅行那一回的事。他接了我的电报，到车站来接我，对啊，那次来接我的还有好一些无产作家，那是使当时政治思想极混沌，几乎就没有懂得这别有天地的文艺界也闹着那样尖锐的阶级斗争底我多么陷于困难的立场啊。反正，我当时是坐上了佐藤氏的汽车，在小石川关口町山上一所风格特异的，带米黄色的，充分可以看出是他自己苦心的图样之现实化的那新邸门前，那井边的一株木莲——这也许是我的幻觉罢，——旁边，看见披着深的天蓝色的大褂的那清丽一流的新夫人含着温婉的笑容迎我这异国的客了。这位夫人我也是到现在看年谱才知道她叫小田中民子女士，是大正十三年，就是距我去访问他们的前两年结婚的。而且也才知道她是教坊出身。那次我和一位 L 先生同去的，我们在他们家烦扰了一个礼拜光景，受了这位夫人极亲切的招待。但当时佐藤氏因着《中央公论》记者底催逼要赶着写他的作品与感想文，我们也每天忙着访问许多友人或是参观报馆剧场，虽同住一屋，事实上除最初最后一两天外，朝夕相对的时候也是很少，并且他是那么一个神经质的，阴郁的人，很小的事可以使他放在心里不舒服的，而我呢，虽说大体上是糊里糊涂，但从来脾气也是不小，假使我们真是朝夕相对，你知道那不会是很愉快的事。不过后来他在作品上那样使我不愉快，那样使我怀疑他的洞察力，我觉得也还是不曾朝夕相对底结果。凭几天的肤浅的印象测定一个人是会错误的，就是我关于他的事和他的心情有许多也是至今才晓得。

我那次离东京的那晚，送我的行的有两对夫妇，一对是佐藤夫妇，一对是随笔家村松梢风夫妇，那和蔼的村松夫人甚至还穿着她新做的中国衣裳。但这两对夫妇在不到六年的现在有了甚大的变化了，

佐藤氏在偕他的民子夫人游历中国回去之后不久听说就离了婚了。村
松夫人呢，也在前年下世了。在××书店底书架上偶然翻阅村松氏著
的《南中国游记》，首先便看见那穿中国衣服照的他夫人的遗像。——
啊，人事的变迁！不过说起来，就在我们那次在东京的一个礼拜之间
也有了重大的人事的变迁了。×××××××××××××××××××××
××××××××××××××××××××××××××××××××××

　　在我走后他们和佐藤、村松两氏之间还交换过激烈的而在我是极
觉得讨厌的论战。××××××××××××××××××××××××××××
××××××××××××××××××××××××××××××××××
××××××××××××××××××××××××××××××××××
××××××××××××××

　　"你看我们这里比那些布尔乔亚家庭可大两样罢。"

　　这是我走进东京郊外前卫座事务所时××××××××××佐佐木孝
丸君给我的第一句话。从佐藤民子夫人那柔婉的微笑里骤然接触这样
尖锐的战斗气氛自然是有些两样，但我当时有点觉得他们干吗要那样
认真，那样把政治观点和艺术结合呢？从前的文学作家们为什么从不
曾这样过呢？人事的变迁！还有是当时还完整的这文艺战线到我离东
京后不久就分裂为互相水火的两翼了。

　　××××××××××××××××××××××××××××××××××
××××××××××××××××××××××××××××××××××
×××××××××××××××××××××××当时也曾和佐藤氏
谈起日本渐次抬头的这所谓"普罗文学"，在理论家中，我不记佐藤
氏是曾推称过中野重治或是青野季吉。反正他说：

　　"那个人可有些道理。"

　　这中野氏和青野氏似乎直到现在是站在互相对立的阵线的：一是
战旗派一是旧文战派。

自从由那次的混战里脱出来，这五六年间，在这幼稚的中国也逢着同样的事实。任是怎样混沌的人经过这么一些事实的教训，也应该有一些懂得了。因此对于佐藤春夫氏们及其作品不比从前那样感兴趣了。对于不甚感兴趣的人和作品而得以这样大的努力贡献给他，无论如何仍不能不说是奇妙的因缘。因着这种奇妙的因缘使我和他的作品朝夕相对，使我因更懂得他的艺术而更懂得他的为人，因此从前有些不高兴的重新感起兴味来。这因缘可更显得奇妙了。×××××××××
××××

　　××××××××××××××××××××××××××××
×××××××××

　　×××××××××××××××××××××××××××××
××××××××××××××××××××××××××××××××

二　佐藤氏底生平

在这一章，我的义务是谈一谈佐藤春夫氏的生平。

但我虽然和他有过上述的那一点点交谊，关于他的生平我是知道得很少的，在先前和他相见时，我没有传记作者的兴趣，在目前更是文献不足征，幸喜改造社的《佐藤春夫集》附有作者自作的年谱，而《田园之忧郁》与《都会之忧郁》，虽非佐藤氏自传的作品，但足以窥见他的生平的地方甚多，把这些做根据，来开始这工作罢。

首先是我们这失恋诗人——现在得订正为得恋诗人了——姓佐藤名春夫。

这样写来也并非由于一种无谓的谐谑。却是因为关于文学作者底名字我和几位朋友之间曾交换一次激烈的争论的。这争论恰好也涉及佐藤氏底名字。

在三四年前，李初梨君还在京都的时候，他和穆木天君通信谈及国内诗人，对于那雕刻家而兼写诗歌的李金发君的作品有所攻击，而特别是他的名字。说他干么要叫做"金发"。我对于他们这种论调是表示不赞成的，理由是评骘一个艺术家的得失当依他的艺术作品而不可以他的名字，名字只是一种符号，怎样都是各人的自由。但初梨回信反对，说艺术家底名字，是同时表示他的趣味和风格的。因此他说：

"假使你赞成艺术家可以随便取名字，为什么你不叫做×小辫子，佐藤春夫为什么不叫做'佐藤丁髷'（'丁髷'是日本维新以前男子头上梳的丁字髻）假使佐藤要叫做'丁髷'你会对于他的作品感兴趣么？"

这一次的争论算是我的输。实在"春夫"（Haruo）这名字在日本虽极普通，而无论在字义和在它的音响于佐藤氏是极恰当，极足以表现他的趣味和风格的。

其次我们这面容虽常常带着北方的沉郁而情感却火一般热烈的诗人是日本极南方的人。中国有"南国诗人"的一句话，似乎诗人是南方的特产似的，在欧洲，我们一想到南欧，就好像陡然有无数泣出鲜红的珠玉的鲛人出现在那多鸟海边底春夜，而佐藤春夫虽是日本人却正是这样的鲛人之一。在《田园之忧郁》中他曾描写过他故乡的风物——

　　　　生在极南方某半岛尖端的他，想起那汹涌的海和险恶的山激烈的相咬，在那胸间住着渺小而贤明的人类的小市街底旁边，很大的急流的川河，上面浮泛着长长的木筏，互相推挤着向那狂涛骇浪的大海那方面奔流而去的——他故乡那富于 Climax 的戏剧的风景来，觉得这个绵亘的山坡，苍空，杂树原，白水田，旱田和云雀的村子实在是一首小小的散文诗……

以一个生于冲激动荡的那富于顶点的戏剧的风景中的南方人接触那平淡幽静的北方的野趣，当然只是一首小小的散文诗，这一种自然的影响使佐藤氏的文字虽力求平淡幽静，而他那一股与生俱来的冲激动荡之情和地心的火寻口子吐出似的现出许多戏剧的场面来，这就是读他那散文诗式的小说《田园之忧郁》也不能无此感。

在那同一作品中，作者又写到他故乡底气候——

　　……他也曾在故乡底自家的院子里，看见那因为向着非常温暖的太阳，所以在冬天也含着苞的蔷薇……

可知他故乡的气候温暖到冬天里可以使蔷薇含苞。因此在《都会之忧郁》中作者又曾写他是多么怕冷——

　　……生长在南国的他，真是受不住寒冷。像在寒冷的时期不开花似的，在寒冬中人们的空想也时常会冻结的在靠醉在自己的空想里为活的性格底他，对于那空想力迟钝的冬天是最觉得悲楚。因此一到冬天。他总是晒着太阳，造出 Idle hour（懒惰的时间）……

南方温暖而馥郁的空气使人迷醉，容易引起种种的空想，因此假使诗是空想底产物，那么难怪南国多诗人。南国自然同时又是多香草。香草这东西，又最易引起人们的空想的。你瞧佐藤氏是怎样的从小"就醉在自己的空想里"，他真是"和草木风云一样，敏感地受着自然的影响"——

　　……在废城后面的黑杉林里面——沿着那城山底最高的石墙下，有一条窄窄的小路。在那儿有很大的杉树林，从那密排着的

杉树底狭小的缝里可以看见河，看见船帆。脚边又满长着大的格
片草。所以那条小路总是很阴暗的并且有那杉树林特有的沉湿的
浓香。做小孩子的时候，他最欢喜那条路……某天晚边，他在那
林子里发现了一朵大的黑色的百合花，走拢去想要摘取它时，仔
细一看，忽然感着某种奇诡的，传说的恐怖，连跑带跌地跑下山
来。第二天同着长工在那一带湾头角落都寻遍了，但是再也看不
见了。那在他是认为奇诡的自然现象之最初的发现。那到底还是
那时的他自己的幻觉呢？还是可以说是自然本身底幻觉底真正的
奇花呢？这到现在想起来还是不明白。但那时候在风里摇摆着的
那朵花儿底美丽却永久留在他的心里。那朵奇异的花就像成了他
的"青花"底象征似的，从那时候起，他就是那样子寂寞的孩
子……（见《田园之忧郁》）

　　这样，佐藤春夫氏是日本南部那富于戏剧的风景、气候温暖可以
使冬天的蔷薇含苞、而那充满着浓香和好花的草木可以使一个幼年时
代的艺术家做白日梦的和歌山县人。——固然，在谷崎润一郎氏的
《神与人之间》写这位"穗积君"是长野县人。

　　还有，谷崎氏写的"穗积君"为着后来便于毒死那作者自己的
"添田君"，而且是便于"穗积君"自杀，所以把他写成一个虽是爱好
文学却曾在长野开业的一位医学士，但事实上佐藤春夫氏的父、祖，
虽是世代业医，而佐藤氏自己却从中学时代就志愿做文学者，就安排
拼着一生奉事艺术——

　　　　艺术真是不可思议的东西。世界上像这样不可思议的东西恐
　　怕就很少。想要说它可也找不出一样和它相当的东西来比喻它。
　　姑且拿人们谁都多少得害一次的那不可思议的热病——爱情来比
　　罢。这个情热许是一脉相通的很近似的东西。但普通爱而不遂的

青年们说不定会以憎恶的感情想起他那爱人。——即算日子久了会变成想慕，但一时为着忘记它，普通总是以多少的憎恶，怨恨，乃至轻蔑，反正是这一类的感情之一种来回顾那辗转反侧底目标底爱人。但艺术家对于艺术却和这相反，无论他为着艺术被置在怎样的世间的苦境里，总是以艺术之名甘心地、或是认为一种夸耀地忍受一切。他决不会憎恶、轻蔑，或是疏远艺术，说他为什么会爱起艺术那样的东西来。……自然他也曾想过艺术是没有什么意思的。可是在那时候，是人生的一切于他都是没有什么意思，虽然想舍掉艺术到别处去，但人生中完全没有他去的地方。那和一时怀疑神想要皈依恶魔的信者底心绪稍为有些不同。——这一些意思不是给这不知道原身的灵鬼底艺术蛊惑过的人，或是秉赋着艺术家底本能降生的人，任怎样说明，也是不能索解的。（见《都会之忧郁》）

这里吐露了佐藤氏的艺术至上主义的艺术观，而他是"舍掉艺术没有地方可去"的"秉赋着艺术家的本能降生的人。"

因为他是生成了这样对于"艺术"底偏向，使他不能世他父祖以来的医业，又不能如他那"并非全无理解"的父亲底意做一个比较受社会上尊敬的文学方面的学者，而想做一个不甚靠得住的艺术家。在这　点他和他家里的关系是弄得不甚好的。佐藤氏在他的《都会之忧郁》里有这样的自叙——

……他的父亲是在一个乡下的市镇里开业的医生。他的祖父也是医生。因为是生在这样好几代都是做医生的家里，他的父亲想使这长子的他也做医生。但看出了他小时候的性情，在北海道有一点开垦地底他的父亲，又想把他送到那一个农科大学里去，回头让他去管理那些开垦地。当父亲把这儿子做材料转着种种有望的空想时，这儿子倒擅自长大了，也并非什么时候受了什么人的影响，他却耽溺在诗歌小说里边发愿学文学。知道了这个的时候，那并非完全没有理解的父亲只好如着儿子的希望允许他这样。在这一点，有这样有理解的父亲底他比普通的文学少年要幸福得多。但无论何时何地不可以忘记"父与子"总是"父与子"。父亲虽许他学文学，但要求他做学者，决不承认什么艺术家。但丝毫没有做学者的心思的——并且相信学者和艺术家自然是两样的他，背叛了他父亲希望他进官立学校的意思，敷敷衍衍地进了一个很轻松的私立学校。"那么，你至少在那里弄毕业也好了。"但他重又蔑视了他父母这样的想头，不知什么时候早已从那学校里半途退学了。同时一点也不和家里商量，娶了一个于他的家庭的人们完全是不认识的女子做妻室。……

无疑地，那很"轻松的私立大学"是那与日本近代资本主义底发展有重大关系的专一欢迎布尔乔亚少爷们的庆应义塾，而那于他的家庭格格不入的女子就是与他同栖了三年和他共着田园和都会底忧郁的那年轻的女优 E·Y 女士。年谱说："明治四十三年三月中学毕业，四月上京，……九月与堀口大学（堀口公使之子，诗人）同进庆应义塾大学预科文学部，为着想要受永井荷风（有唯美倾向的明治文坛大家）底教……"又说："大正二年由庆应义塾退学，从前年起已经仅置学籍，完全没有上学。"又说："大正四年十二月与 E·Y 女士（当时十八岁）同栖。她是一个无名的女优"等。便是上面那一段文章的本事。

三　佐藤氏底艺术与日本社会

我们要知道佐藤春夫氏的艺术是在哪一种文学风潮中成长的，在研究日本近代文学的人一定可以供给我们许多的论证，但是在仅只能凭着记忆和唯一的《佐藤春夫集》来写这文章的我，却只好在他的作品里去寻求，而且这也许比听那些好恶无常的批评家的话更加正确。

第一我们要知道佐藤氏开始他的文学的冒险底时候，是日本近代资本主义代替封建资本开始大的飞跃底时代，这一种时代精神的一反映是日本那封建的歌舞伎剧已不能满足新时代观众底要求，新时代的观众——日本新兴资产阶级，要求他们自己的戏剧，因此促成了日本近代剧运动底勃兴。在这个潮流中那近代剧协会底领袖上山草人——佐藤氏的小说中称他做大川秋帆的——也算是一个有力的弄潮儿，他与这新时代的文学青年佐藤氏们不觉有了偶然的而又有充分必然性的交涉。——

　　——那时候，乘着新风潮底戏剧要开始流行的机会，那善于投机的大川秋帆（上山草人），一来是投机中了，二来亏着他的情妇那才貌双全的某女优（山川浦路）底一代的红运，秋帆那种暴发户的成功可了不得。那秋帆时常带起他那个剧团的男女演员们意气扬扬地出现于各处的咖啡店，引起人们的注目。秋帆和她也就可以说是那时候的"咖啡店底朋友"——那时候他还在学校里，那个阔绰的私立大学底懒鬼到齐了的文科生们只把学校当作他们会伴的地方，几乎每天，并且一整天都出入于这儿那儿的咖啡店。他们有钱的时候各人取单独行动。钱用完了时常大家集起钱来。成群结队地，叫一杯咖啡，在那地方谈上几个钟头。谈倦了就哭……秋帆的戏不用说，只要哪里有知识分子干的新剧开演，任是哪个园子，通通强制地免票入场，可是他的意思本来也不在看戏，只是把剧场底走廊上当作自己的势力范围似的徘徊着。……

这就是佐藤氏文学青年时代的风潮底一侧面，在这新剧勃兴时代底走廊下徘徊的佐藤氏也终于娶了一个新剧坛底女优做妻子。

在文学思潮上，到佐藤春夫底作家时代，日本文坛早已由自然主义底藩篱向反自然主义的即新浪漫主义的，所谓心灵的梦幻的世界脱走。×××××××××××××××××××××

　　这时在他左边的列诃突然昂身站起来，从那为着出烟稍为开了一点的门缝里溜到外面去了。忽然用急而短的声音叫起来，把耳朵张向后面注意他兄弟底声音的佛拉迭也一样地出去了。他们合着声音在叫着。——就像告诉他有什么眼睛看不见的东西拢来了。恐怖使他站起来了。……（见《田园之忧郁》）

　　狗底幽灵是那样在原野里跑，并且这种灵的东西只有我看得见。（同上）

这种"眼睛看不见的东西"，"灵的东西"代替了"眼睛看得见的东西"，"物质的东西"了，同时是"表现"代替了"印象"。"直觉"代替了"经验"了。我们若是读《都会之忧郁》中作者评他的朋友江森渚山——那过时代的文学上的"败残者"底话更可知道此中消息。——

　　……不单是他，但凡知道渚山底人们，每人都有些轻视这个年长的朋友。瞒着年龄的渚山不知道究竟有几十岁了。但至少比他要大一个年代——十年。渚山遇事总爱谈起在一个年代以前的文坛底气运中他是怎样正好要爬上文坛的表面。渚山底年轻的朋友们都以某种微笑听他这话。……渚山在他的文学生涯底第一步就坚信着置重经验的自然主义艺术底信条。不单是相信，而且亲身实行那信条。渚山多半是在将近二十年（？）丧了母亲底时候，得了一笔在当时不能算少的两千圆以上的遗产，相信自己的才能想竭毕生之力完成他的才能底渚山为着购买当时谁都以为在一个小说家是比学问、人格以及其他一切还要贵重的人生的经验，并且为着享乐他的青春，他尽着所有的钱，遍历四处的避暑地和温泉旅馆，消磨岁月。及至渚山底经验渐渐丰富，慢慢地开始想拿起那丰富的经验向文坛发展时，谁知文坛底倾向——那固然和那轻薄的没有理由的一般的流行没有区别——早已完全不是他所信奉的主义，反而是它的反动。一切在和渚山所想的完全逆行……

不用说，这和"小佐拉主义者"江森渚山所想的完全逆行底文坛的倾向决定了那"江森渚山"底没落，成就了佐藤春夫底繁昌（《都会之忧郁》的后序作者祝他的作品"声誉好，卖得多。"）×××××× ××××××××××××××××××××××××××××××× ××××××××××××××

自《都会之忧郁》发表后（一九二二）到现今又快一个年代了。在这一个年代中，旧的社会开始急速的崩溃，新的社会立定了坚牢的基础，在这一种客观形势的发展中，文学上的倾向自然急速地在完成它的转换。所以新时代底作家们所想的，又不知不觉之间与佐藤氏所想的完全逆行。这里虽不知成就了谁的繁昌，但确已决定了佐藤春夫氏底没落！这正和他用自己的话翻译友人对于他的批评一样——

> 你的全生活有一种废颓（Decay）的味儿，——因为你是要没落的人啊！（《都会之忧郁》）

但是没落也好，繁昌也好，这毕竟是外的运命，和不能"以成败论英雄"一样，我们也不能以外的运命论文学作者，佐藤春夫氏也曾以这样的意见评过江森渚山的——

> ……渚山不可以说是对任何后辈又诚恳又叮咛，又谦逊，常
> 识又丰富，性格又温良，对于自己的艺术极热心至于拼了一切的
> 人吗？是啊，渚山只要，只要是成功者，那么现在渚山那可笑的
> 一切恐怕都会算成渚山底长处罢。这么看起来，觉得他可笑的，
> 不过因为他是个不遇的人。说到渚山底才能，是啊，那也许实在
> 是不很丰富的罢——不，现在也许不丰富，但是在当时，在渚山
> 还年轻用壮心如火的眼光望着前途时，可以说渚山完全和现在一
> 样没有才能吗？渚山的才能，许是在不遇之中渐渐地消磨了也说
> 不定。因为不遇照例决不会养人们底才能的。但看那田园之家底
> 院子里的不当太阳的蔷薇就明白了。"天下蔷薇总发花"。可是！
> 假使那蔷薇一辈子背着阴儿可不会在开花以前枯死吗？

这是说一个作家可以因着外的运命影响他的才能，更决定他的运
命。因此我们不能因作家底遇不遇判断他有没有才能。但我的意思却
是每一个作家总是那一个时代的代言人，就是莎士比亚那样的称为
"超时代的大作家"的也不过写的是十六世纪的那一个时代，就是表
现了那一个时代的人对于世界对于人生是怎样的看，怎样的想，怎样
感受应付的。哈姆雷特举起剑要杀他叔父；若在失了基督教信仰的，
跳出了怀疑的迷梦底现代人是不会踌躇的。我们虽不说莎士比亚是怎
样超时代，但正因为他是那么忠实地，丰富地，强有力地留下了他那
个时代的"年轮"，我们就有充分的理由表示我们对于他的尊敬和兴
味。无疑地这种尊敬和兴味是历史的，比方说要我们无批判地站在褊
狭的基督教国民的，或是说十六世纪渐次发展的英国商业资本的观点
来赞叹威尼斯商业贵族们底法律对于犹太人底公平，那我们只好说要
打倒这"超时代的艺术家"，只好宣告"莎士比亚底没落"！同样我们

对于佐藤氏底尊敬与兴趣也是历史的。因为我们觉得佐藤氏底忧郁，无论是田园的也好，都会的也好，也实在相当忠实地、丰富地、强有力地象征了急速发展的日本资本主义底忧郁。在《田园之忧郁》底首章，他曾告白他是具有老人般的理智，青年般的感情，和小孩子程度的意志的青年。但事实上他无论对于自然与人生在在表现了意力底赞美——

　　所有的树木都竭力深深地在土里面结根，从那里把土地力量吸上来，又在它们身上长着叶子尽量吸收太阳的光。——……为着竭力多受太阳的光他们争着伸出枝杈，在彼此满足了自己的意志底时候，它们的枝子，互相重叠，互相接触，互相笼络，互相奔逐，为着独自得太阳底宠遇，他们不容顾虑到别的什么东西……（见《田园之忧郁》）

　　……那是有一点像竹子底形态和性质的很强劲的草，它那硬的茎和叶把土底表面编成网眼爬起走，为着固定它的领土，从它那有节的地方，一一地生起根来向四方八面扩张，试取它的一部分连根拔起来那穗子似的无数的细根就像人的手抓起来的一样。每一根都带上一把杂着黑沙的泥，这就是它们求生的意志。……（见同上）

　　青马蚱每晚都来访问他的洋灯。他最初不知道这虫子这样慕着洋灯的光明和溜溜地绕着那纸罩子走是什么意思，但多瞧一会儿立刻就知道了，那决不是这虫子底趣味或是娱乐，原来这虫子是来吃那些跳集在罩子上面的更细小的别的虫子的。……（同上）

　　青马蚱，某天晚上不知是在什么地方怎样失去那长的跳脚底一半飞来了，长得触角底一枝也短短地折断了。……终至某晚，不听他制止的猫儿，在书架上把它主人每晚的朋友的这不幸者捉去了，玩弄了好一回以后便把那青马蚱吃掉了。（同上）

这一种草木昆虫界底自由竞争，弱肉强食的状态，作者不惜以病的绵密，去观察它，而且很冷静地断为自然底意志，以为无所用其非难与同情。他也曾砍掉遮住别的草木——特别是他所爱的蔷薇——上面的太阳光的树枝和藤蔓，好像"自负着人的他替行了自然底意志"，但他又知道"其实藤蔓长在那里，在自然原不以为有什么不好"。他也曾细细观察那些，被青马蚱吃着的虫子，但他说，它们"都是眼见它被吃也不能引起什么感情的细小而不大和人亲密的东西"。在摇晃的烛光和燃烧着煤油中，也不能不看出自己的情绪底作者，在这些自然观众中，也就表现了他自己的意志。他不是一个什么感伤的人道主义者。他是一种很执拗的，怎样想法子使自己成长发展丰富而不顾其他的个人主义者。在《田园之忧郁》中他曾说——

> ……他变成了追忆中的那孩子，很眷恋地亲热地想到他的母亲，兄弟，和父亲。本来时常总是想着自己的事情底他，从不会像这时候这样哀切地想到那些人们的。

实在他和许多布尔乔亚作家一样老是想着他自己一个人的事。他就好比是他所爱的那蔷薇而别人只是那蔷薇的肥料。在《都会之忧郁》中作者曾引他父亲批评他的那严厉而刻毒的话——

> 你从来就说你是个人主义者而且也是那样干起来的。试问你曾什么时候以家庭底一员替家庭做过什么事。只在图你自己便利底时候就靠家庭，这理由能成立吗？……有所谓"和洋折衷"的一句话，你可正是这样的，你是把西洋式的个人主义和日本式的家族主义随着你自己的便利，来折衷的。

在这里可以知道佐藤氏所谓"父与子"之争，只是日本式的家族主义与西洋式的个人主义之争，同时就可以知道封建的日本以高速度输入欧美的资本主义以后，在那宗法的日本家庭间，引争起何等的变化。

日本的资本主义正在一帆风顺地夸它的繁荣底时候，无奈发达到高度的西洋资本主义已经发生了内部和外部的致命的冲突，促进它们急速地走向破灭的路。工业的物质的西方文明乎？农业的精神的东方文明乎？这样的疑问便开始弥漫于文明人底脑里，这样的疑问使人们陷入无法解脱的矛盾，觉得一切都走到了尽端，厌倦，疲劳，不能再有前此那种朝着一点勇往迈进的气力。这种风潮当然迅速地不可避地波及这新兴资本主义国家底思想界，×××××××××××××××××× ×××××

看渚山那样子近来好像访问病更加厉害了。——所谓访问病并非另有这一种病，说来不过是神经衰弱底一种状态。以前他和渚山们之间流行过这么一种妙的术语，那意思是所有一切，都走到了尽端，而且连独自一人咬紧牙关忍受那种孤独底勇气也没有了，拼命想见朋友们的面，一旦走到朋友那儿去见了他，又并非有什么愉快的话好谈，于是心里把今天想见的朋友想了一遍，又去找另一个朋友，到了那里当然也不会安定的，结果引起一种自暴自弃的心思，不论远近，一整天中间把所有的朋友的家都走一遍。一旦有一个人陷入这种病的心理可了不得，这个心理立时在那些内面生活本来就不很安定的他们的同辈中传染起来。被害了这种访问病的 A 访问了的 B 也感染了这个，于是 A 和 B 这两个访问病者同去访问 C。这下，ABC 三个人互相助长那种心理，再去访问在更远的地方底 D。……这样同辈中的生活，渐渐交相腐蚀起来。而且同辈中间时常总有一个以上多少害这种访问病的。大家都知道这个很荒废彼此的生活，谁也想独自一个的待着。但是不知不觉之间为着去见那没有什么趣味的他朋友那很厌烦的脸。——
而且只要一个钟头以后就要变成和自己一样无缘无故的忧郁的
脸——他依旧很凄然地彷徨到街上来。……（见《都会之忧郁》）

谁都知道这一种病的心理决不是作者和他的朋友间一时偶发的心
的现象。而像作者在《田园之忧郁》中因煤油的臭而想到发火一样是
时代底空气中，早已有了那种准备，特借"访问病"来告诉他的官能
的。因此使作者佐藤氏和许多同时代的青年一样，一时彷徨在都会，
一时想逃避在田园。——

　　……不过就是在都会底正中气都吐不过来，就像给人底重量
压碎了似的，"咳，在这样的晚上不管是什么地方都成，只想在
那沉湿的草盖的乡下屋子里，在那朦胧的带红色的洋灯下面，畅
畅快快地展开手脚睡它一个忘记前后的大觉。"这一种情绪真是
时常无法排遣地涌到在繁华的白热灯下，在石甃的路上，困疲倦
极了的浮浪人似的脚步走着的他的心里来。

但是逃到田园去求安定的他见闻了一些什么人物呢？首先是那
"卑鄙俗恶，唯利是图，嘴里又死爱说话"的斋婆，其次，是做过女
工，女堂倌，乡下茶铺子的女人，受尽了社会的虐待结果嫁给了一个
手工业者——木桶匠的阿绢，再其次是既要图晚年快乐又要"经济上
有利益"，从都会娶来一个年轻产婆做姨太太的大地主——那 N 家底
老太爷；再其次是不懂得美底任哪一种却擅长算术底四则而且晓得应
用在实生活上，因为那贫农纳不起房租甚至连大粪都不积下一点，便
骂一切穷人都是"刁滑之徒"，情愿让房子空着不肯再租给他们的那
村子里的校长先生；接着当然是那"到最后的最后把自己的房子押掉
了不能赎回"的完全失了土地的贫农；还有那借着狗吃了她家鸡大发

牢骚的土财主婆婆；白天来谈天，晚上来偷他家的劈柴的那中农的女儿阿桑；时常喝醉酒，晚上在他家门前嚷着怕狗的老农人和他的儿子。还有谁？还有游天禅寺遇雨时在那僻静的山家看见的那和她母亲一道纺纱的美丽的姑娘，……读这部小说的可知除了这位姑娘以外没有一个使作者愉快的人物。而且实在除这姑娘以外，以那些人物组织的农村不会永久是一个安定的农村，那些完全失了土地的贫农是得爆发他们的"乡愁"的，这里有着日本"田园的忧郁"！

后来作者由这绿色的田园回到那灰色的都会去了。在都会中他又是和一些什么人物有关系呢？首先是那时代底落伍者，连三块钱一月的房租都缴不起，病了乞怜于相识的牧师，睡在教会经营的施诊病院的江森渚山；其次是虽然十分爱好文艺而且想要写一些东西可是时间都被老板廉价买去了的旧书店底小伙计；再其次是家境虽然稍可，但也没有找着职业的久能君；再其次是靠在文学青年团体和小剧场后台混几个零用钱的"梧桐先生"。讲到最得意的要算给情妇逃跑了的新剧座主脑大川秋帆和怕得罪某资本家和失掉大批陪奁在太太前面磕头谢罪的某报馆本埠新闻编辑主任秦龙太郎。——如此而已，长远失业，典质一空，困于生活的尾泽峰雄。作者佐藤氏以友人久能底介绍，想因秦龙太郎，在报馆里找 · 个位置。这是那位秦主任在吐了 · 口雪茄烟以后说的话——

　　……同时因为想来的人一多，本馆用人的时候就不能不审慎，这次只想要找两个人就已经有三十几个人报名了。自然那人选也可以由我决定，但是这样大的报馆翁姑是很多的，那方面一推荐来，但凡没有十分不适当的理由，我也不好因着我想用我所欢喜的人就蔑视了那些有力者底介绍。并且近来本馆的方针务必用大学毕业的，大约是因为名片上有了那样的头衔访问的时候也要便利一点的关系罢。……

于是乎我们这在庆应大学中途退学的又没有有力者底推荐的佐藤春夫——不，尾泽峰雄便依然只好在街头彷徨了。资本家阶级对于一切文化机关底彻底的支配，多数的才能之无法发展，竞争失败者之全无保护，还有是整千整万的失业者之抛向街头，现在是连有大学毕业的头衔的也包括在内，这样的都会是也不会有万年安定的。因为失业者是要他们的面包或是死的，这里便有着日本"都会底忧郁"！

这个几乎在自由竞争上惨败了，但并不否定自由竞争的我们个人主义的作家在《田园之忧郁》中曾吐露过这样的叹声——

　　　所谓生命就是指时时刻刻征服在周围的一切的东西，吃掉他们，把他们中间的力吸收到自己体内而且把它充分统一起来的某种力。肉体的方面明明是这样的，灵的方面精神的方面也一定是这样。但现在那种有吸收，统一别种东西作用底神秘的力已渐渐从他衰弱去了，他只是一刻刻地在发散他从前的自己。

　　　×××日本资本家阶级渐渐失去了"吸收、统一别种东西底作用底神秘的力"了。他只是"一刻刻地在发散他从前的自己"。所以作者的叹声同时又是忧郁的日本底叹声。所以作者底田园的都会的忧郁，实在相当忠实，丰富，而有力地象征了近代日本社会底忧郁！

四　佐藤氏底艺术与他的恋爱

前章的话不觉说得很长了，但让作者佐藤氏看起来一定要生气，说我过于穿凿附会，破坏了他的美的东西，就好像一个不识趣的农夫，拿起吊桶扑通地打破了"把无涯际的苍穹划成直径三尺的圆极平静地铺着深不见底的"那井里的"琉璃"一样。而且一定要像骂那絮絮叨叨对他谈"江户"时代的东京底那七十几岁的老太婆似的，这样骂我罢——

"这样的事我没有兴趣！我懒得管别人的事！"

是的，读《殉情诗集》的原序的人可以晓得佐藤氏在少年时代虽也曾写过一些"社会问题底倾向诗"，但自从他"在人生底中途，走到了爱恋底昏暗的林荫"，他的胸臆"像压碎在车轮下的蔷薇似的呻吟"，他真是再也"懒得管别人的事"了。因此也不为什么国家社会的问题来忧郁，使他忧郁的那只是他的"心中之事，眼中之泪，意中之人"。

他是怎样走进这爱恋底昏暗的林荫的，我并不十分清楚，但年谱称"大正二年，以某种柏拉图式的恋爱，身心非常苦恼，罹慢性不眠症"，或者就是指这事情后来的结果。读者于去年来的报纸杂志上当略有所闻，这里不去说它，但谁都知道把佐藤氏的胸臆"像压碎在车轮下的蔷薇似的呻吟"的对方是谷崎润一郎氏，而成为问题的中心的是谷崎夫人千代子女士。年谱关于这事没有详细记载，关于与谷崎氏的关系只有下面的三条——

　　　一、大正七年四月《李太白》成。发表于《中央公论》，系谷崎润一郎推荐。……八月，从谷崎润一郎及《中外》记者之劝，发表《田园之忧郁》第二稿。……

　　　二、大正十年三月与谷崎润一郎绝交。……五月《殉情诗集》由新潮社出版。

　　　三、昭和二年二月发表《谷崎润一郎，人及其艺术》。……

　　但他怎样受谷崎氏的推荐，怎样又和他绝交，后来可又怎样发表关于他的研究，这其间的事实的经过，心理的变迁，我也无从知道，读者若再读谷崎氏的作品，特别是《神与人之间》，我想多少可以窥知此中消息罢。谷崎氏在《神与人之间》，确曾说及佐藤氏的《殉情诗集》和《田园之忧郁》。而且我们发现这被佐藤氏绝交的人才真是佐藤氏底知己——

　　　　……穗积所写的《秋思》那抒情诗集，和《某独身者底生活》那篇小说，渐渐引动文坛底视听也正是那时候的事。《秋思》是把他大约从半年以前断断续续地投寄给报纸杂志底诗稿集成一册的，因此在那每一联里，不用说，都含着恋慕她（！）的衰切的音响。在沉闷的时候，无聊的时候，悲哀的时候——恐怕没有他自己再爱读那诗集的罢。当他在外面散步，或是凭着书几，或是靠着枕头的时候，就像玩弄别人所不知道的贵重的珠玉似的他在心的深处悄悄地反复着这些诗歌底一节节，有时候甚至拿到嘴边吟哦。他认为是他的"心妻"的她——现在虽做了浅陋的别人底老婆，而且成一个女孩子底母亲，但穗积感觉得在这些吟咏之中有一个和昔日一般无二的她呼之欲出。于是他向着这诗中的她更加强他的爱慕，呈献他的情热。他几乎是粘住在那诗上。——就像快要淹死的人忽然抓着一把稻草便紧紧地抱住它苟延那痛苦的残喘一样，他就像一只不靠哀啼就不能活的小鸟儿似的歌着。……

　　无疑地此中的穗积就是佐藤春夫，《秋思》是指《殉情诗集》，《某独身者底生活》是指他推荐过的《田园之忧郁》，虽说这小说中的主人公却并非独身，但关于这《某独身者底生活》——《田园之忧郁》，谷崎氏有这样的批评。——

……形式虽是小说而由作者底心境说，却只是把秋思那种悲凄的音响移到散文的。这故事所以能恻恻地打动读者底的心的，也还是其中所含有的诗的力量。……

这都是极懂得佐藤春夫底人和艺术底人底批评。读《殉情诗集》的，可以在它的第二章该发现这样的一首诗：——

虽非单恋身，
所得心妻耳。
冬宵不成寐，
心妻抱心里。
哀切若浮生，
惊人逾幻梦。
心妻非我有。
寒宵谁与共？
独抱孤枕眠。
身魂皆颤动！

这也就是谷崎氏上面的批评底一个注脚了。

在《田园之忧郁》中你更可以随时发现他那"压碎在车轮下的蔷薇似的呻吟"。首先就借他那可怜的妻子底口里说——

……并且他对于别人可真是又诚恳，又温存，又和蔼，为什么对于我却又这样难于说话呢？莫非他对于那个女人从前的爱情还没有断，我就来到他怀里，因此他一时虽然忘记了那个女人，而根深蒂固的那段爱情，不知不觉之间，重新背着我长出新芽了吗？因此对我就不好了。……

是啊，就在他论诗的灵感底时候，他也不曾忘记"那个女人"——

……——不刚是有很好的灵感来到他身边的吗？但刚要捉住它的时候那儿已经是什么都没有了。自以为捉住了的那不过是"空间"，那就像在梦里抱住情人的一样。……

啊，"心妻非我有，寒宵谁与共？"
当他迁居那田园的废宅修理废园，使那长远背阴儿的蔷薇重新看见太阳，在二十天之后，居然看见那不幸的蔷薇开出了"不合季节的花"的时候，他是怎样的感动啊——

……那唯一朵花，啊！……那与其说是院子里的花，不如说是像路旁的花。可是它那小小的，可怜的，畸形的花儿比少年的嘴唇还要红。而且也依然具备着蔷薇所特有的楚楚的风情和气品，拿近鼻子边甚至还带着芳香。省识了这个的时候他不觉触动了一种说不上来的感情，也像悲哀，也像欢喜，……比方，就像和那曾以忽发的好奇心很殷勤地照顾过她，但现在已经完全忘记了的小姑娘，在偶然的机会里重又相逢，却听得她对他说"我从那时候起，就一直想慕着你"底一样。他受着这种不可思议的感动甚至发起抖来，不由得霎了霎眼睛，觉得眼前那朵小蔷薇花忽然模糊起来，原来从他那双眼里，早不知地落下泪珠了。

"感时花溅泪，恨别鸟惊心。"那是诗人的感慨，但对着小蔷薇花溅泪的却是恋人底心啊。读《神与人之间》的应该记得那"朝子姑娘"原是长野的艺妓"照千代",正是所谓"路旁之花"。医学士穗积曾以职业以上的热心看顾过那清纯如良家女而体弱多病的照千代,却直到替她说合嫁给友人添田底那天才知道她是一直爱着他的。这是那部小说里的悲剧的动机,——这难怪我们《田园之忧郁》底作者对花思人而"发抖"而"溅泪"了。

《田园之忧郁》一名《病的蔷薇》,同样《都会之忧郁》我以为可以叫做《枯萎的青春》——这真实也是作者自己的话——

> ——像我这样,在人生底首途早已经喘不过气了。——人们所赞美的青春,在现在的我是一种忍受不起的重担……
>
> I am sick of malady
>
> There is but one thing can assuage：
>
> Cure me of youth，and，see，
>
> I will wise in age！
>
> ——他一边朦胧地记起这首诗,想着那样的事。是呀,青春恐怕就是人生害着歇斯迭里底状态。现在我所必要的是老人一样的平静的透明的生活,可是我现在的生活却怎么样呢?这是青春,青春,并且是枯萎的青春!

在这"枯萎的青春"时代他为着试试他自己还有没有才能,有时会写出这样自谓"荒唐无稽","与实生活游离的"故事——

> ……有人献一个身子极轻,长于跳舞的姑娘给某国王。那姑娘身子太轻在晚上睡觉的时候有飞去的危险。于是用链子紧紧锁住那姑娘底手脚还觉得不放心,每天晚边把当天开的花摘起来堆积在王宫的院子里,用花的香使那姑娘屋子里的空气浓重起来。后来……

　　其实这段故事也一点不"荒唐无稽"。这只是作者想起他们那"比桌上的倏然消失的鸟影儿还要淡而无常的幸福"发出的喟声啊，试读他的《爱人啊》那首诗罢。——

　　　　爱人啊，这不是梦一样的吗？
　　　　丰丽的你那乳房，
　　　　甜美的你那嘴唇，
　　　　握手而哭的誓盟，
　　　　甚至我今天这样的叹息，
　　　　到明天都是淡然消失的残香，
　　　　重逢只怕是梦想……

　　这样紫烟一般轻的姑娘叫他怎样不想用链子锁住她的手脚，用当天开的花底芳香浓重她屋子里的空气呢？这一种无常之感使作者在《田园之忧郁》中甚至怕自己和周围的一切也一样有飘然飞去或淡然消失底危险。——

　　　　……这个情绪沁彻他的心腑时一股冰冷的感觉闪电似的由他的背脊正中一直下去。他生怕他身边的一切，他自己，灶里的火焰，两条狗，猫，抬头望去，那柜子，桶子，洋灯挂网，一会儿全都会消失，于是他怯生生地回顾他的身边。……

　　在《阿娟和她的兄弟》中作者回顾他这田园生活说——

　　　　……我自己原有寂寞的情怀，但那村子本身也真是寂寞的场所……

有"寂寞的情怀"的人任到那里也是寂寞的。作者后来——大正九年——到了台湾和中国福建,在台湾的吟囊收获是《女诫扇绮谭》,在这个旅行记似的作品中作者也不免吐露他的"情怀"。一则曰:——

……那时候的我,虽是很没有趣的话,因着某种失恋事件,陷入自暴自弃,是否定世间一切底态度,因此就和世外民成了朋友了。使这时候的我,时常不愁没有酒喝的就是这世外民。

再则曰:

……自暴自弃——这种可哀的强点和别种不同。第一是他自己决不因此感着愉快。我事实上是每时每刻都过着甚不愉快的日子。那也是我把那当然早应该忘的一个女人底样子太始终放在我的眼里了。

就在和《南方纪行》一道在福建收获的《星》中,我们殉情诗人既借陈三底哥哥底诗读他那种可哀的幸福。——

……人世没有完全的幸福。有之只在梦想和信赖之中……始终能梦想的弟弟啊,我用不着悼你可伤的死。连有计谋的女人底爱都能相信为无上的你,你才真是有幸福的人啊。

又借益春的儿子洪承畴的口里悲自己的无涯的寂寞。——

母亲始终相信我。假使现在母亲还在,既算不懂得我的心思，至少相信我说的话罢。并且常对我说："你将来要做世界上最伟大的人"的母亲为什么没有说"你将来要做世界上最寂寞的人"呢？

这样看来，我们的作者又似乎彻头彻尾是一个殉情诗人，他的忧郁或者完全只是他一个人的忧郁而与近代日本社会底忧郁无关。而且在"大愿告成"的现在，也许这种"忧郁"症早已好了。但假使如此，佐藤春夫真是一个"遗世独立"的仙人了。既然是在连恋爱本身都是离开那时代的经济基础无法解释底现在，我们只能说佐藤春夫个人的忧郁也就是近代日本社会底忧郁。因为他们的恋爱至上主义和艺术至上主义，完全是离开了生产，将在享乐陶醉之中，终了他的使命的。

五　佐藤氏与中国

关于佐藤的人及其作品可说的话自然还有许多，但他的近年的情形——除了听说他把他的"心妻"由谷崎氏手里收回了以外，我几乎一点也不清楚，他的作品我又实在看得不很多，所以假使再要写的话也只好等到下一个机会了。这里我把译完他的《田园之忧郁》……到《星》等代表作时写给 S 君的信放在这一章，补足我前面的研究，那中间也有涉及他第二次来中国时和我们的游踪的，现在想起来在种种意义很觉得难忘，而且有些地方甚至还拍了些影片的，假使还找得出来映映看未尝不是很有意思，至少可以看看这位神经质的异国诗人是以怎样的面容对江南北的废颓的风景。

那信是这样的——

S 兄：

迄今日为止把最后一篇我也译完了。总算在吾兄的嘱咐下又完成了日本现代名作家之一的佐藤春夫氏底代表作选集底中国译。

这个翻译在我的许多译品中我是颇为满意的。假使你有工夫校阅一下一定也有同感，但我不满意的仍是在这时候我得辛辛苦苦细细密密地来译这一类的作品，得跟着一个"痴情之徒"吐他那车轮下的蔷薇似的呻吟，得跟着一个"Egoist"作他那"懒得管别人的事"的人生观，得跟着一个"艺术至上主义者"建筑他那纯白的洋房挂上青色的窗帘。屋顶塔上的避雷针旁边闪耀仅仅一颗像黑天绒上的银丝点儿似的星，美丽的市街之夜。虽然从窗子里透出辉煌的灯光，却只是静静儿地垂着杨柳似的鸳鸯树，看不见一个行人，休说各种车马——的空中楼阁。

是的，我们的作者是一个"艺术至上主义者"。很具体的例是他在《都会之忧郁》中批评他妻子——那年轻的，比较无名的女优，不愿意到浅草公园去演戏时的话：

"……你说你不愿意到浅草去？你是说那样下流的地方不愿意去吗？本是太太们闹着玩的。那也难怪你。但是舞台和观众坏了，演员底艺也因着那样外面的事失掉价值了吗？假使我是你的话，并且真正欢喜戏剧这东西的话，不管是浅草也好，哪里也好，我也是去的。并且不管是什么低级的戏也好，什么也好，我一定要把它演得很好的。并且就拿 A 剧场说不根本就是胡闹的戏吗？可见现在不过地点坏了，本质上不也早就坏了吗？——我总是觉得小戏园子也有名优，不走运的角儿中间也有天才的。……但我也并非说你上浅草去好或是不好。……我的意思说你愿意从前那园子，而不愿意上浅草的那种想法有些不彻底不纯粹。……"

××××××××××××××××××××××××××××××××××
××××××××××××××××××××

　　我看他的太太所属的那剧团——近代剧协会——演的戏是在帝国剧场附属的有乐座，这个剧团虽叫"近代剧协会"，但上演的多半是《浮士德》《威尼斯商人》一类的古典剧。最近代的要算王尔德的《温德米亚夫人之扇》——洪深先生译的那《少奶奶的扇子》罢。到有乐座来看戏的自然是对于当时的新的戏剧感些兴味的×××的老爷，小姐们，特别多的××××知识分子。这就是作者的当时的太太引为"上流"的地方了。但不幸这近代剧协会因女台柱子发生动摇至于不能不把残余的演员移到浅草，这个就和在上海大舞台唱戏的角儿一旦移到大世界游戏场一样。原来，浅草公园是东京一个最热闹的地方：戏剧，电影，马戏，魔术自不用说，举凡一切可以满足人们的肉感灵感的东西都应有尽有，而且价钱来得那么公道，你只要把大世界扩大到一百倍再加上一些清（？）池塔影，古寺钟声，树底鸳鸯，镜中鲢鲤，那印象也就差不多了。在这里是××××××××××工人，小伙计，穷学生，×××××××××××××××们行乐底天国。拿起近代剧协会那种"高级的""上流的"戏，到这样"低级的""下流的"地方来演，我们当时的佐藤夫人，自然是不愿意的。×××

　　但佐藤氏说她的"那种想法"是"不彻底"，"不纯粹"！怎样才算是"彻底"呢？"纯粹"呢？

　　若是我现在是佐藤春夫的话，而且我的夫人不肯到浅草去演戏的话，我一定对她这样说罢：

　　"……你说你不愿意到浅草去吗？你嫌那地点太下流吗？但那里才是我们应该去的地方哩。那里有工人，小伙计，穷学生，以及许多被压迫的人们在那里等着要看'他们的'戏，××××××××××××××××××××××××××××××××××××

××××××××××××××××××××××××××××
××××××××××××××××××××××××××××
××××××××××××××××××××××××××××

　　但这一种议论是和佐藤春夫的意见完全相反的。因为他的重点不在演员为什么演艺，或演的是什么艺，而只在"演员底艺"！但凡你欢喜戏剧，就不管是怎样的舞台，怎样的观众，甚至怎样的剧本，只要我演得好就成。因为你的目的只在演戏。"戏剧"自身，"演员底艺"自身是究竟的目的，而不是为别的什么底"手段"或"工具"——这种和现实生活底必要游离的彻底的，纯粹的享乐世界，便是所谓"艺术至上主义"底世界。

　　因为作者是这样置重"艺术"自身的，所以他真不愧为日本近代文坛稀有的美文家。他的文字就好像他所最爱的"那蔷薇"，它的"色与香，叶与刺把无数美丽的诗底一句一句当成肥料吸收到它自己里面，——使那些美丽的文字底幻影在它的后面璀璨生光"，但他又不像中国传统的美文家一样专干些不自然的堆砌，他是真能"直接由自然本身撷取真正清新的美和喜悦"。因此你整天地翻译着他的作品时并不一定是痛苦的工作。你的眼睛，你的笔，乃至你的心魂可以随着原文底一行一字走进那蔓藤爬上树颠，清泉吻着芦根的废园；可以看见八王子游廊那分成两列迫人而来的辉煌的灯火；可以听见那引动青年游子底旅愁的那在黄昏中发出潺缓之声的多摩川底清流；可以在晨光和清露的九段底大坪里，摩到那"只要再高五分就是理想的体格"的佛拉迭底柔毛；可以在南中国殉情底坟头拾到像黄五娘底湿了的弓鞋一样红的相思子；可以在那荒废的安平港听到比月夜吹笛还要凄凉的白昼的胡弓；甚至还可以用你的指头弹一弹秃头港上走马楼中那"死的新嫁娘"睡着发烂的黑檀的绣榻——实在作者底文章就好像一炉亚拉伯的异香，使你随着它那袅袅的烟圈儿，缥缥缈缈地做奇诡的白日梦！

　　但是，不幸，你从那梦里醒来时，你将发现你是在半殖民地的中国，你是在多事的五月，你是在租界的戒严令下，你是……在这时候你将发现你是异样的疲倦，异样的不愉快，就像有了一次"梦遗"。

　　虽然如此，作者佐藤春夫也是很关心中国的事的，或是不如说他对于中国趣味也感甚深的魔力。用中国题材写成的故事不用说，就是中国故事底翻译他也有好一些。而且和他的友人而兼敌人的谷崎润一郎氏一样，他游历过中国两次。第一次由台湾访福建厦门一带，著有《南方纪行》，那中间对于中国音乐底他的印象和见解，在七八年前我曾介绍过。在本集中，《女诫扇绮谭》和《星》便是那次旅行底收获。第二次来访是在三年前（年谱：大正七年七月旅行中国八月上旬归国），这一次是多少受着我的邀请，因为在前一年我访东京时在他家受过他和他当时的太太——民子夫人底殷勤的招待底缘故。

　　他那次来的时候，是很热的天，因为我现在一想起来好像他上下都是白的。大约是他戴着白帽穿着白西装底关系罢。那时我正干着一种电影工作，在百忙中我曾偕他在吴淞炮台湾一家酒店里披着海风打过秋千，——那时那不幸早世的赵伯颜君还带着他那由维也纳娶回的南斯拉夫系的美丽的太太在一道，对呀，就是佐藤氏也带同着他那看不出是"教坊出身"的清纯的夫人（这后来也离婚了）；我曾偕他在南京那肮脏的秦淮河上的画舫里看过飞集在夫子庙对面人家一株古树上的带着夕阳的老鸦，我曾偕他在清凉山扫叶楼门口花一块五角钱买过一位道士背在背上讨钱的地藏王像；我曾偕他在倒映着青天、白云、柳丝、荷叶、名山、古城，飘荡着荷香、蝉唱底后湖泛过半日的扁舟。——他那时记得曾从那白西装袋里取出一副"不可思议"的眼镜来自己看了一回，又让我从那里边看，果然是那美丽的自然通过他那镜子里更显得超现实的清凉了；我又曾偕他在法元禅师说过法的雨花台畔拾过些五色石子而且很亲切地替一只样子很忧郁的水牛拍过一张小照；我又曾和他经过那鬼哭啾啾的龙潭，只惜不曾到得栖霞山；我曾偕他在镇江那臭虫很多的旅邸听歌女们那不甚高明的《伍家坡》；我曾偕他到金山寺寻过那与上田秋成底《雨月物语》有关系的法海洞；我曾偕他呆望过半天那咕噜咕噜像由地心里吐出无数听不见的怨言似的小漩涡的所谓"天下第一泉"；我曾偕他冒雨上甘露寺站在山边亭子里对着那幅烟雨霏濛的天然的长江万里图喝过彩；我和他像物似的挤在那长途汽车里访过芥川龙之介——对呀，他还没有归国以前芥川就自杀了——最恭维的扬州城，我曾偕他由锈铁似的古城边的绿杨村坐上小船游瘦西湖，我们谈起了史阁部时代底扬州，谈起了那惨绝凄绝的民族斗争史，这使他后来翻译了《扬州十日记》。我们那次在扬州一共才九个钟头，过运河时遇了真是"倾盆"似的大雨，黑云里的电光伴着雷声像三百年前的火箭似的，不断地射进扬州城。那时听说孙传芳的军队又要攻来，第×××军正大批地开进城里接防。高兴的 A 君撑着伞，架开摄影机正在河边雨地里摄取这千载一时的光景。

我们是在镇江一家叫什么的酒楼上分手的，直到今天我们不曾见过面也不曾通过信。原因是他在来此以前写的一篇作品发表了，那是用真名姓把我做主题，写我到东京去访他的那一些日子的事。自然全体是充满着同情的，而且关于我个人的批评我也很佩服他对于他自己的感情底忠实。不过其中涉及我和前卫座友人们底辩论，我当时是随便地对他说了，没有想到他会写出来引起那种没有趣味的纷争的××××××××××××××××××××这使我非常的愤慨，我怀疑他的艺术家的洞察力了。我讨厌日本文坛那种局促尖刻小心眼儿的空气了。

　　那种愤恨直到最近我和他——他的作品朝夕相对才消释了。果然，像写这样病的细致底作品底人，对于我这样"粗沙大石"的，或是所谓"大陆的"人难怪他要那样的印象，而且任什么事都非得找出什么道理的他那种性格，也难怪他要误解我的立场。何况我当时因着认识不足——我那时和佐藤氏一样，对于政治不如对于女人热心，——本来就没有明确的立场，难怪人家全要误解。我认为这责任在我自己，而不在佐藤氏了。我干吗恨他呢？

　　我现在是已经意识地想要弃绝我的浪漫主义的了。所以对于浪漫的作家底作品也不能如前此的热心。但当我译完佐藤氏的《女诫扇绮谭》之后，我觉得在某种意识对于这位浪漫的作家重新地感起兴味来，因为前此我觉得这作家是很病的，颓废的，像那被虫蛀了的花苞似的没有开先就老了的，而且像他画的家屋图样一样现实的分子绝少的，但在这作品中却原来他还是充满着这样少壮的，现实的精神！尽管他的出发点是个人主义的，但少壮的现实的精神，在一切新兴的阶级都用得着。试看在这篇小说中那少壮的现实的那日本新闻记者始终与浸淫在"亡国趣味"、迷恋着过去的幽灵底世外民对立，在读者的眼里很显明地现出一个新兴资本主义国家的市民，一个被征服的经济落后国家底"遗少"。

　　现在用戏剧的形式写出他们俩的对话底一节罢——

　　台湾××新闻记者日人某（作者）与其友台湾青年诗人"世外民"（匿名）在游安平废港后在醉仙阁酒楼对饮，谈起在秃头港沈家废宅听见的"怎样啦？干吗不早些来呢？"那女人声音的泉州话。关于这废宅，宅里的女人，和这女人声音的话是有一种极凄惨怪异的传说的。那台湾诗人相信传说，主张有鬼，而作者自身的那日本记者由种种事实推测，主张一定没有鬼，而是有一个大胆的情热的姑娘借那里等候她的情人。于是他们俩——这台湾诗人和日本记者争论起来了。

"世外民　　那么为什么从来就有许多人听见那同一句话呢？

记　　者　　不知道。因为我不曾听见。——不过也许你那样欢喜鬼的人听见过罢。关于一切和我自己没有关系的古时候的事，我都不知道。但今天那声音确是活着的年轻的女人底声音！世外民君，你实在是太诗人了。浸淫在旧的传统里固然也好，但在月亮光下一切都朦胧的看不清楚。也不知道是美丽是肮脏，可还是在太阳光下看得清楚些。

世外民　　别打比方，明白地说吗。（纯直的他有点生气了。）

记　　者　　那么我说了。在那死灭之中残留着古昔的魂灵底这种审美观——这固然是中国传统的审美观，但让我说时……你别生气罢——实在是一种亡的趣味。死灭的东西为什么会永久的存在呢？不是因为没有了，才死灭了吗？

世外民　　朋友，死灭和荒废可不同啊。——死灭了的东西也许果然是没有了的东西，但荒废可不是在将要没有的东西之中还存着活泼的精神吗？

记　　者　　不错，正像你所说的。但荒废可和真正的活着不同，对不对？荒废底解释就算是我错了，但在那荒废之中是决不会充溢着什么灵魂的。不如说在一种东西将要衰落的里面，有一种更有力的泼刺的生命利用那种废朽产生出来。朋友，你不瞧那朽木里会长出许多香菌来吗？我们与其守着荒废的美来咏叹，何不去赞美那从里面产出来的新的东西呢？……"

　　像以上这样的对话，是值得中国那些老"守着荒废的美来咏叹"的人们底倾听的。新兴的中国是得竭力地从那些"与我们自己没有关系的古时候的事"里解放出来，我们应该来赞美从封建的剥削，与帝国主义的侵略下的朽木上长出来的崭新的东西！

　　关于"荒废"底无意义他在同一作品中有这样的描写。

　　"……小沈那时候还不晓得。后来隔了两三天他来巡视田地，在马上看见他们的田地里有一块很荒废的地方，他就叱骂那些长工们，才晓得那是那寡妇底田地，并且听见了那段情由。果然，现在看见一个老太婆立在那里。他就打着马前进。对那在近边工作的长工说——

　　'拿犁来！'

　　因为是懂得主人底脾气的，长工不好拒绝。主人再说——

　　'把那块荒地给犁转来，听得没有！我不常说的吗，我不高兴看见我的田地近边有荒废的地方。'

　　老寡妇用和前回同样的方法来哀求，看见长工们挟在主人底命令和这老太婆拼命的哀求中间无可如何，小沈便下马来走进田里。

　　'老妈妈，走开，田地不是可以荒着的。'

　　说着他在托着大犁的水牛底屁股上加了一鞭。老太婆抬头望着小沈的脸一动也不动。

　　'那么你真是想死了。也到了可以死的年龄了。'

　　话没有说完，他举起鞭子猛力地向水牛底屁股上打一下。水牛急忙走起来，那老太婆自然就被轧死了。

　　'好，别啰啰嗦嗦的，把其余的通犁转来。——没有为着这样一个老骨头把这样宽的地面让它荒废的。'

用和平常没有大两样的声音这样说着，这人骑着马回去了。……"

这是何等惊心动魄的描写！我们的作者和他的朋友"世外民"说："我听了这话就好像看见了一个有极强的实行力的男子底侧脸儿，只有由这种男子手里，那荒废的山野，才可以开发出来。草创时代的殖民地极需要这种人物。……"由他这意见可知我们的作者当时虽是天涯一酒徒，但他根本不是一个颓废的非现实的人，他不过是给 Eros 底箭射伤了的一个极狞猛的野兽，虽是他"逃到深林里厌世恨人"，又很轻柔地"舐着他自己的创痍"。因此我想起我偕他游览的那一些地方，那大江南北的山川胜处又泰半是满目荒芜的地方，可知他，在那乱鸦斜日之中口里虽是不齿，心里一定在暗想着要叫他的长工们——

"拿犁来！"

殖民地化的中国啊，快挣脱你的铁环举起你的锹锄"开荒"罢！你再不起来开荒，人们都要叫"拿犁来"了。而且他们的大犁已经搭上水牛底肩上，只等在牛屁股上猛力加上一鞭了。因为人们决不肯"为着这样一个老骨头把这样宽的地面荒废的"了。这是很显明的事实。

因为这种意义，我觉得这两月来的努力不是白费了。假使佐藤春夫的作品译成汉文有什么意义，那不是他的"化成了昨宵月晕"底叹息，而是在太阳光下把美丽和肮脏看得清清楚楚的一般少壮的现实的精神。而且他是怎样的希求着这种精神啊——

"——我真是缺乏现实家底强毅的精神。那是一面数着要斩自己的首的断头台底台阶用平常的脚步走上去的精神。只要能不惊骇，不悲哀，不透过夸张和感情底雾清清楚楚地凝视人生底一切，那自身许就是一种解脱。……"（见《都会之忧郁》。）

在这里我想结束这信了。佐藤氏正当壮年，充他这种现实的精神我想他也许有一个更值得注目的将来，我们也还有机会论他的人和艺术。S 兄以为如何？

漱泉白

附年谱

明治二十五年（壬辰）

四月九日生于日本南部和歌山县东牟娄郡新宫町。佐藤丰太郎长子，父祖皆业医。

明治三十七年

入县立新宫中学校。问将来的志愿时对以愿为文学者。患近视，又常病龋齿。

明治三十九年

在新宫中学三年级留原级。于代数几何理解甚浅，且耽读文学书，放纵不羁，有加以不良性生徒惩戒之意。与奥荣一相知，朝夕畅谈文学。

明治四十二年

暑假中在本镇同好者发起的文学演讲会。席上的一场谈话酿成地方教育会底物议，命无期停学。于这文学演讲会与生田长江，与谢野宽、石井柏亭诸先辈相知。会校中有罢课事，全数五百名学生中，参加者三百五十名，氏被拟为此次风潮底首领。后无期停学惩戒虽解，甚苦身边多事，欲逃出故乡。志虽不成，得母亲同意上京。两星期后得电归里。因有在学校特别教室放火烧毁其中一栋者。偶因上京得免此事之累。

明治四十三年

三月在中学校毕业。四月上京。师事生田长江，又从与谢野宽受诗歌底批评。与堀口大学相知，九月与堀口同入庆应大学预科文学部，因欲受永井荷风之教故。其后三四年间有二三散文小品及若干之诗作，寄登于《三田文学》，"Subarn"《我等》（万造寺齐发行的）。当时诗作中的一部分采录于后年的诗集中。

大正二年

由庆应义塾退学。自前年起已仅置学籍全未上课。受征兵检查。近视眼九度。体重极轻，置在丁种。以某种柏拉图式恋爱身心非常苦恼。罹慢性不眠症。

大正四年

十二月与 E·Y 女士（当时十八岁）同栖。是一个无名的女优。

大正五年

四月偕 E·Y 女士及爱犬两头爱猫两只迁居神奈川县都筑郡中里村。

九月《病的蔷薇》腹案成。

十一月小品《西班牙犬之家》载于江口涣等所编辑的同人杂志《星座》上。

十二月再上京。

大正六年

五月成《病的蔷薇》（《田园之忧郁》第一稿）中之四十页。载于《黑潮》杂志。

六月与 M·K 女士（当时二十岁）同栖。

十月《病的蔷薇》后半五十页不满意破弃之。载《某女人底幻想》于《中外》杂志。系生田长江推荐。

十二月归乡里。同月十四日重起《田园之忧郁》稿。

大正七年

一月中旬《田园之忧郁》未定稿全部完成。

三月上京。

四月《李太白》成，发表于《中央公论》系谷崎润一郎推荐。

六月成《指纹》。发表于《中央公论》。

八月依谷崎润一郎及《中外》记者之劝发表《田园之忧郁》第二稿。

九月成《阿绢和她的兄弟》，与诹访三郎相知，发表于《中央公论》。

十二月短篇集《病的蔷薇》由天佑社出版。

大正八年

四月有《怎样由鱼底口里出来一条金底神圣的故事》。（后改题《最良之夜》），八月有《吹笛者与王底故事》。九月有《于海边底望楼》及《美丽的街市》（后改为《筑梦的人们》）。此外有《失去了的白鸟》诸作。

又在二月与故富泽麟太郎相知。短篇集《阿绢和她的兄弟》由新潮社出版。

六月长篇《田园之忧郁》（定本）由新潮社出版。

十二月短篇集《美丽的街市》由天佑社出版。

大正九年

一月《佐藤春夫选集》由春阳堂出版。

二月因极度之神经衰弱归乡。

六月旅行台湾及中国福建。

十月归来与 M·K 女士别离。

是年几无作品。

大正十年

三月有《星》，八、九、十、十一月有《南方纪行》，十月有《过一天算一天的人》等。仅三四作。

五月《殉情诗集》，七月短篇集《幻灯》《南方纪行》由新潮社出版。

三月与谷崎润一郎绝交。

十月与稻原足穗相知。

大正十一年

从一月到十二月长篇《都会之忧郁》连载于《妇人公论》。四月有《过于寂寞》，六月有《一夜之宿》《厌世家底生日》诸作。

五月感想集《艺术家之欢喜》由金星堂出版。

八月中篇《被剪的花》（即由《过一天算一天的人》续成的）由新潮社出版。

五月与高桥新吉相知。

大正十二年

由五月至八月连载《美人》于《新潮》。

十月发表《魔鸟》，《我所回想的大杉荣》，十一月发表《浅薄庵随笔》。

二月诗文集《我的一九二二年》，八月中国短篇集《玉簪花》由新潮社出版，七月短篇集《过于寂寞》由改造社出版。

大正十三年

一月发表《父亲底梦》，对话《沉闷问答》，二月《车窗残月记》，三月《囚人》，处女戏曲《暮春插话》，评论《风流论》，六月《卖笑妇玛利》，十月《开窗》，又从十月起发表《秋风一夕话》等。

六月《暮春插话》由明窗社出版。

三月以小田中民子（当时二十二岁）为妻。系教坊出身。

十月归乡。

大正十四年

一月发表《他是谁?》及《表底恶作剧》，三月《雾社》，四月《砧》《马丹吕克斯底遗书》，五月《女诫扇绮谭》，十月戏曲《日光室底人们》等。又由七月以两年半的预定开始连载长篇《这三个人》于

《改造》。

大正十五年　昭和元年

一月发表《F·O·U》，三月《晚春》，四月《巢父饮犊》，九月《新秋之记》等。

又从一月起在《新潮》连载自传的少年时代《回想》。十一月在《报知新闻》连载《警笛》。到翌年三月完成。

又在二月《佐藤春夫诗集》《女诫扇绮谭》由第一书房，三月短篇集《开窗》由改造社出版。

四月应聘为《报知新闻》客员。

昭和二年

二月发表《恶魔之玩具》，三月《春风马堤图谱》《谷崎润一郎，人及其艺术》等。

又从一月起在《妇人公论》连载《去年的雪现在何往》。

七月旅行中国，八月上旬归。

——录自中华书局 1934 年初版

《普的短篇小说》^①

《普的短篇小说》传略
伍光建

普（Edgar Allan Poe）是美国人，以一八〇九年生于波士顿。他的父母都是跑码头的戏子，他的父母死后，无家可归。一八一一年有

---

① 《普的短篇小说》（*Tales by Edgar Allen Poe*），短篇小说集，美国普（Edgar Allen Poe，今译爱伦·坡，1809—1849）著，伍光建选译，上海商务印书馆 1934 年 7 月初版，"英汉对照名家小说选"之一。

一个当娱乐商的苏格兰人名约翰阿兰（John Allan）收他为义子，所以他姓阿兰普。这家人姑息他，他就变作一个不能受约束的孩子。一八一五年义父带他到英国读书；一八二六年他入维基阿（Virginia）大学，他的义父不以他的行为为然，他就出了大学。一八二九年他入美国陆军；一八三〇年他入陆军大学，明年出学。一八三三年他撰了一篇短篇小说，得了一百元奖赏。一八三五年他当一个报馆的副主笔。一八三六年他与他的表妹结婚。此后他都是在报馆撰文。他是一个文学批评家，一个诗人，又是一个小说家。他的批评严厉透辟，只有他的文学批评是创生于美国的。他的诗歌瑕瑜互见，却有极雅驯的著作，非任何其他美国人所能及。他又是短篇小说的创造人。他的短篇小说，据他自己说（约在一八四四年）有七十二篇，今选译三篇。他的小说最能令读者恐怖，大约是他的心境使然。他伉俪最笃。他的夫人因为唱歌炸了血管，他为此悲痛欲绝。其后她的血管又炸过几次。他的夫人越病他越爱她。他因为一面盼望她能活，一面又恐怕她必死，使他更愁苦。他自己本来就是一个神经衰弱的人，因此他得了神经病——得了疯病。他说他不疯的时候更愁苦。他于是饮酒吃鸦片，借此解愁。他说他的仇人说他是饮酒饮到变作一个疯子，他们只该说他是因为疯了才饮酒的。他的夫人死于一八四七年，他的身体变作更衰弱，一八四九年他自己也死了，其实他是穷愁到冻饿死的，野蛮的美国人却讳莫如深，不肯说实话，方且忽略他，故意的误会他，幸而英国人法国人救护他的名誉，到了今日，公论推他是美国的最伟大的富于天才的文学家。民国二十二年癸酉霜降日伍光建记。

——录自商务印书馆 1934 年三版

《显理埃斯曼特》[①]

《显理埃斯曼特》作者传略
伍光建

　　萨可莱是一八一一至一八六三年间人。他生于印度；他的父母都是英国人；他的父亲在印度做官。他一八一七年回国，先入查尔特郝斯（Charthouse）学校，后入剑桥大学，不曾取学位。其后学法律，又学绘画。他曾游历德法两国，曾两次赴美国。他在英国以卖文为生，为几家杂志撰谐文，初时并不知名。等到一八四七至一八四八年他的《浮华世界》出现，始享大名。他本来是中上人家，常与英国贵族往来，所以善于描写贵族。他撰了五六部很出名的小说，以《浮华世界》及《显理埃斯曼特》（一八五二年出版）为最出名。有几个批评家，以后一种为最好。这部小说是先费了许多心血，经过很劳苦的惨淡经营，把全书都布置好，打成一片，然后下笔的。他的思想繁富，文词美丽，句语浅白，从容，自然，无不达的意思。况且这部书的人物的言语举动确是当时的人物，尤其为难能可贵。作者自己也说这是他的最好著作，其他都不及。这部小说其实是一部最伟大的历史小说，批评家位置他在很少数的最高等的小说家之列，却不是多数人所能领略的。这部小说所说的是一六八六至一七一四年间的英国朝局，描写许多人物。本书的英雄就是显理埃斯曼特，女英雄就是卡斯和特子爵夫人母女二人。埃斯曼特拥立失败之后，往美

────────────

① 《显理埃斯曼特》（*The History of Henry Esmond*，今译《亨利·艾斯芒德的历史》），小说，英国萨可莱（W. M. Thackeray，今译萨克雷，1811—1863）著，伍光建选译，上海商务印书馆 1934 年 7 月初版，"英汉对照名家小说选" 之一。

国维吉尼亚（Virginia），住在先王所赏的土地，撰这部书，作为他的自传。

民国二十二年冬至日　伍光建记

——录自商务印书馆 1934 年初版

《妥木宗斯》[①]

《妥木宗斯》斐勒丁传略

伍光建

斐勒丁（Henry Fielding）是一七〇七至一七五四年间人，原是贵族的后裔，在伊吞（Eton）学校及来丁（Leyden）学校读书，曾学法律。初时以制剧为生，并不行时。到了一七三六年他制了几本戏，毫不客气的简直批评当时政界的贿赂公行，却很行时。一七三七年，政府颁行检查剧本条例，同时并限制戏园数目，斐勒丁从此不制剧了，只好撰小说。他的《约瑟安德鲁传》（*Joseph Andrews*），是一七四二年出版的；他的《大伟人威立特》（*Jonathan Wild the Great*）是一七四三年出版的。一七四九年他的《妥木宗斯》（*Tom Jones*）出版，越二年他的《亚米利亚》（*Amelia*）出版，以《妥木宗斯》为最出名，《亚米利亚》次之；这两部都是很长的小说，译出汉文每种有好几十万字。他为人慈祥慷慨，深知人情世故，他劳于著书，好酒食征逐，往往熬夜，遂不永其年。他所著的《亚米利亚》颇有很深的潜力及于萨克莱（Thackeray）。

---

① 《妥木宗斯》（*The History of Tom Jones, a Finding*，今译《汤姆·琼斯》），小说，英国斐勒丁（Henry Fielding，今译菲尔丁，1707—1754）著，伍光建选译，上海商务印书馆 1934 年 7 月初版，"英汉对照名家小说选"之一。

　　我今选译《妥木宗斯》。哥尔利治（Coleridge）说，以关目论以 Oedipus Tyrannus，The Alchemist 及《妥木宗斯》为最完备。拉穆（Lamb）说《妥木宗斯》的由心坎里发出来的哄堂大笑，能扫清沉闷的空气。黑因（Hearne）说英国文学始终未有胜过斐勒丁的最好著作。大历史家吉本（Gibbon）恭维《妥木宗斯》恭维得很有趣。他叙他自己的世系，连类说及他人的世系。他说世上以孔夫子的世泽为最源远流长，何止俎豆千秋。欧罗巴以哈布斯堡（Hapsburg）族为最高贵，追溯其有名的远祖，也不过八万二千年，这一族有两支，荣枯很不同，有一支的后裔做到日耳曼帝及西班牙王（指查理第五——译者注）。有一支分到英国，有一个后裔就是斐勒丁（近代有人说他不是这一支的后裔）。查理第五是个大皇帝，很可以藐视在英国的远支兄弟们，但是等到亚斯古拉（Escural）宫及奥大利帝国灭亡之后，斐勒丁的《妥木宗斯》还是长存于世的。

　　《妥木宗斯》专写一个少年人的错误，他的得失，他的爱情，他的苦乐；他是个荡子，好酒好赌。堕落到当一个半老徐娘的姘夫，很无耻的受她的津贴，受她的豢养；他却是勇敢慷慨，光明磊落，是一个男子汉，知过能改，又是一个极有良心的人。这部小说里头有许多人物，最要紧的就是男英雄妥木宗斯，女英雄素斐亚（Sophia），伪君子比菲尔（Blifil），特华康（Thwackun）牧师，假道学方先生（Square），还有很有趣的威士托晤（Western）乡绅。可惜这样一部好小说当日只卖了七百镑。中华民国二十二年癸酉大暑日伍光建记。

——录自商务印书馆 1934 年初版

《毋宁死》①

《毋宁死》[序]
方于②

此剧系英国现代戏剧作家 Somerset Maugham 所作。原名 *The Sacred Flame*。在伦敦、纽约，均已公演千次以上，柏林之文艺复兴剧院，亦借此号召一时；巴黎去岁公演多次，备受文艺界之好评。良以取材新颖，结构紧凑，使听众读者自始至终，心弦紧张，亟待破此疑团，至欲罢而不可得。终剧之后，尚留一道德问题，沉浮脑海中，耐人寻问。全剧三幕，剧情所经过时间，不及廿四小时，布景三幕如一，排演甚为经济。拙译系自法文本译出。

方于附志

——录自正中书局 1934 年初版

---

① 《毋宁死》(*The Sacred Flame*，又译《圣火》)，三幕剧。英国 Somerset Maugham (今译毛姆，1874—1965) 著，方于据法文本翻译，南京正中书局 1934 年 7 月初版，"中国文艺社丛书"之一。

② 方于 (1903—2002)，江苏武进人，1921 年赴法留学，初在里昂中法大学进修法文和音乐，后入里昂大学文学系。1927 年归国，被上海音乐院聘为法文教师。另译有罗斯丹《西哈诺》，与李丹合译雨果《可怜的人》(即《悲惨世界》) 等。

《未来世界》①

《未来世界》译者前记
章衣萍 ②

我很欣喜在这半年中完成这件很大的工作，是翻译威尔士的《未来世界》(H. G. Wells，*The Shape of things to Come*) 的出版。说起它是初春时节的事了。天马书店经理韩振业先生，邀我在虹口的一家酒楼吃晚饭。酒酣耳熟之余，韩先生问：

"可以弄点书么？"

我说：

"好的。做不出，还是翻译罢。"

因此谈到威解尔士的一部奇书，是他的大著《未来世界》。但，这部大著，实在太大了，是几十万字的巨著。这年头，最闲意的事情，还是写小品文。而况，明人的著作，可以标点的正多啦！而我又为了生活，跑在乡下教书去了。于是一面教书，一面还要应付"主任"先生的暗算。匆匆又是一两个月过去了。夜深人静，想起韩先生的酒楼上的嘱咐，捻开灯光，便悄悄地开始了。

而老友陈若水兄，又悄悄地从远方来到上海。一别也是十多年了。陈若水兄，还是沙滩时代的老朋友。记得那时，大家都把改造社

---

① 《未来世界》(*The Shape of Things to Come*)，科幻小说，英国 H. G. Wells（今译威尔斯，1866—1946）著，章衣萍、陈若水译述，原著共五卷，本书为前两卷。上海天马书店 1934 年 7 月初版。

② 章衣萍（1902—1947），安徽绩溪人。曾就学于北京大学预科，《语丝》撰稿人，曾任上海大东书局总编辑。另译有《契诃夫随笔》(与朱溪合译)、《少女日记》(与铁民合译)、法国莫奈德（Hector Malot）《苦儿努力记》(与林雪清合译) 等。

会改造世界的责任，放在肩上，挂在嘴上。若水兄的渊博，是大家共佩的。他离开沙滩之后，又远涉沙漠者若干年。而忽然大家都在上海滩头聚首。若水是儿女成行的人了。正贫困得无以自聊。他在离我家不远的亭子间住下。我每周三天在乡下，四天在上海。在上海的时间，全化在这《未来世界》的梦想里面了。而若水兄，他是我的唯一的指导者。

我的半年的生命，多化在此书上卷里面了。而若水兄，他也化了十足地半年的生命。他曾愤愤地说：

"我们还管未来世界做什么？我们连现在世界也管不了！"

他终于愤愤地，带了老婆儿女，又到沙漠里去了。复兴世界的大业，于是全在我一人之手，其惶恐为何如呢。只留下我一个人孤单单地在这《未来世界》中徘徊了。此书共分五卷，

第一卷：《今天和明天》，失败时代的曙光。

第二卷：《明天以后》，失败时代。

第三卷：《世界复兴》，现代国家的产生。

第四卷：《现代国家的斗争》。

第五卷：《在统制生活中的现代国家》。

"现代国家"（The Modern State）是威尔士创造的名词。他的理想是世界大同，现代国家是世界大同的产品。现代国家是威尔士理想的新世界。威尔士写出过去世界与未来世界。他的主要目的是想改造世界。他没有萧伯纳一般的机智与幽默（Wit and humour 正是我国流行的时髦东西）。他的思想是受过科学洗礼的。他的痛恶现状和反对万恶的战争的精神，处处可以见到。未来世界不是诸葛亮刘伯温一类的烧饼歌和推背图，而是从世界的历史，政治，经济，社会，工业各方面精密研究的预言书。威尔士的眼里，未来世界有黑暗也有光明。他所预言的是从一九二九年到二一零五年的世界。他想把这本书放到二一零六年出版的。所以书中有许多乌有先生和亡是公一流的人物。

这些人物多是威尔士一手创造的。威尔士的文笔很生动，可是不容易译。商务的《世界史纲》经过许多名人之手，还是那样难懂。我们的翻译，是以使读者容易懂为目的。文法结构，同原文略有出入。但总以不失原意为主。所用的是第一次初版原本。前后修改共有五次，总算略尽心力了。韩振业先生又将原书仔细校正一次。在这样热到一百零四度的上海，这本书总算出版了。中国的命运也在这部《未来世界》中。我们大家来讨论这中国和世界的未来命运，或者比吃冰淇淋和西瓜还更重要些吧。是为前记。

一九三四，七月十六日，章衣萍，于上海。

——录自天马书店 1934 年初版

《置产人》①

《置产人》作者传略

伍光建

伽尔和提是一个并世的伟大作者，生于一八六七年，在牛津大学读书。他当律师，他的外貌与心性都是一个律师。他为人审慎，庄重，有涵养，文如其人。他对于人生的痛苦，表无限同情，颇被人世的不平所激动，他却常是镇静的，持平的，即使是他所最不表同情的事体或人物，他都要认真研究明白。他的感觉是精细的，他的睿智是锋利的，他的心地是高贵的，他的思想是勇敢的，他用极其明亮与勇敢的心灵解剖社会，他又是一个完备的美术家，所以能著许多极能感

---

① 《置产人》(*The Man of Property*，今译《有产业的人》)，小说，伽尔和提（John Galsworthy，今译高尔斯华绥，1867—1933）著，伍光建选译。上海商务印书馆 1934 年 8 月初版，"英汉对照名家小说选"之一。

人，极有功于世道人心的小说。他著书的宗旨要发表情感的冲动与才智政策作对。他的提议是很积极的，往往是很大胆的，他揭露人世的疾苦，指示疗治方法。他痛斥不平的法律，曾要求解放婚律的束缚。他极其反对无限制的购置田地或财产。他的英文清洁美丽，却纯是本色。他写景物与写灵魂，简直是一个诗人。他的杰作很多，以《符氏家乘》(*The Forsyte Saga*) 为最宏伟。他称这部极大极长的小说为《符氏英雄记》，他说英雄记三个字原是示讥刺意思。这是三篇长小说两篇短小说构成的。若译成中文约有五十六七万字。今所摘译的是其中的第一篇长小说为《置产人》(*The Man of Property*)。这部长著作说的是第十九世纪后半世的一个上中人家三代的事。那时候这样人家，即是当代的主人翁，即是当代的财阀，与坐拥田产的乡绅打成一片，将用以保留他们的财产的全数势力都把持在手，用他们自私自利的纪律，用他们的武力，强制爱情，美术，思想，少年，及变革。符氏家族唯利是图，只知有市道，不知有伦纪，视娶妻如置产，父子相待如股票，兄弟之间，更无所谓手足感情。这部大书的结果就是我们现在这个推翻一切，事事都要请问的时局，产业变作人人的产业，不是一个人的产业，专务置产的人如书中的素本士 (Soames) 只好孤零一人站在一堆传统的坍塌瓦砾中，糊涂了，不知所措了。这部大著作是当代的一件美备的，发异彩的宝贝，可以代表一部小规模的通史。民国二十三年八月伍光建记。

——录自商务印书馆 1934 年初版

《萧伯纳传》^①

《萧伯纳传》林序

林语堂^②

　　最近有两本萧伯纳的传记出版，一本是亨德生（Archibald
Henderson）所作。亨德生是萧伯纳所称为十九世纪后没有人知道的
美国北加罗来那省大学的一位教授；该大学亏有一位研究萧伯纳的亨
德生，也许借此可扬名于后世。亨德生是萧氏的老友，这本书是特得
萧的许可而作的，是唯一 Authorized 的萧传。全书八百余页，萧之一
生著作，思想，行述，家世，及关于他的笑谈轶事都搜罗收入了。但
是我到底喜欢赫理斯（Frank Harris）所作的传，而不喜欢亨传。理由
很简单：赫理斯是个文人，天才作家，而亨德生却是规规矩矩的编撰
人而已。所以赫理斯的文，读起来津津有味，有骨气，有风味，有谐
谑，有深思，有警语，有观感，而亨传却只会作发皆中节的烂调，说
不偏不倚的公道话而已；比之通常评传固无愧，比之赫传就多逊色
了。而且赫传篇幅只亨传的一半，读来反而可得极亲切逼真的萧伯纳
印象。

　　赫传胜于亨传还有一层理由，就是两位作传的人对于书中主人翁

<hr>

①　《萧伯纳传》(*Bernard Shaw*)，爱尔兰裔美籍作家赫理斯 [Frank Harris，今
　　译哈里斯，1855—1931] 著，黄嘉德译述，上海商务印书馆 1934 年 8 月初
　　版，"汉译世界名著" 之一。

②　林语堂（1895—1976），福建龙溪（今漳州）人。毕业于上海圣约翰大学，
　　先后赴美国哈佛大学、德国耶拿大学、莱比锡大学学习，1923 年获博士学
　　位。回国后在清华大学、北京大学、厦门大学等校任教。1945 年赴新加坡
　　筹办南洋大学，任校长。曾创办刊物《论语》《人间世》《宇宙风》等。另译
　　有勃兰兑斯《易卜生评传及其情书》、萧伯纳《卖花女》等。

态度之不同。亨德生虽然也保持"学者面具",主持公道,批评萧伯
纳,但是他到底是萧伯纳的崇拜者;萧伯纳在赫传的跋中称亨传为巨
著"Monumental Biography",尤其使我们怀疑。因为学者虽然也是忠
实,到底不大肯说由衷之言。赫理斯只是文学界的叛徒,他虽不标榜
公道,写出来的却字字是心声。他不是萧的崇拜者,他是萧的畏友,
要挖苦就挖苦,要嘲弄就嘲弄,所以他画来的一幅神像,反而逼肖。
我主张凡读书人,要研究任何学术上的题目,必先从反对的书看起,
再看正面的书。如此思想才不会冬烘。

——录自商务印书馆 1935 年三版

《萧伯纳传》译者序
黄嘉德 ①

赫理斯是爱尔兰的伟大作家,以一八五六年二月十四日生于爱尔
兰加尔威(Galway)。十四岁时便远渡重洋赴美国,先后在纽约做擦
靴工人,在芝加哥做办事员,在西部及西南各地做牧童。他用这种方
法赚钱入学读书,得以毕业于堪萨斯大学法律系,一八七五年开始在
堪萨斯州当律师;后入巴黎,海得尔堡(Heidelberg),柏林,斯图拉
士堡(Strasbourg),维也纳,雅典等大学,再求深造,但结果没有得
到一个学位。他在巴黎时对文学开始发生浓厚的兴趣,渐渐地和英,
法,美诸国的作家艺术家与著名文人交往。他后来所作的《今代肖

---

① 黄嘉德(1908—1992),福建晋江人。1931 年毕业于上海圣约翰大学英文系,
留校任教。1947 年赴美国哥伦比亚大学留学,获文学硕士学位;1949 年回
国,先后任教于上海圣约翰大学、青岛山东大学等。曾与林语堂共创西风
社,编辑出版《西风月刊》《西风精华》杂志。另译有萧伯纳《乡村求爱》、
戴维斯《流浪者自传》、馥德夫人(Julis E. Ford)《下场》等。

像》(*Contemporary Portraits*) 便是根据他和当时英，美各种著名文人的多次会晤。

　　赫理斯最后漂泊到英格兰，先后任《晚报》(*Evening News*)，《半月评论》(*Fortnightly Review*)，《星期六评论》(*Saturday Review*)，《时髦社会》(*Vanity Fair*) 等报章杂志的编辑。他的事业颇为成功，因为他在伦敦政治界经济界异常活动，对于各种困难的问题，表现罕有的才干。历史家威尔斯称他为英国最佳的编辑。

　　他于一九一六年完成《王尔德的生活与忏悔》一书，英国书店老板觉得这部传记写得过于坦白无忌，都不愿出版。他只得把它拿到纽约去出版。接着他任《比亚生杂志》(*Pearson's Magazine*) 的编辑。但他的言论有坦德的嫌疑，所以当美国加入大战时，他不得不弃职离美了。他说，"我离开美国和离开英国一样，因为他们虐待我！"

　　于是他跑到法国去吸自由的空气，和他的第二妻住于尼斯。他没有儿子。这时他写成第一册的自传，书名《我的生活与恋爱》，又是因叙述过于坦白大胆，不能出版。最后此书于一九二三年出版于德国，大受欢迎，但同时受英美高等社会绅士的百般非难，政府视之为禁书。然而他还是勇气十足，于一九二五年续出第二册，一九二七年出第三册。

　　他终日工作不辍，健康因之渐失。一九三一年刚写完《萧伯纳传》时，患癌症死于尼斯。本书校订出版诸事，都是由萧伯纳亲自处理的。萧伯纳在跋里说，"赫理斯写完最后这一章时，死于一九三一年八月二十六日，享年七十六。把应校正的样稿留给我。我一生做过许多不得已的怪工作，但这次的工作可说是最怪的了。"

　　赫理斯著作甚富，重要的传记有《人的莎士比亚》(*The Man Shakespeare*)，一九〇九年；《莎士比亚的女人们》(*The Women of Shakespeare*)，一九一一年；《今代肖像》四卷，一九一五年至一九二三年；《王尔德传》(*Oscar Wilde*)，一九一六年；《我的生活与恋爱》三卷（*My Life and Loves*，3 vols.），一九二三年至一九二七年；
《最近今代肖像》（*Latest Contemporary Portraits*），一九二七年；《我底
牧童生活的回忆》（*My Reminiscences as a Cowboy*），一九三〇年；《萧
伯纳传》（*George Bernard Shaw*），一九三一年。重要的戏剧有《达文
特里先生与太太》（*Mr. and Mrs. Daventry*），一九〇〇年；《莎士比亚与
其爱人》（*Shakespeare and His Love*），一九一〇年；《圣女贞德》（*Joan
La Romée*），一九二六年。重要的短篇小说集有《长辈康克令》（*Elder
Conklin*），一八九四年；《斗牛者蒙地士》（*Montes the Matador*），
一九〇〇年；《处女水》（*Unpathed Waters*），一九一三年；《爱西丝女
神的面罩》（*The Veil of Isis*），一九一五年；《疯狂之恋》（*A mad Love*），
一九二〇年；《魂梦外的境域》（*Undreamed of Shores*），一九二四年。
重要的长篇小说有《炸弹》（*The Bomb*），一九〇八年；《伟大的日子》
（*Great Days*），一九二四年；《青春之恋》（*Love in Youth*），一九一六
年，等。

　　赫理斯是一个天才作家，自我意识甚强，背叛文学传统，绝无一
般所谓文人学者寒酸腐化之气息，所以写起文章来坦白豪放，不落凡
套，淋漓痛快，言人所不敢言。他写传记的技术极为高超。他不像别
个作者那样地把搜集好了的主人公的生平事迹，拿来平铺直叙，忠实
有余，思考不足。他作传记的时候宛如一个讽刺家或印象派的画家，
紧紧把握住对象的主要特点，用安闲自在，无拘无束的态度，把对象
的轮廓和个性尽量表现出来。他的作品富于精炼的思想，富于个人的
色彩，充满着见解独具的议论，肆无忌惮的批评，发人深省的警语，
幽默诙谐的意味，亲切轻松的情调。这种特征可以在他的《莎士比亚
传》，《王尔德传》，《今代肖像》中看出来。

　　以这么一个文坛怪杰，这么一个有经验有骨气的传记作家来绘萧
伯纳这个文学奇才，艺术巨匠的肖像，真是再适当，再胜任也没有的
了。况且他们又是四十多年的老友，彼此维持着长久的亲密关系，具

有深切的了解；况且这些传记材料都是由主人公直接供给的；况且书的开端还有两人关于本书的通信，书后又有主人公的跋语。那么，本书价值的重大是不言而喻了。

赫理斯在本书里继续表现他的传记天才，继续保持他一贯的独特作风。他的传记做法是违反一般传统的。他根据萧伯纳一生事迹，根据他对萧伯纳的认识，用犀利而简练的文笔，很自由地叙述评论。他对萧伯纳的思想，言行，主义，著作，毫不客气地肆意批评。所以书中有许多称许钦佩的话，也有不少挖苦嘲笑的话。有人说他成见太深，评语过于苛刻，但这种小疵并不足为此名著之病。我们正可以由反面的立场更亲切地看见萧伯纳的伟大。

在某种意义上说来，这部传记是两个自我的天才作家，两个生动鲜艳的个性底长期斗争的记录。在这种衬托的笔法下，我们可以明显地认识萧伯纳的真面目，这里是一个毫无虚饰的，人的萧伯纳；他在这个世界上活动，工作，幽默，嘲弄，追求，结婚，娱乐，结交朋友，做慈善事业，妥协，被人非难斥骂，成为英国最有机智的作家，成为世界剧坛的巨人，而现在正预备"死在星光底下干涸的沟里"。这部书也许能帮助我们去了解这个不易了解的性格吧。

本书的翻译得林语堂先生与罗道纳教授许多指导和鼓励，蒙蔡元培先生题封面，又承林先生写了一篇序，谨此致谢。

黄嘉德

二十三年六月七日

于上海圣约翰大学

——录自商务印书馆 1935 年三版

《白菜与帝王》 [①]

《白菜与帝王》作者传略
伍光建

奥显理原名颇尔陀（William Sydney Porter），是一八六七至一九一〇年间人，其先原是美国南部的一个旧家。他十五岁才入他的姨母所办的学堂读书，随后在药店当书记。他自小就好读书，读过非常多的英文名作；他酷好丁尼生（Tennyson）的诗歌与雷因（Lane）所译的《天方夜谈》。后来他在一个土地局当会计。一八九一年他当银行的收支员。一八九四年至一八九五年他买了一个星期报，改名"滚石"；他说一年后这个报当真"滚走了"。一八九五至一八九六年他当报馆访员。一八九六年他被控侵吞银行款项。他逃走，逃到浑都剌斯（Honduras）国，曾游历南美洲的几国。一八九七年他回国投案，被监禁在奥海奥（Ohio）的迁善所。后来出狱，好像表明他是无辜的。有人说假使他不逃走是不会下狱的。他入狱在一八九八年四月，出狱在一九〇一年七月。他好像，就在当时改名姓为奥显理的。他在监里的医院当夜班狱卒，长夜无聊，他写短篇小说登在各杂志上。所以他一出狱就许多人酷好他的小说。自一九〇二年起他住在纽约写许多小说。他享年不永，却写了不下二百多短篇小说，最为社会所欢迎。他是一个天生的小说家。他无论什么故事都能写：凄惨的，神秘的，荒诞的，浪漫的及平常琐事，一经他写出来都极能迷人。无

---

① 《白菜与帝王》(*Cabbages and Kings*)，小说，美国奥显理（O. Henry，今译欧·亨利，1862—1910）著，伍光建选译，上海商务印书馆 1934 年 8 月初版，"英汉对照名家小说选"之一。

人能创造他所写的故事，亦无人能写得他那样动听。可惜他太过喜欢：用俚语，有人以为是退化文章，如戏剧中的一种有跳舞有歌唱的活泼短促小戏。他所著的《白菜与帝王》（一九〇五年出版）比较的俚语较少。这部书也是短篇小说性质；不过前半部借中美洲的一个共和国的一个卷逃大总统作线索，后半部借一个卖国的大总统作线索，描写几个平常人物（殆即所谓"白菜"）与前后任两三个大总统（殆即所谓"帝王"），描写得极其有趣，令人读之不忍释手。看他一路写来，文从字顺，毫不费力，这就表示他是一个大作家。民国二十三年谷雨日伍光建记。

——录自商务印书馆 1934 年初版

《费利沙海滩》^①

《费利沙海滩》作者传略

伍光建

　　他是一八五〇至一八九四年间人，生于苏格兰都会爱丁堡。他的祖父与父亲都是有名的建筑师，善造灯塔。他在学校得不着什么益处。他初时学工程，随后学法律，都不得益。他自小就好文学，好游历，好冒险，慕罗滨孙为人。他到了二十五岁改行，当文学家，竟享大名。他自小就得了肺病，常时咳嗽；他为健康起见，到处游历，最后以一八九一年住在太平洋中沙摩亚岛（Samoa）的瓦伊利马（Vailima）。一八九四年有一天傍晚他正在同他的夫人谈得很高兴，忽

---

① 《费利沙海滩》（ *The Beach of Falesá* ），小说，英国 Robert Louis Stevenson〔今译斯蒂文森，1850—1894〕著，伍光建选译，上海商务印书馆 1934 年 8 月初版，"英汉对照名家小说选"之一。

然倒地就死了。他有古怪脾气：有一次他头戴一顶女人的皮帽，插一大堆鲜花，在大街上走，朋友们看见他都不敢同他招呼。他有天生的勇敢与兴致；为人和蔼，所以他虽然有病，还能够写许多书，而且写得很好。他多才多艺，他的著作有浪漫的游记，讲道德的故事与寓言，第十六七世纪的神怪故事，及近代故事，还有历史，列传，诗歌，戏剧，又有经论，祈祷文，政治论说；他所撰的小说，有冒险小说，人格小说，与叙事小说。他又最勤劳：他说在十四年里头无日是健康的，早上起来就觉得不舒服，晚上上床是很疲倦的，却还是一样的动笔，无论吐血或咳嗽，他还是写书。他作文是很句斟字酌，不苟下笔，都是很雕琢过的。他说他的文章有时凡七八次易稿，有时费了三星期只写了二十四页。他的英文清洁显明，确切光滑，可以作这样英文的标准，是当时的至美尽善的英文。他写了好几篇短小说，都是杰作，今所摘译的《费利沙海滩》就是很有名的，英文这样的小说无有胜过他的，即法文亦无。这篇短小说写在该处做生意的白人，其中有一个很聪明又很有学问的名开斯，专用阴谋陷害同业，害了几个人。后来有一个名维尔沙尔的也来做生意，一到就受抵制，逐渐才看破他，晓得他的诡计，杀了他为地方除害。这篇小说状物写景叙事无不绝妙，所以有人称赞他，说他这样的小说有提净的清洁与美备。

　　　　　　　　　　　民国二十二年癸酉冬至日伍光建记

　　　　　　　　　　　　　——录自商务印书馆 1934 年初版

《兴国英雄加富尔》 ①

《兴国英雄加富尔》译者序
王开基 ②

　　意大利之统一，有三杰焉，马志尼（Mazzini）、加里波的（Garibaldi）、加富尔（Cavour）是已。鼓吹统一，宣传民主，唤醒全意人心者，功在马志尼；身任抗奥先驱，促两西西里（Deux Siciles）来归，襄成统一大业者，功在加里波的；至运筹帷幄之中，决胜千里之外，艰苦勇毅，树内部巩固之基，含辛茹苦，折冲于外交坛坫，手创统一大业，复兴意大利国脉者，则为加富尔。然加氏之功，非偶然也。其思想之精确，任事之负责，历经挫折，雅不以为意，丛谤府怨，毫不心灰，视劳为逸，甘苦如饴，固有超人一等者。

　　加氏自幼年，既具特质。其自陆军大学毕业后充一工兵中尉时，先后被派往宛提弥蒙色里及拔得等处，对其所负职务，均有惊人之成绩；迨后，辞职归田，虽衷心悒悒，然惨淡经营，巨细躬亲，终致“在葡萄园里，有丰富的收获；在牧场里，有肥壮的畜群；在厂屋里，机器如犬牙相错；在沟渠里，流水荡漾；在仓库里，积谷如山……”此种“做什么像什么”之本性，务实之精神，允宜成为大器！

　　一八五六年巴黎会议时之意大利，仅名存而实亡。隆巴维尼斯王国（Royaume Lombard-venitien）实已为奥国所有；脱斯康

---

① 《兴国英雄加富尔》（ *Un Grand Réalist，Cavour* ），传记，法国 Maurice Paléologue（今译帕莱奥洛格，1859—1944）著，王开基译述，南京正中书局 1934 年 8 月初版。

② 王开基，生平不详。多有文章发表于《政治评论》，另译有 Abel J. Jones《倭伊铿人生哲学》。

（Toscane）、巴姆（Parme）、莫登（Modène）三公国，全在奥国皇族治下，教区（Etats d'Eglise）由教皇借外力统治之；两西西里之王，已成奥国之傀儡，塞尔得尼（Sardaigne）王国，——包括皮爱蒙（Piemont）、尼斯（Nice）及撒屋（Savoie）——又复受奥国军事及外交之双重压迫。当此危急存亡之倾，爱国志士，固有如雨后春笋，而思想则又歧分为三，有主张民主立宪政体者，马志尼及极端激进党人为代表；有主张采联邦制以教皇为领袖者，教士及保守党人为代表；有主张君主立宪以撒屋王室（Maison de Savoie）为中心者，中等阶级及塞尔得尼人为代表。加氏环观情势，默察国脉，首确定其中心思想。彼以为民主制度，固为当时锐不可当之潮流，然若不顾国家之历史与环境，而勉求进化，无异削足适履，危害尤烈；教皇在宗教上固为神圣不可侵犯之主宰，然其所领教区，人民已如苍深渊，若再拥为全意领袖，其必以祸教区者祸全意；撒屋王室享有意大利最老皇室之尊荣，且塞尔得尼为全意之仅有的一片干净土，复兴运动之中心，舍撒屋王室外，实无所寄托，因斯乃"把所有的爱国志士，都集中于爱玛留（Victor Emmannuel）王左右"。加氏之高瞻远瞩，与大无畏精神，于此可窥其一斑焉。

加氏既跃为阁揆，身负国家大政重任，其唯一之施政方针，则为内政外交并重，彼以为"一个国家的威力，乃是各种活动力之总合或结晶品；通常内政外交之分，不过是表面上的，及求行政上之方便而已。如内政方面，没有精强的兵备，充足的财政，和国民身心行三方面的相当训练，则外交方面任何好的计划，都将等于零。"由此观点出发，乃于财政，关税，商务，农业，路政，实业，海口，军事教育，兵器炮台诸方面，均力求更革与发展。终焉，国库收入增加，债务锐减，行政积弊澄清，军实充裕，铁路四达，河运畅通，海港扩大，要塞坚固。意大利复兴之基础，赖以确立焉。

至在外交方面，加氏之成功尤足惊人。教皇柔列第二力主"意大利非借外力不能解放"；而查理爱伯王则曰："意大利端赖意大利人之自救"，斯二者皆言之成理，但目光远大之加氏，则以为"若无外力之协助，意大利之解放，决不能实现。"斯以，当其初任阁席而为商务部长时，即以优惠关税，市得法国之好感；继独排众议，参加克里米战争，借与英法树友谊之基；复交欢法皇，使一世枭雄之拿破仑第三，不得不率法国健儿，为意大利人争自由；迨后，更谋联普以恢复隆巴维尼斯，企求法国撤退驻军，而占有罗马。意大利之复兴统一，终赖以完全成焉。当其折冲于外交坛坫也，手段之敏捷，技术之精巧，目光之深邃，尤有令人叹服者。拿破仑第三，天生诡谲，个性倔强，"本欲往右者，他偏先向左边转"，举世莫不为之蠹病，而加氏独能千方百计，捉入其彀，巴黎会议时之活跃，布隆必耶把晤时之机警，撒屋，尼斯之割让，克罗绨公主之联姻，及相伯尼之晋谒，其所表现之大智大勇，读之，不觉凛然。谓为外交家之楷模，要不为过。

　　加氏以一阁揆，常兼数部长，当对奥作战时，所有后方运输，给养，军实诸端，更由其一身任之。自表面言，固属大权在握，声势威赫，但时时虚怀若谷，毫无独裁之意。其视议会也，为"国家之诉告团，及公意之表现所"，而爱护尊重之不遗余力。当人劝其实行独裁时，辄婉而言曰："……如在独裁制度之下，我不惟不愿作阁员，并且也不敢作阁员。我现在之所以作着，因为我幸而为宪法的阁员耳……议会政制，也和其他的政制一样，诚有它的不方便的地方，可是，这或者就是它的好的地方。我很可以拒绝人们的质问，或者不理人们的反对，但我反省的结果，我很自庆我常和人们论战；因为在论战的时候，我被迫的不得不将我的意思，详为解释，借此，舆论界容易明白我的意思，而和我一了。独断的阁员，命令而已，宪法的阁员，必申说而后方能使人景服。我是绝对欢喜申述我的理由的。相信我吧：议会的最坏的，比反对议会的最好的，尚觉可取得多啊。"观乎此，加氏之受人爱戴，有由来矣。

尤有进者，以政治思想言，加氏虽以英国君主立宪政制为典型，然当国家危如累卵之会，对于其他异派，辄能卑躬折词，诱其共赴复兴大道。民权党人，要为其当时之劲敌，加氏坚毅沉着，终达其"把所有的爱国志士，都集中于爱玛留王左右"之目的，而与之共同组织"意大利国民社"，分社并遍布全意，所有唤醒民族意识，制造舆论，鼓励各小邦革命等工作皆赖之为中心。教皇领有教区，横梗意大利南北，不惟阻碍统一大业，且为人民最痛苦之区，加氏嫉之，无异于暴奥，然拔除之策，先说以"自由的教会，在自由的国家里"，不从，始动干戈。因斯，无形中减少内部之亿万纠纷，免除人民之无味[谓]牺牲，复兴运动，方得扶摇直上。加氏之为一等大政治家，于此益信矣。

吾国近状，与当时之意大利，全无二致，强敌压境，内乱频仍，所须整饬内部实力，严肃外交阵容者，固间不容发；而坚毅耐恒，去名求实，广采博论，溶洽异己，亦实为挽救民族危运之不二法门。读者试审加氏复兴意大利之故事，当知有所师法矣。

——录自正中书局 1948 年沪一版

《兴国英雄加富尔》译者例言
（工爪基）

一、本书自一九二六年出版，至一九二九年十月，已出至十八版 ①，可证其价值之一般［斑］。

一、本书原名《大实行家加富尔》，兹改为《兴国英雄加富尔》，盖以其形容加氏较确切明了也。

———————————————

① 译者指的是该书的法文版。

一、本书原本各章无分段标题，为使读者一目了然起见，特增加分段标题；同时为免重复起见，将原本上每章起首之概略取消。

一、本书特别名词释名，均尽量采用普通成例；如无者，方自译之。

一、今岁适值家君花甲大庆，特移译本书以作纪念，因系译者执笔之动机，故并志之。

——录自正中书局 1948 年沪一版

《格林童话全集》^①

《格林童话全集》译者的话

魏以新 ^②

这部《格林童话全集》，系根据 Leipzig, Hesse & Becker Verlag 德国名著丛书版本译出。共二百一十篇，内有二十一篇是用德国方言写的（在目录上以星号 * 为记），德人亦有十分之六不能完全了解，然译者因为日夕在业师德国语言学家欧特曼教授（Prof. Dr. Othmer）手下工作，竟得因其口授而完全译出，颇以为幸！此外，欧教授又为译者解释其他各种疑难，谨此表示极诚恳之谢意！

一九三二年五月魏以新于吴淞

——录自商务印书馆 1947 年三版

---

① 《格林童话全集》(Kinder, und Hausmärchen)，上下册，德国 Brüder Grimm（格林兄弟）著，魏以新译述，殷佩斯校订，上海商务印书馆 1934 年 8 月初版。

② 魏以新（1898—1986），生于湖北保康县。1920 年，从武昌到上海同济医工专门学校德文科（后改名同济大学中文部）求学，1922 年后长期在同济大学图书馆工作，1924 年与同学发起创办《德文月刊》。另译有《德国史纲》《兴登堡自传》等。

《饭桶生涯的片段》[①]

《饭桶生涯的片段》题记

廖辅叔[②]

这本书《饭桶生涯的片段》原名"一个全不中用的人的生平的片段"(*Aus dem Leben eines Taugenichts*),这个书名不独太长,而且 Taugenichts 译作"全不中用的人"也嫌太噜苏,所以结果译作"饭桶"。我知道有些读者或许会说它太俗,但是我自己译前,译时以至译后都经过一番思索,却终于找不到比饭桶更得体的名称,所以只得题作《饭桶生涯的片段》。

原作者埃贤朵夫是德意志浪漫派的一个代表诗人,现在把他的生平简短地记在下面:

约瑟夫埃贤朵夫男爵(Joseph Freiherr von Eichendorff),一七八八年三月十日生于上许列济恩的卢波维茨封地(Lubowitz in Oberschlesien),一八〇一年进勃列斯劳(Breslau)的天主教文科中学,一八〇五年到哈莱(Halle)研究法学,一八〇六年在家中过冬,明年到海代尔堡(Heidelberg)继续研究。在那里他发表了他初期的诗作。他交接的人物如亚宁(A. von Arnim,1781—1831),勃连泰诺

---

① 《饭桶生涯的片段》(*Aus dem Leben eines Taugenichts*,今译《一个无用人的生涯》),中篇小说。德国埃贤朵夫(Joseph Freiherr von Eichendorff,今译艾兴多夫,1788—1857)著,廖辅叔译述,上海商务印书馆 1934 年 9 月初版,"世界文学名著"之一。

② 廖辅叔(1907—2002),广东惠州人。1922 年入广州英文专门学校学英文。曾随兄长廖尚果(青主)及其德籍夫人华丽丝学习德语和音乐,1927 年参加广州起义,后到上海协助其兄开办《乐艺》杂志。曾任职上海音专图书馆、南京国立音乐院等。另译有马塞维茨《小彼得云游记》、弗·沃尔夫《博马舍》、席勒《阴谋与爱情》等。

（C. Brentano，1778—1842），哥列司（J. Goerres，1776—1848），克雷赤尔（Creuzer，1771—1859）及罗厄本（O. Von Loeben）等，都是浪漫派的诗人，他对于浪漫派的工作就在这个时候定局。一八○八年他游巴黎，回家时他取了一段"罗曼忒克"的行程，他溯梅恩河直上到维尔慈堡，巴姆堡和女仑堡，再从女仑堡经过列根斯堡沿多瑙河到维也纳，然后折回许列济恩故乡。

　　一八一三年二月他投入义勇军参加解放战争，一八一五年他也到过滑铁卢，但是碰巧都不曾打过大仗。一八一六年在勃列斯劳任司法见习生，一八一九年任职柏林教育部，一八二一年任丹七希（Danzig）政务委员，一八二四年调任到大王堡（Koenigsberg），一八三一年再到柏林，结交诗人沙密苏（A. von Chamisso，1781—1838），音乐家门迭尔斯尊（F. Mendelssohn，1809—1847）等。他的漫游诗歌多由门迭尔斯尊谱曲，为音乐界的珍品。一八四一年特任宗教事务部机要委员。一八四四年因寺院问题与该部部长埃希荷恩（Eichhorn）意见不合而辞职。自是或居丹七希，或居维也纳，或居柏林，或居美莲（Maehren），自置别业。至一八五五年迁居奈塞（Neisse），至一八五七年十一月二十六日逝世。

　　埃贤朵夫虽然一生写作不倦，他写作的范围兼及于戏剧，小说，抒情诗和叙事诗。但是他作品的主要性质却是抒情的，它内容也多是童年的，学生时代的，漫游时代的回忆，以及地上的乐园的追求。这部《饭桶生涯的片段》是他的代表作品。

　　我译这本书，经过的时间是意外的长久。这原因，正如周作人先生所说，不是由于难，而是由于妙，敷衍又不是我的本领，如果还有"讨好"的希望，多吃一点力是不妨事的。我虽然不敢引 L. van Beethoven 写 *Missa Solemnis* 的故事来遮羞，但是我自信我不曾草率过。

　　Frau E. Valesby 对我翻译的工作给我种种宝贵的帮助，谨在这里对她表示诚恳的谢意。萧友梅先生的善意的鼓励也给我增加不少的兴趣和勇气。

上海，一九三四年二月十五日。廖辅叔。

——录自商务印书馆 1934 年初版

《迷途》^①

《迷途》小序

刘大杰^②

  这本书里面所收的三篇小说，无论哪一篇，都是代表那个作家的个性和他的作风的。《五月之夜》里面所表现的讽刺，正是哥果尔笔下特有的讽刺。在《迷途》里是充满了托尔斯泰的人生哲学和艺术哲学的。这篇小说的主旨，即所谓"爱在神即在"。并且在我读过的许多托氏的小说里讲到描写，这篇要算极其细致了。至于库卜林，凡是读过他的《决斗》，《生命之河》，《神圣的恋》的人，都知道他是一个热情的赞美者。而他这一篇《柘榴石的手钏》，尤为讴歌空想的热情的恋爱的模范。他对于恋爱的态度，和《沙宁》的作者阿尔志跋踱夫是不同的，前者是赞美空想的恋，后者是暴露空想的恋的，所以在库

---

① 《迷途》(*Master and Man*，今译《主与仆》)，中篇小说集，俄国 Leo Tolstoy（托尔斯泰，1828—1910）等著，刘大杰译，上海中华书局 1934 年 9 月初版，"现代文学丛刊"之一。

② 刘大杰（1904—1977），湖南岳阳人。毕业于武昌高等师范，1925 年入日本早稻田大学研究科文学部，专攻欧洲文学。回国后，任职于上海大东书局，编辑《现代学生》杂志。曾先后任教于复旦大学、安徽大学、大夏大学、暨南大学、四川大学等。另译有托尔斯泰《高加索的囚人》、杰克·伦敦《野性的呼唤》、屠格涅夫《一个不幸的女子》等。

卜林的《神圣的恋》，《电信师》，《奇妙的机会》，《犹太女》等作品中的主人公，都是一些神秘的空想的恋爱家。像《柘榴石的手钏》这一类的东西，在俄国作家的作品里，是很少见的。《俄国文学史》的作者山内封介氏，曾举这一篇为库卜林短篇小说中的代表作。他那种哀艳的细致的写法，确是很能打动读者的心灵。第一篇译自 C. Field 的英译本，第二篇译自万人丛书本，第三篇译自 Leo Pasvolsky 的英译本，然而在这三篇中，曾参照米川正夫，昇曙梦，小松原隽诸氏的日译本，修改了好几个字。因此，在这本书里有几处与英译本不能尽同的地方。

二十年六月于上海

——录自中华书局 1934 年初版

《文明人》①

《文明人》译者序

李劼人②

本书作者克老得·发赫儿（Claude Farrère）真姓名为沙儿·巴儿拱（Charles Bargone）。一八七六年生于法兰西，足迹半世界，以描写外邦风物见长，与彼得·陆蒂同著名于法国文坛。发赫儿之笔调，偏

---

① 《文明人》(Les Civilisés)，长篇小说，法国克老特·发赫儿（Claude Farrère，1876—1957）著，李劼人译，上海中华书局 1934 年 9 月初版，"现代文学丛刊"之一。

② 李劼人（1891—1962），四川华阳（今属成都）人。曾留学法国，攻读法国文学。回国后先后任教于成都大学、四川大学。曾任《笔阵》主编。另译有莫泊桑《人心》、都德《小物件》(今译《小东西》)、弗洛贝尔（福楼拜）《马丹波娃利》(今译《包法利夫人》) 等。

于讽刺，与陆蒂较，为更富有法兰西风格。作品中以本书《文明人》与《新人物》(*Hommes Nouveaux*) 最为世知。本书以西贡为背景，而讽刺所谓文明人者，不过如是；议论或不免有过火处，然而文人"艺增"，固是小疵。吾人亦大可借以稍减信念，不必视在殖民地上之欧人，个个伟大，即其居留国内之公民，亦几何不以此等人为"社会之酵母"哉！本书出版于中华民国建元前六年（一九〇五年），故涉论及于中国，犹载龙徽。虽然国徽三变矣，而中国之为中国，有以异于二十六年前之中国乎哉？则西贡，则西贡之法国人，今亦犹昔，未必便优于《文明人》时代也。书中所叙，或皆有据，惟英、法之战，当是虚构。译是书时，在溽暑中，手边复鲜参考之籍，地名物名，不审知者，多音译之，是须求谅于读者耳。

译完在中华民国二十年九月二十日

李劼人写于成都

——录自中华书局 1940 年 11 月再版

《现代名家小说代表作》[①]

《现代名家小说代表作》绪言

这里选读的八篇小说，作者和国别虽然不同，却能代表现代短篇小说作风的共同倾向——就是新写实主义。

就严格说，新写实主义应该是新俄的特产，但若放宽一些说，那末二十世纪所特有的这种比十九世纪初由自然主义脱胎出来的作风更

---

① 《现代名家小说代表作》，短篇小说集，傅东华选译，上海大东书局 1934 年 9 月初版，"新文学丛书"之一。

加深刻一层的写实主义，也未尝不可统名之为新写实主义。我这里把 Hardy 和 Galsworthy 的作品和新俄的作品兼收并蓄，并非要示人以两国不同的作风，实要示人以两者共同的倾向。

Thomas Hardy 是这八个当中新近故世的作家。他在现代作家当中，虽然不能说是另一时代的人，至少也要算是前辈，但他那种"定命论的悲观主义"（Fatalistic Pessimism）实在就是新写实主义所不能外的"决定论"（Determinism）的先声，而他那种深刻的心理解剖，也已与前世纪中类乎自然主义的旧写实主义有别，所以将他划入"承前"的作家，自不若将他归入"启后"的作家较为允当。

John Galsworthy 诚不失其为一个英国式的 Gentlemanlike 的作家，但若细细分析他的作品，他实在是对于英国的国民性下极深刻的针刺（即如本书选录一篇所代表）。他觉得英国的传统是陈旧了，可笑了，不合理了，所以他对于维持传统最力的中流社会竭力讽刺。这种态度的另一方面，就是对于纯洁无伪的下层阶级表同情。J. W. Cunliffe 在他的 *English Literature During the last Century* 里说："他所以能在现代文坛占据永久的地位，就在他能够对最下层社会具有真正的同情，并于人们的性格和情绪具有深刻的分析力。"就此点而论，他和新写实主义的倾向至少是不至背驰的。

法国感受新写实主义的影响，当然比守旧的英国人要快些。近年以来，一般新兴的作家早已不再像从前专讲所谓"趣味的洗练"（Refinement of taste）了。这里所选择的代表 Maurice Audubert-Boussat 本是一个才露头角的作家，但由此可以看出法国新兴的作风是怎么样。

西班牙因为政治上的骚动，自然也要被写实主义所吸引。这里特选 Picon 的一篇来做代表。

至于俄国两个作家的作品，就是新写实主义的真正典型，那更不待说的。

美国两个作家——Theodore Dreiser 和 John Reed——都显然流露有意模仿新写实主义的痕迹，因为他们两个都曾亲身到过俄国而且深深吸入那里的新空气的。Dreiser 已经得能列入作家之林。Sherwood Anderson 曾经承认他为美国新风格的创造者。John Reed 本是个新闻记者，尚不被认为小说的作家，但这是因他早死，艺术尚未成熟的缘故。假如他多活几年，且肯向文艺方面多用些力，怎见得他不成为美国新写实主义的代表呢？

至从英文的观点说，Hardy 和 Galsworthy 的作品之几能作 Classics 看，大概已为一般人所承认。其他几个作家虽不能同他们并论，但至少有一点消极的价值，就是不至叫我们学成 Bookish 的英文——因为他们的语言都是活的。就是翻译的几篇，编者也相信他们并无疵病，大可观摩的。

编者本想于对译之外再加注释，后来自觉译文已无遗漏，读者果能细细对看，当已不留遗义，最多不过再翻翻字典罢了。

编者

——录自大东书局 1934 年初版

《自由》[①]

《自由》译者序言

（钟宪民）

德利赛（Theodore Dreiser）是现代美国最伟大的一个写实主义的

---

① 《自由》（*Free and Other Stories*），短篇小说集。美国德利赛（Theodore Dreiser，今译德莱塞，1871—1945）等著，上海中华书局 1934 年 9 月初版，"现代文学丛刊"之一。

作家。他以大胆无畏的精神观察整个人生和社会，而且把它忠实地描写出来。他以冷嘲的态度和同情的热心指示出人生的黑暗方面以及社会的病态。他所描写的多半是美国的求财者，他们以求财为人生唯一的目的，一心一意向财富之鹄走去，有如鸷兽之捕捉食物。至于他的写作，全然是以艺术的使命为其目的的，他不愿为一般人的趣味而写作，不愿以艺术赚钱。关于他的作品的价值，最好引述原序中美国大文豪安得生（Sherwood Anderson）的话来说明：

　　安得生说德利赛将在美国文学中大有成就，他是一个罕有的忠实的艺术家，总是以客观的眼光描写一切，而不愿虚伪欺人。读了《自由及其他》一书，再和哈脱（Bret Harte）或奥亨利（O. Henry）的短篇小说比较一下，就可以知道了。……

　　我们大多数的散文作家，对于人生都毫无感情。一个散文作家没有人生的感情，是不足为艺术家的。……我们的作家为什么要费了光阴去创造未有过的人物——木偶——那些不可能的牧童，侦探，冒险家呢？难道我们那些有成功的短篇小说作家竟懒惰得不愿找出一些有关于人生的事情，人生的可惊异之处吗？显然他们是懒惰的。或者他们是过于懒惰，或者他们对人生有些害怕而在它前面战栗着。

　　但德利赛却不害怕。他并不战栗。我常常想他是美国现代最勇敢的人。……人生底美和讥讽的恐怖在他眼前像是一堵墙壁，可是他却对视着它……

　　德利赛是出身于西方中部的人，身材魁梧，举止粗率，而没有普通艺术家的虚荣心。我时常怀疑，究竟他是否知道他是怎样地被各处成千的无名作家所敬爱着。倘使美国散文作家已有了一种新的运动，一种倾向于勇敢而忠实地描写人生的运动，那末德利赛就算是这种运动的先驱和英雄。我想这是毫无疑问的。……

因为他的工作，美国的整个空气就变得畅美了。他已经把基础打好，此后一切建筑都可在它上面设立起来了……

德利赛的天性是真正艺术家的天性……他站在人生的面前，凝视着它，试欲了解它，而把握它的意义和剧情。他并不常常叫着："你们看我！看我在干什么！"他是一个富于自尊心的艺术家，而且尊重他的材料，接近他的人们的生命，以及在他的笔下活现出来的人们。

至于精细估评他作品的价值，那不是我所能做到的事。他已有过去的成绩而且还在那里做他的工作；他从黑暗中打出一条光明之路来，而且他为自己开拓生路，也不啻为我们大家开拓生路。……

至于他的人格，最好也由他自己来证明。大家知道，德利赛永不甘于做那种小巧的二等作品。他退在后面，让他的作品本身来替他说话。……

上面几节是从安得生的原序中节译出来的，我想已经可以使读者赏识德利赛的作品的价值了。现在再把他的代表作介绍一下罢。他最著名的杰作，要算是《理财者》(*The Financier*)，《铁登》(*Titan*)，《美国的悲剧》(*The American Tragedy*) 等等；短篇小说则以《自由及其他》(*Free and Other Stories*)，《妇人陈列室》(*A Gallery of Women*)，以及《十二人》(*Twelve Men*) 等为杰作。他的作品甚伙，此处不便枚举，上面所列的不过最著名的几部罢了。

——录自中华书局 1934 年版

《从清晨到夜半》[①]

《从清晨到夜半》译者序

梁镇[②]

　　霍卜特曼（G. Hauptmann）过去了。苏得曼（H. Sudermann）更过去了。在现在德国舞台上，最占势力的剧作家恺撒（Georg Kaiser）。

　　恺撒于一八七八年生于德国玛格得堡（Magdeburg）的乡下。父亲是个商人。他从学校出来，也习过几年商。曾受父命经商到南美洲。回欧后，又漫游西班牙，意大利。他写小说，又写诗歌，不过他特长的是戏剧。从一九一一年以来，已陆续发表过三十多种剧本，其中有十二种在大战期间内出版。他现在还继续在写作着，大众对他燃旺着的期望也一天比一天高了。一九一六年出现的一本二部剧《从清晨到夜半》（*Von Morgens bis Mitternachts*）第一次在柏林上演，得到很大的成功，据批评者的公论，这不仅是他的一部杰作，并且还是"表现派"（Expressionismus）的代表作。

　　因此，恺撒会被尊为"表现派的作家"，他是新的戏剧的建设者，他引进了一种新的方法到戏剧里面来，和以前的老剧作家迥然两样。他把时代推进得更远，在戏剧史上划出一个新纪元。这很明白：恺撒运用着朴素的线条，连续不断的富有生力的动作，经济到不能再经济的语句，抓住全部人生，表现给我们看。表现得如此醒豁，宛如一阵新鲜空气透过你疲醉的心灵，使你苏醒。他创造人物，环境以及全剧

[①] 《从清晨到夜半》（*Von Mogens bis Mitternachts*，今译《从清晨到午夜》），七幕剧，德国恺撒（George Kaiser，今译乔治·凯泽，1878—1945）著，梁镇译。上海中华书局 1934 年 9 月初版，"现代文学丛刊"之一。

[②] 梁镇（1905—1934），湖南会同人。1929 年毕业于中央大学外文系，闻一多学生。曾任商务印书馆编辑。陈梦家编《新月诗选》收入他的三首诗歌。另译有《德国古民歌》，英国贝灵（Maurice Baring，今译巴林）《俄罗斯文学》等。

从头到尾一贯的气氛，都能免去狭义的局部的牵制，完全是普遍化的。也许这就是当代欧洲各国都喜欢排演他的剧本的主因。他的灵笔奇丽，观察透彻，思想丰富，再加以他那技巧的多样与完美，也处处证明着他是一个多方面的伟大的作家。

晓得恺撒是表现派的先锋，我们更得清楚表现派不能拘禁他的地方：他创立了表现派，同时又站在表现派圈子以外。替表现派运动着想或是为戏剧技术的讨论方便起见，我们尽可说他是表现派的作家，加他以表现派的头衔。正如一九二六年 Bernhard Diebold 在他讨论现代德国剧作家的一篇有名的《戏剧的无政府》(*Anarchie im Drama*)里，硬拿"立体派"的高帽子给恺撒戴上，其实恺撒对于立体派运动好似并没有怎样注意过。他原是一个顺着本性创作的人。他写戏剧，没有一定的成格，也没有"派"；觉得要这样才够把意旨阐演明白，他便这样写。有时他的作品替表现派撑了门面，那是由于他剧里的气息，内容，和他的艺术精神偶尔吻合，给了表现派不少的生气。然而和别的表现派一些断续的呐喊比较，你哪里能找出一种技巧像恺撒那样把"他"和"他的意象"表现得更自然更明爽的呢？恺撒还是恺撒自己。恺撒的剧作也只是恺撒的剧作。

你说他是为己的自我主义者吗？那也不然。他好比一个预言家一样，在现代社会组织荒落的原野里举出他孤独但是清亮的呼声。失去了规律的世界不是他所希冀的世界！天才永远是和社会对抗的。他剧里的人物时而是剧烈的变态心理的描写，时而又燃着健全猛烈的热情直对社会宣战。他自己却躲在剧幕的后面，不露出头面来。所以有人说恺撒的心地和平，头脑比冰还要冷静，他创造的人物却是如火如荼，富于有机的生命力。并且大半是带点超人式的人物。

他同"狂飙突起时代"(Sturm und Drang) 一些剧作家最显著的差异即是他沾染哲学的色彩，没有席勒（Schiller）、歌德（Goethe）他们那样深。他尝到人生的苦杯，对人生仍执着一种莫大的坚信。你没有长着两叶翅膀，在人生这条长路上，得学骆驼的样子，踏着步往前进行。恺撒剧本里含有多量的思想，目的只在补助他剧作的生动力的伸张，使得更加是"戏剧的"。他不是甚么哲学家，他是在行动上的一个实际的改革者。

现在恺撒在剧坛上的地位总算确立了。他的天才足够使他一方面逐步抛弃前人的成法；一方面又超出同时代的人，而自成一家。虽说他是表现派最新也是最有能力的创立者之一，他在剧里也高兴采用客观的科学的方法，这是他同时的表现派绝对避免不用，极力主张向主观与神秘方面走的。看恺撒的剧作，这一点我们第一应该晓得。

《从清晨到夜半》一剧，分两大部，七幕。大众认为这是恺撒创立了表现派的杰构，如今我叫它为表现派名剧也不过是这个意思。我是根据一九二七年柏林 Kiepenheuer 书店出版的原文译的。这剧在德国以及德国以外的各国排演的次数已经不少；截至今日，已有四种以上不同的文字的译本。法文和英文的两种我也见过，但都没有德文原剧那样紧凑生动；有时为了排演的方便，他们竟擅自删改，这更是大大的对不起恺撒先生。我希望我的译文不但要求正确，俊妙，还要传点神，我想保证读者从译剧里见到恺撒的原来的形态。

这部二部剧的本身到底好在那里？好到怎样？它是描写现代都市的腐蚀生活的文学吗？他是在抨击社会，在嘲弄拜金主义吗？恺撒在这里是不是写成功了一个人的灵魂的展开？你是不是在这一群纷扰着的人物的动作中，见到这位诗人对于大自然的一种浑然的醒觉？假如你说这剧里的语调滑稽，觉得真好笑，那是不是你自己也给取笑了在里面？——这些似乎都用不着我一一回答。这本书现在已经摆在你的面前，翻过页你就要同剧本本文直接见面了。我少陪了。聪明的读者，你们自己去领悟，去发现罢！

　　　　　　　　　梁镇。十九年十二月二十四日夜，上海。

　　　　　　　　　　　　——录自中华书局 1934 年初版

《悲惨世界》 [1]

《悲惨世界》序

张梦麟 [2]

本书是英国人 J. C. Fortey 氏，就法国罗曼主义大家雨果（V. Hugo，1802—85）所作的 *Les Misérable*，译节成浅近的英文，以便初学者的阅读。我们更将它对译加注，以饷［饟］中国初学英语的读者。雨果氏的原作，以前曾由苏曼殊大师译成中文，可惜没有译完，曼殊大师就死了。本书译名《悲惨世界》，便是沿用曼殊的译名的。

Les Misérable 这一部书，现在已成了欧美日本各国家喻户晓的名作。托尔斯太在他的《艺术论》里，把莎士比亚著作，以及雨果的其他著作都一概责难，独于这一部小说，推崇不已，称它为从神与人间爱中流出来的世界最高之艺术品。因为雨果这部作品，不仅是小说而且是一部史诗，不仅是一个被虐者的记录，而且是新旧阶级交替的时候，新兴阶级的新道德，新精神的基础。

雨果本人，本来也就不仅是一个作家，而且是一个为自由而奋斗的战士。法国大革命后，禀着热血锐气，在国民议会里为民众努力的人，就是他，首先窥破拿破仑有做皇帝的野心的而在国民会议里提出来，加以痛击的人，也就是他，于是在一八五一年，他便不得不因此

---

[1] 《悲惨世界》(*The Story of "Les Misérables"*)，小说。法国雨果（Victor Hugo，1802—1855）著，张梦麟据英文节译本译注。上海中华书局 1934 年 9 月初版，"英汉对照文学丛书"之一。

[2] 张梦麟（1901—1985），贵州贵阳人。毕业于日本国立京都大学文学系，获学士学位。回国后曾任上海私立大夏大学英文系讲师，中华书局编译所编辑，主编过《学艺杂志》。抗日战争时期，任复旦大夏联合大学第二部英文教授。另译有霍桑《红字》、萧伯纳《人与超人》、杰克·伦敦《老拳师》等。

而亡命到外国去了。

　　迨后三次逃亡在外，暂时寄居在一个无名的小岛上，过他流谪的生活。就在这四围环水的世外桃源里，雨果的心更从一家一国的自由争斗，扩大到全世界被虐待，被压迫的弱者的争斗上来。他自己毅然地做了这些弱者的代辩人，结果，便是在一八六二年，将这一部史诗似的大作 *Les Misérable* 问世了。

　　现在我们将这节本对译介绍到中国来，一方面是为初学的人在学习语言上，有所帮助，一方面也希望读者读了这节本之后，更能引起兴趣去读它的原作，而得到文学上的修养。

民国二十三年九月，译者识

——录自中华书局 1934 年初版

《生意经》①

《生意经》著者小传与本剧略评

王了一（王力）

　　米尔波（Octave Mirbeau），一八四八年生于嘉尔华多（Calvados）县之特拉维耶尔（Trévières）乡，或云生于巴黎。一九一七年逝世。所著小说有《嘉尔怀尔》（*Le Calvaire*，1886）；《修道院长余勒》（*L'Abbé Jules*，1888）；《西巴斯田》（*Sébastien Roch*，1890）；《一个女仆的日记》（*Le Journal d'une femme de chambre*）等。戏剧有《不良

----

① 《生意经》(*Les affaires sont les affaires*)，三幕剧，法国米尔波（Octave Mirbeau，今译米尔博，1850—1917）著，王了一译述，上海商务印书馆 1934 年 9 月初版，"世界文学名著丛书"之一。上海商务印书馆 1935 年 3 月分两册另行初版，收入王云五主编"万有文库第二集"。

之牧人》(*Les mauvais bergers*，1898，中国有岳焕先生译本，改名为《女工马得兰》，开明书店出版)；《生意是生意》(*Les affaires sont les affaires*，1903，这题目的意思是说：生意是生意，良心是良心，有生意便可以不要良心。我改名为《生意经》，中国人看来易懂些)；《家庭》(*Le Foyer*，1909) 等。

米尔波属于自然主义派，自然主义者趋向于描写社会的丑恶的方面，然而描写得最彻底者，左拉，莫泊三以后，只有米尔波一人。但他并不知道什么科学的现实主义，也不计及泰尼 (Taine)，罗兰 (Renan)，比尔特洛 (Berthelot) 诸人的哲学，只因他生平酷爱主张公道，深恨假仁假义的人，所以他特别关心于社会上的可杀之人与可恨之事。于是他很忠实地写下了些小说与戏剧，绘出好些坏风俗。恶人与狂人都在纸上活现出来。他的一枝铁笔，从来不怕强暴；但在他描写强暴的时候，也不时露出慈悲的心肠。

他在他的戏剧里，极力描写他对于乡绅的深恨，剧中的主人翁都是很阴险，很残酷的。因为描写得太过淋漓尽致，以至于开演《家庭》的时候，不得不取消了其中的一幕。无论在小说里，戏剧里，都有很深刻，很动人的地方。

他的小说，以《一个女仆的日记》为最有名；他的戏剧，以《生意经》为最有名。《生意经》于一九○三年四月二十一日第一次在法兰西戏院开演，直到现在，每隔两个礼拜还演一次。人家说他这一本戏剧极会描写个性，剧中的主人翁伊惜多洛霞是一个大地主的模型。他的描写的手段可以比得上巴尔扎克 (Balzac)。至于剧中的详细情节，要听读者自己去下批评了。

十八年十一月十六日，译者，于巴黎。

——录自商务印书馆 1935 年初版

《英国近代诗歌选译》[①]

《英国近代诗歌选译》自序
李唯建[②]

我本不愿为书做序；因为一本书的如何，读者自然能品评的；在书前冠一前序或在书后附一后序，我都以为不必。无奈这册谫陋的译诗，似乎又需要译者补充几句，方不至引起误会。我现在要说的大约关于三点：一选诗，二译诗，三新诗。

选诗本不是一件易事，它须要研究，评判与欣赏。换言之，选诗的人应是学者，批评家，诗人；但正巧这三方面除了前两项，有沟通融会的性质，后一项简直不能融合，反而与前两项冲突。因之，想在一人身上找到这三种特质，只是一种理想。

此外，还有一大困难，就是文学上许多伟大作品，许多包含作者一生心血，生活特色，或整个理想的杰作，大都不是短短一两首诗，而是长篇大著。但这本选译所包含的全是短诗（有几首长诗也是节译），除了几位抒情诗家而外，其余诗人的整个精神，似乎不易领到。在我不得不向读者致歉，说这层缺憾一来是一人的精力有限，二来是本书的篇幅太少；所以雪莱的诗选了四首，济慈、梅丝斐儿的诗各两首，其余诸家均选译一首；这在量上自然太少，但在质上，大体也略

---

① 《英国近代诗歌选译》，诗歌集，收录苑茨华丝〔William Wordsworth，今译华兹华斯，1770—1850〕等英国 30 位诗人的 35 首诗歌，李唯建选译。上海中华书局 1934 年 9 月初版。

② 李唯建〔1907—1981〕，四川成都人。曾就读于上海青年会中学，后考入清华大学西洋文学系。1930 年与庐隐结为伉俪，同游日本，从事写作和翻译。曾任中华书局英文编辑。另译有莫洛亚〔A. Maurois〕《维多利亚时代英宫外史》。

能表示特色。至于选择诗人的标准，则自浪漫诗始祖苑茨华丝起，直至现代桂冠诗人梅丝斐儿止，或为一代之大师，或为一派之正宗，共三十人，其他较不重要的，均未列入。

其次是译的问题。译诗是一件费力不讨好的事。原诗的词藻，章节，神韵多么难译！我以为一首完美的诗歌和一切完美的艺术品一样，都不能改动其丝毫，尤其是诗的音韵；因为许多最美的抒情诗，它的内容并不如何实在，但我们反复吟诵，得到一种诗味，竟不自知的入了一种诗境，正如我们听水声，听琴声，听松涛，听海啸，所听到的并非什么字句，而是一种音波，我们应从这不断的音波中去捉着那些象征的意味；你如不信，试去读读法国威伦（Verlaine）或英国雪莱（Shelley）的诗；如没有一种音的体验，那就毫无所获了。并且西洋诗还有许多最严格的形式格调，正如我国律诗小令之不可译。好了，诗既然这般难于捉摸这般严整，要想把它译成与欧文迥异的汉文，失败其谁能免？

最后我要谈谈与本书有关的新诗问题。溯自五四运动以来，新诗曾轰动一时，当时所出的诗集如雨后春笋，但可说没有一篇成功的；其次是北平《晨报副刊》的时期，当时新诗的形式与押韵均模仿西洋诗，但用字方面仍难免旧诗词的气味；再次要算最近《新月诗刊》，与从前稍异的在不大用旧词藻，用纯粹语体；但仍无多大进步。如今作新诗的一天少似一天，也许因为新诗难作，也许因为新诗的路走不通，我都不去详细讨论。我要说的是今日的新诗离成功之路尚相距不知若干里。据我看来，第一新诗不能采用外国格调；因为中国人仍旧是中国人，外国的东西虽然新奇，但究竟不合国人的胃口；第二是新诗太不注重音节与词句，一首诗之美，自然美在情绪，但情绪之来不外音节，字句与内容；如果新诗只求将字排整齐，加上韵脚，我看不出它与散文有什么区别——虽则有散文诗一派，但我以为那不能算诗的正宗；——如果新诗不特别注重用词遣字，我更看不出它能使人有反复咀嚼的韵味；如果新诗不考究章节，我真看不出它有朗诵或沉吟的魔力。我不敢说新诗应走哪条路，但我敢断定它现在还没有找到应走的路。

　　新诗既如上述那般失败，这本译诗自然也随着失败；不过我译时曾下了点功夫，在字数上，原诗每行有一定的音段（Syllable），译诗也用一定的字数，押韵亦大体照原韵，这样虽不免呆板之讥，但我对于保持原诗的真，总算尽了心。

　　我想来想去，真够痛快！把英国近百多年的三十位大诗人聚在一处，这样多天才的结晶，都由我来选译成新诗；在我当然是不量力，但在不能读原诗的人，这册译诗也不至毫无价值罢；更因使读者易于领悟，特于每诗前作一简短的介绍。

　　这本译诗如有精彩处，也是原诗本身的关系；至于晦涩欠精的地方，恐也不免，还望海内爱好诗艺的人不吝教言，使译者有修改的机会，不但是译者之所感谢，也是文艺界之幸。

唯建于上海　二十三年三月三十日

苑茨华丝［附记］
（William Wordsworth 1770—1850）

〔李唯建〕

　　他是英国浪漫派的始祖，用最朴质的字句，写最日常的事情。他活了八十岁，终生献给诗艺；在这一点上，很少的诗人能与他相提并论。他有位比他大约小两岁的妹子名多罗西（Dorothy）；兄妹二人感情甚笃，时常一同在乡间或异国漫游。后来他结识了辜儿雷其（Coleridge），一七九六年六月，二人成了莫逆。苑茨华丝搬到一所被森林环绕的大屋里，朝夕与辜儿雷其过从。苑茨华丝许多最精彩的抒情诗全在这时期写成。他们计划合刊一本《抒情歌集》(*Lyrical Ballads*)，于一七九八年出版。一七九九年秋，苑茨华丝步行漫游湖县 (Lake District)，寻到一个鸽村 (Dove Cottage)，他发疯似的爱上了这地方。此后他单独出了《抒情歌第二集》，在鸽村，物质方面非常朴素，但山秀水清，的确给了诗人以不少的灵感。一八〇五年二月五日，他遭弟丧，十分悲痛；但仍不断的创作；他的悲伤净化了，渐渐达到神圣的心境。此外还有一点不得不附带说一说的：就是这位诗人的诗，有时达了最高峰，但有时简直不堪一读——他是一位不规则的诗人。

辜儿雷其［附记］
（Samuel Taylor Coleridge 1772—1834）
（李唯建）

　　他是神秘幻想的诗人，学者而兼批评家；他什么书都读——哲学，教育，宗教，文学——曾肄业剑桥大学，后来发表那有名的《莎士比亚论》。终日吸鸦片烟，此后都过着梦游懒惰的生活。他的诗多半开场非常美丽，但少有写完的。他与苑茨华丝合刊的《抒情歌集》中有他的一首长诗《古舟子咏》(*Ancient Mariner*) 寓意至深。他的短诗最有名的是《爱》(*Love*)，为英诗中罕见之作。他未写毕的诗有《克雷士它伯》(*Christabel*) 和《忽必烈汗》(*Kubla khan*)，前者为中古故事，后者为他在幻想中所见到的忽必烈汗的宫殿。辜儿雷其的诗材荒诞，神奇，不可捉摸，用字华丽，丰富，修饰，这自然与苑茨华丝迥然不同。

兰特［附记］
（Walter Savage Lander 1775—1864）
（李唯建）

　　这是一位拉丁文和希腊文的学者，同时又是诗人。生于华威克
（Warwick），受教育于牛津，于一七九四年因行为激烈，被迫离校。
一八一四年赴意大利，一八三五年归国，卜居霸湿（Bath）。早年的
诗，与浪漫派稍有关系。他为人暴躁，且多僻想；但由他散文的流利
中可以见到他的心多么纯洁高尚。如果对他的身份与学问不能了解，
那么对他的作品亦不易明白。他的诗：早年的有《格必儿》（Gebir）
一首，用弥尔顿格调写成的；此外还有一本诗集，其中有许多好诗。
他的戏剧有《裘利安伯爵》（Count Julian）、《安康那被围》（The Siege
of Ancona）等。散文有《幻想的谈话》（Imaginary Conversations）、
《莎士比亚之研究》（Examination of Shakespeare）等。

摩尔［附记］
（Thomas Moor 1779—1852）
（李唯建）

　　这位诗人没有什么学问，他作诗为的是能歌诵——能伴着琴唱。
二十岁以前，已译了安拉克锐盎（Anacreon）的诗。他早年的诗，颇
受这位希腊抒情诗人的影响。他自己的诗很浅近，文句不大修饰，特
点在音节响亮。

拜伦［附记］
（Lord Byron 1788—1842）
（李唯建）

性情不羁，豪爽跌宕的诗人。当时文坛的明星；因发表《赫洛尔游记》而马上成名。他出身高贵。一八〇五年到剑桥。是污毁了的小子，是飘流放肆的少年。一八〇五年离剑桥。一八一〇年到一八一一年，游历欧洲及东方。一八一二年出版《游记》第一二两部，文名胜过了斯可德（Scott）。他与米尔波克女士（Milbanke）结婚，一年后又离了婚。因不容于英国社会，他断然与祖国永别。在南欧飘零多年；在这时期，结识雪莱，两人情感融洽。后来从军帮助希腊独立。他的诗影响全欧；许多大文豪都直接或间接受了他的影响。他的诗不在字句的修饰与雕琢而在气魄磅礴与情感热烈。他终生渴望自由，人类的解放，讽骂英人的守旧自私。拜伦生前虽享盛名，但死后直到今日许多批评家说他不算是什么诗人，更说不上是大诗人。我们读了他的诗，也有同样的感想。

雪莱［附记］
（Percy Bysshe Shelly 1792—1822）
（李唯建）

他同拜伦一样，也出身贵族家庭。父亲希望他当大商人，发一笔大财，谁知道这细长害羞的孩子却最害怕动作，喜欢幻想，喜欢读书。少时，肄业依顿（Eton），后入牛津大学，因反对有神论，著《无神主义的必要》，而被开除。他的挚友荷格也因此离校。其后雪莱与一个小商人的女孩哈泪叶私奔，私自在爱丁堡结了婚。他自与家庭脱离关系后，经济奇窘。他最爱读自由思想的书籍，尤其爱读哥德文的《政治的正谊》。不久，他同哈泪叶感情渐渐破裂，又发现妻子与别人要好；同时他因写了封信与哥德文而认识这位思想家的女儿玛丽。他与玛丽私奔；哥德文一气非同小可。雪莱对别人讲：我正在实行婚姻自由主义呢。雪莱为人忠挚热忱，终生虽穷，但对友人则尽力帮助。后来在意大利的海湾遇着暴风，舟沉溺毙，年方三十。他的诗最空虚，最有音节；我们读了之后，不感到什么严重的意味，只觉得音调之美，文句之美，意境之美；总之是美。他是位最大的抒情诗人，如《西风歌》，《恋爱哲学》，《云雀曲》等，都是不朽杰作。

济慈［附记］

（John Keats 1795—1821）

（李唯建）

这又是一位伟大的诗人。虽然生时文名不彰，但今日他的价值比任何诗人恐怕还高。许多批评家把他与莎翁并称，这当然不是过誉。济慈出身卑贱，本来是个医生学徒，后来弃业作诗；但不幸二十六岁时因肺病而夭亡。他有一首长诗《爱底弥漾》（*Endymion*），叙述古典的神话，一出版时，便遭受残酷的批评。不久又作了一首长诗《海背雷盎》（*Hyperion*），比前一长诗进步多了。他虽不懂别的语言，又未受过高的教育，但他的英文纯粹，高雅。他最爱慕古典的一切。他的诗没有一行没有力量的；等他写成《夜莺歌》时，他的技巧思想都登峰造极了。他的短诗杰作，歌体的有《夜莺歌》，《希腊瓶》，《女神》，《秋》，《忧郁》；商籁体的有《名誉》，《明星》，《初读荷马》，《蚱蜢与蟋蟀》；此外尚有一首最通俗的诗《无情美妇》。他的诗内容是静，是沉默，包容了宇宙的整体。

依丽沙伯巴雷特［附记］
（Elizabeth Barrett Browning 1807—1861）
〔李唯建〕

她是位博学多才的女诗人。闭户读书，精通数国文字，最初的工作是把阿斯齐拉的《普洛米休被缚》(Aeschylus：*Prometheus Bound*)译成英文；此后时常写东西，名望渐高。一八二一年把脊骨伤了，终生残废。一八三九年她的兄弟死了，大受刺激，多年不外出，隐居，读书，作诗。四十岁时，和伯朗宁一见倾心，违反父亲意旨，私逃，成婚，同居意大利。他们在意大利互相勉励，都写了不少的东西。伯朗宁夫人的诗长短都有，有以政治为背景的，有描写心理的。但她最有名的是为丈夫写成的那几十首商籁体诗 (Sonnets from the Portuguese)，初发表时，未署真名，于是人们由惊讶而怀疑而明白。这些诗是情诗，描她如何寂寞可怜，生命的颜色已经褪消，生命的光辉快要熄灭，忽然天边降下一颗明星正落在她的面前：这当然是勃朗宁。全诗充溢了爱，赤裸裸的露出在热爱时一颗纯洁多变化的心。

费士吉拉德［附记］
（Edward Fitz Gerald 1809—1883）
〔李唯建〕

一提起这个诗人，谁不知道他曾把那朵有魔力的举世无双的波斯的玫瑰花移植到英国的诗园里。现在先说这朵玫瑰花的主人——阿马客叶 (Omar Khayyam)。他生于十一世纪后半期，是天文学家，又是享乐主义者，又是神秘的诗人。费士吉拉德于一八五三年开始研究波斯文，六年后《鲁拜集》(*Rubaiyat*) 的英译本出世。译者对于原文不忠实，极自由，——删改，变动，补加，——可以说是十分的意译；因此我们读译本，毫不觉得翻译上难免的那种生硬晦涩的痕迹。老实说，这译诗里有许多惊人的思想还是译者的创作呢。

丁尼生［附记］
（Alfred Lord Tennyson 1809—1892）
（李唯建）

苑茨华丝和雪莱死后，天边露出的唯一一颗大星只有丁尼生了。他的诗正与他的容貌相似——庄严，整齐，不苟且——如果我们知道他如何用心改了又改他的诗，我们也不会惊讶他的作品为何这般平稳，严整。他简直把文字当成一种手技，所以有人说他的诗除了文字美而外，恐怕就没有什么内容了：这话虽然过于激烈，但亦有相当的理由。丁尼生幼时在三神学院（Trinity College）受教育，一八三〇年出版第一集诗，遭了严厉的批评；但我们的诗人天性特强，不但不灰心，反而沉着气去修改；再过十二年，他刊了第二集诗，其中有最美的作品；于是文学界眼看一位大诗人将出世了，再过五年，《公主》(*Princess*) 出版，诗人的名望马上灿然，随后很快的又出版《思念》(*In Memoriam*)，《木特》(*Maud*) 和《国王的牧歌》(*Idylls of the King*) 的前半部。等苑茨华丝一死，丁尼生便当了英国的桂冠诗人。自然这光荣的头衔使他的名更大。《依洛琪阿顿》(*Enoch Arden*) 于一八六四年出世，第一早晨就销了一万七千册。后来他封受贵族爵位。就在今日我们也承认十九世纪后期最大的文豪当推丁尼生。他死于一八九二年，受无上光荣葬于威士敏斯寺。他的死被认为国家的一个大不幸。

伯朗宁［附记］
（Robert Browning 1812—1889）
（李唯建）

在文学史上，这确是位怪杰。他在当时不为人了解重视，但时间越久，越被后人赏识了。生于看布威（Camberwell），父亲是个受过教育的人，很早就看出这孩子的才气不凡；因此多半在家里教育——尤其在父亲的图书室内。他入伦敦大学，精通各国文学，游历的地方也不少，而以意大利居住得最久。他在异国偶尔也回到伦敦，于一八五五年在英京遇见丁尼生，十九世纪后半期的两颗大星碰见了，自然值得纪念的。一八六一年，他的夫人——女诗人——死于翡冷翠，他也就回到伦敦。此后游历亦多，社交亦广，继续写伟大的诗篇，一八八九年死于威匿士。以人而论，伯朗宁是个慷慨而体魄均健的人；以诗而论，是能把抒情调儿与戏剧行动融合在一起。他的内心生活非常深刻，精细，诗里太充满了思想，因而易于把情感毁灭。至于笔调则有健壮的美，但音节粗糙不和谐；他选了许多最无诗意的事情当题材。读者第一感到文字的晦涩，第二感到音节的不和谐，第三感到意思的深邃而奇特。他是乐观者，一生颇少疾病，他的夫人是个缺乏健康的残废者，自与伯朗宁结婚后，也享受着人生的趣味。

克拉夫［附记］
（Arthur Hugh Clough 1819—1861）
（李唯建）

他的诗表现了当时道德与智慧，怀疑与奋斗的倾向。幼时受教育于拉格拜（Rugby），稍长，入牛津大学，受了神学冲突的影响。他诗中虽［充］满了精细思想，但形式太不考究，只有几首抒情短诗是完美的。我们知道那最有名的《丝雷西斯》（*Thyrsis*）是安诺德纪念克拉夫之死而作的。

安诺德［附记］
（Mathew Arnold 1822—1888）
（李唯建）

他是诗人兼批评家；他的诗多半在摸索探试，不安定的心情中写成：无可讳言的，这是时代的表现。因他一面不能相信宗教，一面又不能服从唯物主义。他在拉格拜与牛津受教育。一八四三年因著一首诗而得奖金，后来当了私人秘书，又当了牛津的诗学教授，曾致力于政治工作，写过许多关于政治，社会，文学，神学的文章。严格的讲，他的诗均属于生活的前半部，因为一八六七年以后，事实上他并未写过诗。从他的诗里我们能寻出他后来对于诗下了一个有名的定义"诗是人生的批评"的蛛丝马迹。他的作品虽然表明时代的不安定，但其中仍有古典派的完美与庄重。我们又可以说他是"自由诗"体的尝试者，因为他在《迷路的狂饮者》（*The Strayed Reveller*）一诗中曾尝试了这种新诗的格调。

旦特若舍蒂［附记］
（Dante Gabriel Rossetti 1828—1882）
（李唯建）

生于伦敦。四分之三是意大利血统，四分之一是英国血统。肄业牛津，从事绘画。最初发表的是《有福气的处女》（*The Blessed Damozel*）与《心灵》（*Heart and Soul*），又翻译了些意大利诗名《但丁及其一派》（*Dante and His Circle*）。他与依丽沙伯西达尔（Elizabeth Sidda）结婚，但不到两年，他的太太竟死了；他便把诗稿全埋在她的坟里，后来被人发掘，于一八七〇年出版。他诗的特色在具有中古时代的色彩，因为自己是画家，所以诗上都抹了一层画的魔力。他所作商籁体达到完美形式，这我们能由他的《生命之屋》（*House of Life*）看出——这是一百零一首商籁体诗集，以爱情为题材。以后他失掉健康，不得不服安神药，渐渐失去心灵的庄严。在文学史中，没有像若舍蒂的，——大诗人兼大画家。

克雷斯浅娜若舍蒂［附记］
（Christiana Georgina Rossetti 1830—1894）
（李唯建）

她同伯朗宁夫人一样的是伟大的女诗人。生于伦敦，终生住在伦敦，侍奉母亲；两次有人向她求婚，都被拒绝了。她度着孤寂的生活，因之，诗中也略带着悲的颜色。她的诗富于想象力，文字浅近，但美丽而深刻。这位女诗人不大模仿古人，只凭她的感觉与思想吸取灵感——也可说是虔诚信仰的作品。她许多诗染着宗教色彩；她也写了些小孩的诗，这正可表明她的心如何天真纯朴。《鬼市》(*Goblin Market*) 是她的一首最美的诗。还有好几首关于死的诗，都是文学上的珍宝。

墨雷狄丝［附记］
(George Meredith 1828—1909)
（李唯建）

　　一提起墨雷狄丝，人人都以为他只是小说家；其实，他还是诗人呢。丁尼生虽说他读了《幽谷中的爱人》(*Love in the Valley*) 永也不能忘掉，我想谁读了，也不能忘掉，因为墨雷狄丝的诗太真挚，所以不为一般人了解。他总是意境太多，太热烈，使得他一作诗就好像是在速写似的；笔调难免不暧昧，有时还比伯朗宁更晦涩。

莫里士［附记］
(William Morris 1834—1896)
（李唯建）

　　诗人，艺术家，社会主义者。他醉心于中古时代，最初在《牛津剑桥杂志》上发表诗。一八五九年结婚，开始从事图案的工作。最有名的诗是《地上乐园》(*Earthly Paradise*) 和一本散文《从不知何处传来的消息》(*News from Nowhere*) 表现乌托邦的社会思想。他曾选译《奥底西》(*Odyssey*) 和《漪丽特》(*Æneid*)，他反对现代商业文明，作品总染有理想和仙国里传来的音乐。

史文朋 ［附记］
（Algernon Charles Swinburne 1837—1909）
（李唯建）

这是位抒情而兼叙事的诗人。他同雪莱一样的爱自由，富于反抗精神。一八六四年因刊《阿它蓝泰在坎里东》（*Atalanta in Calydon*）而成名；两年后又刊《诗歌集》，——音调响亮，字句严整。他浪漫的材料取自依丽沙伯时代的戏剧家和法国的雨果（Hugo），而不大取自中古时代。他又深通希腊文，因之，把浪漫与古典的两种特色溶成一体。他继续一册一册的出诗，表示他对于各种诗体都应用得当；尤其是抒情诗的各种变化，后来受他影响的文人真是不少。论到抒情方面，他可与雪莱雨果相比；论到美的最高境界，他可与济慈相比；论到音节的熟练，他可与弥尔顿相比。他还有点特征，就是极爱用顶韵（alliteration），《普色澎的园地》一诗即为一例。

阿先列西 ［附记］
（Arthur O'Shaughnessy 1844—1891）
（李唯建）

他是爱尔兰人，以鱼类学为职业，一生尽花在英国博物院里。一八九一年，因伤寒而卒。他曾选译法国威尔伦（Verlaine）的诗为英文。他长于抒情，颇似史文朋，音节文字均极美丽。他的特色在把人类的感情"幻化"；认为尘寰上的情感是超人情感的片段回音。他生来是歌者，有一张唱不尽的自然的歌喉。

布雷其［附记］
（Robert Bridges 1844—1930）

（李唯建）

　　曾当过英国桂冠诗人。同济慈一样，本操医业，后改行写诗；极爱音乐。他的诗最表现十六十七世纪虚飘轻盈的音节。每一首短诗都可作为文字的模型；每一个字一落到纸上，第一要适当，能表出诗人心中的真意境，其次要提高全诗的音调。他对英诗韵律颇有研究，对古典学亦有心得。早年曾漫游欧洲大陆，此后居于僻静地方，从事读书与作诗。他的诗中没有世间的挣扎与努力，反映出一颗害羞而有修养的心，他的抒情诗是学者，隐士，音韵家的结晶；虽然有生命的情调，但这情调并不如何强烈。

哈代［附记］
（Thomas Hardy 1849—1928）

（李唯建）

　　伟大的小说家兼诗人。生于朵尔其斯特（Dorchester）附近。最初打算当建筑师，后来慢慢走上文学的路。少时，颇受格拉布（Grabbe）诗人的影响，其后便专心创作小说——《黛丝》（*Tess of the d'Urbervilles*），《无名的裘特》（*Jude the Obscure*）等。他有名的短篇小说要算《威舍克斯小说集》（*Wessex Tales*）。晚年，专写诗，诗集有《威舍克斯诗集》（一八九八）、《过去与现在诗集》（*Poems of the Past and the Present*）（一九〇一）、《时间的笑柄》（*Time's Laughing Stocks*）（一九〇九）；此外还有他那伟大高超的（*Dynasts*）这部杰作描述拿破仑战争，可称为文学中命定主义的结晶。哈代的诗与小说相同，专表现人生的缺陷，并指明命定如是，要反抗也是枉然。他诗的音节不和协，但字里行间都弥满了"悲剧"的情调。

史提芬生 ［附记］
（Robert Louis Stevenson 1850—1894）
（李唯建）

生于爱丁堡。初学机械与法律，以后发现自己的天才，才改入文学之途。一提到史提芬生这名字，就令我们联想到一位大小说家；不过他的诗也别有风味。人们认为他之作诗是因他太疲乏不愿把这些意思写成散文，所以仅为"好玩"才写成诗。这种推测也许不错，因为照他自己的话说他是"有诗的性质而具散文天才的人"。他最好的诗是《儿童歌集》（*Children's Garden of Verses*），在这少量的诗中，我们也能同样的感着他散文中所表现的美。

霍士曼 ［附记］
（A. H. Housman 1858　　）
（李唯建）

牛津大学拉丁文教授。他诗虽少，但价值极高。《一个席洛普郡的童子》（*A Shropshire Lad*）为其杰作。他专形容生人的可怜，人被神戏弄到死为止；但他从不用热忱悲愤的话来说出这类意思，仅仅轻描淡写暗示出人生的深情。他的文句纯洁无疵，可当作文字学的模范。

吉伯林［附记］
（Rudyard Kipling 1863—　　）
（李唯建）

　　新闻记者，小说家，诗人。生于印度的孟买；父为艺术家，母为诗人。吉伯林少时受教育于英国，后来回到印度开始从事新闻事业；当时他著了许多小说，出版后颇引人注意。他的诗也很好，《东与西的歌》（*A Ballad of East and West*）出版了，人人才眼望着一颗大文星缓缓由天边出露。以后又出版《七海》（*The Seven Seas*）和《五国》（*The Five Nations*）。他的描写细腻入神，感情高超，再加上文字简明纤巧，自然到了艺术的神境。他获得一九〇七年的诺贝尔文学奖金。

夏芝［附记］
（William Butler Yeats 1868—　　）
（李唯建）

　　爱尔兰伟大诗人，爱尔兰文学复兴的首领。他的理想是创作爱尔兰情调的国民文学，因而建立爱尔兰文学会和爱尔兰文艺剧场。他少时听了许多乡间神话故事，所以把这些当作创作材料。他长于抒情，往往涂上一层神秘的色彩。他也写戏剧和散文。《阿新的漫游》（*The Wandering of Oisin*）于一八八九年出版，其中可看出他的理想。

A. E.［附记］
（George William Russell 1867—　）
（李唯建）

　　这是位出类拔萃的神秘诗人。他虽用 A. E. 两字母把真名匿藏，但谁都知道这 A. E. 到底是谁。他是学者，又长于绘画。他的诗与布莱克相同，选择一些稀罕的材料用图画的方法描写出来。说到他为何有这个怪的笔名，是因为有一次他正找不到一个好的笔名，想来想去，想到（Æon）一字；因为底稿上笔迹不清，排字人只排了 Æ，便走来问他后面是哪几个字母；于是这位诗人说就把 Æ 或 A. E. 当成我的笔名罢。至今我们很少说起他的真名，仍然称着 A. E. 诗人。

苔薇士［附记］
（William H. Davies 1870—　）
（李唯建）

　　这行乞诗人本是牧牛者，后来被火车把脚碾断了，便终生残废。他曾屡次投稿，一本一本诗集寄给书店，终被原包退回；但他却不大在乎。他的长处是能脱离人间，与自然同化；我们在他的诗里从来找不着一丝儿尘土气，世俗气，人间气。他最反对都市生活，最藐视金钱。萧伯讷最先认识他的诗才。著有《新诗》（*New Poems*），《自然诗》（*Nature Poems*），《快乐的歌》（*Songs of Joy*）。

瓦特德拉梅尔［附记］
（Walter de la Mare 1873—　）
（李唯建）

　　一位有小孩本性的诗人。《孩时之歌》（*Songs in Childhood*）是代表作。他能用极普通的细事传出神秘的意境，同时又能表出人类的哀情的低诉。文笔简而不华，有时他又是一个浪漫的歌者。

道生［附记］
（Ernest Dowson 1867—1900）
（李唯建）

　　他在英国文坛上正如威伦（Verlaine）之在法国文坛上；一八六七年生于坑提的贝尔蒙提山，度一辈子穷与病的生活；身体本即不强，后因放荡过度，愈来愈弱。终生失望悲伤，因而借着酒与诗沉醉，以便脱离人生的真实环境。他的死可说是慢性的自杀。他的诗是这颗受害而挚诚的心里所发出的呼声或叹息。

梅丝斐尔［附记］
（John Masefield 1874—　）
（李唯建）

　　他本来在船上当伙计，又做过水手，游历的地方当然不少。所以我们读他的诗几乎在每篇中都发觉有水手与海上的气味。他初期作品是《盐水歌谣》(*Salt Water Ballads*)，后期的主要作品是长篇叙事诗《永远的怜恤》(*The Everlasting Mercy*)、《狐》(*Reynard the Fox*)。他的歌谣雄壮有力，他的长诗寓寄一种高超精神。他歌颂人生，对于人生抱着美的希冀，一切颓废腐化的东西，经他一度的歌颂，都变成美丽可爱的了——他给我们不少的安慰与勇气。

——录自中华书局 1934 年初版

书名索引

作者索引

图书在版编目(CIP)数据

汉译文学序跋集. 第九卷,1933—1934/李今主编;
屠毅力编注. —上海:上海人民出版社,2022
ISBN 978 - 7 - 208 - 17651 - 5

Ⅰ.①汉… Ⅱ.①李… ②屠… Ⅲ.①序跋-作品集
-中国-近现代 Ⅳ.①I265

中国版本图书馆 CIP 数据核字(2022)第 038872 号

责任编辑 陈佳妮
装帧设计 张志全工作室

汉译文学序跋集

第九卷(1933—1934)
李 今 主编
屠毅力 编注

出　　版　上海人氏出版社
　　　　　（201101 上海市闵行区号景路 159 弄 C 座）
发　　行　上海人民出版社发行中心
印　　刷　上海商务联西印刷有限公司
开　　本　890×1240　1/32
印　　张　71.25
插　　页　10
字　　数　1,783,000
版　　次　2022 年 11 月第 1 版
印　　次　2022 年 11 月第 1 次印刷
ISBN 978 - 7 - 208 - 17651 - 5/I · 2017
定　　价　360.00 元(全五册)